비올레타

VIOLETA

비올레타

초판 인쇄	2023. 12. 10.
초판 발행	2023. 12. 15.
저자	이사벨 아옌데
역자	조영실
발행인	이재희
출판사	빛소굴
출판 등록	제251002021000011.호.(2021. 1. 19.)
팩스	0504-011-3094
ISBN	979-11-980885-8-1(03870)
이메일	bitsogul@gmail.com
SNS	www.instagram.com/bitsogul
홈페이지	www.bitsogul.com

비올레타

이사벨 아옌데 지음

조영실 옮김

목 차

일러두기

- 각주는 옮긴이가 작성하였습니다.

내 노년의 기둥 같은 존재
니콜라스와 로리에게

참으로 사랑하는 내 친구
펠리페 베리오스 델 솔라르에게

말해봐요, 당신의 하나뿐인
소중한 야생의 인생으로
무얼 할 계획인지 말이에요

메리 올리버
「여름날」에서

사랑하는 카밀로에게

　이 글은 너에게 일종의 증언으로 남기기 위해 쓴다. 먼 미래에 네가 늙어서 나를 떠올릴 때쯤이면 기억력이 떨어져 있을 테니 말이다. 너는 항상 주의력이 산만한데 그런 약점은 나이가 들면 더 심해지잖니. 내 인생 이야기는 들려줄 만한 가치가 있단다. 그건 내 삶에 미덕이 많아서가 아니라 과오도 많이 저질렀기 때문이지. 너는 내가 어떤 죄를 지었는지 대부분 짐작도 하지 못할 거다. 이제 내 이야기를 들려주마. 내 인생이 한 편의 소설이라는 걸 알게 될 테지.

　너는 내 편지들을 보관해 줄 사람이란다. 방금 이야기한 몇 가지 죄를 제외하면 내 인생이 모두 그 편지들에 담겨 있어. 그러나 내가 죽으면 편지를 모두 태워주기로 한 약속을 꼭 지켜야 한다. 연애편지들인 데다 고약한 내용도 많이 들어 있으니 말이다. 이 글은 그 과할 정도로 많은 편지를 줄여 쓴 요약문이라 할 수 있겠구나.

　너를 이 세상 누구보다 사랑한다.

비올레타
2020년 9월 산타클라라에서

제1부

유배

(1920~1940)

El Destierro

1장

　나는 전염병이 발생한 1920년 폭풍우가 몰아치던 금요일에 이 세상에 왔다. 내가 태어난 그날 오후는 폭풍우가 칠 때면 으레 그렇듯 전기는 끊겼고, 비상시를 대비해 항상 손 닿는 곳에 두던 촛불과 등유 램프가 켜져 있었다. 내 어머니 마리아 그라시아는 자궁 수축이 시작된 걸 느꼈다. 이미 다섯이나 아이를 낳은 어머니에게는 매우 익숙한 감각이었다. 어머니는 이 사내아이를 자매들의 도움을 받으며 낳을 수밖에 없다고 체념한 채 진통에 몸을 내맡기고 있었다. 이모들은 어머니가 출산할 때마다 여러 번 같이 도왔기 때문에 당황하거나 하지 않았다. 가족의 주치의는 벌써 여러 주 동안 야전병원에서 쉬지도 못하고 일하는 중이었다. 그러니 출산 같은 평범한 일로 주치의를 부르는 것은 신중하지 못한 일이라 여겼다. 이전에는 항상 조산사가 도와주었다. 계속 같은 조산사를 썼는데, 그녀는 전염병이 퍼지기 시작하던 초기에 희생자가 되어버렸고 우리 가족은 달리 더 아는 조산사가 없었다.

어머니는 성인이 된 후 자기 삶은 줄곧 임신한 상태거나 막 출산한 산모거나, 그도 아니면 자연유산에서 회복하는 시간이었다고 어림짐작했다. 그녀는 큰아들 호세 안토니오의 나이가 열일곱이라는 것은 확신했다. 국토의 절반이 뒤집히고 수천 명이 사망한 최악의 지진이 발생하던 해에 태어났기 때문이다. 그러나 다른 자녀들의 정확한 나이라든가 유산을 몇 번이나 했는지, 그런 건 제대로 기억하지 못했다. 어머니는 한 번 유산할 때마다 몇 달이나 무기력해졌고, 한 번 아이를 낳을 때마다 오랫동안 고단하고 우울한 시기를 보냈다. 결혼하기 전의 어머니는 수도에서 가장 아름다운 데뷔탕트[1] 신인이었다. 늘씬한 키에다 초록색 눈과 반투명 피부로 한번 보면 잊기 힘든 얼굴이었다. 그러나 너무 잦은 임신과 출산으로 체형이 바뀌고 기력이 소진했다.

어머니는 이론상으로는 자녀들을 사랑했지만 실제로는 적당히 편안한 거리에 떨어져 있는 걸 더 좋아했다. 우르르 몰려다니는 사내아이들의 에너지는 그녀의 여성스러운 작은 왕국에 정신 사나운 풍파를 불러일으켰기 때문이다. 한번은 자신이 악마의 저주를 받아 사내아이를 낳는 일을 맡게 된 거라고 신부에게 고해성사를 한

---

1 성년이 되어 사교계에 처음 나가는 상류층 여성을 말함.

적도 있다. 그래서 2년을 꼬박 매일같이 묵주기도를 바치고 교회 수리를 위해 거액을 기부하는 방식으로 참회를 했다. 남편은 그녀가 더 이상은 고해성사를 하러 가지 못하도록 막았다.

잡다한 집안 대소사를 위해 고용된 청년 토리토가 필라르 이모의 지휘를 받으며 사다리를 타고 올라가, 출산용으로 옷장에 보관하고 있던 밧줄을 두 개의 무쇠 고리에 묶었다. 그 고리도 이전에 평평한 천장에 토리토가 직접 설치해 둔 것이었다. 잠옷 차림으로 무릎을 꿇은 어머니는 한 손에 하나씩 줄을 잡고 영원처럼 느껴지는 시간 동안 밀어냈다. 다른 때는 한 번도 쓰는 일이 없는, 해적들이나 할 법한 욕설로 저주를 퍼부었다. 피아 이모는 어머니 다리 사이에 몸을 웅크린 채 아기가 땅에 떨어지기 전에 받을 준비를 하고 있었다. 그녀는 아이가 나오면 사용할 쐐기풀과 쑥, 운향초를 미리 준비해 두었다. 폭풍우의 아우성이 덧창에 부딪히고 지붕의 덮개를 찢어대고 있었다. 산모의 신음과 길고 긴 마지막 비명이 폭풍우 소리에 뒤덮였다. 어머니의 비명과 함께 나는 먼저 머리를 먼저 내밀고 이어서 점액과 혈액으로 싸인 몸이 빠져나왔다. 다음 순간 이모의 두 손 사이로 미끄러져 나무 바닥에 떨어졌다.

"정말 서투르구나, 피아!" 필라르 이모가 내 한쪽 발을 들어 올리며 소리쳤다.

"딸아이야!" 이모가 놀라며 덧붙였다.

"그럴 리 없어, 제대로 살펴봐요." 기진맥진한 어머니가 중얼거렸다.

"정말이다, 애야, 고추가 없는걸." 피아 이모가 대답했다.

그날 밤 아버지는 클럽에서 저녁을 먹고 브리스콜라 게임[1]을 몇 번 하다가 늦게 귀가했다. 가족들과 인사를 나누기 전에 먼저 방으로 곧장 들어가 옷을 벗고 알코올로 소독을 했다. 하녀에게 코냑을 한 잔 달라고 했지만, 남자 주인에게 말을 건네는 게 익숙하지 않은 하녀는 출산 소식을 알려야겠다는 생각이 머리에 떠오르지 않았다. 아버지는 아내에게 인사를 하러 갔다. 문지방을 넘기도 전에 녹슨 피 냄새가 느껴져 조금 전 일어난 일을 짐작할 수 있었다. 땀에 흠뻑 젖은 어머니가 깨끗한 잠옷을 입고 홍조를 띤 채 침대에서 쉬고 있는 모습이 보였다. 천장의 밧줄이나 지저분한 걸레를 담은 양동이는 이미 치운 뒤였다.

"왜 사람을 보내 알리지 않은 거요!" 그는 아내의 이마에 키스를 한 후 외쳤다.

"우리가 어떻게 했으면 좋았겠나? 운전기사는 자네와 같이 다니잖은가. 게다가 누가 이 폭풍우에 걸어서 갈 엄두를 내겠어. 정문에 세워둔 자네 경비가 나가는 걸 허락한다 해도 말일세." 필라르 이모가 별로 상냥하지 않은 말투로 대답했다.

"딸이야, 아르세니오. 드디어 자네도 딸이 생겼어." 품

---

1   이탈리아 카드게임의 하나.

에 안고 있던 꾸러미를 보여주며 피아 이모가 끼어들었
다.

"주여, 찬송 받으소서!" 아버지는 중얼거렸다. 그러나
숄 주름 사이로 눈에 들어온 존재를 보더니 미소가 싹
사라졌다. 이마에 알이 하나 볼록 솟아 있었다!

"괜찮아, 이렇게 태어나는 아기도 있는데 며칠 지나면
곧 없어져. 이마가 튀어나온 건 똑똑하다는 표시라네."
필라르 이모는 아기가 나올 때 바닥에 머리를 찧었다는
말을 피하려고 얼렁뚱땅 지어내 말했다.

"이름을 뭐라고 지을 건가?" 피아 이모가 물었다.

"비올레타." 엄마는 아버지가 끼어들 틈도 없이 단호
하게 말했다.

비올레타는 19세기 초에 최초의 공화국 독립 깃발 문
장을 수놓은 외증조모의 고명하신 이름이었다.

펜데믹 때문에 우리 가족이 특별히 놀라거나 한 것
은 아니었다. 항구의 거리마다 죽어가는 사람들이 기어
다니고 시체 안치소에는 푸르딩딩한 시체가 놀라울 정
도로 많다는 소문이 퍼져가자 내 아버지 아르세니오 델
바예는 역병이 수도에 도달하는 데 이틀도 걸리지 않을
거라고 짐작했다. 그러나 아버지는 침착을 잃지 않았다.
역병을 기다리고 있었던 것이다. 그는 그런 우발적인 상
황에 대비가 되어 있는 사람이었다. 그런 상황들에 신속
하게 대처하다 보니 사업이나 돈벌이에 도움이 되곤 했
다. 내 증조부는 자산가로 명성이 자자한 사람이었고 그

명성은 아들인 조부에게로 상속되었다. 아버지는 형제들 중에서 부자라는 그 명성을 되찾기 위한 삶을 선택한 사람이었다. 그러나 자식이 너무 많고 또 정직한 사람이다 보니 세월이 흐르면서 부자라는 명성은 사라져 갔다. 할아버지가 낳은 열다섯 자녀 중 열한 명이 아직 생존해 있었다. 이는 아버지가 자랑하듯이 델 바예 혈통의 힘을 증명할 정도로 대단한 숫자였다. 그러나 그런 대가족을 유지하기 위해서는 노력과 돈이 필요했고 그래서 재산이 서서히 사라지고 있었다. 아버지는 언론이 새로운 역병을 스페인 독감이라는 이름으로 부르기도 전에 전염병이 발생했다는 것을 알고 있었다. 유니언 클럽에 배달되는 외국 신문을 통해 세계의 소식을 접하고 있었기 때문이다. 현지보다 늦게 도착하기는 했지만 지역 신문들보다 많은 정보가 담겨 있었다. 또 아버지가 제작 설명서를 보며 직접 만든 라디오로 동호인들과 연락도 하고 있었다. 지직거리는 소음이 날카롭게 끼어드는 단파 통신을 통해 다른 지역들에서 일어나고 있는 피해 막심한 팬데믹의 실상을 알고 있었다. 바이러스가 발생한 처음부터 역병이 얼마나 퍼져가고 있는지 진행 상황을 챙겨보았고, 유럽과 미국에 치명타를 입히고 있음을 알았다. 문명국들에서 그런 비극적인 결과를 낳는다면 자원이 제한적이고 무지한 사람들이 많은 우리나라의 경우는 더 나쁠 거라는 결론을 내린 터였다.

줄여서 '독감'이라는 별명이 붙은 스페인 인플루엔자가 이 나라에 도착한 것은 거의 2년이 지난 후였다. 학계에 따르면 우리는 한쪽은 산, 다른 한쪽은 바다라는 자연의 장벽으로 둘러싸여 있어 지리적인 고립 덕분에 감염을 피할 수 있었다. 기후도 유리하고, 거리가 멀어서 외국인 감염자들의 불필요한 왕래가 없으니 시간이 걸린 것이다. 그러나 대부분의 사람들은 후안 키로가 신부가 개입해서 역병을 막기 위한 기도 행렬을 벌이고 있기 때문에 발병이 늦춰진 것이라고 했다. 그는 존경할 만한 유일한 성인이었다. 바티칸이 키로가 신부를 시성한 것은 아니었지만 기적을 펼친 것으로는 국내에서 겨룰 만한 사제가 없었기 때문이다. 그럼에도 불구하고 1920년 독감 바이러스는 아무도 상상하지 못한 위력으로 영광과 위엄을 떨치며 우리나라에 상륙했고, 과학적 이론도 신학 이론도 산산이 부서졌다.

역병에 걸렸다는 느낌은 무덤 저편에서 건너온 듯 그 무엇으로도 완화되지 않는 오한, 늪에 빠지는 듯한 열병, 몽둥이질을 당한 듯한 두통, 눈과 목이 타는 듯한 열기, 바로 눈앞에 사신이 찾아온 듯 끔찍한 섬망으로 시작되었다. 감염자의 살갗은 청보라 빛을 띠며 점차 시커메지고 손발은 검은색으로 변했고, 숨을 못 쉴 정도로 기침이 터져 나오고 폐가 부글거리는 피거품으로 가득 찬 채 고통으로 신음하다가 결국 숨이 막혔다. 제아무리 운 좋은 사람도 몇 시간 안 걸려 목숨을 잃었다.

아버지는 유럽의 전쟁[1]에서 총알과 독가스보다 인플

---

1 1차 세계대전.

루엔자로 더 많은 군인이 죽었다고 생각했다. 참호에 갇혀 엉킨 군인들은 감염을 피할 길이 없었으니 근거가 있는 추리였다. 인플루엔자의 사나운 기세는 전혀 꺾이지 않은 채 미국과 멕시코를 황폐화하더니 나중에는 남미로 퍼졌다. 신문들은 다른 나라에서는 매장할 시간도 없고 묘지도 부족하여 시체가 통나무처럼 길거리에 쌓여 있으며, 인류의 3분의 1이 감염되었고 희생자가 5천만 명이 넘는다고 보도했다. 그러나 그런 기사들이나 사람들 사이에 돌아다니는 끔찍한 소문들이나 앞뒤가 안 맞기는 마찬가지였다.

18개월 전, 4년간 이어졌던 끔찍한 유럽의 대전을 종식시키는 정전협정이 체결되었고, 군의 검열에 가려져 있던 전염병의 실체가 이제 막 알려지기 시작했다. 어느 나라도 사상자 수를 인정하지 않았다. 전쟁에서 중립을 지킨 스페인만 이 질병에 대한 소식을 보도했고, 그래서 결국 '스페인 인플루엔자'라는 이름으로 부르게 되었다.

이전에 우리나라 사람들은 회복할 수 없는 빈곤, 악덕, 싸움, 사고, 오염된 물, 발진티푸스, 장기간의 지구전 등 늘 존재하는 이유들 때문에 죽어 나가곤 했다.

장례의 존엄을 지킬 만한 시간을 들이는 것은 자연스러운 과정이었지만, 호랑이 같은 식탐으로 몰아치는 독감이 도래하자 죽어가는 이를 위로하는 일이나 애도의 식은 버릴 수밖에 없었다.

가을이 끝나갈 즈음 항구의 유흥가에서 첫 번째 감염 사례가 발견되었다. 그러나 부도덕한 여자들, 범죄자, 인

신매매범이 희생자였기 때문에 내 아버지 외에는 아무도 그들에게 주의를 기울이지 않았다. 사람들은 임시 고용된 선원들이 인도네시아에서 들여온 성병이라고들 했다. 그러나 머지않아 액운이 사방에 퍼진 걸 감출 수도 없고, 문란한 성도덕과 환락의 생활을 비난하고 있을 수만도 없었다. 질병은 죄지은 자와 정숙한 자를 차별하지 않았기 때문이다. 키로가 신부를 이겨낸 바이러스는 완전히 해방되어 어린이든 노인이든, 빈자든 부자든 사납게 공격하며 유유히 돌아다녔다.

사르수엘라 회사 사람들이 한꺼번에 감염되고 의원도 몇 명 병에 걸리자 타블로이드 신문들은 계시록의 종말이라고 써댔고, 정부는 국경을 폐쇄하고 항구를 통제하기로 결정했다. 하지만 이미 때는 늦었다.

세 명의 사제가 미사를 이어가도, 장뇌 주머니를 목에 걸고 지내도 전염을 막기에는 소용이 없었다. 겨울이 다가오고 비가 내리기 시작하자 상황은 더 악화되었다.

운동장에는 간이 야전병원을 설치하고 시립 도축장 냉동고를 임시 안치소로 마련해야 했다. 그리고 임시 공동묘지를 만들어 가난한 사람들의 시신을 생석회로 덮어 내놓는 수밖에 없었다. 사람들이 생각하던 것처럼 모기에 물리거나 장 속에 유충이 생겨 병이 걸리는 게 아니라 코와 입을 통해 감염된다는 사실이 이미 알려져 있었다. 그래서 마스크 착용을 의무화했지만, 제일선에서 질병과 싸우는 의료 인력들조차 마스크가 부족했으니 일반인들은 구할 수조차 없었다.

이탈리아 이민자 2세대로 진보주의자였던 이 나라 대통령은 몇 달 전에 신흥 중산층과 노동조합의 지지로 당선되었다. 나의 아버지는 델 바예 집안의 모든 친척들이나 아버지의 친구들, 지인들과 마찬가지로 신임 대통령이 시행하려고 하는 개혁이 보수주의자들에게 불리한 데다 이 나라에 일찍 자리 잡은 카스티야나 바스크 성이 아닌 외국인 혈통이었기 때문에 그를 불신했다. 그러나 그가 재난에 대응하는 방식에는 동의했다. 대통령의 첫 번째 지시는 감염을 피하기 위해 집 안에 머물라는 것이었다. 그러나 사람들이 신경을 쓰지 않자 비상사태를 선포하고 야간 통행금지, 정당한 이유 없는 민간인의 이동 금지를 명령했다. 이를 어길 경우 사형, 벌금, 체포, 대부분의 경우에는 태형에 처하도록 지시했다.

학교와 가게, 공원, 그 외 사람들이 주로 모이는 장소들은 폐쇄되었지만 관공서, 은행, 물류를 실어 나르는 트럭이나 기차, 주류 판매점들은 계속 운영되었다. 알코올에 다량의 아스피린을 넣어 먹으면 병균이 죽는다고 생각했기 때문이다. 알코올과 아스피린의 결합으로 중독되어 사망한 사람은 아무도 세어보지 않았다고, 술도 안 하고 약국의 약도 믿지 않는 내 이모 피아가 이야기해 주었다. 경찰은 내 아버지가 우려한 대로 지시사항을 강제하거나 범죄를 막을 만한 통제력이 없었다. 그래서 거리 순찰을 위해 군인을 동원해야 했고 덕분에 군은 야만인이라는 악명을 얻고도 남았다. 이런 상황은 야당과 지식인, 예술가 들 사이에 경각심을 불러일으켰다.

그들은 겨우 몇 년 전 군대가 무방비 상태의 노동자와 여성, 어린이 들에게 자행한 학살을 떠올렸다. 마치 외적을 대하듯 민간인에게 총검을 겨누던 시절들도 잊히지 않았다.

후안 키로가 신부의 성당은 독감이 낫고 싶어 찾아온 신도들로 북적거렸다. 대부분은 그런 신도들이었지만 의심하는 사람들도 없지는 않았다. 불신자들은 서른두 계단을 올라 성페드로산의 예배당까지 갈 힘이 있다는 말은 이미 환자의 병이 나았다는 뜻이라고 말하고는 했다. 그렇다고 해서 믿음 깊은 신도들이 낙담한 것은 아니었다. 공개 예배가 금지되어 있었지만 두 명의 주교가 이끄는 즉흥적인 군중이 예배당에 가려고 모여들었다가 군인들이 개머리판을 겨누거나 총을 쏘자 해산했다. 채 15분도 안 되어 두 명이 죽고 예순세 명이 부상을 입었다. 부상자 중 한 사람은 그날 밤 사망했다. 주교들이 공식적으로 항의했지만 대통령은 무시했다. 그는 고위 성직자들을 집무실에 맞아들이지 않고 비서관을 통해 서면으로 "법을 어기는 자는 교황이라 하더라도 엄하게 다스리겠다"라고 답했다. 이제는 그 누구도 다시는 예배당으로 향하는 행렬에 끼고 싶어 하지 않았다.

우리 가족은 아무도 전염병에 걸리지 않았다. 정부가 직접 개입하기 전에 아버지가 다른 나라들이 전염병에 대처하는 방식에 따라 필요한 예방 조치를 했기 때문이다. 아버지는 크로아티아 이민자인 제재소 감독을 전적으로 신뢰하고 있었는데, 둘은 라디오로 통신을 하고 있었다. 제재소 감독은 제일가는 벌목꾼 인부 두 명을 남쪽에서 올려보냈다. 아버지는 자신도 사용법을 모를 정도로 오래된 소총으로 두 사람을 무장시켜 저택 입구마다 한 사람씩 배치하고, 아버지와 큰오빠 외에는 아무도 드나들지 못하게 하는 임무를 맡겼다. 물론 우리 집안사람을 쏘지는 않을 테니 실용적인 조치는 아니었지만, 적어도 그들이 지키고 있어서 소매치기는 막을 수 있었다. 그들은 밤부터 아침까지 무장한 경비원이 되었고, 집 안으로는 들어오지 않았다. 차고의 깔판 위에서 자고, 요리사가 창문으로 넘겨준 음식을 먹고, 병에 걸리지 말라고 아버지가 무제한으로 준 마타부로 브랜디를 아스피린과 함께 마셨다.

아버지는 스스로를 보호하기 위해 전쟁에서 기술이 입증된 영국제 웨블리 리볼버를 밀수로 사들여 뒷마당 작업장에서 과녁 사격을 연습했다. 그 바람에 닭들이 놀라곤 했다. 사실 아버지는 절망한 사람들이 두려웠지 바이러스는 그다지 두렵지 않았다. 이 도시는 평상시에 노숙자, 거지, 도둑이 정말 많았다. 그런데 만일 다른 나라들에서 일어난 일이 이 나라에도 벌어진다면 실업이 증가하고 식량 부족이 발생하고 사람들이 패닉에 빠질 것이다. 그런 경우에는 이제까지 의회 앞에서 일자리와 정의를 요구하는 항의 시위 정도만 하던 정직한 사람들조차 범죄자가 될 수밖에 없을 것이었다. 굶주리고 분노한 북부지방의 실직한 광부들이 도시를 침공하여 발진티푸스를 퍼뜨리던 시절에 있었던 일이다.

아버지는 겨울을 보낼 식량을 구입했다. 감자, 밀가루, 설탕, 기름, 쌀과 콩, 견과류, 마늘 꾸러미, 말린 고기를 사고 과일과 야채도 상자째 보관용으로 샀다. 그리고 정부의 명령으로 산이그나시오 학교가 수업을 중단하기 전에 이제 막 열두 살이 된 막내아들을 포함해 아들 넷을 남부로 보냈다. 그러나 맏이인 호세 안토니오는 세상이 정상화되자마자 대학에 들어갈 생각으로 수도에 남았다. 여행은 막혀 있었지만 오빠들은 마지막으로 운행된 여객 열차 중 하나를 타고 산바르톨로메역까지 갔다. 크로아티아 관리인 마르코 쿠사노비치가 역에서 기다리고 있었다. 관리인은 오빠들에게 제재소의 거친 나무꾼들과 똑같이 일을 시키라는 지시를 받은 상태였다. 어리광은 절대로 받아주지 말라고 했다. 그렇게 하면 네 아들은 바쁘게 건강한 상태로 지내며 집안에서 다른 말썽을 부리지 않을 터였다.

어머니와 두 자매 피아와 필라르 이모, 그리고 여자 사용인들은 어떤 이유에서도 외출을 삼가고 집안에 머물라는 엄명이 있었다. 어머니는 어릴 때 결핵을 앓은데다 폐가 약하고 체질이 허약해서 독감에 걸리면 안되었다.

팬데믹이 우리 집안의 닫힌 우주 같은 일상을 크게 바꾸지는 않았다. 무늬를 새긴 마호가니 정문을 열면 넓고 어두운 현관이 나왔고, 현관은 두 개의 거실, 도서관,

방문객용 식당, 당구장, 그리고 닫혀 있는 방으로 연결되었다. 그 닫힌 방은 아주 먼 옛날부터 아무도 들여다보지 않은 서류가 가득한 여섯 개 금속 장이 차지하고 있어서 '사무실'이라고 불렸다. 우리 집의 두 번째 부분은 포르투갈산 아줄레주 타일이 깔린 안뜰로 첫 번째 부분과 분리되어 있었다. 안뜰에는 이제는 쓰지 않는 아랍식 분수와 수많은 동백나무 화분이 있었다. 동백나무 때문에 우리 집에는 '동백나무 대저택'이라는 이름이 붙었다. 안뜰은 세 벽면을 따라 모서리를 깎은 크리스털로 장식된 회랑이 이어졌고, 회랑은 식당, 게임방, 재봉실, 침실, 욕실과 같이 일상적으로 사용되는 방들을 연결하고 있었다. 회랑은 여름에는 시원하고 겨울에는 숯 화로를 놓아 따뜻한 공기를 유지했다. 집의 끝부분은 사용인들과 가축들의 왕국이었다. 부엌, 세탁실, 지하실, 차고, 그리고 하녀들이 자는 소박한 칸막이 방들이 줄지어 있었다. 어머니는 그 세 번째 안뜰에 거의 들어간 적이 없었다.

그 저택은 내 조부모 소유였는데, 돌아가시면서 자녀들에게 남긴 유산 중 유일하게 비중 있는 것이었다. 열한 개 구역으로 나뉘어 있는 저택에 대해 자녀들 누구도 별로 가치를 두지 않았다. 미래에 대한 비전이 있던 유일한 사람인 내 아버지 아르세니오가 형제들의 지분을 사고 조금씩 나눠 갚아가겠다고 제안했다. 처음에 다른 형제들은 그게 호의라고 생각했다. 왜냐하면 그 오래된 저택에는 아버지도 설명했듯이 무수한 구조상의 문제가 있었기 때문이다. 제정신인 사람이라면 아무도 그곳에 살지 않을 터였다. 그러나 아버지는 자녀들과 앞으로 태어날 아이들, 이제는 연로한 장모, 그리고 자신의 도움에 의존해 사는 두 명의 미혼 처형들을 위한 공간이 필요했다. 나중에 약속한 분할금 지불이 늦어지기 시작하다가 결국 한 푼도 내지 않게 되자 아버지와 형제들의 관계가 악화되었다.

아버지가 의도적으로 형제들을 속이려던 것은 아니었다. 재정상의 모험을 해볼 만한 돈벌이 기회가 생기자 나머지 채무는 이자와 함께 나중에 갚아야겠다고 스스로 다짐했다. 그러나 한 번 연기한 것을 또 한 번 연기하는 식으로 세월이 갔고, 나중에는 빚이 있다는 걸 잊어버린 것이다.

그 집은 정말 제대로 관리하지 못한 낡은 집이었다. 그러나 면적이 반 블록이나 되는 넓은 집이었고 두 개의 길 쪽으로 출입구가 있었다. 카밀로, 사진을 보여줄 수 있다면 좋으련만. 내 인생과 추억이 다 그 집에서 시작되었으니 말이다. 경제적 재난이 찾아온 뒤의 저택은 반짝반짝 윤이 나던 과거의 모습은 온데간데없어졌다. 그 빛나고 돋보이던 시절의 저택은 증조부가 많은 자녀들과 한 부대의 하인과 정원사를 거느린 채, 오점 하나 없이 완벽한 집으로 유지하고 정원을 꽃과 과수의 낙원처럼 가꾸고 살았다. 기후대가 다양한 난초들이 자라는 유리 온실에, 대리석으로 된 그리스 신화 조각상이 네 개나 있었다. 대리석 조각상은 그 시절 명망가들이 갖춰놓고 살던 관행으로, 묘지의 비석을 조각하는 지역 제일의 장인에게 맡겼다. 아버지 말에 따르면 오래된 정원사는 더 남아 있지 않고 새로운 정원사는 게으름뱅이 무리에 불과했다. "앞으로는 갈수록 잡초가 저택을 집어삼킬 거다." 아버지는 그런 말을 반복했지만 그렇다고 상황을 해결하려는 조치는 전혀 하지 않았다. 그에게 자연은 멀리서 보며 그 아름다움에 감탄할 대상이지 특별한 관심을 갖고 돌볼 만한 것은 아니었다. 수익성이 있는 일에 더 관심을 기울이는 사람이었다. 저택이 점차 훼손되어 갔지만 필요한 시간만큼만 그 집에 살 생각이라 별로 걱정하지 않았다. 집은 아무 가치가 없지만 대지는 근사하고 훌륭했다. 아버지는 값이 충분히 올라 때가 되면 저택을 팔 계획이었다. 몇 년을 기다리게 되어도 좋았다. 그의 신조는 상투적이었다. 싸게 사서 비싸게 파는 것이었다.

상류층은 관공서와 시장, 비둘기 똥이 가득한 먼지투성이 광장에서 멀리 떨어져 교외로 옮겨가고 있었다. 우리 집 같은 저택을 허물고 중산층을 위한 아파트나 사무용 건물을 짓는 바람이 불고 있었다. 수도는 이전에도 세상에서 가장 멀리 떨어진 도시의 하나였고 당시에도 그랬다. 식민지 시대부터 주요 도로였던 거리를 이제 하층민들이 차지해 가고 있으니 아버지도 친구들, 지인들 보기에 체면을 차리려면 이사를 해야 할 터였다. 어머니의 부탁으로 집 일부에는 전기를 들여 현대화하고 수세식 변기도 설치했지만, 다른 부분들은 조용히 계속 망가지고 있었다.

2장

외할머니는 회랑의 등받이 높은 의자에 앉아 온종일 무위한 생활을 보내셨다. 6년 동안 단 한마디도 하지 않은 채 추억 속에 잠겨 살았다. 어머니보다 몇 살 언니인 피아 이모와 필라르 이모도 그 집에 같이 살았다. 피아 이모는 자그마한 체구의 사랑스러운 여성으로, 식물의 특성을 잘 알았고 손으로 치유하는 능력도 있었다. 스물세 살 때 그녀는 열다섯 살부터 사랑했던 6촌 오빠와 결혼할 예정이었지만 결혼식 두 달 전에 갑자기 약혼자가 죽는 바람에 결국 웨딩드레스를 입을 일은 없었다. 유족이 부검을 승인하지 않았기 때문에 사인은 선천성 심장질환으로 처리되었다. 피아 이모는 스스로 평생 하나뿐인 사랑을 잃은 미망인이라 여기며 엄숙한 상복을 입고 다시는 다른 구혼자를 받아들이지 않았다.

필라르 이모는 집안의 다른 여성들처럼 예쁜 외모였지만 그렇게 보이지 않으려고 최선을 다했고, 여성성의 미덕과 치장을 비웃었다. 젊었을 때 구애를 하던 용감한 청년이 둘 있었지만 이모는 그들을 쫓아버리려고 애를 쓸 뿐이었다. 그녀는 반세기 후에 태어났더라면 에베레스트를 등반한 최초의 여성이라는 야망을 이루었을 텐데 그러지 못해 아쉬워했다. 1953년 셰르파 텐징 노르가이와 뉴질랜드인 에드먼드 힐러리가 처음으로 에베레스트를 완등했을 때 필라르 이모는 좌절감에 눈물을 흘렸다. 그녀는 키도 크고 힘도 세고 민첩했으며, 기질적으로 대령 같은 위엄이 있었다. 이모는 집안의 살림을 도맡았고 저택의 유지 보수도 책임졌다. 그러나 수리가 필요한 적은 한 번도 없었다. 그녀는 기계를 잘 다루어서 가정용품을 만들어내고, 고장 나거나 부서진 물건을 고칠 독창적인 방법을 생각해 내곤 했다. 그래서 사람들은 신의 착오로 이모가 여자로 태어났다고 했다. 지진이 지나가고 난 뒤 지붕에 앉아 타일 교체를 지시하는 모습이나, 크리스마스 파티를 위해 뒷마당에서 닭과 칠면조를 도살할 때 구역질 하나 없는 모습을 보더라도 아무도 놀라지 않았다.

우리 가족은 인플루엔자 때문에 격리된 느낌이 거의 없이 지냈다. 평소에도 가정부, 요리사, 세탁부가 한 달에 단 두 번, 오후에 외출하곤 했다. 기사와 정원사는 출입이 더 자유로웠다. 남자들은 집안의 직원에 속한다고 여기지 않았기 때문이다. 아폴로니오 토로라는 체구가 아주 큰 사춘기 소년은 예외였다. 토리토[1]는 몇 년 전 먹을 걸 달라고 델 바예 저택의 문을 두드리다가 저택에 머물게 된 소년이었다. 가족들은 그가 고아라고 생각했지만 아무도 굳이 나서서 알아보려고 하지는 않았다. 토리토는 밖에 나가는 일이 매우 드물었다. 이전에 길에서 폭행을 당한 적이 몇 번 있어서 또 그럴까 두려웠기 때문이다. 약간 야수 같은 외모와 천진난만한 태도가 사람들의 심술을 자극했다. 토리토에게는 장작과 숯을 옮기고, 마루에 왁스를 발라 광택을 내는 등 힘은 필요하고 머리는 별로 안 쓰는 일들이 맡겨졌다.

어머니는 그다지 사교적이지 않았고, 평소에는 가능한 한 외출을 하지 않으셨다. 남편과 함께 델 바예 집안 모임은 참석하곤 했는데 기념일, 세례식, 결혼식, 장례식으로 달력이 꽉 찰 정도로 모임이 많았다. 행사에 가면 들끓는 소음으로 두통이 생겼기 때문에 보통 마지못해 참석하곤 했다. 어머니는 건강이 안 좋거나 임신 때문에 침대에 누워 있기도 했고, 산속의 폐결핵 요양원에 가서 기관지염을 치료하며 휴식을 취하기도 했다. 날씨가 좋으면 남편의 포드 T를 타고 짧은 드라이브를 하곤 했다. 아버지는 시속 50킬로미터의 죽음의 스피드를 내는 이 자동차가 유행이 되자마자 구입했었다.

"언젠가는 내 비행기로 당신이 날아갈 수 있게 해주

---

1 토리토는 토로를 친근하게 부르는 표현.

겠소." 비행기는 아마도 어머니가 절대로 타고 싶지 않은 교통수단이었을 테지만 아버지는 그런 약속을 했다.

아버지는 사람들이 모험가와 플레이보이의 취미로 여기는 비행술에 큰 매력을 느꼈다. 그는 미래에는 천과 나무로 만든 이 모기 같은 물건에 값을 치를 만한 사람이면 누구나 자동차처럼 이용할 수 있게 될 거라고 믿었다. 그리고 자신은 여기에 돈을 대는 초기 투자자가 될 것이었다. 아버지는 계획을 충분히 해두고 있었다. 세금을 피하기 위해 미국에서 중고로 사 하나하나 분해해서 국내로 들여온다, 그러고는 다시 조립해서 비싸게 판다는 계획이었다. 우연의 변덕 때문에 세월이 훨씬 더 흐른 후 약간의 수정을 거치면서 아버지의 꿈을 실현하는 일은 내 몫이 될 터였다.

기사가 시내로 태워다 주면 어머니는 터키인 가게에서 쇼핑도 하고, 베르사유 찻집에서 시누이를 만나기도 했다. 그렇게 시누이를 통해 다른 형제들 집안 소식을 제때 알게 되곤 했다. 그러나 근래에는 나들이가 거의 불가능한 상태가 되었다. 처음에는 배가 점점 무거워졌기 때문이고, 나중에는 펜데믹으로 갇혀 있어야 했기 때문이다. 겨울날은 짧았다. 어머니는 이모들과 함께 카드 게임을 하거나 바느질이나 뜨개질도 하고, 토리토와 하녀들을 데리고 묵주기도를 드리기도 했다. 어머니는 남부에 가 있는 아이들의 방과 두 개의 거실, 식당을 폐쇄하라고 일렀다. 도서관은 아버지와 큰오빠만 들어가는 공간이었다. 도서관은 토리토를 시켜 책에 습기가 차지 않도록 벽난로에 불을 붙여두곤 했다. 나머지 방들과 회랑은 숯 화로에 끓는 물과 유칼립투스 잎이 담긴 솥을 얹어두어 공기를 정화하고 독감의 유령을 물리치도록 했다.

아버지와 큰오빠 호세 안토니오는 격리 규칙도 통금 시간도 지키지 않았다. 아버지는 경제 발전에 매우 중요한 사업가여서 그랬고 오빠는 아버지와 함께 다녔기 때문이다. 두 사람은 기업가나 사업가, 정치인, 의료 종사자와 마찬가지로 통행 허가를 받았다. 두 부자는 사무실로 나가 동료들과 고객들을 만나고 저녁 식사는 유니언 클럽에서 했다. 유니언 클럽은 폐쇄되지 않았다. 이곳을 닫는 것은 성당을 닫는 것과 같을 터였기 때문이다. 감염으로 웨이터들이 죽어가자 레스토랑의 질이 점점 떨어지기는 했다. 두 사람은 이모들이 만든 펠트 마스크로 거리에서 자신을 보호하고 잠자리에 들기 전에 알코올로 소독을 했다. 인플루엔자 면역이 있는 사람은 아무도 없다는 건 알았지만, 여러 조치를 하고 있는 데다 유칼립투스 향도 피우고 있으니 병이 집안에 들어오지 않기를 바랐다.

내가 태어나던 시절 내 어머니 마리아 그라시아 같은 여성들은 임신한 배가 사람들 눈에 띄지 않도록 스스로 칩거 생활을 했다. 모유 수유를 하지도 않았는데, 그건 정말 나쁜 취향이었다. 보통은 젖먹이 유모를 고용했다. 가난해서 자기 아이에게 먹일 젖을 유복한 아기에게 돈 받고 빌려주는 여성들이었다. 아버지는 낯선 사람이 집에 들어오는 걸 허락하지 않았다. 인플루엔자를 집 안에 들여올 수 있기 때문이었다. 그래서 나에게 젖을 먹이는 문제를 뒤뜰에 산양을 키우며 양젖을 먹이는 방법으로 해결했다.

태어난 날부터 다섯 살이 될 때까지 나는 두 이모가 전담해서 길러주었다. 이모들은 나를 너무 예뻐한 나머지 내 성격을 버릴 정도였다. 아버지도 마찬가지였다. 내가 많은 사내아이들 사이에 유일한 딸이었기 때문이다. 다른 아이들이 글을 배울 나이에 나는 숟가락질은커녕 입에 직접 넣어주어야 먹는 아이였고, 어머니의 침대 옆 흔들 요람에 웅크린 채 잠을 잤다.

어느 날 아버지는 내가 인형의 도기 머리를 벽에 내던져 박살을 내자 큰마음 먹고 주의를 주셨다.

"이런 버릇없는 녀석! 혼 좀 나야겠구나!"

아버지는 단 한 번도 나에게 목소리를 높인 적이 없었다. 나는 종종 그랬던 대로 방바닥에 엎어져 숨을 헐떡대며 떼를 썼다. 나에게 무한한 관용을 베풀던 아버지는 처음으로 참을성을 잃고 내 두 팔을 꽉 붙잡아 거세게 흔들어댔다. 이모들이 끼어들지 않았다면 아마 나는 목이 부러졌을 것이다.

겁에 질린 나는 발버둥 치던 걸 바로 멈췄다.

"이 아이에게 필요한 건 영국인 가정교사야." 화가 난 아버지는 그렇게 결정했다.

그렇게 해서 미스 테일러는 우리 가족이 되었다. 아버지는 런던에서 아버지의 사업체를 맡고 있던 대리인

에게 도움을 청했고, 대리인은 「더 타임즈」에 구인 광고
를 냈다.

그들은 가는 데 몇 주, 답신이 오는 데 몇 주가 걸리
는 전보와 편지로 연락을 했다. 물리적인 거리뿐 아니라
대리인은 스페인어를 모르고 아버지의 영어 어휘가 수
출 문서나 달러 통화 문제에 한정되어 있어 생기는 언
어의 장애에도 불구하고, 그들은 이상적인 사람, 말하자
면 경험과 평판이 검증된 한 여성을 고용하기로 합의하
는 데 이르렀다.

4개월 후 부모님과 호세 안토니오 오빠는 나를 데리
고 영국인을 맞으러 항구로 나갔다. 나는 일요일 미사
보러 갈 때 입는 파란색 벨벳 코트를 입고, 에나멜가죽
부츠에 밀짚모자 차림이었다. 우리는 모든 승객이 사다
리를 타고 내려와 마중 나온 사람들에게 달려가 인사를
나누고, 시끌벅적하게 무리 지어 사진을 찍고 나서 뒤얽
힌 짐을 챙겨 선착장을 뜰 때까지 기다려야 했다. 그러
고 나서야 길을 잃은 듯한 모습으로 외롭게 서 있는 여
성이 우리 눈에 들어왔다. 부모님은 가정교사가 자신들
이 짐작하던 것과는 다르다는 걸 그때 알아챘다. 에이전
트와 주고받은 편지에 언어적인 표현상의 오해가 가득
했던 탓이다. 사실 아버지가 채용을 결정하기 전에 대리
인에게 물어본 것은 그녀가 개를 좋아하는지 여부가 다
였다. 그녀는 사람이 더 좋다고 대답했었다.

우리 집안의 너무나 뿌리 깊은 편견 때문에 부모님은

가정교사가 뾰족한 코에 치아가 고르지 않은, 성숙하고 구식인 여성일 거라고 기대했다. 건너건너 알고 지내거나 신문 사회면의 사진에서 본 영국인 이민촌의 여성들은 그런 생김새였다. 미스 조세핀 테일러는 키가 좀 작고, 뚱뚱한 것은 아니지만 살집이 좀 있는 20대의 젊은 여성이었다. 허리선이 낮고 헐렁한 겨자색 드레스에 솥처럼 둥근 펠트 모자를 쓰고 발목을 끈으로 조이는 구두를 신고 있었다. 그녀는 동그란 감청색 눈에 검은색 콜을 칠해 화장을 하고 있었는데, 그래서 겁먹은 듯한 표정이 더 두드러졌다. 밀색 금발에 추운 나라의 아가씨들이 그렇듯 나이가 들면서 무자비하게 잡티와 주름이 생기는, 라이스페이퍼 같은 피부였다. 큰오빠는 집중 코스에서 배우기는 했지만 제대로 연습할 기회는 없던 영어 실력으로 그녀와 의사소통을 할 수 있었다.

어머니는 사과처럼 싱그런 미스 테일러를 보고 첫눈에 마음에 들었지만, 아버지는 속은 기분이었다. 그렇게 먼 곳에서 가정교사를 데려온 것은 딸아이의 훈육과 매너 교육도 맡기고, 적절한 학교 교육의 기초를 다지기 위해서였다. 아버지는 가정교사를 통해 집에서 교육을 시킴으로써 유해한 사상이나 저속한 관습, 그리고 아동 인구를 열에 하나꼴로 희생시키는 질병으로부터 나를 보호하겠다고 선언했다. 전염병은 먼 친척 중에 몇 사람의 희생자를 남겼지만 우리 직계 가족은 건드리지 못했다. 그러나 혹시라도 역병이 사납게 되살아나 어린 아이들에게 퍼져 숱한 사망자를 낳지 않을까 하는 두려움은 있었다. 바이러스가 한번 파도처럼 휩쓸고 간 뒤 살아남은 성인들은 면역력이 생겼지만 아이들은 그렇지 않았다. 우리나라는 5년이 지난 후에도 전염병이 남긴 불행의 여파를 완전히 회복하지 못한 상태였다. 공중 보건과 경제에 미친 영향은 너무나 파괴적이어서 다른 지역은 1920년대의 광기가 지배하는 동안에도 우리나라는 여전히 조심스러운 생활을 하고 있었다. 아버지는 내가 실신이나 발작을 하고 폭발적인 구토가 생기는 등의 증상 때문에 내 건강을 걱정하고 있었다. 그런 증상이 당시에는 가지고 있었지만 나중에는 불행하게도 잃어버렸던 나의 비범한 연극적인 재능의 산물일 수 있다는 의심은 하지 못했다. 아버지 눈에는 항구에서 태워온 유행에 민감한 신여성이 난폭한 기질의 딸을 길들이는 임무를 맡을 적임자가 아니라는 게 분명해 보였다. 그러나 그 외국인 여성은 여러 차례 아버지에게 놀라움을 안겨주게 될 터였다. 그녀가 진짜 영국인이 아니라는 사실도 그랬다.

그녀가 오기 전에는 집안에서 미스 테일러의 정확한 위치가 어디일지 아무도 정확하게 생각해 두지 않았다. 그녀는 가정부와 동급은 아니었지만 그렇다고 가족의 일원도 아니었다. 아버지는 가정교사를 공손하게, 적당한 거리를 두고 대하라고 일렀다. 식사는 식당이 아니라 회랑이나 팬트리에서 나와 같이하게 될 거라고 했고, 몇 달 전 변기에 앉은 채 돌아가신 할머니가 지내던 방을 챙겨두라고 지시해 둔 터였다.

그래서 토리토는, 해진 태피스트리 천과 낡아 비틀어져 가는 나무로 된 할머니의 무거운 가구들을 지하실로 내려놓고 음울한 분위기가 옅게 밴 다른 가구들을 대신 가져다 놓았다. 필라르 이모 말로는 그렇게 해야 가정교사가 주눅 들지 않을 터였으며, 나와 맞서 이겨낼 충분한 동기부여도 되고 세상 끝에 있는 야만인들의 나라에도 적응할 수 있다는 것이었다. 야만인들의 나라란 곧 우리나라였다. 이모는 수수한 줄무늬 벽지와 마른 장미색 커튼을 골랐다. 그게 노처녀에게 적당하다고 생각했다. 그러나 미스 테일러를 보자마자 잘못 생각했다는 것을 깨달았다.

가정교사는 일주일 만에 고용주의 예상보다 훨씬 더 깊이 가족에 편입되었고, 이 계급주의 국가에서 매우 중요하게 여기는 사회적 사다리에서 그녀의 위치가 어디인가 하는 문제는 사라졌다. 미스 테일러는 다정하고 신중했지만 소심한 성격은 전혀 아니었으며, 모든 사람이 자신을 존경하게 만들었다. 다 자랐지만 여전히 미개한 종족처럼 행동하고 다니는 내 오빠들까지도 그녀를 존경했다. 팬데믹 시기에 외부의 침입자로부터 가족을 보호하기 위해 아버지가 구했지만 결국 제멋대로 행동하는 애완견이 된 두 마리 마스티프도 그녀에게 순종했다. 미스 테일러는 목소리를 높이지 않고 바닥을 가리키며 영어로 지시했는데, 그걸로 충분했다. 그러면 개들은 귀를 오므리며 의자에 앉곤 했다. 새 가정교사는 서둘러나와 함께 하루 일과를 정했고, 먼저 부모님에게 실외 운동과 음악, 과학, 미술 수업이 포함된 학습 계획을 보여준 다음 공동생활의 기본 규칙을 나에게 심어주는 작업을 시작했다.

아버지는 미스 테일러에게 그렇게 젊은데 어찌 그리 많은 것을 알고 있냐고 물었고, 그녀는 참고 도서들 덕분이라고 대답했다. 그녀는 나에게 제일 먼저 '해주세요'라고 부드럽게 요청하고 '고맙습니다'라고 말하는 자세의 장점을 설명했다. 내가 무언가를 하기 싫다고 울부짖으며 땅에 뒹굴면 미스 테일러는 어서 달려와 나를 다독이려고 하는 어머니와 이모들을 몸짓으로 말렸다. 그녀는 태연히 책을 읽거나 뜨개질을 하거나 정원의 꽃을 꺾어 화병에 꽃꽂이를 하면서 내가 지칠 때까지 나뒹굴도록 내버려두었다. 내가 발작하는 시늉을 해도 신경도 쓰지 않았다.

"피가 나거나 하지 않는 한 우리는 개입하지 않을 거예요." 그녀가 정한 규칙이었다. 어머니와 이모들은 충격을 받았지만, 미스 테일러의 교수법에 의문을 제기할 엄두는 내지 못하고 그대로 따랐다.

그녀들은 미스 테일러가 런던에서 온 가정교사니 충분히 자격 있는 사람이라고 생각했다.

미스 테일러는 이제 내가 어머니 방의 흔들 요람에서 웅크리고 자기엔 너무 많이 자랐다며 방도 따로 만들고 침대를 넣어달라고 했다. 처음 두 밤은 문을 서랍장으로 막아 내가 도망가지 못하게 해야 했지만 나는 곧 내 운명에 순응했다. 미스 테일러는 곧바로 나에게 옷 입는 법, 혼자 밥 먹는 법을 가르치기 시작했다. 옷을 일부라도 껴입는 법을 배울 때까지는 나를 반만 입힌 채 내버려두기도 했고, 배고파진 내가 숟가락을 손에 들고 밥그릇 앞에 앉을 때까지 트라피스트 수도사[1] 같은 평정심으로 기다리곤 했다. 결과는 놀라울 정도였다. 모든 집안 사람들의 신경을 갈아대던 괴물이 단시간에 미스 테일러의 베르가못 향수 냄새와 비둘기처럼 움직이는 포동포동한 손에 매료되어 가는 곳마다 그녀를 따라다니는 평범한 소녀가 되었다. 아버지의 진단대로 나는 체계가 잡혀야 한다는 말을 5년 동안이나 듣고 지냈는데, 마침내 체계가 잡힌 것이었다. 어머니와 이모들은 그게 꾸중하는 거라고 여겼지만, 아무튼 뭔가 본질적인 변화가 생겼다는 사실을 인정할 수밖에 없었다. 집안 분위기가 부드러워졌다.

미스 테일러는 재능이라기보다 열정으로 피아노를 치고는 했다. 가늘지만 음색이 좋은 작은 목소리로 발라드를 부르기도 했다. 그녀는 귀가 좋아서 물 흐르는 느낌의 알아듣기 쉬운 스페인어 단어를 빨리 배웠다. 그렇게 쉽게 배우는 단어에는 내 오빠들이 쓰는 욕설도 포함되었다. 그녀는 오빠들의 욕설을 뜻도 제대로 모르고 불쑥 내뱉고는 했다. 그러나 입을 별로 벌리지 않고 모음을

1 17세기 프랑스 노르망디 지방에서 생겨나 엄격한 수도 생활을 지향한 수도회.

발음하는 모국어 덕분에 공격적인 느낌이 없어 아무도 고쳐주지 않다 보니 그대로 계속 사용하게 되었다. 미스 테일러는 무거운 우리나라 음식을 먹는 게 고역이었지만, 우리 요리에 대해 영국식의 태연한 태도를 보였다. 그런 담담한 반응은 우리나라의 겨울 대홍수, 건조하고 먼지 많은 여름 더위, 램프가 춤추고 의자가 옮겨 다니는 지진 앞에서도 마찬가지였다. 그러나 그녀가 참기 힘들어한 것은 안뜰 작업 공간에서 가축을 잡는 일이었다. 그녀는 이를 원시적이고 잔인한 관습이라고 표현했다. 같이 살면서 키우던 토끼나 닭을 스튜에 넣는 일은 미스 테일러에게 잔인해 보였다. 토리토가 아버지의 생일을 위해 석 달 동안 살을 찌운 양을 잡았을 때 미스 테일러는 열병으로 침대에 드러누웠다. 그래서 필라르 이모는 고기를 밖에서 사오기로 결정했다. 이모 생각에는 가엾은 동물을 시장에서 죽이든 집에서 죽이든 다를 게 없는 일이었지만 말이다. 하나 확실하게 해둘 건 집에서 잡은 그 양이 내 어린 시절 유모로 삼았던 그 양은 아니라는 사실이다. 내 유모 양은 세월이 흘러 나중에 늙어 죽었다.

미스 테일러가 가져온 두 개의 녹색 황동 트렁크에는 모두 영어로 된 학습서와 미술 서적, 현미경, 화학 실험에 필요한 물건들을 담은 나무 상자, 1911년에 출판된 29권의 최신판 브리태니커 백과사전이 들어 있었다. 그녀는 백과사전에 나오지 않는다면 그 이유는 세상에 존재하지 않기 때문이라고 굳게 믿었다. 그녀의 옷장은 모자까지 세트로 맞춰 입는 두 가지 종류의 외출복이 있었다. 하나는 그녀가 타고 온 배에서 내릴 때 입었던 겨자색 드레스와 무슨 동물인지 구별하기 어려운 포유류의 모피 칼라가 달린 코트였다. 나머지는 단순한 디자인의 스커트와 블라우스였는데, 매일 그 옷 위에 작업복을 입고 지냈다. 미스 테일러는 곡예사 같은 동작으로 옷을 입고 벗었다. 그래서 우리가 같은 방을 썼는데도 불구하고 한 번도 그녀가 페티코트만 입은 모습이나 벗은 모습을 본 적이 없었다.

어머니는 내가 잠자리에 들기 전에 스페인어로 기도를 하도록 감독했다. 영어로 하는 기도는 이교도 식이어서 하느님이 알아들을 수 있을지 어떻게 아느냐는 생각이었다. 미스 테일러는 성공회 신자여서 가족의 가톨릭 미사에 함께 가거나 공동체 로사리오 기도를 같이할 의무가 없었다. 우리는 그녀가 침대 협탁에 올려둔 성경을 읽는 모습이나 종교적으로 전도하는 것을 본 적이 없었다. 그녀는 일 년에 두 번 영국인 이민촌에 있는 지인의 집에서 열리는 성공회 예배에 참석하곤 했다. 예배에 가면 찬송가도 부르고 다른 외국인들과 어울리며 차도 마시고 잡지와 소설을 서로 바꿔 읽기도 했다.

미스 테일러와 함께 지내면서 내 생활 태도는 눈에 띄게 좋아졌다. 어린 시절 처음 몇 년은 내 뜻대로 하려고 고집을 피면서 밀고 당기는 시간이었고, 항상 내 뜻대로 되다 보니 안전하다거나 보호받는다는 느낌을 받지 못했다. 아버지가 주장했듯이 나는 어른들보다 더 기가 셌고 그러니 기댈 만한 사람이 없었다. 미스 테일러는 내 반항기를 완전히 통제하지는 못했지만 사회의 바람직한 행동 규범들을 나에게 심어주는 데 성공했다. 그녀는 우리나라 사람들이 제일 즐기는 주제인 신체의 기능과 질병을 거론하는 나의 나쁜 습관도 없애 주었다. 남자들은 정치와 사업 이야기를 하고 여자들은 잔병과 가사 이야기를 나누곤 했다. 어머니는 아침에 일어나면 자기 몸이 어디가 아팠었는지 일일이 공책에 적었다. 그리고 공책을 갖고 있다가 이전에는 어떻게 나았고 지금은 어떻게 해서 좋아지는지 그 치료법을 하나하나 기록해 두었다. 종종 그 메모들을 읽으며 가족사진 앨범을 볼 때처럼 따스하고 온화한 기분을 느끼며 즐거워했다. 나도 어머니와 같은 길을 가고 있었다. 나는 아픈 척 꾀병을 부리다 보니 온갖 질병의 전문가가 되었지만, 그런 나를 거들떠보지도 않는 미스 테일러 덕분에 저절로 병이 낫곤 했다.

처음에는 미스 테일러를 기쁘게 하려고 숙제도 하고 피아노 연습도 했지만, 나중에는 단순히 배움의 즐거움으로 그렇게 했다. 내가 글을 제대로 쓸 수 있게 되자마자 미스 테일러는 조그만 자물쇠가 달린 아름다운 가죽 장정 공책을 주면서 일기를 쓰게 했다. 그것은 내 평생의 습관이 되었다. 그리고 글을 유창하게 읽을 수 있게 되자 나는 브리태니커 백과사전을 차지했다. 미스 테일러는 우리가 거의 사용하지 않는 단어들의 뜻을 외워

서로 겨루는 게임을 만들어냈다. 아버지의 안락한 지붕을 떠날 생각이 조금도 없이 이제 곧 스물세 살을 앞두고 있던 호세 안토니오도 게임에 함께했다.

호세 안토니오 오빠가 법학을 공부한 것은 직업 때문이 아니라 그 당시 우리 계층 남자들에게 용인된 직업이 달리 별로 없었기 때문이다. 그에게는 의학이나 공학 같은 두 선택지보다는 법학이 더 나아 보였다. 오빠는 아버지와 함께 사업을 관리하고 있었다. 내 아버지 아르세니오 델 바예는 오빠를 제일 좋아하는 아들이자 자기 오른팔이라고 소개했다. 오빠가 아버지의 결정에 항상 동의한 건 아니었고 오히려 경솔한 결정이라고 생각할 때도 있었지만, 전적으로 아버지를 도움으로써 자신을 향한 부친의 특별대우에 부응했다. 그는 몇 차례 아버지에게 너무 많은 분야를 다루고 있고 또 대출로 아슬아슬한 곡예를 타고 있다며 경계하라는 말을 했다. 그러나 아버지는 거래가 많아지면 신용도 가능해지고, 사업 비전이 있는 경영인이라면 다른 사람의 돈으로 할 수 있는 걸 자기 돈으로 하는 사람은 아무도 없다고 했다. 그런 사업들의 창의적인 회계법을 잘 알고 있던 호세 안토니오는 아무튼 범위는 정해두어야 하고 대출을 중간중간 끊지 않고 너무 길게 끌고 갈 수는 없다고 생각했지만, 아버지는 다 통제할 수 있다고 안심을 시키고는 했다.

"내가 건설하고 있는 제국을 언젠가 네가 운영하게

될 거다. 그러나 깨어 있지 않거나 위험을 감수하는 법을 배우지 않는다면 제대로 운영할 수 없을 거야. 그래서 하는 말인데, 너는 정신을 딴 데 팔고 있는 것처럼 보이는구나, 아들아. 너는 집안 여자들 사이에서 너무 많은 시간을 보내고 있어. 그러면 어리석고 게을러지게 된단다." 아버지는 아들에게 그렇게 말했다.

백과사전은 호세 안토니오와 미스 테일러, 나 사이의 공통 관심사 중 하나였다. 오빠는 가족들 중에서 그녀를 친구처럼 대하고 그녀의 이름을 부르는 유일한 사람이었다. 다른 사람들은 항상 그녀를 미스 테일러라고 불렀다. 한가한 오후 시간에 오빠는 가정교사에게 우리나라 역사에 대해 이야기하곤 했다. 우리 집 제재소가 있는 남부지방의 숲 얘기도 했는데, 나중에 그녀를 데려가 구경시켜 주겠다고 했다. 최신 정치 소식들도 이야기했다. 오빠는 어느 대령이 대통령 선거에 유일 후보로 나왔을 때부터 나라 정치를 걱정해 왔다. 당연하게도 100퍼센트 득표를 받은 그 후보는 정부를 군대처럼 다스렸다. 오빠도 그가 착수한 공공사업과 제도 개혁으로 인해 그의 인기가 정당화된다는 점은 인정할 수밖에 없었다. 그러나 권위주의적 카우디요[1]는 민주주의에 대해 위험을 표현한다고 미스 테일러에게 말했다. 독립전쟁 이후 줄곧 라틴아메리카의 병폐가 되어온 수많은 위험성과 다를 바 없다고 말이다. "민주주의는 속된 것이니 어

---

1 스페인과 중남미에서 지배권을 장악한 정치·군사적 지도자를 일컫는 단어.

쩌면 절대 군주제가 되는 게 이 나라에 좋을지도 모르지요." 미스 테일러는 조롱하듯이 말했지만 사실은 노동자의 권리를 옹호하고, 법이 정한 요건에 따른 지주가 아니더라도 투표를 할 수 있어야 한다는 남성의 보통선거권을 요구했다는 이유로 아일랜드에서 1846년에 처형된 남자를 자신의 할아버지로 두었다는 사실에 자부심을 느꼈다.

조세핀은 내가 듣고 있지 않다고 생각하며 호세 안토니오에게 그녀의 할아버지는 차티스트 운동[2]에 가담한 죄와 왕에 대한 반역죄로 기소되어 교수형에 처해졌고 나중에 몸이 난도질당했다는 이야기를 했다.

"그보다 몇 년 전이었더라면 산 채로 배를 가르고 내장을 뽑고 거세를 시켰을 거예요. 그러고는 수천 명의 흥분한 구경꾼들 앞에서 교수형을 시켜 조각조각 잘랐을 테지요." 그녀는 무덤덤한 어조로 설명했다.

"그래서 당신은 우리가 닭을 죽이는 것을 보고 원시적이라고 생각하는군요!" 겁에 질린 호세 안토니오가 외쳤다.

그 소름 끼치는 이야기는 내 밤을 악몽으로 가득 채웠다. 미스 테일러는 오빠에게 굴욕과 투옥, 단식 투쟁을 대가로 여성 투표권을 위해 싸운 영국 참정권론자 이야기도 들려주었다.

"그들은 끔찍한 고문을 영웅처럼 견뎌냈어요. 그리고

2 1838~1848년 노동자층을 중심으로 전개된 영국의 사회 운동.

부분적인 투표권을 얻었지만 남성과 등등한 권리를 얻기 위한 투쟁을 계속하고 있지요."

호세 안토니오는 그런 일이 우리나라에서는 절대로 일어나지 않을 것이라고 확신했다. 오빠 자신이 편협하고 보수적인 환경을 벗어나 본 적이 없기 때문이었다. 바로 그 시기에 이미 중산층 안에서 잉태되고 있던 세력의 존재에 대해선 전혀 몰랐다. 이는 더 나중에 경험하게 될 터였다.

미스 테일러는 다른 가족들 앞에서는 그런 화제를 피했다. 다시 영국으로 돌려보내지는 걸 원하지 않았기 때문이다.

3장

"장이 과민해서 그렇네." 피아 이모는 미스 테일러가
도착한 다음날 설사로 쓰러지자 그렇게 진단했다.

그것은 이 나라에 오면 물 한 모금만 마셔도 병이 걸
리는 외국인들에게는 흔한 증상이었지만, 대부분은 다
나았기 때문에 별로 심각하게 받아들이지 않았다. 그러
나 가정교사는 우리나라의 박테리아에 끝끝내 면역력이
생기지 않아 갑자기 소화불량에 걸리거나 배탈이 나는
증상을 2년이나 견뎌야 했다. 피아 이모가 회향 풀과 캐
모마일을 끓여 만들어준 차도 마시고, 가족 주치의가 처
방해 준 정체 모를 자그마한 종이를 붙이기도 했다. 나
는 아마 둘세 데 레체[1] 디저트나 매운 양념이 들어간 돼

---

1 우유에 설탕을 넣어 캐러멜처럼 만든 디저트. 식빵에 발라먹기도 하고
   요거트처럼 그대로 먹기도 한다.

지갈비 요리, 옥수수 파이, 오후 다섯 시면 마시는 크림을 잔뜩 올린 뜨거운 초콜릿, 그 외에도 무례하게 여겨질까 거절하지 못한 여러 가지 음식들 때문에 병이 났던 거라고 생각한다. 그러나 그녀는 위경련이나 구역질, 설사 등을 태연하게 참았고, 그런 단어를 단 한 번도 입 밖에 내지 않았다. 미스 테일러는 별로 티를 내거나 유난 떨지도 않은 채 몸이 약해져 갔다. 그제야 체중이 줄고 얼굴이 잿빛으로 변한 걸 알아챈 우리 가족은 놀라서 그녀를 병원으로 데려갔다. 그녀를 진찰한 의사는 닭죽으로 식이요법을 하라고 했고, 아편 팅크를 몇 방울 넣은 포트와인 반 잔을 하루에 두 번 마시도록 처방했다. 그리고 부모님을 따로 불러 환자의 뱃속에 오렌지 크기의 종양이 있다고 알렸다. 우리나라에도 유럽 최고 의사 못지않은 외과의들이 있지만 수술을 하기에 너무 늦었으니 가족에게 돌려보내는 게 가장 인간적이라고 생각한다고 덧붙였다. 겨우 몇 달밖에 남아 있지 않다는 말이었다.

환자에게 사실을 알려야 하는 어려운 일은 호세 안토니오가 맡게 되었는데, 그나마 반만 얘기했지만 환자는 금방 온전한 진실을 추측할 수 있었다.

"저런, 이렇게 곤란할 데가 있을까요." 미스 테일러는 침착함을 유지하며 말했다.

호세 안토니오는 일등칸을 타고 런던까지 갈 수 있도록 아버지가 여행 준비를 다 해줄 거라고 말했다.

"당신도 나를 쫓아버리고 싶은 건가요?" 그녀가 웃었

다.

"맙소사! 아무도 당신을 쫓아내고 싶어 하지 않아요, 조세핀! 우리가 원하는 게 있다면 그저 당신이 누군가와 같이 지내면서 사랑받고 보호받는 겁니다……. 내가 당신 가족에게 설명할게요."

"내게 가족이 있다면 당신들이 가장 가족 비슷한 사람들이지 않을까 싶은데요." 그녀는 그렇게 대답하더니 아무도 먼저 묻지 않은 이야기를 꺼내기 시작했다.

조세핀 테일러의 할아버지가 영국 왕실을 화나게 한 죄로 처형된 아일랜드인이었다는 것은 사실이었다. 그러나 정의를 위해 싸운 투사의 후손이라는 점 외에는 내세울 게 없는 난폭한 알코올중독자를 아버지로 두었다는 말은 오빠에게 하지 않았었다. 여러 자녀를 데리고 비참한 가난에 혼자가 된 그녀의 어머니는 젊은 나이에 세상을 떠났다. 자녀들은 친척들 손에 이리저리 나뉘어 맡겨졌다. 열한 살이었던 맏이는 탄광으로 보내졌고, 아홉 살이었던 그녀는 수녀들이 운영하는 고아원으로 가게 되었다. 그곳에서 그녀는 고아원의 주요 수입원인 세탁소에서 생활비를 벌며, 어느 선한 영혼이 나타나 자신을 입양해 주기를 바라며 살았다. 그녀는 오빠에게 다른 사람의 옷을 비누칠하고 치대고 솔질을 해서 거대한 가마솥에 삶아 헹군 뒤 풀을 먹이고 다림질까지 하는 일이 얼마나 엄청난 작업인지 설명해 주었다.

열두 살이 되어 이제는 입양 가능한 나이가 지나자 미스 테일러는 영국 군인의 집에서 무급 하녀로 일하게 되었다. 그곳에서 일하며 지내다가 사춘기가 되었는데, 집주인은 아직 10대인 그녀를 자기 권리라는 듯 계속해서 성폭행을 일삼았다. 주인은 어느 날 밤 그녀가 자고 있던 부엌 옆방을 침입해 들어오더니 그녀의 입을 막고 다짜고짜 몸을 덮쳤다. 나중에는 그게 하나의 일상이 되었다. 늘 똑같은 식의 일이 일어나 조세핀은 알면서도 항상 두려움에 떨었다. 군인은 자선사업과 사교활동으로 바쁜 아내가 외출할 때를 기다렸다가 어린 소녀에게 따라오라고 손짓을 했다. 겁에 질린 그녀는 저항하거나 도망칠 수 있다는 생각은 하지도 못한 채 그를 따라갔다. 차고로 들어간 남자는 눈에 띄는 자국이 남지 않도록 조심하면서 말채찍으로 그녀를 매질했고, 매번 똑같이 변태적인 방식으로 그녀를 굴복시켰다. "다 지나갈 거야, 끝날 거야." 그녀는 소리 없이 혼잣말을 되풀이하곤 했다.

몇 달이 지난 후 마침내 그의 아내는 가정부가 매 맞은 강아지처럼 행동하는 게 눈에 들어오기 시작했다. 아이는 남편이 집에 돌아오면 구석으로 살금살금 들어가 떠는 모습을 보이곤 했다. 아내는 결혼 생활 동안 남편에게서 여러 가지 일탈의 징후를 보았지만 오히려 외면하는 쪽을 선택했었다. 그녀의 지론은, 콕 집어 이름 붙이기 어려운 건 존재하지 않는 것과 마찬가지라는 식이었다. 그러니 겉모습이 유지되고 있는 한 굳이 파고들 필요가 없었다. 누구에게나 비밀은 있지, 그녀는 그렇게 생각했다. 그러나 집안 하인들이 자기 등 뒤에서 속닥거리고 있음을 알아차리게 되었고, 또 이웃집 여자가 찾아와 차고에서 구타 소리와 신음소리가 들리던데 혹시 남편이 채찍으로 말을 혼내는 거냐고 묻기도 했다. 그래서 자기 집 지붕 아래에서 무슨 일이 일어나고 있는지, 다른 사람들 눈에 띄기 전에 먼저 알아내야 한다는 걸 깨닫게 되었다. 그녀는 손에 채찍을 든 남편, 옷을 반쯤 벗은 채 손이 묶이고 재갈을 문 가정부 앞에 들이닥쳐 두 사람을 놀라게 했고, 그렇게 그 일은 정리되었다.

아내는 그런 일이 생길 때 자주 그랬던 것과 달리 조세핀을 길거리로 내쫓지 않고 자기 어머니와 함께 지내도록 런던으로 보냈다. 남편의 행동에 대해서는 한마디도 하지 않겠다고 미리 다짐을 받았다. 어떤 대가를 치르더라도 스캔들만은 피해야 했다.

미스 테일러의 새 주인은 사별한 부인으로 체력이 여전했다. 세계 여러 곳을 많이 여행한 그녀는 앞으로도 계속 여행을 다닐 생각이어서 보조해 줄 사람이 필요했다. 그녀는 도도하고 폭군 같은 데가 있었다. 그러나 가르치는 일에 소명의식이 있는 사람이어서 조세핀을 제대로 교육받은 숙녀로 만들기로 마음을 먹었다. 고작 세탁부의 예법이나 아는 아일랜드 고아 소녀를 자기 동행으로 삼고 싶지는 않았기 때문이다. 일단 귀가 따가운 거센 억양을 없애고 런던 상류층처럼 말하도록 가르치고, 다음 단계로는 성공회 교도로 개종시킬 필요가 있었다.

"가톨릭교도는 무지하고 미신적이야. 그래서 가난하고 토끼처럼 새끼를 줄줄이 낳는 거야." 그녀의 생각은 확고했다.

그녀는 어렵지 않게 목표를 달성했다. 조세핀에게는 두 신앙이 별로 차이가 없었기 때문이다. 게다가 조세핀은 태어날 때부터 자신을 그렇게 홀대한 신한테서 가능한 한 멀리 떨어지고 싶었다. 조세핀은 사람들 앞에서 흠잡을 데 없이 행동하는 법과 감정과 자세를 엄격하게 통제하는 법을 배웠다. 부인은 그녀가 마음대로 서재에 들어갈 수 있도록 허락해 주었고 독서 지도도 해주었다. 그렇게 해서 조세핀도 브리태니커 백과사전을 신봉하는 나쁜 습성에 물들었다. 또 그녀는 조세핀을 뉴욕에서 카이로까지, 알게 될 거라고 꿈조차 꾸지 못했던 도시들도 데려가 주었다. 그러던 부인은 뇌졸중이 발병해 몇 주 만에 죽었고, 몇 달 정도 살 수 있는 소액의 돈을 조세핀에게 남겼다. 남미에서 가정교사를 구한다는 신문 광고를 보게 된 조세핀은 지원했다.

"당신 가족을 만났으니 나는 운이 좋았던 거예요, 호세 안토니오. 당신들은 나를 정말로 잘 대해 주었으니까요. 아무튼 나는 갈 곳이 없어요. 당신들이 괜찮다면 나는 여기서 죽을 거예요."

"당신은 죽지 않을 겁니다, 조세핀." 눈이 촉촉해진 호세 안토니오가 중얼거렸다. 그 순간 그녀가 자신의 삶에서 얼마나 중요한 존재였는지 깨달았기 때문이다.

가정교사가 우리 집에서 죽을 생각이라는 걸 알게 되자마자 아버지는 항구에서 출발하는 바로 다음 대서양

횡단선에 그녀를 강제로 태워 보내야겠다는 충동을 느꼈다. 내가 그토록 좋아하던 사람이 고통으로 죽어가는 걸 보고 트라우마가 생길 게 염려되었기 때문이다. 그러나 호세 안토니오가 난생처음으로 아버지에게 맞섰다.

"그녀를 내쫓는다면 저는 결코 용서할 수 없을 거예요, 아빠." 호세 안토니오는 그렇게 말했다. 그러고는 의사의 암울한 진단이 있었지만 기독교인으로서 자기 의무는 가능한 한 모든 수단을 동원해 미스 테일러를 구하려 애쓰는 것이라는 말로 아버지를 설득하기 시작했다. "미스 테일러가 죽으면 비올레타는 고통을 겪겠지만 다 이해하게 될 겁니다. 이제 그럴 만한 나이가 되었어요. 오히려 미스 테일러가 갑자기 사라진다면 더 이해할 수 없겠지요. 제가 미스 테일러를 책임질게요, 아빠. 그러니 걱정하지 않으셔도 됩니다." 그게 호세 안토니오의 말이었다.

호세 안토니오는 그 말을 지켰다.

그 나이대에 제일 유명한 외과의가 이끄는 팀이 당시 국내 최고였던 국군 병원에서 미스 테일러를 수술했다. 아버지가 수출 업무로 관계를 맺고 있던 영국 영사가 직접 개입해 준 덕분이었다. 궁핍한 환자들만큼 가난한 공립 병원이나, 돈을 낼 만한 사람이 다니지만 의료 서비스가 형편없는 소수의 개인 병원과는 달리 군 병원은 미국과 유럽의 제일가는 병원들에 견줄 만했다. 군 병원은 원칙적으로는 국군과 주재 외교관 전용이었지만, 인맥이 있는 경우 예외가 되기도 했다. 시설을 잘 갖춘 현대적인 건물에는 넓은 정원이 딸려 있어서 회복 중인 환자들이 산책을 할 수도 있었고, 대령이 이끄는 행정팀 덕분에 청결과 관리가 완벽히 보장되었다.

어머니와 오빠가 환자를 데리고 첫 상담을 하러 갔다. 걸을 때마다 서걱거릴 정도로 제대로 풀을 먹인 제복 차림의 간호사가 그들을 외과의 진료실로 안내했다. 그는 머리가 벗겨진 일흔 살쯤 되는 남성으로, 금욕적인 외모에 권위를 내세우는 게 익숙한 거만한 태도를 지니고 있었다. 방을 나누는 칸막이 뒤에서 한참이나 환자를 진찰한 의사는 두 여성의 존재를 완전히 무시한 채 호세 안토니오를 쳐다보며 종양이 암일 가능성이 있다고 설명했다. 수술로 제거하는 것은 위험이 크기 때문에 방사선으로 종양을 줄이는 치료법을 쓸 수 있다고 덧붙였다.

"박사님, 제가 만일 딸이라면 수술을 시도해 보실 건가요?" 그 어느 때보다 차분해진 미스 테일러가 끼어들었다.

영원히 이어질 것 같은 긴 침묵이 흐른 후 의사가 고개를 끄덕였다.

"그럼 수술을 언제 하실 건지 얘기해 주세요." 그녀가 재촉했다.

그녀는 이틀 후에 입원했다. 그리고 진실을 말하는 게 항상 가장 명쾌한 일이라는 좌우명에 따라 병원으로 떠나기 전에 그녀는 나에게 뱃속에 오렌지가 하나 들어 있어서 제거를 해야 한다, 그런데 쉽지는 않은 일이다, 라는 이야기를 해주었다. 나는 나도 같이 데려가 달라고, 수술하는 동안 함께 있게 해달라고 애원했다. 일곱 살이 되었지만 여전히 그녀에게 애착이 심했다. 미스 테일러는 눈물을 흘렸다. 그녀를 알게 된 후 처음 보는 모습이었다. 그러고 나서 그녀는 집안 사용인들 한 사람 한 사람과 작별 인사를 했다. 토리토를 안아주고 이모들과도 포옹을 했다. 혹시라도 자기 물건들을 기념품으로 갖고 싶어 하는 사람이 있다면 나눠주라고 이모들에게 부탁했다. 그리고 어머니에게는 리본으로 묶은 파운드 다발을 하나 건네주었다.

"당신의 가엾은 이들을 위해 써주세요, 부인."

그동안 미스 테일러는 언젠가 아일랜드로 돌아가 뿔뿔이 흩어진 형제들을 하나씩 찾으려고 월급을 통째로 모아둔 터였다.

나한테는 자신의 가장 큰 보물인 브리태니커 백과사전을 선물해 주었다. 그리고 다시 돌아올 수 있도록 최선을 다하겠다고 말했다. 그렇지만 약속을 해주지는 못했다. 나는 병원에서 끔찍한 일이 일어날 수 있다는 것을 알고 있었다. 돌이킬 수 없는 죽음의 힘에 익숙해져 있었다. 할머니가 흰 새틴 천의 주름 사이에 쉬고 있는 밀랍 마스크처럼 관 속에 누운 모습을 보았었다. 나이가 들거나 사고로 죽은 개나 고양이도 보았고, 스튜 요리를 위해 토리토가 희생시키던 갖가지 종류의 조류, 염소, 양, 돼지의 모습도 보아왔다.

조세핀 테일러가 들것에 실려 수술실로 옮겨지기 전

마지막으로 본 사람은 그때까지 곁에 있어주던 호세 안토니오였다. 그녀는 이미 강력한 진정제를 맞은 상태여서 친구의 모습은 뿌연 안개에 가려진 듯했다. 조세핀은 호세 안토니오의 격려의 말이나 사랑의 고백을 알아듣지 못했다. 그러나 입술에 그의 입맞춤을 느끼자 미소를 지었다.

수술은 일곱 시간 동안 계속되었다. 그 긴 시간 동안 호세 안토니오는 병원 대기실에서 보온병에 담아 온 커피를 마시기도 하고, 대기실 이쪽 끝에서 저쪽 끝을 왔다 갔다 하기도 하며 시간을 보냈다. 그녀와 함께하던 카드게임, 정원에서 보낸 간식 시간, 도시 외곽으로 나간 산책, 백과사전의 낱말 맞히기 게임, 피아노로 발라드 곡을 연주하던 오후, 사지가 절단당해 죽은 증조부에 대한 복잡 미묘한 토론의 기억들이 떠올랐다. 그리고 태어날 때부터 길이 정해진 자신의 통제된 삶에서 그 시절이 가장 행복한 시간이었음을 깨달았다. 그녀야말로 아버지의 보호와 자신을 옭아매는 이 선명한 공범의 거미줄에서 벗어날 수 있게 해줄 유일한 여성이라고 확신했다. 그는 한 번도 스스로 결정을 내린 적이 없었고 항상 자신에게 주어진 기대를 말대꾸 하나 없이 그대로 따랐다. 그는 모범적인 아들이었으나 이제 그런 일이 지쳤다. 그에게 조세핀은 도전적인 여성이었고, 그의 신념을 뒤흔들어 자신의 가족과 사회 환경의 모습을 무자비할 정도로 명료하게 볼 수 있게 되었다. 그녀로 인해 호세 안토니오는 찰스턴 춤을 추었고, 참정권 운동가들에 대해 알게 되었으며, 자신에게 예정된 미래와는 다른 미래, 모험과 위험이 있는 미래를 상상하게 되었다.

스물네 살의 오빠는 이미 과묵하고 조심스러운 성격이 되어 있었고, 그런 성격을 스스로 혐오스러워했다. "나는 조숙한 노인이야." 그는 거울을 보며 면도를 하면서 역겨움에 중얼거렸다. 그는 별로 관심도 없는 데다 의구심이 생기기조차 하는 아버지의 사업을 여러 해 동안 보좌해 왔고, 자기가 몸담은 환경에서 마치 침입자가 된 기분으로 가라앉지 않고 떠 있으려고 애를 썼다. 자신과 같은 조건의 사람들과 관심사나 이상을 공유하지 못했기 때문이다.

병실에서 대기하면서 그는 조세핀과 함께 다른 곳에서 새로운 삶을 시작할 수 있다고 상상했다. 함께 아일랜드로 떠날 수도 있고, 그러면 미스 테일러가 태어난 마을에 소박한 집을 짓고 살 수 있을 것이다. 그녀는 가르치는 일을 하고 자신은 노동자로 일할 것이다. 조세핀이 다섯 살 연상이라는 점이나 자신에게 이성적인 감정의 끌림을 조금도 내보인 적이 없다는 사실은 그의 명쾌한 결심에 비하면 사소한 아쉬움일 뿐이었다. 그는 결혼을 발표했을 때 무성하게 쏟아질 말들에 대해 상상해 보았다. 그와 같은 계층이고 가톨릭 신자이면서 사촌 플로렌시아처럼 유명한 집안의 아가씨와 결혼할 거라고 기대하던 우리 가족에게 그런 일은 수치일 것이다. 그러나 배를 타야 하는 유럽으로 가버리면 그런 일은 하나도 겪지 않아도 될 터였다.

카밀로, 내가 이 모든 걸 어떻게 아느냐고? 어떤 부분은 여러 해 동안 오빠를 구슬려 실토하게 했고 또 어떤 것은 내가 오빠를 잘 아니 혼자서도 상상할 수 있다. 미스 테일러의 뱃속에 든 오렌지는 이모들의 말에 따르면 키로가 신부님이 하늘에서 보우하사 양성 종양으로 판명되었다. 의사는 종양이 난소까지 퍼져 난소를 제거해야 하고 그러면 아이를 가질 수 없는데 환자가 미혼이고 이제는 아주 젊은 건 아니라고 했다. 아무튼 그런 세부적인 것은 중요하지 않았다. 그는 수술이 성공적이었다고 장담했다. 그러나 그런 경우에 흔히 그렇듯이 환자는 피를 많이 흘렸고 약해져 있었다. 충분히 휴식하고 조심을 하면 합당한 시간 안에 회복할 터였다. 피아 이모와 필라르 이모가 그녀를 맡아 돌보기로 했고, 나는 성실하게 그녀와 함께 시간을 보냈다. 두 마리 마스티프도 충성스럽게 그녀 곁을 지켰다.

몇 년 전 신여성 차림으로 이 나라에 온 그 멋쟁이 아가씨는 온데간데없고 이제는 유령 같은 모습만 남았다. 미스 테일러는 몇 달 동안의 고통과 잔인한 수술을 불평 없이 견뎌내야 했다. 그래서 동글동글하던 모습이라고는 엄지와 검지 사이의 둥그런 부분밖에 남아 있지 않을 정도였고, 피부는 불안한 누런빛을 띠고 있었다. 회복을 돕는 허브가 들어간 닭고기 수프, 꿀벌 꽃가루가 들어간 제철 과일 설탕 절임, 아편 방울, 메스꺼운 비트 음료, 빈혈에 잘 듣는 맥주 효모를 섭취하며 거의 한 달을 보낸 후 마침내 다시 일어설 수 있게 되었을 때, 그녀가 옷을 입고 있는 게 아니라 옷이 그녀 몸에 걸려 있는 듯한 모습인 데다 머리카락이 절반이나 빠져 있었다. 호세 안토니오는 그녀가 그 어느 때보다 아름답다고 여겼다. 그녀는 길 잃은 영혼처럼 자기 방을 어슬렁거리며 이모들이 스페인어로 된 시를 읽어주기를 기다렸다. 이모들은 방안을 맴도는 그녀를 그대로 두고는 옆에 앉아 시를 읽었고, 아편으로 멍해져 눈꺼풀이 반쯤 감긴 그녀는 시를 절반은 흘려듣기 일쑤였다. 나는 오빠가 백과사전을 읽어주는 게 좋겠다고 넌지시 말했지만, 오빠는 아직 감정을 드러내지 않은 채 낭만적인 단계에 머무르고 있었다.

요양 기간은 여러 달 계속되었고, 미스 테일러는 그 시간을 발코니의 안락의자에 앉아 내 교육을 이어가는 데 활용했다. 우리 집의 일상은 그녀의 건강 회복에 집중되었다. 어머니는 재봉틀을 발코니로 옮겼고 토리토도 그곳에서 낡은 가구를 수리했다. 필라르 이모가 병 속의 물기를 말리기 위해 직접 발명한 복잡한 장치를 조립하고 분해하는 작업도 발코니에서 이루어졌고, 가루, 팅크, 물약, 캡슐, 웨이퍼와 같은 자연 치료법을 위한 자신만의 방대한 레퍼토리를 만드는 피아 이모의 작업도 발코니에서 이루어졌다. 피아 이모는 볼리비아 아마존 분지에 자라는 아탈레아 프린셉스 야자열매를 현지에 부탁해서 구했고, 그 열매로 탈모에 좋은 기름을 짰다. 그러고는 겨우 몇 개 남은 환자의 머리털을 밀고 그 경이로운 기름으로 하루에 두 번씩 두피를 마사지해 주었다. 7주쯤 되었을 때 부드러운 솜털이 올라오더니 머지않아 거뭇한 머리털이 무성하게 자라기 시작했다. 이모는 고산지대 원주민의 뻣뻣한 머리카락 같다며 비웃는 투로 말했다. 그러나 원래의 성긴 밀색 머리보다는 환자에게 더 잘 어울린다고 인정했다.

시간은 느리고 차분하게 지나갔다. 유일하게 마음이 급한 사람은 미스 테일러를 베르사유 찻집으로 데려가 결혼 의사를 밝힐 수 있게 되는 순간을 기다리고 있던 호세 안토니오였다. 그는 미스 테일러가 자신을 받아줄 거라는 데 한 치의 의심도 없었다. 단 하나 불확실한 게 있다면 경제적인 부분이었다. 아일랜드에 가서 노동자로 생계를 유지한다는 생각이 점점 매력적으로 여겨지지 않았고, 게다가 아내가 될 사람은 가족의 울타리와 도움이 필요했기 때문이다. 그는 열일곱 살 때부터 아버지를 도와 일을 했지만 정해진 급여를 받지는 못했다. 산발적으로 다양한 액수의 금액을 받아왔을 뿐이었다. 그것은 급여라기보다는 후한 액수의 팁이나 마찬가지여서 저축을 할 수 있는 것은 전혀 아니었다.

아버지는 자신의 여러 사업에서 아들이 매우 성공적인 지분을 갖게 될 것이라고 장담했었다. 그러나 실제로는 수익이 공유되지 않고 다른 사업에 재투자되곤 했다. 아르세니오 델 바예는 프로젝트를 하나 시작할 때 대출을 받았고 또 새로운 프로젝트에 자금을 조달하기 위해 가능한 한 빨리 이전 사업을 팔았다. 그는 은행, 주식 및 채권이라는 눈에 보이지 않는 우주에서 돈이 증식된다는 확신으로 그 방식을 되풀이했다. 호세 안토니오는 아버지의 이런 방법에 대해 주의해야 한다고 경고했다. "이대로라면 아버지는 결코 빚에서 벗어날 수 없을 거예요." 그러나 아버지는 현명한 방식의 투자를 하지 않는다면 아무도 어느 직업에서 부자가 되지 못한다고 주장했다. 미래는 과감한 자의 것이라고도 했다.

4장

긴 휴식과 피아 이모의 치료 요법 음료들 덕에 조세
핀 테일러의 건강이 회복되었고, 그러자 외출을 하고 싶
은 마음도 되살아났다. 크리스털로 장식된 발코니 생활
이 정말 길었다. 그녀는 살이 많이 빠졌지만 얼굴색이
좋아졌고, 깃털이 반쯤 뽑힌 새 같은 짧은 헤어스타일이
돋보였다. 그녀의 첫 번째 외출은 어머니와 나, 이모들
과 함께 델 바예 집안 사촌의 처녀파티에 간 것이었다.
소박한 카드에 인쇄된 가족 티파티 초대장은 과시를 최
악의 취향으로 여기는 이 나라 정서에 맞게 행사의 규
모를 줄인 것이었다. 지금은 그런 걸 과시라고 여기지
않은 지 오래되기는 했다, 카밀로. 오늘날은 모두가 실
제보다 더 괜찮은 사람인 척하고, 실제보다 더 가진 게
많은 사람인 척한다. 사촌의 '작은 티파티'는 다양한 케

이크, 은제 보온병에 담긴 핫 초콜릿, 아이스크림, 보헤미안 크리스털 잔에 담긴 달콤한 리큐어가 가득한 호들갑스러운 잔치였다. 젊은 여성들이 연주하는 현악기 앙상블과, 실크 손수건을 토해내기도 하고 여자 조수의 가슴께에서 비둘기를 계속 끄집어내기도 하는 마술사의 공연으로 파티의 열기가 더해졌다.

내 짐작으로는 그 방에 여자들이 오십 명쯤 있었는데, 모두 친척이거나 아니면 신부의 친구였다. 자리에 맞지 않은 옷차림을 한 미스 테일러는 주변과 단절된 이방인이 된 듯했고, 남의 새장에 들어간 새가 된 기분이었다. 그녀는 바퀴 달린 작은 테이블에 실려 3단 케이크가 들어오자 사람들의 탄성과 환호가 메아리치는 합창을 틈타 정원으로 빠져나갔다. 그곳에서 자신처럼 도망쳐 나온 다른 손님을 우연히 만났다.

테레사 리바스는 프랑스 디자이너가 최근에 도입한 헐렁한 통바지와 남성용 조끼를 입고 다니는 소수의 여성에 속했다. 그녀는 풀을 먹인 흰색 셔츠와 넥타이로 차림새를 마무리했다. 그리고 물부리가 동물 뼈로 만들어지고 대통에 늑대 머리 모양이 새겨진 파이프로 담배를 피우고 있었다. 희미한 저녁 빛 속에서 조세핀은 그녀를 남자로 착각했다. 그리고 그런 헷갈림이야말로 테레사가 원하던 효과였다.

두 사람은 조경한 꽃나무들과 꽃 터널에 있는 벤치에 앉아 이야기를 나누었다. 그곳은 튜베로즈와 담배의 짙은 향기로 가득 찼다. 테레사는 조세핀이 이 나라에 온

지 몇 년 되었다는 사실과, 아는 사람이라고는 고용주의 가족과 성공회 예배에서 가끔 만나는 영국인 이민촌의 몇 명이 전부라는 것을 알게 되었다. 테레사는 조세핀에게 또 다른 나라, 진정한 나라에 대해 이야기했다. 노동계급의 나라, 다양한 중산층이 존재하는 나라, 수도가 아닌 지방들의 나라, 광부, 농민, 어부들의 나라에 대해 알려주었다.

조세핀은 정원으로 나온 내가 부르는 소리를 듣고 그제야 파티가 끝난 지 오래되었고 이미 밤이라는 것을 깨달았다. 그들은 서둘러 헤어졌다. 내가 두 사람에게 다가갔을 때 이름과 직장 주소가 적힌 명함을 조세핀에게 건네며 자신을 찾아오라는 테레사의 말소리가 들렸다.

"조, 당신을 동굴 밖으로 데리고 나가 세상을 좀 보여주고 싶어요." 테레사가 말했다.

조세핀은 이 낯선 사람이 자신을 부르는 애칭이 마음에 들었고, 그래서 그녀의 제안을 받아들이기로 했다. 아마도 그녀는 조세핀이 이미 뿌리를 내린 이 땅에서 처음으로 사귄 친구였을 것이다.

집으로 돌아온 나는 파티에 참석한 어른들이 모두 생각하고 있던 것을 입에서 꺼냈다. 미디스커트, 무늬를 넣은 옷감, 가슴골과 팔이 드러나는 패션 등의 유행을 이제 우리도 따를 때가 되었다는 말이었다. 발목까지 오는 검은색 드레스를 입고 사는 이모들은 수녀들 같았고, 사교생활을 거의 피하고 살다시피 하는 어머니는 현대화할 필요가 없다고 여기고 있었다. 아버지는 모임에 함께 가자고 부탁하는 일에 이미 지쳐 있었다. 미스 테일러는 델 바에 집안의 예비 신부 파티에 참석한 그날, 몇 년 전 영국에서 온 배에서 내릴 때 입고 있던 그 겨자색 드레스 차림이었다. 드레스 아랫단을 몇 센티미터 잘라내 수선하기는 했다. 어머니는 아이디어를 얻기 위해 부에노스아이레스에서 나온 여성 잡지를 사오라고 기사를 내보냈다. 미스 테일러의 관심을 끈 유일한 스타일은 테레사 리바스가 입었던 옷차림이었다. 두꺼운 천이 안 어울리는 날씨였지만 그녀는 개버딘과 트위드 천을 몇 미터 샀다. 그러고는 몇 가지 디자인 패턴을 골라 가족들이 알아채지 못하도록 은밀하게 바느질을 하기 시작했다.

"영양실조에 걸린 코흘리개 같아." 완성된 옷을 입고 거울 앞에 선 그녀는 자기 모습을 보며 중얼거렸다.

실제로 그랬다. 키 1미터 50센티미터, 몸무게 46킬로그램, 매우 짧고 지저분한 억센 머리칼, 바지에 조끼와 재킷을 걸친 모습은 정말 영양실조 걸린 꼬맹이 같았다.

조끼와 재킷까지 챙겨 입은 남성복 차림의 그녀를 본 사람은 방을 같이 쓰고 지내던 나뿐이었다.

"엄마 아빠는 전혀 좋아하지 않을 거예요." 그렇게 말하면서도 나는 아무에게도 이야기하지 않겠다고 약속했다.

그 주 일요일, 미스 테일러는 나를 데리고 테레사 리바스가 기다리고 있는 아르마스 광장으로 나갔다. 테레사는 미스 테일러의 팔을 잡으며 맞아주었다. 그녀의 복장에 대해서는 아무 말도 하지 않았다. 우리는 갈리시아인의 아이스크림 가게를 향해 걷기 시작했다. 두 사람은 대화에 열중해 있었고 나는 그들의 말을 알아들으려고 귀를 기울였다.

"호모 같으니! 부끄러움도 모르는 것들!" 모자 차림의 지팡이를 든 신사가 우리를 지나쳐 가면서 큰소리로 중얼거렸다.

"그것 참 영광입니다, 선생님!" 테레사는 건방진 웃음으로 대답했고 미스 테일러는 수치심으로 얼굴이 붉어졌다.

아이스크림을 먹은 후 테레사는 우리를 집으로 데리고 갔다. 그녀의 집은 우리가 기대하던 것과는 완전히 딴판이었다.

미스 테일러는 테레사의 도전적인 태도와 몸에 밴 우아함을 보고 그녀가 상류층 출신일 거라고 생각했었다. 아마도 상류층 여성으로 돈과 가문이라는 뒷배경이 있으니 관습을 조롱할 수 있는 거라고 말이다. 미스 테일러는 우리 가족이나 집안 사용인들하고만 지내다 보니 아직 사회 계층을 구분해 내지 못했다.

모든 인간이 법 앞에서 평등하다거나 신이 보기에 평등하다는 이야기는 사기란다, 카밀로. 나는 네가 그것을 믿지 않기를 바란다. 법도 하느님도 우리 모두를 똑같이 대하지 않는다. 이 나라에서는 그게 분명한 사실이다. 우리는 누군가를 만나면 억양의 미세한 차이, 식탁에서 포크와 나이프를 쥐는 방식, 또는 자기보다 못한 사람을 대하는 태도를 보고 수많은 사회 계층 중 어느 계층에 속하는 사람인지 단 1초 만에 알아챌 수 있다. 외국인은 거의 통달하지 못하는 재능이다. 카밀로, 이런 걸 강조해서 미안하다. 나는 네가 지나치게 배타적이고 잔인한 계급 제도에 화를 내는 건 알고 있다. 그러나 조세핀 테일러가 어떤 사람인지 이해하려면 이 얘기를 미리 말해 줘야 한단다.

테레사는 가난하고 지저분한 거리의 오래된 집 다락방에서 살았다. 1층에는 구두 수선집이 있었고 2층은 가내 봉제 공장이었다. 봉제 공장에서는 여러 명의 재봉사들이 병원 의사가 입는 흰 가운과 간호사복을 만들었다. 다락방은 어둑한 복도를 지나 나무 계단을 올라가야 했다. 계단은 오랜 시간 사용한 데다 그 세월 동안 흰개미들이 부지런히 갉아 먹어 닳아빠져 있었다.

우리가 들어선 널찍한 방은 천장이 낮았고, 빛도 제대로 들어오지 못하는 지저분한 쪽창이 두 개 딸려 있었다. 안에는 침대 겸용 소파 하나, 쓸모없어져 내다 버린 걸 집어온 듯한 가구들, 그리고 양쪽 문에 거울이 달린 위풍당당한 옷장이 하나 있었다. 더 잘 살던 시절을 보여주는 유일한 흔적이었다. 사방에 옷가지가 뒹굴고 끈으로 묶은 잡지와 신문이 쌓인 방 안은 마치 허리케인이 지나간 듯한 무질서가 지배했다. 몇 달 동안 아무도 방을 청소하지 않았으리라고 느껴졌다.

"델 바예 집안과는 어떤 사이예요?" 미스 테일러가 테레사에게 물었다.

"아무 관계 아니에요. 그 파티는 마술사인 내 동생 로베르토를 따라간 거였어요. 내 동생 기억나요?"

"동생이 굉장했지요!"

"마술은 그냥 취미생활이지요. 단검을 삼키거나 토끼를 사라지게 하는 일로 생계를 꾸릴 수 있는 사람은 아무도 없어요."

테레사는 난로에 불을 붙여 물을 끓이더니 이가 빠진 컵에 차를 내주었다. 내 찻잔에는 설탕을 넣어주고 조세핀 잔에는 평범한 브랜디를 한 방울 넣어주었다. 그들은 쓴맛 나는 검은색 담배를 피웠는데, 테레사는 담배가 폐를 정화시켜 준다고 생각했다. 그녀는 부모님이 둘 다 남부의 작은 지방에서 교사 생활을 했는데, 자신과 남동생 로베르토는 떠날 수 있게 되자마자 그곳을 나왔다고 했다. 동생은 대학에 들어가기 위해 왔고 그녀는 모험을 찾아 떠났다는 것이다. 테레사는 자신이 부모님의 환경과 전혀 맞지 않는다고 했고, 스스로를 보헤미안이라 규정하고 있었다. 그녀의 아버지는 몇 년 전 스페인 독감에 걸렸다가 살아났는데 그 뒤로 폐 질환을 앓고 있었다.

"부모님은 최근에 은퇴했지요. 선생님들이 버는 돈은 푼돈이랍니다, 조. 새 연금 제도가 시작된 것은 나중이었고 두 분은 저축해 놓은 것도 없었어요. 그래서 생활비가 거의 필요하지 않은 시골로 떠나게 되었고 지금은 무료로 수업을 해주고 있지요. 부모님을 도와주고 싶긴 하지만 나는 다 틀렸어요. 먹을 만큼 겨우 벌고 있거든요. 그래도 로베르토는 좋은 직업을 갖게 될 거예요. 책임감도 있고 너그럽기도 한 아들이라 부모님에게 도움이 되겠지요."

테레사의 남동생은 군 복무를 해야 해서 학업을 마치는 게 늦어졌지만 이제 몇 년 지나면 농업 기술자로 졸업하게 된다고 했다. 그는 낮에는 공부하고 밤에는 식당에서 웨이터로 일했다. 그리고 테레사는 국립전화국의 직원으로 일하고 있었다.

"물론 남자 복장을 하고 직장에 나갈 수는 없지요." 그녀가 웃으며 덧붙였다.

테레사는 마을 광장에서 찍은 부모님 사진 두 장과 군복을 입은 남동생의 사진을 한 장 보여주었다. 동생은 아직 수염도 안 난 앳된 모습이었다. 우리가 파티에서 본 재미있는 콧수염 마술사와는 닮은 구석이 하나도 없었다.

시간이 훨씬 더 흘러 노년이 된 조세핀 테일러는 바로 그날 오후에 자신과 테레사의 우정이 맺어졌고, 그 우정은 이후 자신의 삶을 변화시키게 되었다고 말했다. 그녀의 유일한 성 경험은 청소년기 영국 군인의 강간과 구타였는데, 그 일은 그녀의 몸과 기억에 트라우마를 남겼고 모든 형태의 육체적 친밀성에 대한 강한 거부감을 새겼다. 성적 쾌락이라는 것은 그녀에게 이해할 수 없는 개념이었고, 아마도 그래서 미스 테일러는 호세 안토니오의 관심과 보호를 어떻게 해석해야 할지 몰랐을 것이다.

조세핀은 테레사와 함께하며 사랑을 발견했고, 자기 안에 존재할 거라고 생각지도 못했던 스스로의 관능을 조금씩 키워갈 수 있었다. 서른한 살의 나이에 그녀는 유별나게 순진했다. 테레사는 자신은 도덕률이나 타인이 부과하는 규칙을 신경 쓰지 않으며 자신에게 다가온 모든 것을 경험한다고 자랑하듯 말했다.

테레사는 법이든 종교든 둘 다 비웃었다. 조세핀에게 자신은 남자와 여자 모두와 관계를 가졌고, 정절을 터무니없는 제약이라고 여기는 사람이라는 점을 분명히 했다.

"나는 자유로운 사랑을 믿어요. 나를 묶어두려고 하지 말아요." 몇 주가 지난 뒤 다락방에서 조세핀의 벗은 몸을 어루만지며 테레사는 그렇게 주의를 주었다.

미스 테일러는 가슴이 막히는 기분을 느끼며 알겠다고 대답했다. 그들이 하나로 맺어진 오랜 관계에서 테레사는 누구보다 충실하고 헌신적인 연인이 될 테니 조세핀이 질투할 일이라고는 절대 생기지 않으리라는 생각을 하지 못했기 때문이었다.

1929년 9월 초, 미국의 주식 시장은 놀라운 하락을 겪더니 10월에는 폭락이 총체적인 재앙으로 번졌다. 아버지는 세계적으로 가장 강력한 경제가 무너지면 나머지 국가들은 천재지변 같은 충격을 받을 것이고 우리나라도 예외는 아님을 짐작할 수 있었다. 아버지의 재정 기반이 무너지고 파산하게 되는 것은 시간문제였다. 미국의 많은 부자들도 이미 그런 상황이었으니 어쩌면 단 며칠 안에 그런 일이 벌어질지도 몰랐다. 아버지의 사업체, 곧 매각될 저택, 많은 돈을 투자해 놓은 건물의 건축은 모두 어떻게 될 것인가? 아버지는 주식 시장에서 투기를 하느라 자산을 담보로 고금리 대출을 받았고, 불법 마틴게일[1]에 손을 대는 바람에 이중장부까지 만들게 되었다. 하나는 공식 장부, 다른 하나는 비밀 장부였는데, 이중장부의 존재는 호세 안토니오에게만 공유했다.

아르세니오 델 바예는 속이 타들어 가고 피부가 얼어붙는 듯한 공포를 느꼈고, 괴로움 때문에 잠시도 가만히 앉아 있지 못했고 명료하게 생각할 수도 없었다. 그는 가쁜 숨을 쉬며 땀을 흘리고 있었다. 그는 자신에게 의지하는 사람들의 수를 세어보았다. 가족뿐만 아니라 사무실의 직원들과 시중드는 사람들, 제재소 일꾼들, 그리고 페루산 피스코와 경쟁할 만한 세련된 브랜디를 증류하겠다던 꿈이 이루어지기 시작한 북부 포도원의 일꾼들도 있었다. 이 사람들 모두 길거리에 나앉게 될 터였다. 호세 안토니오를 제외한 자식들 누구도 그의 사업을 도와본 적이 없었다. 다른 네 아들은 모두 아버지가 제공하는 부의 번영을 사용하는 존재였다. 그런 번창한 부를 얻기 위해 얼마나 힘이 드는지 궁금해하지도 않았다. 절망에 빠진 아버지는 아내와 처형들, 그리고 나를 어떻게 보호할 것인지, 실패했다는 굴욕감과 파산 상태에서

---

1 돈을 잃으면 잃은 돈의 두 배를 다시 베팅하는 카지노의 베팅 전략.

어떻게 자신을 구할 것인지, 사회와 채권자, 어머니를 어떻게 대면할지 생각했다.

그런 상황에 놓인 사람이 아버지뿐은 아니었다. 아버지를 마비시킨 두려움이 유니언 클럽의 동료 회원들에게도 만연했고, 서로에게 전염시키다 보니 공포감이 더 증폭되었다. 영국식으로 녹색과 암적색으로 단장되고, 국내에서는 절대로 구하기 힘든 여우 사냥 풍경과 정통 치펜데일 가구들이 들어선 클럽의 응접실에서는 상류층 신사들이 믿기 힘든 새로운 소식들을 서로 전하고 있었다. 이들은 전통적으로 정치권력은 아니더라도 경제력을 갖고 있던 사람들로, 특권을 보장받는 데 익숙했다. 그때까지는 지진과 홍수, 가뭄, 빈곤, 영원한 불만이 존재하는 이 땅에서 흔히 발생하는 어떤 종류의 재난도 이들에게 별 영향을 미치지 못했다.

클럽의 웨이터들은 리큐어를 서빙하고 신선한 굴, 게다리, 절인 메추라기, 튀긴 엠파나다[1] 등의 요리를 내다 놓느라 잰걸음으로 돌아다녔다. 불안감이 너무 커서 사람들은 아무도 테이블에 앉지 않았다. 문득 몇 가지 광물 가격이 안정되어 있는 한 이 나라는 다가오는 폭풍을 견딜 수 있을 거라고 주장하는 낙관적인 목소리가 높아졌다. 그러나 그런 환상은 다른 사람들의 탄식하는 소리에 금세 무너졌다. 광물 가격은 이미 피할 수 없는

---

1 엠파나다(empanada)는 밀가루 반죽 속에 고기, 야채, 치즈를 넣고 구운 남미의 전통 요리. 스페인 갈리시아 이민자들을 통해 전해져 칠레, 아르헨티나, 우루과이, 파라과이, 브라질 등 남미의 요리로 자리 잡았다.

현실을 말해주고 있었다.

걱정이 가득해진 아버지가 예상했던 대로 10월의 마지막 화요일, 세계 주식 시장이 폭락했다는 사실이 알려졌다. 아버지는 상황을 철저히 점검하기 위해 호세 안토니오와 함께 서재에 틀어박혔다. 스스로 판단력이 흐려져 재난을 미리 피할 방법을 찾아내지 못했다는 사실을 의식하고 있었다. 그는 모든 것을 의심했다. 특히 자기 자신에 대해 의구심이 생겼다. 자신의 사회적 지위의 바탕이 되었던 것들이 빗나간 것이다. 돈을 버는 천부적인 능력, 아무도 보지 못한 최고의 기회를 발견하는 투시력, 제때 문제를 감지하고 해결하는 블러드하운드 같은 코, 호의를 베푼다고 착각하게 만드는 기술로 다른 사람들을 속이는 장사꾼 카리스마, 그리고 곤경에서 쉽게 벗어나는 부러울 정도의 민첩함. 그는 발아래 펼쳐진 벼랑을 마주할 준비가 전혀 되어 있지 않았다. 다른 많은 사람들도 같은 심연에 빠지기 직전이라는 사실은 위로가 되지 않았다. 그는 정말로 침착하고 합리적인 자기 아들이 무언가 조언해 줄 수 있지 않을까 하는 생각이 들었다.

"죄송해요, 아빠, 우리는 모든 걸 잃은 것 같아요." 호세 안토니오가 회계 장부들을 두 번이나 확인한 후 말했다.

오빠는 주식들이 더 이상 아무 가치가 없고, 아버지는 세상 절반의 사람들에게 빚을 진 거나 마찬가지라고 설명했다. 그리고 아버지가 탈세로 잡혀갈 가능성은 생각하지 않는 게 좋겠다고 덧붙였다. 빚을 갚을 방법은 없었다. 그러나 나라 전체가 그런 상황이니 빚을 갚을 수 있는 사람은 아무도 없었다. 채권자들은 기다리는 수밖에 없을 것이다. 대출금을 갚지 못하니 은행은 제재소와 북부 포도원, 건설 중인 프로젝트, 심지어 우리 집까지 가져갈 것이었다. 그러면 무얼 먹고살 것인가? 생활비를 최소한으로 줄여야 할 터였다.

"그러니까 우리가 생활 수준을 낮춰 살아야 한다는 거지……." 아버지가 낮은 목소리로 중얼거렸다.

그런 종류의 상황은 아버지 인생에 생각해 본 적도 없는 일이었다.

세계의 다른 지역에서 일어난 금융 파탄은 사실상 우리나라를 마비시켰다. 우리는 아직 모르고 있었지만, 나라를 지탱하던 수출이 무너졌기 때문에 위기의 영향을 가장 많이 받는 국가가 될 터였다. 부유한 집안들은 잃은 것이 많아도 도시를 떠날 만한 수단이 있었기 때문에 자신들의 시골 농장으로 내려가 적어도 먹고는 살 수 있었다. 그러나 나머지 사람들은 완화되지 않은 빈곤의 충격을 고스란히 직면해야 했다.

기업들이 파산 신청을 하게 되자 실업자 수가 증가했다. 순식간에 무료급식소의 시대, 그러니까 가난한 사람들을 위한 무료급식의 시대가 다시 찾아왔다. 멀건 죽한 그릇을 받으려고 수천 명의 배고픈 사람들이 줄을 섰다. 수많은 남자들이 일자리를 찾아 떠돌고 여자와 아이들은 구걸을 하러 나섰다. 이제는 아무도 보도에 누워 있는 거지들을 돕기 위해 가던 길을 멈추지 않았다. 사방에서 절망한 사람들의 폭력이 발생하기 시작했다. 도시들마다 범죄가 너무 많이 늘어 더 이상 거리에서 안전을 느낄 수 없었다.

정부는 대통령을 유배시키고 철권을 행사하는 어느 장군의 이름으로 권력을 행사하고 있었다. 장군의 정적들이 항구에서 수장되고 있다는 말들이 돌았다. 바다 깊은 곳까지 잠수해 보면 누구나 직접 확인할 수 있다고들 했다. 시신들은 물고기가 물어뜯어 가죽이 벗겨진 해골 상태였고 발목에는 시멘트 덩어리가 매달려 있다는 것이었다. 장군은 통제권을 쥐고 탄압을 했지만 대규모 대중 시위에 시달려 시시각각 권력을 잃어가고 있었다. 프로이센 군대 방식으로 구성한 그의 새로운 경찰부대가 시위대를 향해 총을 겨누었다. 수도는 전쟁의 도시처럼 보였다. 학생, 교사, 의사, 엔지니어, 변호사, 그 밖의 여러 노조들도 파업에 들어갔고, 이들은 모두 단결하여 대통령의 사임을 요구했다. 집무실에 틀어박힌 장군은 하루아침에 자신의 운이 뒤집혔음을 납득할 수 없었다. 그는 경찰은 의무를 다하고 있을 뿐이며 총에 맞은 사람들은 법을 어겼으니 그 값을 치른 것이라는 말만 반복했다. 이 나라는 감사를 모르는 배은망덕한 자들의 나라다, 자신이 통치하는 나라는 질서와 진보가 존재하지 않는가, 달리 뭘 더 바랄 게 있는가, 세계적인 재앙은 자신의 잘못이 아니지 않은가, 그가 되풀이하는 말은 이런 내용이었다.

둘째 날에는 호세 안토니오와 다른 오빠들도 시위에 가담했다. 정치적인 신념 때문이라기보다는 좌절감을 쏟아내고 싶어서였다. 또 친구들이나 지인들도 시위에 같이하고 있으니 뒤로 물러나 있고 싶지 않았다. 넥타이에 모자를 쓴 관리들, 가난한 노동자들, 남루한 차림의 노숙자들이 하나가 되어 거리에 모여들었다. 그렇게 많은 군중이 나란히 행진하는 모습은 이전에 본 적이 없었다. 과거 실업이 최악이던 시기, 비참에 빠진 사람들은 시위행진을 하고 중산층과 상류층은 저택 발코니에서 내다보던 때와는 정말 달랐다. 감정을 잘 통제하고 정돈된 생활을 유지하는 데 익숙한 호세 안토니오에게 그것은 자유로운 경험이었다. 몇 시간 동안 그는 자신이 한 집단에 속해 있다는 느낌을 받았다. 조밀하게 붙어 대열을 만든 채 몽둥이와 총으로 대응하고 있는 무장 경찰대를 향해 고함을 지르며 자극하고 있는 자신의 모습이 광기에 빠진 사람 같다는 걸 스스로 깨닫기는 쉽지 않았다.

어느 길모퉁이에서 조세핀 테일러를 본 것은 바로 그때였다. 미스 테일러도 다른 군중들처럼 흥분해 있었고, 그녀의 손을 겁에 질린 내가 꼭 붙잡고 있었다. 호세 안토니오는 순식간에 도취감이 식었다. 그는 석류석과 다이아몬드가 박힌 반지 상자를 여전히 주머니에 갖고 있었다. 그가 옛날식으로 무릎을 꿇고 청혼을 하며 내밀었을 때 그녀가 부드럽게 거절했던 바로 그 반지였다.

"나는 결혼은 절대로 하지 않을 거예요, 호세 안토니오. 하지만 항상 당신을 가장 친한 친구로서 사랑할 거예요." 미스 테일러는 그렇게 말했다.

그러나 두 사람이 처음 알게 된 날부터 맺어온 다정하고 친밀한 관계가 있다 보니 호세 안토니오는 시간이 지나면 그녀의 마음이 바뀔 거라는 희망을 버리지 못했다. 그래서 30년이 넘는 세월 동안 그 반지를 계속 지니고 있게 되었다.

시위대에 여성은 거의 없었다. 미스 테일러는 바지와 재킷 차림에 볼셰비키 모자를 쓴 모습으로 남자들 틈에 섞여 있었다. 그녀는 남성복을 입은 또 다른 여성 옆에 있었다. 호세 안토니오가 한 번도 본 적이 없는 사람이었다. 미스 테일러가 그런 옷차림을 한 모습도 처음 보았다. 가정교사라는 역할을 할 때는 전통적인 여성상에 맞는 차림이었기 때문이다. 오빠는 미스 테일러의 팔과 내 코트 깃을 잡고 강제로 끌다시피 하며 경찰들과 멀리 떨어진 건물 입구로 데리고 갔다.

"사람들에게 밟히거나 총에 맞을 수도 있어요! 여기서 뭐하는 건가요, 조세핀? 비올레타까지 데리고!" 호세 안토니오는 아일랜드 아가씨에게 이 나라 정치가 무슨 상관이라는 건지 이해를 할 수 없어 나무라며 말했다.

"당신이랑 똑같지. 에너지가 불타올라서 그래요." 미스 테일러는 함성을 지르느라 쉬어버린 목소리로 웃으며 대답했다.

호세 안토니오는 왜 그런 차림으로 변장을 한 건지

물을 틈이 없었다. 바로 그 순간 미스 테일러의 동행이 끼어들며 "테레사 리바스예요, 페미니스트입니다. 잘 부탁드려요"라고 자기소개를 했기 때문이다. 그는 페미니스트라는 용어를 알지 못했다. '공산주의자'라거나 '무정부주의자'라고 말한 것으로 여겼지만 제대로 물어 확인할 만한 때가 아니었다. 갑자기 승리의 함성이 울려 퍼졌기 때문이다. 군중은 모자를 공중에 던지며 펄쩍 뛰어오르기도 하고, 차량의 지붕으로 기어 올라가며 "물러났다!", "물러났다!" 일제히 한목소리로 소리를 질렀다.

그랬다. 자신이 국가의 통제권을 완전히 잃었고, 자신이 양성한 군대와 경찰의 동료들이 자신을 따르지 않는다는 것을 알게 된 장군은 결국 대통령 궁을 떠나 가족들과 망명 열차를 타고 외국으로 탈출했다. 얼마 지나지 않아 추방된 전임 대통령이 타고 돌아올 바로 그 기차였다. 그날 밤 미스 테일러는 우리나라가 군주제를 채택하는 게 더 나을 거라는 주장을 반복했다. 아버지도 전적으로 동의했다. 거리에는 대중적인 축하 행사가 몇 시간 동안 계속되었다. 그러나 그 일시적인 정치적 승리는 수렁에 빠진 이 나라의 가난과 절망을 조금도 완화시키지 못했다.

5장

　아버지는 은행과 채권자들에게 시달리면서 전 세계적인 불황의 첫해를 견뎠고, 그러는 동안 남아 있던 마지막 재산들도 사라져 갔다. 그 시기에 아버지는 유사 사기를 모방한 다단계 수법으로 최후의 조난을 피할 수 있었다. 다단계 수법은 이미 다른 나라들은 불법이었지만 우리나라에는 아직 알려져 있지 않았다. 아버지는 그것이 단기적인 해결책이라는 걸 알고 있었지만, 미봉책이 무너지자 마침내 바닥을 치게 되었다. 그러고 나서야 도움을 요청할 사람이 아무도 없다는 것을 깨달았다. 돈을 더 많이 벌어들이고자 갈수록 거침없이 내달리는 동안 수많은 사람을 적으로 만들었던 것이다. 피라미드 수법으로 여러 지인을 속이기도 했고, 실패로 끝난 프로젝트의 동업자들도 아버지에게 속았다. 그들은 모든 것을 잃은 자신들과 달리 아버지는 어떻게 무사히 살아남을 수 있었는지 절대로 알 수 없었다. 아버지는 형제들로부터도 도움을 기대할 수 없었다. 금융 위기 초창기에 돈을 빌리러 찾아온 그들에게 아버지는 도움을 줄 수 있는 처지가 아니었다. 파산했노라 형제들에게 고백했지만 그들은 믿지 않았고 화를 내며 돌아갔다. 형제들은 아버지가 부모의 유산을 빼앗아간 방식을 잊지 않고 있었다. 회비를 낼 수 없어 유니언 클럽에도 더 이상 가지 않았다. 비슷한 상황에 처한 회원들이 대부분 그랬던 것처럼 일시적으로 회비를 면제받을 수 있을 터였지만, 그걸 받아들이기에 아버지의 자존심은 지나치게 강했다. 아버지는 너무 높이 올라간 만큼 너무 많은 위험을 무릅써야 했다. 그는 끝없이 추락했다.

모든 진실을 알고 있는 사람은 호세 안토니오뿐이었다. 정기적인 벌이가 없던 다른 아들들은 사촌이나 친구들 집으로 흩어져 지냈고, 그렇게 해서 아버지가 일으킨 스캔들의 여파를 받지 않도록 했다. 집안의 여자들은 생활비를 줄이고 거의 모든 고용인을 내보내야 했다. 그러나 총성이 있던 날까지는 이 재앙이 얼마나 심각한지 미처 알아차리지 못했다. 알아보려고 애쓰지도 않았다. 그것은 다른 많은 문제들과 마찬가지로 그녀들에게 해당하는 일이 아니었다. 남자들의 문제였다.

아버지의 삶을 근본적으로 굴러가게 했던 열정은 사라졌다. 그는 진을 마시며 하루의 괴로움을 견디고 아내가 먹는 영약으로 불면증과 싸웠다. 아침에 일어나면 머릿속에 안개가 자욱하고 무릎이 휘청거렸다. 하얀 가루를 들이마시고 힘겹게 옷을 입은 뒤 어머니의 질문을 피하려고 살그머니 사무실로 나가곤 했다. 사무실에 가도 할 일이 없었다. 그냥 시간이 흘러가기를 바라고 있었지만 끝내 찾아오는 것은 절망감뿐이었다.

알코올과 코카인, 아편은 얼마쯤 효과가 있었지만 이 물질들 때문에 위산이 역류해 식사를 하기가 어려웠다. 살이 쏙 빠진 아버지는 초췌하고 누렇게 뜬 얼굴로 구부정하게 걸었다. 겨우 몇 달 만에 백 년이나 늙어버린 모습이었지만 그런 상태를 알아차린 사람은 나뿐이었다. 나는 고양이처럼 말없이 집안을 돌아다녔고, 들어오지 말라는 금지령을 어기고 서재에 들어가, 가죽 의자에 앉은 아버지가 벽에다 시선을 고정한 채 멍하게 식물처럼 시간을 보내는 동안 그의 발치에 앉아 있었다.

"아파요, 아빠? 왜 슬퍼하세요?" 나는 그렇게 물었지만 대답을 바란 것은 아니었다.

아버지는 유령이었다.

정부가 무너진 지 이틀 후, 아르세니오 델 바예는 최후의 일격을 당했다. 아버지 자신과 자녀들이 모두 태어난 동백나무 대저택에서 쫓겨나게 된다는 사실을 알게 된 것이다. 저택을 비우는 데 고작 일주일이라는 시간이 주어졌다. 여기서 끝이 아니었다. 큰아들 호세 안토니오가 오래전부터 우려하던 대로 사기와 탈세에 대한 체포영장이 추가되었다.

커다란 저택에서 총소리를 들은 사람은 아무도 없었다. 저택에는 방이 많았던 데다 배관들이 내는 소음에 마른 나무 삐걱대는 소리, 벽 속에 숨은 쥐 소리, 가족들이 일상적으로 오가는 발소리로 넘쳐났기 때문이다. 그를 발견한 것은 다음 날 아침, 가정부들을 내보낸 뒤에 자주 그랬던 것처럼 내가 아버지에게 커피를 한 잔 갖다 드리러 서재에 들어갔을 때였다. 무거운 벨벳 커튼이 드리워져 있었고, 스테인드글라스 전등갓이 달린 티파니 스탠드에서 흘러나오는 불빛이 유일하게 방을 밝혔다. 천장이 높고 커다란 그 방에는 책장들과 어느 우루과이 화가가 모사한 고전 명화들의 유화가 들어서 있었다. 그 화가의 모사품은 전문적인 구매자도 속일 수 있을 정도로 똑같았고 아버지도 몇 번 그렇게 속아서 그림을 샀다. 지금은 홀로페르네스의 잘린 머리를 쟁반에 담고 있는 거대한 유디트의 그림만 남아 있었다. 페르시아 양탄자와 곰 가죽, 바로크풍 안락의자 두 개, 중국 채색 도자기로 만든 커다란 화병들, 그 외에도 그 방에 있던 수집품들이 이제는 대부분 사라진 상태였다. 저택에서 가장 호화롭던 서재 방은 벌거벗은 공간으로 변해, 남은 가구 서너 개가 방 안을 떠다니는 듯했다.

방에 들어설 때만 해도 나는 발코니로 비쳐드는 아침 햇살에 눈이 멀어 있었다. 희미한 스탠드 빛에 익숙해지기 위해 몇 초 동안 멈춰 섰다. 그러자 책상 뒤 의자에 등을 기대고 있는 아버지가 보였다. 나는 그가 자고 있으니 좀 더 쉬도록 내버려두는 게 낫겠다고 생각했다.

그러나 고요한 공기와 희미한 화약 냄새가 나에게 경고를 보냈다.

아버지는 팬데믹 기간에 사놓은 영국제 리볼버로 관자놀이에 방아쇠를 당겼다. 총알은 동전 크기의 검은 구멍 외에는 별로 큰 외상을 남기지 않고 깔끔하게 머리를 관통했다. 상처에서 흘러나온 가느다란 핏줄기가 스모킹 재킷의 인도식 페이즐리 무늬를 따라 카펫까지 흘러내렸고, 카펫이 얼룩을 빨아들인 상태였다. 영원 같은 시간 동안 나는 꼼짝도 하지 않은 채 곁에 서서 그를 지켜보았다. 컵을 든 손이 떨리며 "아빠…… 아빠……" 웅얼거리듯 그를 불렀다. 나를 엄습하던 공허함과 끔찍할 정도의 평온한 느낌이 아직도 또렷하게 기억난다. 그 감각은 장례식이 끝난 후에도 오랫동안 계속되었다. 나는 마침내 책상 위에 컵을 올려놓고 조용히 미스 테일러를 찾으러 갔다.

그 장면은 사진처럼 세세하게 기억에 새겨져 꿈에도 여러 번 나왔다. 쉰 살에 정신과 의사에게 몇 달 동안 치료를 받았고, 의사의 도움을 받아 토가 나올 정도로 그 기억을 분석해 보았지만 그때나 지금이나 나는 총에 맞아 죽은 아버지를 목격했을 때와 같은 감정을 느낄 수 없다. 공포나 슬픔, 그 무엇도 느껴지지 않는다. 나는 내가 본 것, 내가 묘사한 공허함과 평온한 느낌을 설명할 수는 있지만 그게 전부일 뿐, 그 이상은 없다.

40분이 지난 후, 온 집안이 비극 속에서 눈을 떴다.

미스 테일러와 호세 안토니오가 미리 피를 닦아내고 겨울이면 쓰던 나이트캡으로 상처 부위를 가린 뒤였다. 그 수고로움은 정말 칭찬할 만했다. 덕분에 아버지가 스트레스로 심장이 파열되어 돌아가신 것처럼 위장할 수 있었다. 집안사람이나 외부에서나 아무도 그것을 믿지 않았지만, 의사가 밝힌 공식적인 사인을 의심하는 것은 무례한 일이 될 터였다. 의사는 우리가 여러 가지 문제를 겪지 않을 수 있도록, 그리고 아버지를 노숙자나 종교가 다른 외국인들이 묻히는 시립묘지가 아니라 가톨릭 묘원에 묻힐 수 있도록 심장파열이라고 진단해 주었다. 그 당시 몰락한 부유층 가장으로서 목숨을 버린 사람은 아버지가 처음도 마지막도 아니었다.

어머니는 남편의 자살이 비겁한 행동이라고 느꼈다. 남편이 스스로 만든 재앙 속에 그녀를 의지할 데 없이 혼자 버리고 갔다고 여겼다. 한방을 쓰지 않고 지내던 최근 몇 년 동안 남편에게 느껴오던 무관심이 이제는 경멸과 분노로 바뀌었다. 이전에 그녀가 여러 차례 눈으로 확인도 했지만 실제로는 전혀 괘념치 않았던 남편의 부정이라는 죄에 비하면 이 배신은 훨씬 심각하고 중했다. 그것은 그녀에게는 굴욕이었고 가족에게는 돌이킬 수 없는 수치였다. 그녀는 델 바예 집안사람들이 용서하지 않으리라는 것을 알았지만, 미망인의 슬픔을 가장할 수 없었고 상복을 입을 수도 없었다. 일단은 집을 비워야 했기 때문에 오빠들 외에는 누구에게도 아버지의 부고를 알리지 않고 서둘러 장례를 치렀고, 다음날 신문에 단신이 하나 실렸지만 이미 장례는 끝난 뒤였다. 추도사도 화환도 없었다. 애도를 표하는 사람도 거의 없었다. 가족들은 나를 장례식에 참석시키지 않았다. 서재에서 아버지의 시신을 발견한 후 열이 나고 며칠 동안 말을 잃었기 때문이다. 미스 테일러가 나랑 함께 있어 주었다. 아내와 자녀들이 순종하고 수많은 사람들이 두려워하던 권세 있는 남자, 내 아버지, 아르세니오 델 바예는 빈털터리가 되어 영광도 없이 그렇게 떠났다.

우리 가족은 나에게 아버지의 죽음을 설명하게 되는 상황을 피하기 위해 가능한 한 그 일을 언급하지 않기로 결정했다. 그 결정은 매우 성공적이어서 57년이나 흐른 뒤, 청소년이 된 카밀로 네가 가족들의 비밀을 알아내려고 옛날 일을 파헤치게 될 때까지 나는 금융 파산과 사기 사건들이 아버지를 자살로 이끌었다는 사실을 전혀 모르고 살았다. 한동안은 아버지의 죽음을 둘러싸고 아무 말들이 없자 아버지 관자놀이에 생긴 구멍을 본 게 사실이 아닌가 보다 여기게 되었고, 심장마비 이야기를 하도 반복해서 듣다 보니 거의 믿을 지경이었다. 나는 금세 그게 금지된 주제라는 것을 깨닫고 되풀이되는 악몽과 싸우며 살았지만, 미스 테일러에게 배운 자제력 덕분에 소란을 떨지 않고 견뎌냈다. 어머니와 이모들 주변의 공기가 얼어붙어 있어서 나는 아무것도 묻지 않았다.

호세 안토니오는 다른 오빠들과 어머니, 그리고 미스

테일러를 포함한 나머지 여자 가족들을 불러 모아, 파탄난 재정 상태를 단도직입적으로 설명했다. 가족들이 예상했던 것보다 훨씬 더 심각한 상황이었다. 나에게는 말해주지 않았는데, 아직 너무 어려서 이해하지 못하는 데다 자살 사건으로 충격을 받았다고 생각해서였다. 가족들은 마스티프들까지 죽고 고양이들도 사라진 황량한 집에 남아 있던 마지막 두 명의 가정부도 내보냈다. 예전부터 계속 함께 살던 사람들이어서 정말 아쉬웠다. 나머지 고용인들과 운전사, 정원사 들은 벌써 몇 달 전에 내보낸 터였다. 그러나 아폴로니오 토로는 집에 남았다. 우리가 그의 유일한 가족이었기 때문이다. 그는 한 번도 봉급을 받은 적이 없었고, 지낼 곳과 먹을 것, 옷, 그리고 가끔은 팁을 대가로 받으며 일했다.

이미 성인이 된 오빠들은 사회적 부끄러움에서 벗어나기 위해 멀리 떠났고 곧 일을 구해 완전히 독립했다. 한때는 우리에게 가족이라는 관념이 있었지만 서재에서 아버지를 발견하던 그날 아침 다 사라져 버렸다. 나는 어릴 때는 그 오빠들과 별로 교류 없이 지냈고 나중에는 만날 기회가 거의 없었다. 수많은 구성원을 거느렸던 델바예의 혈통은 내게 있어 열한 살에 끝이 났다. 그러니 카밀로, 너는 그 가문을 알 수 없었다. 어머니와 이모들, 그리고 나를 떠나지 않은 유일한 사람은 호세 안토니오였다. 그는 큰아들의 역할을 맡아 추문들과 채무 건에 대응했으며, 여자 가족들을 돌보는 책임을 떠맡았단다.

호세 안토니오는 계획을 하나 세우면서 미리 미스 테

일러와 의논했다. 어머니와 이모들은 중요한 결정을 내려야 했던 적이 없으니 이 논의에 아무 보탬이 되지 않으리란 걸 알았기 때문이다. 미스 테일러는 실용적인 해결책을 내놓았지만 호세 안토니오는 그 방안이 가장 합당한 대책임을 받아들이기 어려웠다. 그는 가문이라는 폐쇄된 집단에서 살아왔고, 가문은 구성원끼리 서로를 보호하고 누구도 소외시키거나 하지 않기 때문이다. 가난하게 태어난 미스 테일러는 호세 안토니오가 지닌 틀에서 벗어나 생각할 수 있었다. 그녀는 거리를 두는 냉담한 우리 가문의 태도는 바로 우리 가족에 대한 배척을 의미한다는 걸 호세 안토니오에게 일깨워 주었다. 아르세니오 델 바예는 가문의 이름을 더럽혔고, 그러니 그의 자손인 우리가 그 대가를 치러야 한다는 태도였다. 우리는 배제된 것이었다.

호세 안토니오는 아버지가 팔거나 저당 잡히지 못한 남은 보석 몇 개와 상아 피규어 수집품으로 우리를 먼 곳으로 데려다줄 돈을 약간 구할 수 있었다. 그가 상황을 헤쳐 나갈 때까지 우리는 최소한의 돈으로 살 수 있는 곳에서 다시 시작해야 했다. 스캔들은 호세 안토니오에게도 닥쳐왔다. 단순히 아들이라는 사실 때문이 아니라 그가 10대 때부터 아버지를 따라다니며 일했으니 아버지의 부정 거래에 직접 연루된 것 아니냐는 의심을 샀기 때문이다. 아무도 오빠가 아버지에게 위험한 행동이라고 여러 번에 걸쳐 경고했다는 사실이나, 아버지가 오빠의 조언을 따르지 않았다거나 애초에 조언할 만한 자격을 주지 않았다는 사실을 믿어주지 않았다. 오빠는 아버지의 이름을 지울 때까지 변호사로 채용되지 못할 테고, 경험이 있는 분야를 대공황이 뒤흔들어 버렸으니 다른 직업에서 일자리를 구하기도 어려울 터였다. 미스 테일러의 제안은 가장 합리적인 탈출구였다.

내 가정교사는 어려운 시기를 이겨내는 남다른 기질을 갖고 있었다. 그녀는 불행한 어린 시절과 아일랜드의 수녀들이 운영하는 고아원 생활, 타락한 첫 주인과의 만남으로 이번 생에 받을 고통의 몫을 다 받았으니 앞으로 더 나쁜 일은 절대로 일어날 리 없다고 굳게 믿고 있었다. 그녀는 아버지의 장례를 치르고 난 뒤 절망에 빠진 호세 안토니오의 모습을 보면서 적어도 당분간은 원래의 환경에서 벗어나는 게 훨씬 더 나으리라 생각했다.

"우리는 누군가에게 원한을 사는 것도, 그렇다고 동정을 받는 것도 원하지 않아." 그녀는 자연스럽게 스스로를 델 바예 집안사람으로 여기며 말했다. 그리고 자기가 저축해 놓은 돈으로 지내도 된다고 덧붙였다. 수술 후 돌아온 그녀에게 어머니가 돌려준 바로 그 파운드 뭉치였다. 그녀는 그 돈을 속옷 사이에 보관해 두고 있었다.

그녀는 집안사람들이 어디로 갈 수 있을지 정확히 알고 있었고, 완전히 계획을 세워놓고 있었다. 호세 안토니오는 자신과 결혼해 달라고 열 번째 청혼을 했고, 그녀는 언제나처럼 결혼하지 않을 거라는 대답을 반복했다. 그러나 호세 안토니오가 납득할 수도 있었을 그 단하나의 이유, 자신은 이미 테레사 리바스와 정신적으로 결혼했다는 사실은 말해주지 않았다.

기차는 종착역인 나우엘에 우리를 내려주었다. 그곳에서 마차와 말을 타고 남쪽으로 가다가 나중에는 바다까지 지나야 했다. 그 지역에는 섬과 해협, 피오르드를 비롯해 심지어 푸른 빙하로 이루어져 있었기 때문이다. 황량한 승강장, 나무로 된 플랫폼, 절반만 가려주는 금속 지붕, 고장 이름이 적힌 비바람에 바랜 간판 외에는 사람 하나 보이지 않았다. 우리는 바구니에 담아온 삶은 달걀과 차게 식은 닭고기, 빵, 사과를 먹으며 딱딱한 좌석에 앉아 긴 시간을 여행했다. 여정이 끝날 무렵에는 우리가 열차에 남은 유일한 승객이었다. 나머지 승객은 모두 이전 고장들에서 내렸다.

우리는 여러 개의 트렁크와 가방에 옷, 베개, 시트와 담요, 세면도구, 뜻깊은 물건 등 담을 수 있는 만큼 담아왔다. 화물차에는 재봉틀, 할머니의 괘종시계, 어머니의 앤 여왕 스타일의 책상, 브리태니커 백과사전들, 주방용품, 세 개의 램프, 그리고 어머니가 수수께끼 같은 이유로 우리의 새로운 삶에 필수적이라고 생각한 작은 비취 조각상들을 싣고 왔다. 채권자들이 집 안에 있는 물건들의 목록을 작성해서 전부 압류하기 전에 용케 빼돌릴 수 있었던 것들이었다. 가족들은 피아노도 빼내 테레사 리바스가 살던 집의 빈방으로 옮겨두었다. 연주를 제법 잘 할 수 있는 유일한 사람이 미스 테일러였기 때문에 호세 안토니오는 피아노를 그녀에게 선물해 주었다.

다른 커다란 상자에는 피아 이모의 약재, 필라르 이모의 공구, 저장용 병, 훈제 햄, 숙성된 치즈, 술병, 차마 버릴 수 없던 여러 맛있는 저장식품들도 쟁여 넣었다.

"이제 그만요! 우리가 가는 곳은 무인도가 아니에요!" 호세 안토니오는 살아 있는 닭도 실어갈 기세인 걸 보고 잘라 말했다.

"이곳이 문명의 종착지입니다. 여기는 인디오들의 땅입니다." 기관사가 말했다. 우리는 나우엘역에 도착해 토리토와 호세 안토니오가 짐을 내리기를 기다리고 있었다.

기관사의 그 말은 긴 여행으로 지치고 앞날을 두려워했던 어머니와 이모들을 안심시키는 데는 아무 소용이 없었지만, 미스 테일러와 나는 그 말에 힘을 얻었다. 사람들에 기억 속에서 잊힌 이 지역은 아마 예상보다 더 재미있을지도 몰랐다.

지붕 아래에서 이슬비를 피하며 여행 가방 위에 걸터앉은 우리는 역무원이 내미는 뜨거운 차로 몸을 추슬렀다. 역무원들은 그 지역 사람으로, 과묵하고 쓸쓸한 분위기를 풍겼지만 친절했다. 이윽고 두 마리의 노새가 끄는 수레가 나타났다. 챙이 넓은 모자에 묵직한 검은색 모포를 걸친 남자가 운전하고 있었다. 그는 자신을 아벨 리바스라고 소개하고 호세 안토니오와 악수를 나눈 뒤 모자를 벗으며 여자들에게 인사를 건네고, 내 두 뺨에 입을 맞췄다. 중간쯤 되는 키에 나이가 가늠되지 않는 그 남자는 햇살에 그을린 피부와 뻣뻣한 회색 머리칼에 둥근 금속 테 안경을 쓰고, 커다란 손은 관절염으로 기형이 되어 있었다.

"제 딸 테레사가 당신들이 기차로 올 거라고 알려주더군요." 그가 말했다. 그러고는 우리를 숙소로 데려다주겠다고 덧붙였다. "짐은 나중에 가지러 올 겁니다. 노새에 그렇게 많이 싣지는 못해요. 걱정하지 마세요. 여기서는 아무도 물건을 훔쳐 가지 않을 겁니다."

비에 흠뻑 젖은 진흙탕을 따라 짐마차를 타고 가는 느릿한 여정은 영원처럼 이어졌고, 우리가 대저택으로부터 얼마나 멀리 와 있는지 짐작할 수 있게 해주었다. 호세 안토니오는 아벨 리바스와 함께 마부석에 앉았다. 필라르 이모는 또 다른 기침 발작으로 몸을 구부린 어머니를 붙잡고 있었다. 기침은 갈수록 점점 더 심해지고 길어졌다. 피아 이모는 조용히 기도를 했고, 미스 테일러와 토리토 사이의 판자에 앉은 나는 기관사가 이야기한 인디오들이 나타나기를 기다리며 풀숲을 주의 깊게 살펴보고 있었다. 나는 전에 보았던 유일한 영화인 혼란스러운 미국 서부의 무성 영화에 나온 사나운 아파치족을 떠올렸다.

나우엘은 길지 않은 도로 양쪽에 여러 개의 낡아빠진 허술한 목조 주택과 그 시간에는 문을 닫은 작은 상점들로 이루어져 있었다. 마을의 유일한 벽돌 건물은 상점이었고, 아벨에 따르면 상점의 쓰임새는 다양했다. 우체국으로 쓰고, 신부님이 올 때는 예배당으로 쓰고, 지역

사회 문제를 결정하거나 축하 행사가 있을 때는 주민들의 모임 장소로도 쓰였다. 집 처마 밑에 누워 비를 피하던 털북숭이 개들이 노새를 향해 관성적으로 으르릉거렸다.

노새들은 마을을 뒤로하고 오백 미터나 더 이동한 다음, 겨울철이라 헐벗은 나무들이 줄지어 있는 오솔길로 들어섰다. 그러고는 마을의 다른 집들과 모양은 비슷하지만 조금 더 큰 어느 집 앞에 멈춰 섰다. 커다란 검은색 우산을 쓴 여성이 우리를 맞으러 나왔다.

그녀는 우리가 마차에서 내리는 걸 도와주었고, 마치 오래전부터 알던 사이처럼 우리를 껴안으며 환영의 인사를 했다. 그녀는 아벨의 아내이자 테레사 리바스의 어머니인 루신다였다. 루신다는 몸집이 작고 끊임없이 움직이며 이것저것 지시하는 열정적인 사람이었다. 그녀는 가족과 외지인, 사람과 동물을 서로 차별하지 않았다. 당시 예순에 가까운 나이였다고 짐작되는데, 침착하고 때로는 과묵한 남편과는 달리 아가씨처럼 민첩하고 재빠른 여성이라 나이는 흰머리와 주름살에서만 티가 났다.

그렇게 내 인생의 두 번째 시기가 시작되었다. 가족들은 그 시절을 대문자를 써서 '엘 데스티에로'[1]라고 불렀지만 나에게는 발견의 시간이었다. 나는 그 후 9년을

---

1 이 소설의 1부 제목이기도 한 엘 데스티에로(El Destierro)는 '망명', '유배', '귀양'이라는 뜻이다. 주인공은 수도를 떠나 남부의 외진 시골로 이주해 살 수밖에 없었던 상황을 고유명사화해서 사용하고 있다.

우리나라 남부의 무인도와 다를 바 없는 그 시골에서
살았다. 그곳은 광활한 냉대림, 눈 덮인 화산, 에메랄드
빛 호수와 수량이 풍부한 강의 풍경 덕에 오늘날 관광
지가 되었다. 그 호수와 강은 낚싯줄과 낚싯바늘만 있으
면 누구나 송어와 연어, 메기를 한 시간 만에 바구니 가
득 잡을 수 있었다. 하늘은 언제나 새로운 광경을 선사
했다. 색채의 교향곡, 바람에 날리는 날렵한 구름, 기러
기 떼, 그리고 때때로 장엄하게 날아가는 콘도르나 독수
리의 날갯짓. 밤은 수백만 개의 빛을 수놓은 검은 망토
처럼 느닷없이 내려왔고, 나는 원주민들의 땀 냄새가 배
어 있는 별빛들의 토속적인 이름을 배우게 되었다.

　루신다와 아벨 리바스는 주변 몇 킬로미터 일대에서
는 유일한 교사들이었다. 미스 테일러는 테레사에게서
부모님이 은퇴한 지 몇 년이 되었다는 이야기와, 평생
교사 생활을 하던 지역을 떠나 자신들을 더 필요로 하
는 곳으로 이사했다는 이야기를 들었다. 부부가 돌아간
곳은 동생 브루노가 관리하고 있던 아벨의 가족 농장이
었다.
　산타클라라는 작은 농장이었지만 토산물인 꿀, 치즈,
절인 고기가 웬만큼 있어서 가족들이 먹고 남은 것을
이웃 마을에 가져가 물물교환하거나 팔아도 될 정도였
다. 농장은 독일과 프랑스 이민자들의 멋진 대농원에 비
하면 그림자조차 되지 않았다. 농장에는 본채 외에도 두
개의 기본 주택, 식품 훈제실, 매주 목욕할 수 있도록 금

속 욕조를 들여놓은 헛간, 빵 화덕과 연장들이 보관된 창고, 돼지우리, 소와 말, 두 마리 노새를 위한 마구간이 있었다.

브루노 리바스는 형인 아벨보다 훨씬 어렸다. 나이가 쉰 살쯤이었고, 몸과 마음이 강인하고 부지런한 대지의 남자라고 사람들은 말했다. 브루노는 아내가 첫 아이를 낳다가 잘못되어 아내와 아이를 모두 잃었고, 그 이후로 새로운 사랑은 없었다. 그는 진지하고 과묵한 사람이 되었지만 여전히 친절해서 항상 다른 사람을 기꺼이 도와주었고, 연장이나 노새를 빌려주거나 남은 달걀과 우유를 나눠주기도 했다.

표정이 풍부한 얼굴과 넓은 등에 부두 노동자처럼 강인한 젊은 원주민 여성 파쿤다는 여러 해 전부터 그 집에서 일했다. 남편은 어딘가로 떠나고 두 아이는 할머니가 키우고 있었는데, 아이들은 거의 만나지 못했다. 파쿤다는 빵과 케이크, 파이를 굽는 데 천부적인 소질이 있었고, 노래하며 즐겁게 일상을 보냈다. 그녀는 브루노를 숭배했는데, 항상 '브루노 씨'라고 존대하여 불렀다. 나이로는 자신이 딸뻘일 텐데도 마치 엄마처럼 그를 꾸짖기도 하고 애지중지 아끼기도 했다.

루신다와 아벨은 원래의 집에서 몇 미터 떨어진 작은 집에 살았다. 형과 형수가 같이 살면서 도와주니 브루노에게는 잘된 일이었다. 항상 할 일이 많았고 아무리 일찍 하루 일과를 시작해도 시간이 부족했다. 가장 바쁜 계절인 봄과 여름이면 브루노는 도와줄 일꾼을 두 명

고용했다. 날씨가 좋은 시기가 되면 루신다와 아벨은 아이들을 가르치러 떠났기 때문이다. 그들은 자기 돈으로 산 공책과 연필이 담긴 상자를 챙겨 말과 노새를 타고 광활한 지역을 이동해 다녔다. 정부는 외딴 시골 지역들을 방치했는데, 4년의 기초 교육은 의무였지만 나라의 모든 영토에 걸쳐서 이를 지키는 것은 쉽지 않았기 때문이다. 도로와 자원은 미비했고, 그 지역에 정착하려는 교사들도 부족했다.

마을에 도착하면 리바스 부부는 소의 워낭을 흔들어 아이들을 불렀다. 그러고는 며칠 동안 머물며 새벽부터 해가 질 때까지 수업을 하고 마을 사람들과 우정을 쌓았다. 그래서 마을 사람들은 부부를 하늘에서 보낸 천사처럼 맞아주었다. 그들은 돈을 지불하지 못했지만 육포, 토끼 가죽, 수제 샌들, 집에서 만든 직물 등 자신들이 가진 것으로 보답했고, 부부는 그것을 받지 않을 수 없었다. 리바스 부부는 마을 사람들이 제공한 잠자리에서 자고 다음 목적지로 계속 이동했다. 마을을 떠나기 전에 학생들에게 몇 주 동안 해야 할 숙제를 내주었고, 다음에 다시 올 때 검사를 하겠다고 주의를 주었다. 이렇게 공부를 계속하다 보면 언젠가 초등학교 수료증을 받을 수 있게 된다고도 말해 주었다. 그들은 자신들만의 학교를 만들어 아이들에게 수업도 하고 하루 한 끼 따뜻한 식사를 제공할 수 있게 되는 꿈을 갖고 있었다. 어떤 아이들은 그 하루 한 끼가 전부가 될 터였다. 그러나 그것은 실행하기 어려운 프로젝트였다. 아이들은 학교까지

가려면 걸어서 수 킬로미터를 이동해야 했다. 그러니 학교인 그들이 아이들이 있는 곳으로 가야 했다.

"제 동생 브루노가 당신들이 지낼 수 있도록 제가 가진 다른 집을 수리하고 있어요. 몇 년 동안 비어 있기는 했지만 꽤 근사할 겁니다." 아벨이 우리에게 한 말이었다.

우리는 집의 영혼이나 마찬가지인 난로 주위에 앉아 마테를 마셨다. 남부의 독특한 초록 쓴 맛이 나는 허브차였다. 파쿤다가 가져다준 뜨거운 빵과 크림, 마르멜로 젤리[1]도 곁들여 먹었다. 해가 질 무렵 브루노가 도착했고 나중에는 마을 사람들도 찾아와 인사를 나누었다. 그들은 젖은 담요와 진흙 장화를 벗어 입구에 두고 수줍어하며 인사를 한 뒤 탁자에 선물들을 올려놓았다. 잼 한 병, 돼지기름, 천으로 싼 염소 치즈였다. 그들은 호기심을 느끼며 우리를 살폈다. 쏟아지는 비를 막아주지도 못할 듯한 얇은 외투 차림을 하고 말투도 다르고 손도 새하얀 수도의 방문자들에 대해 그 사람들이 무슨 생각을 할지 누가 알겠는가. 사람처럼 보이는 것은 토리토뿐이었다. 일하느라 그을리고 굳은살 박인 커다란 손, 천장 들보에 머리를 부딪지 않으려고 구부린 거대한 몸집, 변함없이 착한 사람의 미소.

밤이 되자 마을 사람들은 돌아갔다.

"내일 봐요. 파쿤다가 아침 식사로 신선한 빵을 가져

---

1 스페인과 중남미 고유의 간식으로, 스페인어 이름은 '둘세 데 멤브리요'.

다줄 거예요." 루신다가 판초를 걸치며 말했다.

그러자 우리는 리바스 부부가 자기 집을 우리에게 비워주고 다른 곳으로 잠자러 간다는 것을 알게 되었다.

"겨우 며칠일 뿐입니다. 당신들의 집이 곧 마련될 테니까요. 지금 지붕을 수리하고 있고 난로도 설치해야 하거든요." 아벨이 그렇게 설명했다.

처음 며칠 동안은 바로 근처의 이웃들과 나우엘의 주민들을 찾아가 우리 가족을 소개하고 그들에게도 관심을 내보여 주며 시간을 보냈다. 정확하게는 우리가 받은 것에 대한 보답으로 선물을 갖다주었다. 이 나라에서는 빈손으로 방문을 하지 않는데 지방은 그런 규칙을 더 엄격하게 지킨다. 이모들이 가져온 저장식품들은 제 용도를 찾았다. 물론 들에서 나는 재료로 만든 마을 사람들의 저장식품들과는 경쟁이 안 되기는 했다. 호세 안토니오와 토리토는 리바스 부부가 내어준 집에 가서 인부들과 같이 집수리를 도왔다. 일주일 후에 우리는 그 집에 들어가게 되었고, 브루노가 중고 가구도 구해 들여주었다.

바람에 신음하는 판자로 만든 누추한 방에서 벚나무 책상과 괘종시계는 마치 훔쳐 온 물건 같았고, 전기가 없으니 티파니 스탠드는 쓸모가 없었다. 비취옥 조각상이 어떻게 되었는지는 기억도 나지 않는다. 아마 영원히 솜에 싸인 채 그대로 보관되어 있었던 것 같다. 사람들이 알려준 대로 검은색의 커다란 무쇠 난로 없이는 살아남을 수 없었다. 우리는 난로로 음식을 만들고, 방을 데우고, 빨래를 말리고, 그 주위에 둘러앉기도 했다. 겨울과 여름에는 새벽부터 밤까지 땔감으로 불을 밝혔다. 차를 끓일 줄 몰랐던 이모들은 차 만드는 법을 제대로 배웠다. 그러나 어머니는 시도조차 하지 않았다. 기침과 추위에 지친 그녀는 안락의자나 침대에 누워 지냈다.

토리토와 나는 이러한 상황에 처음부터 적응한 유일한 사람들이었다. 다른 사람들은 잠깐 동안 야영 생활을 하는 척했다. 궁핍과 고립이 우리의 새로운 현실이라는 걸 받아들이기 어려웠기 때문이다. 아무도 '가난'이라는 단어를 쓰려 하지는 않았다. 처음 몇 주 동안 우리는 끈질긴 전염병 같은 습기에 시달렸다. 폭풍우 속에서 금속 지붕을 때리는 소리와 함께 사나운 바람이 불었다. 매일 매일 내리는 이슬비는 지독하고 끝이 없었다. 비가 내리지 않을 때는 안개가 우리를 휩싸고 돌았다. 아무튼 구름 사이로 해가 나오는 순간이 별로 없어 날은 따뜻해지지 않았다. 집안이 바짝 마르는 일도 없었다. 그렇기에 어머니의 만성 기관지염이 더 악화되어 갔다.

"또 폐결핵에 걸렸나 봐. 날씨 때문에 난 죽을 거야. 봄까지 살아 있지도 못하겠어." 어머니는 그렇게 말하며 한숨을 내쉬었다. 그녀는 담요를 덮고 지냈고 수프로 배를 채웠다.

이모들에 따르면 시골 공기 덕분에 내 성격이 좋아지고 반항기가 누그러졌다고 한다. 산타클라라에서 나는 항상 바빴다. 하루가 훌쩍 지나갔고 앞으로 할 일이 수천 가지였는데 그 모두 마음에 들었다. 나는 브루노 삼촌에게 빠져들었다. 처음부터 삼촌이라고 불렀다. 우리 둘 다 서로를 아꼈다고 장담할 수 있다. 그에게 나는 태어나자마자 죽은 딸의 환생 같았고, 나에게 그는 잃어버린 아버지 대신이었다. 그는 나와 함께 지내면서 사람들이 기억하고 있는 젊은 시절의 브루노로 돌아가 유쾌하고 장난기 많은 남자가 되었다. "그 꼬맹이한테 너무 마음 주지 말아요, 브루노 씨. 머지않아 그들은 도시로 돌아갈 테고 그러면 가슴이 찢어진 당신을 내가 보살펴야 하잖아요." 파쿤다가 투덜거렸다. 나는 그와 함께 덫으로 낚시하고 토끼를 사냥하고 젖소의 젖을 짜고 말에 안장을 얹는 법을 배웠고, 둥그런 진흙 움막에서 치즈, 육포, 햄, 생선, 육고기를 훈제하는 법도 배웠다. 움막에는 음식을 건조하기 위해 숯불의 불씨를 항상 살려놓고 있었다. 파쿤다는 브루노의 부탁으로 나를 받아들였다. 그때까지는 자기 왕국인 부엌에 누가 들어오는 걸 용납하지 않았던 그녀였지만, 결국 나에게 빵을 반죽하는 법과 닭이 아무 데나 낳은 달걀을 찾아내는 법을 가르쳐주었다. 겨울에 먹는 스튜와 독일인들이 그 지역에 들여온 유명한 사과 파이를 요리하는 법도 알려주었다.

마침내 봄이 찾아왔다. 풍경이 빛나고 '망명자들'의 기분도 밝아졌다. 우리는 리바스 부부가 근처에 없을 때면 언제나 우리 자신을 '망명자들'이라고 즐겨 부르곤 했다. 이 표현이 우리가 받은 친절에 대해 모욕으로 들

릴까 봐 부부 중 한 사람만 있어도 그 말을 입 밖에 꺼내지 않았다. 봄 풍경은 들꽃과 나무 열매, 지저귀는 새들로 가득 찼다. 태양은 우리가 판초와 장화를 벗을 수 있게 해주었고, 오솔길의 흙바닥도 말려주었다. 우리는 봄의 제철 채소들과 벌꿀을 수확할 수 있었다. 호세 안토니오와 조세핀 테일러는 처음부터 계획했던 대로 곧 떠나야 했다. 그들의 계획은 자리를 잡은 나머지 가족을 리바스 부부와 함께 두고 작별 인사를 하는 것이었다. 두 사람 다 시골에서는 생계를 유지할 수 없어 일을 하러 다시 떠나야 했다.

미스 테일러는 영어를 가르칠 수 있는 수도로 돌아가기로 결심했다. 그녀가 말하길 수도에는 영어를 배우려는 사람이 항상 있기 때문이었다. 수도로 가려는 진짜 이유가 테레사와 같이 있고 싶은 마음 때문이라는 건 말하지 못했다. 테레사와 떨어져 지내는 모든 순간이 그녀에겐 인생의 낭비였다. 한편 호세 안토니오는 집안 여성들을 부양할 만큼 충분한 돈을 벌어야 했다. 리바스 가족의 자비로운 마음에 무한정 의존할 수는 없었다. 우리는 공짜로 먹고 잘 수 있었지만, 내가 신을 신발부터 엄마의 약까지 항상 조금씩은 돈을 써야 했다.

내 오빠는 겨울 동안 브루노와 함께 들판에서 일하면서 할 수 있는 것을 도왔지만 쟁기질이나 장작을 패는 일에 재주가 없었다. 그는 조세핀과 함께 수도로 돌아가고 싶은 유혹을 느꼈다. 어쩌면 끈기 있게 기다리다 보면 그녀의 사랑을 얻을 수 있을지도 몰랐다. 아르세니오 델 바예가 드리운 그늘이 사라진 미래에는 그렇게 되도록 할 생각이었다.

"네가 아버지의 죗값을 치를 필요는 없어, 호세 안토니오. 내가 너라면 유니언 클럽으로 바로 가서 더블샷 위스키를 한 잔 주문하고 험담꾼들과 정면으로 맞붙어 볼 텐데." 미스 테일러가 그렇게 제안했지만 그건 그녀가 우리 환경의 규칙을 몰랐기 때문이다.

우리는 기다려야만 했다. 시간만이 과거의 수치를 지워줄 수 있었다.

그러는 사이 우기가 되어 오빠는 계획을 세워가고 있었다. 계획이 잘 풀리면 주도인 사크라멘토에 정착할 생각이었다. 사크라멘토는 우리가 있는 곳과는 기차를 두 시간 탄 뒤 노새로 잠깐 이동하면 되는 거리였다.

호세 안토니오는 나우엘의 전신전화국 교환수에게 은행이 제재소를 폐쇄한 후 사라진 마르코 쿠사노비치를 찾는 일을 부탁했다. 아버지는 제재소를 담보로 대출을 받았었는데 결국 갚을 수 없게 되자 은행은 제재소를 압류하고 노동자들을 해고해 목재 생산이 중단되었다. 그 사이 제재소를 매수할 사람을 찾아 나섰지만 일 년 이상 찾지 못해 기계가 녹슬어가고 있었다. 호세 안토니오가 알아낸 바에 따르면 대부분의 크로아티아인 이민촌은 이 나라의 최남단 지방에 자리 잡고 있었는데, 그곳 이민자들의 상당수가 크로아티아와 그 비슷한 지역 출신들이었다. 그래서 서로 아는 사이였고 결혼을 하기도 했으며, 동포들은 새로 이민 온 사람이라면 누구든 금방 두 팔 벌려 환대해 주었다. 호세 안토니오는 그곳에 마르코의 가족이나 친구가 있으리라고 생각했다.

전신전화국 교환수는 크로아티아인 이민촌에 사는 사람들이 거주자 등록을 하는 곳인 오스트리아-헝가리 클럽과 연락을 취했다. 9일이 지난 후 호세 안토니오는 라디오 단파 통신을 통해 쿠사노비치와 통화를 할 수 있었다. 그들은 서로를 거의 알지 못했지만, 조악한 통신의 지직거리는 소리와 헛기침으로 간간이 중단되는 통화에도 불구하고 그 첫 대화만으로 오랜 우정이 이어질 토대가 만들어지기에 충분했다.

"사크라멘토로 오세요, 마르코. 미래가 여기 있습니다."오빠는 그렇게 말했다. 굳이 쿠사노비치에게 간절하게 부탁하지 않아도 되었다.

6장

그즈음 루신다와 아벨은 그 지역 작은 마을들로 다시 순회 무료 교실을 떠날 준비를 하고 있었다. 그들은 내가 그들이 제공할 수 있는 것보다 훨씬 더 많은 교육을 받았고, 내 지식을 다른 사람들을 위해 사용할 때라고 확신했다. 그들은 나에게 콧김을 뿜어내는 큰 짐승들이 불러일으키는 공포를 극복하고 말 타는 법을 가르쳐 주었고, 이동 학교의 조교로 나를 고용했다. "우리는 여름이 끝날 때 돌아올 것입니다." 그들은 발표했다.

토리토는 내가 원주민들에게 납치당하지 않게 보호하기 위해 원정대에 합류하고 싶어 했다. 리바스 부부는 토리토에게 그가 걱정하는 게 원주민이라면, 정부의 허가를 받아 남부를 식민지화하기 위해 온 외국인 이민자를 제외한 그 지역 모든 사람이 원주민, 즉 메스티소[1]라고 설명해 주었다. 순혈 원주민들은 터무니없는 가격으로 땅을 팔게 하거나 술에 취하게 한 뒤 읽을 수 없는 계약서에 서명하게 하는 엉터리 제도 탓에 쫓겨나고 있었다.

이 제도도 통하지 않으면 무력이 동원되었다. 독립 이후 정부는 점령과 군사적 탄압을 통해 '야만인'을 정복, 통합, 진압하고 그들을 문명화된 개인, 그러니까 가톨릭 신자로 전환하기 시작했다. 원주민 학살은 16세기부터 계속되어 왔다. 처음에는 스페인 정복자들에 의해 자행되었고 나중에는 처벌을 받지 않고 살인을 저지를 수 있는 모든 사람들이 학살을 자행했다. 지역 원주민들은 대개 이방인들을 미워했다. 특히 공화국 정부를 미워하는 이유는 타당했다. 그렇다손 치더라도 굳이 여자아이들을 유괴하거나 겁을 줄 필요는 없었다. 리바스 부부는 이런 말들로 토리토를 안심시켰다.

"게다가 토리토, 너는 남아서 브루노도 도와주고 여자들을 돌봐야 해. 비올레타는 우리와 안전하게 다닐 거야."

나는 리바스 부부의 여정을 따라 벽촌과 오지 마을들을 찾아가 수업을 하면서 열세 살의 여름을 보냈다. 처음 며칠 동안은 말을 타느라 엉덩이도 아프고 어머니와

---

1 중남미 지역에서 유럽계 백인과 인디오의 혼혈을 말함.

미스 테일러, 이모들도 보고 싶어 힘들었지만 말에 익숙해지자마자 모험이 좋아졌다. 리바스 부부에게는 불평해도 소용이 없었다. 그들은 나를 위로하지도 가여워하지도 않았다. 그 덕에 어린 시절 실신을 하고 경기를 해대던 버릇이 마지막 한 톨까지 씻은 듯이 사라졌다. 나는 건강 상태도 괜찮고 기력도 좋으며 이제 나를 겁먹게 하는 일은 거의 없다고 자랑스럽게 말할 수 있었다.

이동 학교는 학용품과 잠잘 이불, 약간의 개인 짐을 실은 노새의 걸음에 맞춰 서두르지 않고 움직였다. 우리의 여정은 거의 항상 해가 지기 전에 사람 사는 마을에 도착할 수 있었지만 야외에서 잔 적도 여러 번 있었다. 나는 해충과 맹수를 만나지 않게 해달라고 후안 키로가 신부에게 빌었다. 어른들은 뱀은 해롭지 않고 오히려 퓨마가 유일하게 위험한 고양잇과 동물인데, 불을 피우면 퓨마가 다가오지 못한다고 나를 안심시켰다.

아벨은 폐병이 있어서 항상 기침을 하고 가끔은 죽어가는 사람처럼 숨을 헐떡였다. 그의 교육자로서의 소명은 타고난 천성이었다. 그래서 낮에는 내게 동식물의 이름을 가르쳐주었고 노숙을 하는 밤에는 별자리를 알려주었다. 루신다는 민담이나 신화 이야기를 한도 끝도 없이 알고 있었고 그런 이야기는 아무리 들어도 지루하지 않았다. "세상을 창조한 두 마리의 뱀 이야기 다시 해줘요." 나는 그렇게 조르곤 했다.

대부분의 여정은 좁은 오솔길을 따라 이어졌다. 어떤 지역은 겨울 동안 방향을 가늠할 수 있는 흔적이 모두 지워져 있기도 했다. 그러나 리바스 부부는 길을 잃지 않고 망설임 없이 숲속으로 쭉 들어가 강을 건너 위기를 극복했다. 딱 한 번 말이 돌에 미끄러져 내가 물에 빠졌지만, 그 자리에서 아벨은 망설임 없이 내 옷을 붙잡아 나를 저쪽 편 물가로 끌고 갔다. 바로 그날 그는 나에게 처음으로 수영을 가르쳐주었다.

학생들은 드넓은 지역에 흩어져 있었는데, 나는 시간이 흐르면서 리바스 부부보다 어린이들의 이름을 더 잘 구별하는 법을 배웠다. 해를 거듭할수록 아이들이 자라나 성인이 되어가는 모습을 볼 수 있었다. 그들은 청소년기에 사춘기를 겪지 않았는데, 일상적으로 할 일이 많아서 생각에 빠져 있을 시간이 없었기 때문이다. 그들을 가둔 가난은 도시의 가난에 비하면 더 품위 있는 것이기는 했지만 어떤 식으로도 이겨낼 수 없는 비참함이었다. 소녀들은 몸이 성숙하기 전에 엄마가 되었고, 남자들은 군 복무를 하느라 몇 년 동안 도피할 수 있는 경우가 아닌 한 아버지, 할아버지처럼 땅에서 일했다.

나는 어린 시절에 간직했던 순수함을 금세 잃었다. 리바스 부부는 알코올중독, 매 맞는 여성과 어린이, 칼부림, 강간, 근친상간 등 드라마 같은 사건들을 내게 숨기지 않았다. 우리 가족이 이곳에 도착할 때 느꼈던, 시골이라는 곳의 목가적인 분위기와는 많이 다른 현실이었다. 나는 친절한 사람들이 사는 고장인 나우엘도 한 꺼풀만 벗기면 추악함과 부도덕함이 쉽게 드러나는 곳이란 걸 깨달았다. 그러나 리바스 부부는 그것이 인간

조건의 내재적 악이 아니라 무지와 빈곤에서 비롯된다고 거듭 말했다. "배고픈 상태보다 배부른 상태에서 더 남을 배려하고 너그러워질 수 있단다." 그들은 그렇게 얘기했다. 그러나 나는 결코 그 말을 믿지 않았다. 어느 쪽에서든 선과 악이 모두 발생하는 걸 보았기 때문이다.

우리는 어떤 마을에서는 연령대가 다양한 아이들을 열 명쯤 모을 수 있었다. 그러나 종종 외따로 떨어진 집들을 들르기도 했는데, 그런 곳은 신발도 신지 않은 꼬맹이 서너 명만 모을 수 있었다. 그래서 대체로 교육을 받은 적이 없는 어른들도 수업에 참여시키려 했는데, 그런 노력은 사실은 거의 효과가 없었다. 그들은 그때까지 글자를 모르고도 살았다는 건 글자가 필요하지 않아서라고 여겼기 때문이다. 우리가 처음 토리토에게 글쓰기의 이점을 설득하려고 했을 때 그가 보여준 태도와 똑같았다.

가난하고 차별받는 원주민들은 오두막과 가축 몇 마리, 감자, 옥수수, 여러 가지 채소를 기르는 밭이 딸린 작은 농장을 지어 여기저기 흩어져 살았다. 나는 리바스 부부가 단지 좀 다른 삶의 방식일 뿐이라고 알려줄 때까지 그들의 삶을 비참 그 자체라고 여겼다. 그들은 자신들만의 언어, 종교, 경제가 있었고 우리가 소중하게 여기는 물질적인 것을 탐내지 않았다. 그들은 이 땅에서 나고 자랐다. 반면에 외지인들은 거의 예외 없이 강탈자이자 도둑이며, 염치를 몰랐다. 나우엘이나 그 주변 고장들의 원주민은 원주민 아닌 사람들과 어느 정도 뒤섞여 살았다. 그들은 목조 주택에 살고 스페인어를 사용했으며 구해지는 일은 무엇이든 하며 생활했지만, 대다수 원주민은 여러 가족이 모여 농촌 공동체를 이루며 살았다. 리바스 부부는 해마다 이들 공동체를 방문하곤 했다. 외부에서 온 사람들에 대한 격렬한 불신에도 불구하고 교사라는 직업을 고귀하게 여긴 덕분에 우리는 그곳에서 매우 환영받았다. 하지만 리바스 부부는 가르침을 주는 것이 아니라 가르침을 받으러 갔다.

족장은 단단한 체구에 각진 얼굴, 돌로 깎은 듯한 이목구비를 지닌 노인이었다. 그는 부족 공동 건물 안으로 우리를 맞았다. 그곳은 말뚝을 기초 구조물로 삼고 지붕과 벽을 짚으로 엮어 만든 곳으로, 창문은 없었다. 의례용 장신구와 목걸이를 한 그는 까칠하고 위협적인 표정의 젊은이 몇 명, 이리저리 오가는 아이들, 개들에 둘러싸인 채 나타났다. 아벨이 담배와 술을 선물하며 경의를 표하는 동안, 루신다와 나는 들어와도 된다는 허락이 있을 때까지 부족 여자들과 함께 밖에서 기다렸다.

사용하는 언어가 서로 다른 그들은 두 시간 동안 말 없이 술을 마셨다. 그제야 족장이 여성들도 들어오게 하라는 신호를 보냈다. 원주민 말을 조금 할 줄 아는 루신다가 통역을 맡았다. 군에 징집되었을 때 스페인어를 배운 청년 하나가 그녀를 도왔다. 그들은 말과 농작물 이야기도 하고, 근처에 진을 치고 있는 군인들에 대해서도 이야기했다. 그리고 과거에는 족장의 아이들을 인질로

잡아가던 정부가 이제는 더 나아가 아이들이 그들의 언어, 관습, 조상, 자부심을 망각하기를 바라고 있다고 이야기했다.

공식 방문은 몇 시간 동안 계속되었다. 그곳에서는 아무것도 급하지 않았다. 시간을 재는 일은 우기, 수확기, 재난의 시기뿐이었다. 나는 불평도 못 하고 그 지루한 시간을 참았다. 환기도 되지 않는 방 안의 화로에서 피어오르는 연기에 현기증도 났고, 남자들이 무례한 태도로 이리저리 살펴봐서 겁도 났다. 마침내 내가 피로감에 지쳐 나가떨어질 즈음에야 방문이 끝났다.

해 질 무렵, 루신다는 나를 데리고 치유사 야이마의 오두막으로 갔다. 그곳에서 식물들과 나무껍질, 약초에 대해 배웠다. 치유사는 적절한 마법을 같이 쓰지 않으면 효과가 없을 거라고 경고하며 그런 지식을 나눠주었다. 제대로 설명하기 위해 치유사는 계절 이름, 동서남북, 하늘, 땅, 지하세계 등을 나타내는 그림이 새겨진 가죽 북을 리듬감 있게 두드리며 주문을 외웠다. "하지만 북은 사람들의 것이지요." 그녀는 단호하게 말했다. 북이 자기 부족의 것이며, 부족 외의 존재들은 사람이 아니므로 북을 만질 수 없다는 뜻이었다. 루신다는 공책에 식물들의 원주민식 명칭을 하나씩 적고, 자연에서 그 식물을 알아볼 수 있도록 도해를 그려 넣었다. 메모한 내용은 나중에 피아 이모와 공유했다. 이모는 새로운 재료들을 민간 치료법 목록에 추가해 가고 있었다. 루신다는 마법의 북 대신 손을 사용했는데, 손은 기를 통해 치료하는 수단이었다. 그러는 동안 나는 벼룩이 들끓는 두 마리 개들과 함께 웅크린 채 잘 다져진 흙바닥에서 잠이 들었다.

야이마는 쉰 살쯤 되어 보였다. 그러나 그녀 말로는 스페인인들이 꼬리를 말며 도망을 친 뒤 공화국이 탄생하던 때를 기억한다고 했다. "그전에도 좋은 건 없었지만 나중에는 더 나빠졌지요." 그녀는 그렇게 말을 맺었다. 루신다는 그녀의 말이 사실이라면 백열 살은 됐을 거라는 계산을 했지만 반박한다고 득이 되는 건 없었다. 누구나 자기 인생은 자기 좋을 대로 이야기할 자유가 있으니까. 야이마는 전에는 완전히 전통적인 수공 베틀로 만든 부족의 일반적인 옷을 입었지만, 지금은 도시의 영향을 받아 옷차림을 바꾸었다. 꽃무늬 천으로 된 폭이 넓은 긴 드레스 위에 검은 망토를 걸치고 큰 핀으로 여몄으며 머리에는 스카프를 쓰고 가슴에는 자수 장식을 흉갑처럼 걸고 이마에는 은장식을 달았다.

내가 열네 살이 되자 추장은 아벨 리바스에게 서로의 우정을 보증하는 방법으로 나를 자신 아니면 자신의 아들과 결혼시키자고 요청했다. 신부를 주는 대가로 가장 좋은 말을 내주겠다고 했다. 아벨은 루신다의 어렵고 고역스러운 통역을 받아가며 내가 성격이 매우 나쁜 데다가 이미 자신의 아내 중 하나라고 둘러대며 추장의 제안을 정중하게 거절했다. 그러자 족장은 나 대신 다른 여자를 하나 주겠다고 제안했다. 그다음부터 나는 조혼을 피하기 위해 그 마을로 가는 여정에는 더 이상 동행하지 않게 되었다.

나는 작은 이동 학교를 통해 미스 테일러가 항상 주장하던 '가르치면서 배운다'라는 말을 확인할 수 있었다. 여가 시간이 되면 루신다와 아벨의 지도를 받으며 수업 준비를 해야 했는데, 그러는 사이에 마침내 수학의 신비를 풀었고 우리나라의 역사책, 지리책을 외울 수 있었다. 미스 테일러에게 6년 동안 교육을 받은 나는 대영제국의 왕과 왕비를 연대순으로 암송할 수 있었지만 내나라에 대해서는 아는 것이 거의 없던 터였다.

집에 자주 들르던 호세 안토니오가 한번은 기차로 세시간 떨어진 로열 브리티시 칼리지에 나를 기숙생으로입학시키자고 제안했다. 두 명의 영국 선교사가 설립한이 학교는 열두 명의 아이들과 유일한 선생님인 선교사부부를 위한 방들로 구성된 집에 지나지 않았다. 그 화려한 이름에 비하면 너무 소박했지만, 그 지방에서 최고라는 명성을 누리고 있었다. 나는 오래된 발작증을 또한 번 겪을 판이었다. 그래서 그곳으로 보내면 도망을 쳐버릴 테고 그러면 다시는 나를 볼 수 없게 될 거라고선언했다.

"저는 그 어떤 학교에서보다 여기서 더 많이 배워요."
나는 확신했다. 그 말이 정말로 단호해서 그들은 내 말을 믿었다. 그리고 시간은 내가 옳았다는 것을 증명해주었다.

내 생활은 두 개의 계절로 나뉘었다. 하나는 비의 계절, 다른 하나는 태양의 계절이었다. 겨울은 길고 어둡고 습한 데다 낮이 짧고 밤은 얼어붙었지만 지루할 틈이 없었다. 젖을 짜고 파쿤다와 함께 요리를 하고 새나 돼지, 염소를 돌보고 세탁과 다림질을 하는 것 외에도 마을을 열심히 쏘다녔다. 피아 이모와 필라르 이모는 나우엘과 그 주변 지역에서 활력소가 되었다. 이모들은 카드놀이, 뜨개질, 자수, 페달 기계 바느질, 빅트롤라 크랭크 축음기 음악 감상회를 꾸렸다. 병든 동물이나 우울한 사람을 위한 9일 기도, 풍년과 좋은 날씨를 비는 9일 기도 모임도 조직했다. 고백하지는 않았지만 9일 기도회를 연 진짜 목적은 조금씩 나라에서 입지를 다지고 있던 복음교회 목사들로부터 신자들을 빼앗기 위해서였다.

이모들은 마음을 달래주는 효험이 있는 직접 담근 체리주나 매실주를 아낌없이 내어주었고, 쉬는 시간이나 지루함을 피해 찾아오는 여자들의 불평과 고백을 언제나 들어줄 준비가 되어 있었다. 피아 이모의 손으로 치료하는 은사는 주변 수 마일까지 알려져 있었기 때문에, 야이마와 척을 지지 않도록 매우 신중하게 행동해야 했다. 마을 사람들은 의사보다 두 치료사를 더 자주 찾았다.

비가 너무 많이 내리지 않는 한, 낮에는 브루노 삼촌이 동물을 관리하거나 목초지에서 일하는 데 가서 거들었고, 오후에는 베틀을 짜거나 뜨개질을 하고, 공부하고 책을 읽고 피아 이모와 함께 치료법을 준비했다. 지역 어린이들에게 수업을 하고 전화국 교환수에게 모스 부호를 배웠다. 사고나 출산이 있을 때면 반세기 경력의 그 지역에서 유일한 간호사를 찾아갈 수 있었지만, 그녀의 명성도 야이마나 피아 이모를 따라올 순 없었다. 사람들은 심각한 상황에는 항상 이 두 사람을 찾아갔다.

한겨울이 되자 미스 테일러와 테레사 리바스가 두 주 동안 지낼 생각으로 찾아왔다. 그런 악천후를 이기고 들이닥친 그들의 태평스러운 태도를 보고 우리는 경악했다. 그들은 최악의 날씨에 휴가를 떠난 이 세상 유일의 미치광이들이라고 자부했다. 그들은 수도의 소식들, 잡지와 책, 리바스 부부를 위한 학용품, 바느질할 직물, 필라르 이모를 위한 도구들을 갖고 왔다. 마을 사람들이 부탁한 소소한 물건들도 가져왔는데 한 번도 돈을 받지는 않았다. 또 빅트롤라 축음기로 들을 새 음반들도 가져왔다. 두 여성은 당시 유행하는 춤을 가르쳐주었는데, 덕분에 사람들에게서 웃음의 합창이 터져 나왔고 그렇게 우기의 비로 마비된 영혼들이 활력을 되찾곤 했다. 심지어 브루노 삼촌도 조카딸과 아일랜드 여성에게 매료되어 함께 춤추고 노래를 불렀다. 필라르 이모는 시골 생활을 하면서 많이 변해 있었다. 이모는 기계들에 대한 지식을 연마하고 치마 대신 바지를 입고 부츠를 신었다. 미스 테일러의 표현에 따르면, 이모는 브루노 삼촌에게 빠져 삼촌의 관심을 끌려고 나와 경쟁을 하고 있었다. 이모와 브루노 삼촌은 거의 같은 나이였고 다양한 공통 관심사로 이어져 있어서 터무니없는 말은 아니었다.

그 두 멋진 여성, 미스 테일러와 테레사 리바스는 우리가 함께 토리토의 생일을 축하해 줘야 한다고 생각했다. 토리토는 한 번도 생일 파티를 받은 적이 없고 사춘기가 된 나이에 우리 부모님이 출생신고를 했기 때문에 실제로는 몇 년에 태어났는지도 알지 못했다. 그래서 신분증에는 실제보다 열두세 살 적게 기록되어 있었다. 미스 테일러와 테레사는 그의 성이 토로[1]인 데다 매우 고집스럽고 충성스러운 사람이니 별자리는 틀림없이 황소자리일 테고 그러니 4월과 5월 사이에 태어났을 것이지만, 우리 모두 다 같이 있을 때 그의 탄생을 축하해 주기로 결정했다.

브루노 삼촌은 토리토의 애완동물인 농장의 유일한 양을 죽이지 않기 위해 시장에서 양 반 마리를 샀고, 파쿤다는 둘세 데 레체로 케이크를 만들었다. 나는 브루노 삼촌의 도움을 받아 선물을 준비했다. 나무로 조각한 작은 십자가 목걸이였다. 십자가의 한쪽에는 토로의 이름을, 다른 쪽에는 내 이름을 새겨 돼지가죽 끈으로 매달았다. 만약 순금으로 만들었다면 토리토는 그것을 그토록 소중히 여기지 않았을 것이다. 그는 십자가를 목에 건 후 다시는 벗지 않았다. 카밀로, 내가 이 얘기를 하는 이유는 그 십자가가 몇 년 후에 결정적인 역할을 했기 때문이란다.

미스 테일러와 테레사가 미리 호세 안토니오에게 방

---

1 토로(toro)는 스페인어로 '황소'라는 뜻.

문 계획을 알리면, 호세 안토니오는 두 사람과 맞춰서 방문하려고 노력을 했다. 그리고 그 기회를 이용해 미스 테일러에게 습관처럼 청혼했다. 호세 안토니오는 엎어지면 코 닿을 만한 비교적 가까운 곳에서 마르코 쿠사노비치와 함께 일하고 있었다. 도시에 사무실을 내기 전에는 기차를 타기 위해 위험한 산길을 따라 내려가야 했었다. 브루노 삼촌과 나는 역에서 그를 맞았고, 어머니와 이모들의 귀를 피해 가문의 새로운 소식들을 전해 들었다. 우리는 갈수록 어머니에 대한 걱정이 커졌다. 습기가 가득 차오르는 겨울 동안 어머니는 침대에서 나오지 못했고, 이불을 귀까지 덮어쓰고 뜨거운 아마 습포를 가슴에 얹은 채 폭포수같이 끝없는 기도에 몰두했다.

어머니는 다시 찾아온 겨울을 견디지 못해 이전에 여러 번 지낸 적 있는 산속의 요양원으로 떠나야 했다. 호세 안토니오는 어머니 요양에 쓸 만한 돈을 이미 충분히 벌고 있었다. 루신다와 필라르 이모는 그때부터 겨울이 되면 병든 어머니를 데리고 기차와 버스를 타고 요양원으로 찾아갔다. 그곳에서 어머니는 넉 달 동안 머물며 폐도 좋아지고 우울증도 회복했다. 봄이 되면 다시 데리러 갔고 어머니는 조금 더 살 수 있을 만큼의 기운을 가지고 돌아왔다. 요양원에 가느라 오랜 시간 어머니가 집에 없기도 했고 또 거의 항상 정상적인 생활을 하지 못하는 어머니의 모습을 보았기 때문에, 어머니에 대한 내 기억은 내가 자랄 때 같이 있던 다른 사람들, 그러니까 이모들이나 토리토, 미스 테일러, 리바스 부부에 대한 기억보다 선명하지 않다. 영원한 환자였던 어머니는 내가 건강한 이유였다. 그녀의 선례를 따르지 않기 위해 나는 발작증의 불쾌한 기분이 찾아와도 무시한 채 당당히 살아왔다. 그렇게 해서 나는 내가 고통에 무관심하고 자연에 시간을 맡겨두면 대체로 저절로 치유된다는 것을 배우게 되었다.

봄과 여름이면 리바스 부부의 농장에 휴식이 없었다. 여름의 대부분 나는 아벨과 루신다의 작은 이동 학교를 따라다녔지만 산타클라라에서 시간을 보내며 사람들을 돕기도 했다. 그 사람들은 채소류와 콩, 과일 등을 수확하고, 저장식품을 만들어 밀폐된 항아리에 담기도 하고 설탕 절임이나 잼도 만들고 소젖, 염소젖, 양젖으로 치즈도 만들었으며, 고기나 생선을 훈제하기도 했다. 가축의 새끼가 태어나는 철이기도 했다. 내게는 허망한 축제의 시간이었다. 나는 병에 젖을 담아 새끼들에게 먹이고 이름도 지어 주었지만, 정이 들자마자 어른들은 새끼들을 내다 팔거나 도축했고 그러면 나는 그들을 기억에서 지워야 했다.

돼지를 죽이는 날이 되면 브루노 삼촌과 토리토는 어느 한 우리에서 돼지를 잡았다. 그러나 아무리 깊숙이 숨어도 돼지의 날카로운 울음소리가 내 귀에 들렸다. 나중에 파쿤다와 필라르 이모가 팔꿈치까지 피가 묻은 채 소시지, 초리소, 햄, 살라미 소시지를 준비해 주었고, 그러면 나는 양심의 가책을 느끼지 않고 먹어치웠다. 카밀로, 나는 평생 여러 번 채식주의자가 되겠다는 마음을 먹었지만 내 의지는 늘 실패하고 말았다.

나의 사춘기, 내 인생에서 가장 투명하고 맑았다고
기억되는 '망명'의 시절은 이렇게 지나갔다. 그 시절은
시골 생활의 기본적인 할 일들과 리바스 부부와 함께
가르치는 일에 전념하며 보낸 차분하고 풍족한 해였다.
미스 테일러가 수도에서 책을 보내는 일을 맡아주었기
때문에 책도 많이 읽을 수 있었다. 우리는 편지를 통해
서, 또는 그녀가 휴가차 농장에 왔을 때 책에 관해 이야
기를 나눴다. 그리고 나에게 새로운 지평을 열어준 사상
과 책 이야기를 루신다와 아벨과도 함께 나누었다. 어릴
때부터 나는 어머니와 이모들은 구시대에 속한 사람들
이고 외부 세계나 믿음을 뒤흔드는 어떤 것에도 관심이
없다는 걸 알고 있었지만, 동시에 그들을 존중하는 법을
배웠다.

우리 집은 작았고 여럿이 함께하는 공동생활로 늘 비
좁았다. 나는 가족들과 항상 같이 지내다가 열여섯 살에
본채 건물에서 몇 미터 떨어진 오두막을 선물로 받았다.
토리토와 필라르 이모, 브루노 삼촌이 눈 깜짝할 사이에
오두막을 하나 지어서 '라 파하레라'라는 이름을 붙여
주었다. 육각형 모양의 건물에 채광창이 지붕으로 나 있
었기 때문에 붙은 이름이었다. 그곳은 내 불가피한 고독
을 위한 공간이었고, 공부하고 책을 읽고 수업을 준비하

---

1 라 파하레라(La Pajarera)는 '새장'이라는 뜻.

고 가족들의 끊임없는 잡담에서 벗어나 꿈을 꿀 수 있는 사적인 공간이었다. 잠잘 때는 여전히 집에서 어머니와 이모들과 함께 있었다. 매일 밤 난로 근처에 매트를 깔고 잔 뒤 아침에는 매트를 집어넣었다. 내 유일한 바람은 라 파하레라의 어둠의 공포를 혼자 힘으로 극복하는 것이었다.

브루노 삼촌과 함께 나는 부화하는 모든 병아리와 정원에서 식탁으로 올라오는 모든 토마토의 생명의 기적을 축하했다. 그에게서 나는 주의 깊게 관찰하고 듣는 법, 숲에서 내 위치를 알아내는 법, 얼어붙은 강과 호수에서 수영하는 법, 성냥 없이 불을 피우는 법, 수분이 많은 수박에 얼굴을 파묻고 즐거움에 나 자신을 내맡기는 법을 배웠다. 그리고 사람이나 동물과 작별하는 어쩔 수 없는 고통을 받아들이는 법도 배웠다. 죽음 없는 삶은 존재하지 않으니 받아들일 줄 알아야 한다는 게 그의 주장이었다.

마을엔 내 또래의 남자아이들이 없었다. 내 친구들은 나를 둘러싼 어른들과 어린이들이 전부였다. 나는 나 자신과 비교할 대상이 없었고 그래서 청소년기 특유의 엄청난 혼란을 겪지 않았다. 사춘기를 깨닫지도 못한 채 이 역에서 저 역으로 간단히 환승했다. 또한 그 나이에 겪는 지극히 평범한 연애 감정의 환상들도 건너뛰었다. 그런 환상에 영감을 줄 또래 소년이 없었기 때문이다. 나를 말과 바꾸려고 했던 족장 외에는 아무도 나를 여자로 생각하지 않았다. 나는 그저 어린 소녀이자 브루노 리바스의 가짜 조카였다.

참아주기 힘든 소녀였던 나의 기질은 이제 거의 남아 있지 않았다. 분노로 거품을 물고 벽을 차며 울부짖던 시절에 나를 알게 된 미스 테일러는 시골에서 리바스 가족과 함께 생활하는 것이 그녀가 해준 모든 교육보다 더 많은 것을 내게 가르쳐주었다고 말했다. 젖소의 젖을 짜는 일이 죽은 왕들의 이름을 외우는 것보다 교육적으로 더 가치 있다고 장담하기도 했다. 나를 영국 선교사들에게 보내려고 했을 때 내가 예언한 대로, 육체노동과 자연과의 접촉은 그 어떤 학교에서도 얻을 수 없는 것을 내게 가져다주었다.

딱 두 장밖에 남지 않은 당시의 사진을 보노라면, 열여덟 살의 나는 확실히 아름다웠다. 부정한다면 거짓된 겸손이겠지만 당시에는 그걸 몰랐다. 우리 가족과 그 지역 사람들 사이에서 아름다움은 그다지 도움이 되지 않기 때문이었다. 내가 아름답다고 말해준 사람도 아무도 없었다. 집에 있는 유일한 거울은 고작 머리를 빗을 때나 쓸 뿐이었다. 나는 검은 눈을 가졌는데 그건 자연의 실수였다. 내 얼굴은 매우 창백해서 그런 짙은 올리브색 눈동자가 어울리지 않았기 때문이다. 길들이지 않은 반짝이는 검은 머리카락은 등 뒤로 땋아 다녔고, 자생 토종 나무를 잘라 흐르는 수액 거품으로 머리를 감았다. 긴 손가락과 가느다란 손목을 가진 내 손은 농사일과 빨래 표백제로 심하게 거칠어졌다. 미스 테일러는 아일랜드의 고아원 경험을 빗대어 세탁부의 손이라고 말하

곤 했다. 나는 이모들이 바느질로 만든 옷을 입었는데,
유행보다는 실용성을 생각한 옷이었다. 낮에는 거친 천
으로 된 작업복을 입고 나막신이나 돼지가죽 신발을 신
었다. 외출할 때는 레이스 칼라와 자개단추가 달린 심플
한 퍼케일 면 드레스를 입었다.

지금까지 나는 아폴로니오 토로, 잊을 수 없는 토리
토에 대해 거의 얘기하지 않았다. 그는 평생 나와 함께
했고 죽은 후에도 계속 나와 함께했기 때문에, 내 감사
와 존경을 받을 자격이 있다. 그가 지금껏 보아온 다른
누구와도 닮지 않은 것으로 보아 약간의 유전적 차이를
가지고 태어난 것 같다. 처음부터 그는 키가 아담한 당
시 우리나라 사람들에 비하면 거인이었다. 물론 그때와
달리 지금은 젊은 세대가 조부모 세대보다 머리 하나는
더 크다. 토리토는 체구가 너무 커서 코끼리나 하마 같
은 후피 동물처럼 느리게 움직였고, 그래서 그의 위협
적인 동물 같은 외모가 더 강조되었다. 이런 외모는 그
의 진정한 유순한 본성과 정반대였다. 맨손으로 퓨마의
목을 졸라 죽일 수도 있었지만 때때로 그렇듯이 조롱을
받아도 반격하거나 하지 않았다. 마치 자신의 힘을 충분
히 잘 알고 있어서 다른 사람에게 그 힘을 쓰기를 거부
하는 듯했다. 좁은 이마, 작고 움푹 들어간 눈, 튀어나온
턱, 그리고 입은 항상 반쯤 벌어져 있었다.

한 번은 시장에서 몇몇 소년들이 멀찍이 떨어져 그를
둘러싼 채 "저능아! 멍청이!"라고 외치고 돌을 던지며

괴롭혔다. 토리토는 눈썹에 상처가 생기고 얼굴에 피가 맺혀도 자신을 방어하려고 하지도 않고 가만히 있었다. 시끌벅적한 소리에 이끌려 브루노 삼촌이 도착했을 때는 구경꾼들이 몇 명 모여든 후였다. 화가 난 삼촌은 소년들과 맞섰다. "고릴라가 우리를 공격했어! 가둬야 해!" 아이들은 그렇게 소리치더니 결국 뒷걸음질 쳤고, 마지막에는 욕설을 내뱉으며 도망갔다.

나는 벤치에 앉아 있는 토리토의 모습이 눈에 선하다. 의자는 그에게 너무 작았다. 그는 난로가 뜨거워서 멀찍이 떨어져 앉곤 했다. 파쿤다의 쿠키에 이끌려 집으로 들어온 아이들을 위해 나무로 동물을 조각하기도 했다. 처음에 그를 무서워하던 바로 그 아이들이 금세 어디든 그를 졸졸 따라다녔다. 우리 여자들은 집에서 잠을 잤지만 그는 공기가 많이 필요했다. 그래서 비가 오지만 않는다면 작업장에 담요를 깔고 누웠다. 우리는 그가 한쪽 눈을 뜬 채 항상 경계를 하면서 잔다고 말하곤 했다. 나는 악몽을 꾸고 깨어날 때마다 수없이 그의 품속으로 파고들었다. 토리토는 내 비명이 들리면 그 누구보다 먼저 달려와 나를 아기처럼 흔들며 노래를 불렀다. "자장자장 우리 아기. 도깨비는 도망갔고 돌아오지 않는단다."

토리토는 시골에서 제자리를 찾았다. 나는 그가 동식물의 언어를 깨우쳤다고 믿는다. 그는 사나운 말에게 낮고 부드럽게 말을 걸어 진정시킬 줄 알았고, 하모니카를 연주함으로써 밭에 뿌린 씨앗들에게 활기를 불어넣었다. 그는 브루노 삼촌이 알고 있는 징후가 나타나기 훨씬 전에 날씨의 변화를 짐작했다. 도시에서는 서툴고 힘들어 하던 그가 자연 속에 오니 더듬이가 달린 섬세한 존재가 되어 주변 상황과 사람들의 감정을 금방 감지해 냈다.

때때로 그는 한동안 사라지기도 했다. 우리는 그가 떠나려고 한다는 것을 알았다. 때가 되면 그가 부츠 밑창을 갈고 도끼, 나이프와 면도칼, 낚싯대, 미끼 재료, 파쿤다가 준 식량을 챙겼기 때문이다. 파쿤다는 브루노 삼촌을 대하는 그 고압적이고 퉁명스러운 애정으로 토리토를 대했다. 토리토는 짐을 모두 담요에 싸서 둘둘 말아 끈으로 가슴께에 묶은 뒤 몸통에 사선으로 가로질러 멨다. 그는 별말 없이 작별 인사를 하고 자리를 떴다. 가축을 타고 가는 건 거부했다. 말이나 노새 등이 감당하기에는 자신이 너무 무겁다고 했다. 그는 몇 주 동안 떠돌다가 살이 쪽 빠져 돌아왔다. 수염이 더부룩해지고 햇살에 검게 그을렸지만 행복해 보였다. 우리는 어디에 있었는지 물었고 그의 대답은 항상 같았다. "알잖아요." 그 단어는 차가운 정글의 난공불락의 숲, 화산과 산맥의 정상, 자연의 경계 지대의 낭떠러지와 가파른 고개, 세차게 흐르는 강, 거품이 튀는 하얀 폭포, 바위틈에 숨은 석호를 포괄하는 말이었다. 그 단어는 또 그곳의 지형을 속속들이 알고 있는 길 안내자, 양치기와 사냥꾼, 그리고 토리토를 존경할 뿐 아니라 큰 체구 때문에 '푸찬'이라는 별명을 붙여준 원주민들을 일컫는 말이기도 했다. 원주민들 사이에서 토리토는 마을의 바보가 아니라 현명한 거인이었다.

가을이 끝나가던 어느 토요일, 우회로에서 나를 본 인근 농원의 일꾼 한 명이 돼지를 사겠다는 핑계로 리바스 부부 농장에 찾아왔다. 나는 그가 나한테 관심이 있어서 왔다고는 상상도 못했다. 그가 면도도 제대로 안 한 남자였다는 게 기억난다. 그는 말을 탄 채 거만한 목소리와 오만한 태도로 우리에게 말을 걸었다. 새끼 돼지가 너무 작아 아직 팔기에 적당하지 않으니 두 달 후에 다시 오라고 브루노 삼촌이 말했다. 그러나 그가 계속 말을 걸자 잠깐 집에 들어와 몸을 식히라고 했다. 내가 그들에게 사과 치차[1]를 갖다 주고 나가려고 하자 남자는 개한테 하듯이 혀를 차며 나를 붙잡았다.

"어디 가니, 예쁜이?" 그가 말했다.

우리가 그런 무례한 태도에 익숙하지 않은 걸 아는 브루노 삼촌은 화가 났다기보다 놀란 채 자리에서 일어섰다. 그러고는 나를 어머니한테 보낸 뒤 상황을 정리해 낯선 사람을 쫓아냈다.

그날 오후는 일주일에 한 번 하는 목욕을 했다. 파쿤다와 토리토는 헛간에 들어가 거대한 가마솥에 불을 피워 물을 데운 뒤 나무 욕조에 퍼 담았다. 토리토는 문 역할을 하는 캔버스 커튼을 내리고 물러갔고 파쿤다는 내가 빨갛고 윤기가 날 때까지 머리를 감기고 온몸의 때를 미는 걸 도와주었다. 그것은 길고 관능적인 의식이

---

1 중남미 안데스 지역이나 아마존 지역의 과실주나 곡주. 가장 전통적인 것은 옥수수 발효주다.

었다. 뜨거운 물과 오후의 차가운 공기, 머리카락에 맺힌 나무 수액의 거품, 피부에 닿는 딱딱한 스펀지, 파쿤다가 욕조에 담가준 민트와 바질 잎의 깨끗한 향내. 목욕이 끝나면 수건이 없었기 때문에 나는 헝겊으로 몸을 말렸다. 그리고 파쿤다가 엉킨 머리를 풀어주었다. 그것은 파쿤다와 루신다, 내 이모들이 하는 것과 똑같은 과정이었다. 다만 어머니는 감기에 걸리지 않으려고 스펀지에 물을 묻혀 몸을 닦았다. 남자들은 양동이에 찬물을 담아 씻거나 강에서 씻었다.

내가 파쿤다와 인사를 나누고 잠옷과 두꺼운 조끼를 입은 채 평소의 저녁 식사대로 이모들과 함께 수프와 치즈 빵을 먹기 위해 집으로 돌아가려던 때는 이미 날이 어둑해진 뒤였다. 갑자기 몇 시간 전에 들었던 그 혀 차는 소리가 내 귀에 들렸다. 내가 반응을 하기도 전에 그가 내 앞에 나타났다.

"어디 가니, 예쁜이?" 그는 건방진 말투로 또 그렇게 말했다.

몇 걸음 떨어진 곳에서도 그가 술을 마셨다는 걸 냄새로 알 수 있었다. 그가 나를 어떻게 생각했는지 모르겠다. 어쩌면 내가 리바스 가족의 하녀라고, 함부로 대해도 되는 하찮은 사람이라고 생각했을지도 모른다. 나는 서둘러 집에 가려고 했지만, 그는 나를 가로막고 덮쳐오더니 한 손으로는 목을 잡고 다른 한 손으로는 내 입을 틀어막았다.

"소리치면 죽여버릴 거야, 칼을 갖고 있거든." 그는 중얼거리더니 내 배를 무릎으로 치는 바람에 몸이 반으로 꺾였다.

그는 나를 라 파하레라로 끌고 가서 문을 발로 차 열었고, 나는 칠흑 같은 어둠 속 판잣집에 갇힌 내 처지를 깨달았다. 라 파하레라는 집에서 가까웠고 소리를 질렀으면 누군가 내 목소리를 들었을 것이다. 그러나 두려움에 사로잡혀 아무 생각도 할 수 없었다. 그는 나를 붙잡은 채 땅바닥에 내동댕이쳤고, 나는 뒷덜미가 마루판에 부딪히는 걸 느꼈다. 그는 자유로운 손으로 내 잠옷을 걷어 올린 뒤 팬티를 벗겨내려고 했고, 나는 무게에 짓눌린 채 힘없이 발길질을 했다. 굳은살 박인 손이 내 입과 코 일부를 가렸다. 숨이 막혀 호흡할 수가 없었다. 벗어나려고 몸부림치며 그의 팔을 할퀴었다. 공기를 삼키는 것이 내 몸을 지키는 것보다 훨씬 더 다급했다.

그다음에 무슨 일이 있었는지는 기억이 나지 않는다. 의식을 잃었거나 단순히 트라우마로 인해 그 추잡한 사건에 대한 기억이 영원히 지워졌을 수도 있다. 토리토는 내가 집에 도착하는 게 늦어지자 나를 찾으러 왔을 수도 있었다. 무슨 소리를 들었음은 틀림없다. 라 파하레라에 도착한 그는 남자가 나를 폭행하기 전에 커다란 손으로 남자를 붙잡아 내 몸에서 떼어놓았다. 나중에 이모들이 나에게 해준 이야기였다. 이모들은 토리토가 그를 산타클라라 농장 입구까지 그대로 들쳐 메고 가 무시무시하게 발을 굴리며 그를 감자 자루처럼 길 한가운

데에 내동댕이쳤다고 덧붙였다.

이틀 뒤 경찰이 도착해 주변 사람들을 심문했다. 어부 몇 사람이 2킬로미터 떨어진 강의 갈대밭 사이에서 이웃 마을 모로 농장의 관리인인 파스쿠알 프레이레라는 남자의 시신을 발견했다. 그 지역에서 알려진 사람이었기 때문에 알아보기는 쉬웠다. 그는 술주정이 심하고 걸핏하면 싸워 악명이 높았고, 이전에 법을 어긴 적도 여러 번 있었다. 합리적인 설명은 프레이레가 술에 취해 익사했다는 것이었다. 그러나 목에 상처가 있었다. 경찰은 아무것도 선명하게 밝히지 못했다. 사실 그들은 아무런 열정도 없이 조사를 진행했고 금방 그곳을 떠났다.

누가 토리토를 고발했는가? 나는 그 답을 영영 알지 못할 것이고, 토리토가 그 남자의 죽음에 책임이 있는지도 알 수 없을 것이다. 토리토는 주말에 체포되어 나우엘에 수감된 채 사크라멘토로 이송하라는 명령을 기다리게 되었다. 우리는 즉시 호세 안토니오에게 전화를 걸었고 그는 다음 날 첫 기차를 타고 왔다. 한편 세 명의 리바스 가족은, 아폴로니오 토로가 많은 사람들, 특히 어린이들도 증언할 수 있듯이 폭력의 징후라곤 찾아볼 수 없는 평화로운 사람이라고 증언했다. 그들이 할 수 있는 건 그 당일 토리토가 사크라멘토로 호송되지 않도록 막는 것뿐이었지만, 그렇게 시간을 끈 사이에 오빠가 나우엘에 도착할 수 있었다.

호세 안토니오는 변호사 일을 거의 한 적이 없지만, 글을 조금밖에 읽을 줄 모르는 변변찮은 지역 경찰은 그것을 미처 몰랐다. 모자와 넥타이 차림을 한 오빠는 텅 비어 있지만 눈에 띄는 검은 서류 가방을 든 채 모욕당한 왕의 분노한 말투를 흉내 내며 경찰서에 나타났다. 경찰서는 죄수들을 가두는 우리가 딸린 오두막집이나 다를 바 없는 건물이었다. 오빠는 법률 단어들로 경찰들에게 겁을 준 뒤 일단 협박이 먹히자 그들의 수고에 대한 보답으로 달러를 몇 장 건네주었다. 경찰은 감시를 계속 이어갈 거라는 경고와 함께 수감자를 석방했다. 토리토는 브루노 삼촌의 작은 트럭을 타고 집으로 돌아왔다. 몽둥이로 구타를 당했기 때문에 그가 차에서 내릴 수 있게 부축해야 했다.

우리 가족이나 리바스 가족 누구도 그에게 질문하지 않았다. 파쿤다는 최상의 패스트리를 만들어 토리토를 위로해 주려고 노력했고, 피아 이모는 그를 치료하기 위해 라이벌 치료사 야이마의 도움을 구했다. 토리토의 신장이 손상되어 소변에 피가 같이 흘러나왔고, 갈비뼈가 심하게 부러져 숨을 쉴 수 없을 정도였다. 죄책감에 사로잡힌 나는 그의 곁을 떠나지 않았다. 그가 자신의 자유와 어쩌면 목숨까지 걸고 나를 구해줬기 때문이다. 그러나 내가 고마운 마음을 말로 전하려고 하자 토리토는 파스쿠알 프레이레에 대해 경찰의 심문을 받을 때 한 말을 그대로 되풀이했다.

"난 그 죽은 사람을 몰라."

호세 안토니오는 그 말이 다양한 방식으로 해석될 수 있다고 했다.

제2부

열정

(1940~1960)

La pasión

7장

이듬해 여름, 파스쿠알 프레이레의 유령은 여전히 우리의 대화 주변을 맴돌았다. 우리는 토리토가 자리에 없을 때만 그런 대화를 했는데, 그가 그 악몽 같은 기억을 떠올리지 않게 하기 위해서였다. 아무튼 그 시기에 나는 독일 이민자 대가족의 막내아들인 파비안 슈미트-엥글러를 만났다. 이 땅에 빈손으로 온 그 가족은 선견지명을 갖고 토지와 정부 대출을 받아 20년간의 부지런한 노력 끝에 번영한 시민이 되었다. 파비안의 아버지는 그 지역에서 가장 좋은 낙농장을 소유했고, 어머니와 누나들은 나우엘에서 4킬로미터 떨어진 호숫가에서 아주 매력적인 호텔을 운영했다.

스물세 살의 파비안은 수의학 공부를 마치고 졸업장을 받는 데 필요한 실습을 하기 위해 여기저기 봉사를 하고 다니던 중이었다. 그는 말을 타고 리바스의 집에 도착했다. 안장에는 가죽 가방이 두 개 실려 있었다. 주머니가 서른 개 달린 탐험가의 바지와 셔츠를 입고 머리에 젤을 발라 단장한 그에게서는 길을 잃은 듯한 외국인의 모습이 보였고, 아마 늘 그런 모습이었을 게 분명했다. 파비안은 이 나라에서 태어났지만, 너무 단조롭고 격식을 차리는 성격인 데다 고집스럽고 시간에도 엄격한 편이어서 마치 바다 건너 먼 곳에서 이제 막 들어온 사람 같았다.

나는 일요일 미사에 갈 때마다 차려입는 옷을 입고 집을 나서던 중이었다. 브루노 삼촌의 트럭을 타고 나우엘역으로 가려고 했다. 그날은 이미 마르코 쿠사노 비치와 함께 사크라멘토에 사무실을 차린 오빠가 오기로 한 날이었다. 그 여름은 내가 아벨, 루신다와 함께하는 이동 학교에 같이 따라가지 않은 첫 여름이었다. 가을에 도시로 이사할 준비를 하고 있었기 때문이다. 지리학자처럼 옷을 빼입은 그 청년을 보았을 때, 나는 며칠 전 새를 관찰하겠다는 신기한 발상으로 이곳에 왔던 외지인 중 한 사람인 줄 착각했다. 그날 아무도 그 외지인들을 믿지 않았다. 터키콘도르[1]를 보겠다고 몇 시간이나 움직이지 않은 채 쌍안경으로 공중을 쳐다보다가 공책에 무언가를 적기도 하는 걸 전혀 이해할 수 없었기 때문이다. 아마도 그링고[2]들만 생각해 낼 수 있는 사업

---

1 독수리의 일종으로 주로 중남미에 분포해 있다.
2 영어의 '양키'에 해당하는 말로 미국인을 경멸적으로 부르는 말.

체를 세우려고 그 지역 땅을 알아보러 왔으리라고 동네 사람들은 생각했다.

"이 근처에는 희귀한 새가 없어요." 나는 그렇게 인사를 건넸다.

"여기… 소가 있습니까?" 방금 도착한 그 남자가 더듬거리며 말했다.

"두 마리 있어요, 클로틸데와 레오노르요. 그런데 판매용은 아닙니다."

"저는 수의사입니다. 파비안 슈미트-엥글러라고 합니다." 말에서 내리다가 동물이 방금 싸고 간 똥을 밟은 그가 부츠를 닦아내며 말했다.

"여기 아픈 동물은 없어요."

"있을지도 모릅니다." 그의 귀가 붉게 달아올랐다.

"브루노 삼촌과 피아 이모가 동물을 치료하고 있고, 상황이 매우 심각하면 야이마를 부르곤 해요."

"그렇군요, 제가 필요하면 바바리아 호텔로 오시면 됩니다."

"아! 당신은 호텔을 운영하는 슈미트 집안 사람이군요."

"맞아요. 거기 전화가 있습니다."

"여긴 전화가 없어요. 나우엘에 하나 있긴 하지요."

"무료… 그러니까 저는 동물을 무료로 치료합니다……."

"왜요?"

"저는 실습을 하고 있거든요."

"브루노 삼촌이 클로틸데나 레오노르를 데리고 가게 해줄지 의문이네요."

　파비안은 그런 내 말을 듣고도 단념하지 않았다. 그는 다음 날 티타임에 호텔에서 구운 복숭아 쿠헨[1]을 들고 다시 왔다. 나중에 알게 된 사실이지만 갑작스럽게 사랑에 빠진 그는 밤새 잠이 오지 않아 괴로워하며 지새웠고, 구시대적인 신중한 성격을 물리치고 주방에서 쿠헨을 훔쳐 나를 다시 만나기를 바라며 40분 동안 말을 타고 온 것이었다. 작은 규모의 델 바예 사람 전체와 브루노 삼촌, 토리토가 그를 맞았다. 느닷없이 찾아온 수의사에게서 어느 누구도 눈을 떼지 못했다. 그들은 그가 나를 유혹하려고 온 것이 아닌지 두려워했다. 파쿤다는 마지못해 차를 내놓았다.

　"음식을 가져올 필요는 없어요, 선생님. 여기에도 넘쳐날 정도로 많답니다." 파쿤다는 쿠헨을 보고 구시렁거리듯 말했다.

　파비안은 그 가문의 재산을 만들어준 규율과 끈기를 물려받은 사람이었다. 그는 나를 쟁취하기로 마음을 먹었고 그런 그를 막을 도리가 없었다. 처음부터 대놓고 표현한 브루노 삼촌의 불신이나 파쿤다의 투덜거림에도 그는 겁먹지 않았고, 나의 태연함에도 굴하지 않았다. 나는 연애감정을 담은 그의 말장난들을 아주 나중까

1　독일식 케이크.

지 깨닫지 못한 채 멀리 사는 별 관심 없는 친척 대하듯이 그를 대했다. 그는 여름 두 달 내내 매일 우리 집을 찾아왔다. 뭔가 부탁하는 사람의 겸손함으로 셀 수 없을 만큼 많은 차를 꿋꿋이 마셨고 파쿤다의 케이크와 파이에 대해서도 찬사를 아끼지 않았다. 쿠헨을 챙겨오는 실수는 두 번 다시 하지 않았다. 파비안은 끝없이 이어지는 카드게임으로 어머니와 이모들을 즐겁게 해주었다. 그는 지나치게 중립적이고 지루한 성격이라 금방 신뢰를 얻었다. 카드게임을 하는 동안 나는 라 파하레라로 빠져나가 평화롭게 책을 읽곤 했다.

파비안은 마음이 편해지자마자 내 짜증을 불러일으키던 그 망설이는 말투를 고쳤다. 그러나 그는 수다스러운 유형은 아니었다. 내가 살면서 만난 다른 모든 남자들과 달리 자신이 아는 분야가 아니라면 굳이 의견을 말하지 않는 사람이었다. 무지하다고 해석될 수 있는 그 신중함은 수의사라는 그 존경할 만한 직업에서 이례적인 성공을 거두는 데 전혀 방해가 되지 않았다. 이건 나중에 기억이 나면 또 이야기하겠다. 다른 청년들을 그토록 무례하게 내치던 브루노 삼촌도 결국 그가 집에 드나드는 모습에 익숙해졌다. 어느 날 그는 클로틸데가 송아지를 낳을 때 파비안이 옆에 있도록 허락했고, 그렇게 우리는 삼촌이 그 청년을 완전히 받아들였음을 알게 되었다.

파비안의 방문은 고립된 생활로 이야깃거리가 거의 없는 우리 가족의 지루함을 덜어주었다. 우리의 얘깃거리는 거기서 거기였다. 시골, 이웃 사람들, 음식, 질병, 치료법. 그러다가 미스 테일러와 테레사가 오면 다과 시간이 활기를 띠었다. 라디오에서 흘러나오는 뉴스들은 다른 행성의 소식 같았다. 우리와는 아무 상관이 없었다. 파비안은 대화를 거의 주도하지 않았지만 관대하게 경청하는 태도는 다른 사람들의 입을 열었다. 그렇게 나는 몰랐던 우리 가족의 지난날을 알 수 있게 되었다. 예를 들어 이모들은 호세 안토니오가 태어나던 해에 발생한 지진, 내가 태어났을 때 유행하던 전염병, 그리고 다른 네 명의 오빠들이 태어날 때마다 있었던 여러 재난에 대해 파비안에게 이야기했다. 나는 이모들처럼 그런 일들이 운명의 징조라고 믿지는 않는다. 오히려 이 나라에는 항상 재난이 있고, 그래서 탄생에서 죽음에 이르기까지 인생의 모든 사건을 그런 재난들과 결부시키기가 무척 쉽다고 생각한다. 나는 아버지의 어머니인 니베아 할머니가 끔찍한 교통사고로 목이 잘려 풀밭에서 머리가 뒹굴었다는 것도 알게 되었다. 영혼들과 대화를 나누는 이모가 있었다는 얘기, 그리고 단봉낙타만 한 크기가 될 때까지 자라고 또 자라는 개가 있다는 얘기도 들을 수 있었다.

말하자면 내 아버지 쪽 가족은 예상보다 더 특이한 사람들이었다. 그들과 연락이 끊겨서 아쉬웠다. 그들은 너의 조상들이다, 카밀로. 너는 그들에 대해 알아봐야 마땅하다. 어떤 특성들은 일반적으로 유전되기 때문이다. 물론 이모들은 내 아버지 이야기는 하지 않았고, 우리가 집안 친척들과 멀어져 산타클라라로 망명한 이유에 대해서도 말하지 않았다. 파비안도 묻지는 않았다.

파비안은 자신의 혼란스러운 감정을 숨기지 못했고 모두 그걸 눈치챘다. 나만 모르고 있었다. 막냇동생에게 무슨 일이 일어나고 있는지 알게 된 파비안의 누나들은 겸손하지만 지역에서 평판이 좋은 리바스 집안에 대해서도 알아보고, 수도의 귀족 성을 갖고 있지만 가난한 방계가족이 틀림없을 우리 델 바예 가족에 대해서도 알아보았다. 방계가족이 아니라면 우리가 리바스 가족의 농장에서 친척처럼 살고 있는 게 설명되지 않았기 때문이다. 그들은 이내 아르세니오 델 바예 스캔들에 대해서도 알게 되었지만 아버지를 나와 연관시키지 않았다. 아마 파비안의 가족은 그런 상황을 의논한 후 막내아들이 선택한 아가씨를 만나보는 수밖에 없다고 결론을 내렸던 것 같다. 내가 사크라멘토로 떠나기 직전에 어머니, 이모들과 함께 바바리아 호텔에서 점심을 같이하자는 초대를 받았다. 낡은 노새 수레 대신 작은 트럭을 산 브루노 삼촌이 트럭으로 우리를 태워다 주었다.

슈미트-엥글러 집안의 여성 무리가 우리를 맞아주었다. 어머니, 누나들, 형수들, 그리고 파비안처럼 금발에 단정한 외모를 가진 순수 아리안 혈통인 다양한 연령대의 아이들로 구성된 무리였다. 호텔은 당시에도 그랬고 오늘날에도 여전히 스칸디나비아 스타일의 매머드 나무로 지은 단순한 건물이다. 거대한 창문이 달린 건물은 호수 옆 높은 언덕에 자리 잡고 있었고, 그 즈음에는 청명한 하늘에 등대처럼 빛나는 눈 덮인 화산의 장관을 볼 수 있었다. 테라스식 정원이 호숫가에 펼쳐진 가느다란 수변까지 이어져 있었다. 정원은 꽃의 향연을 이룬 채 호텔 건물 쪽으로는 숙박객이 산책을 할 수 있는 좁다란 산책로와 접하고 있었다.

시끌벅적한 식당과 멀리 떨어진 테라스 하나에 긴 테이블이 놓여 있었다. 테이블은 샐러드와 냉육이 담긴 플래터, 그리고 플래터 사이에 흰색 식탁보와 장미를 꽂은 유리병으로 장식되어 있었다. 훗날 이모들은 아버지의 운명적인 파멸의 길이 시작되기 전 동백나무 대저택에 살던 시절 이후로 그런 호사를 누려본 적이 없다고 회상했다.

나는 아리아인도 아니고 가난을 제대로 숨기지도 못했지만, 땋은 머리와 앳되어 보이는 옷차림, 숙녀다운 매너 덕분에 그 여자들에게 좋은 인상을 주었던 것 같다. 내가 파비안과 결혼한다면 경제적인 면에서 기여하는 게 없을 테고, 그 가족 사이에 얼룩이 하나 있는 것처럼 두드러질 것이었다. 의심할 바 없이 그들은 그런 생각을 했을 테지만 입 밖에 내놓거나 하지는 않았다. 그런 반대 의사를 목소리를 높이며 티를 내기에는 너무 예의 바른 사람들이었기 때문이다. 얼마 안 가 자신들이 귀화한 나라의 사람들과 뒤섞일 수밖에 없으리라 생각했겠지만, 자기 가족이 바로 그런 일을 겪을 때가 되었다는 게 유감이었을 테다. 카밀로, 이건 내가 편견으로 하는 말이 아니다. 그 당시 일부 외국인 이주자들은 여전히 폐쇄된 환경을 이루고 살았으니까. 파비안과 더 잘 어울릴 만한 훌륭한 신분이면서 혼기가 찬 멋진 독일인 아가씨가 몇 명이나 있었다. 더욱이 그는 결혼하기에는 너무 어렸고 아직 졸업도 하지 않았다. 또 아버지와 함께 일하고 싶어 하지 않았기 때문에 생계를 꾸릴 준비도 되어 있지 않았다.

파비안은 제 가족들이 나를 단호하게 거부하지 않자, 그들이 마음을 바꾸기 전에, 그리고 내가 사크라멘토로 떠나기 전에 행동을 하기로 결심했다. 다음 날 그는 이모들이 방심한 틈을 타 나를 몰아세웠고, 떨리는 목소리로 단둘이 이야기할 게 있다고 했다. 그래서 나 외에는 거의 발을 들여놓지 않는 피난처인 라 파하레라로 그를 데려갔다. 문에는 '남녀 모두에게' 출입을 금지하는 안내문이 적힌 나무 조각이 걸려 있었다. 오후의 빛이 여전히 소나무 향기를 풍기는 실내를 비추고 있었다. 가구라고는 책상으로 쓰는 철제 다리 탁자, 책이 꽂힌 선반, 여행용 트렁크, 그에게 앉으라고 가리킨 삐걱거리는 소파, 그리고 내가 앉은 하나뿐인 의자가 전부였다.

"알고 있지…… 나… 나… 내가… 무슨 말 하려는지, 그렇지?"

파비안은 여러 개의 주머니에 항상 넣고 다니는 세 개의 손수건 중 하나를 구겨대며 힘겹게 더듬거렸다.

"아니, 내가 어떻게 알아?"

"제발 나와 결혼해 줘." 그는 거의 소리치며 나를 잡아당겼다.

"결혼이라고? 난 겨우 스무 살이야, 파비안. 어떻게 결혼을 해?"

"지금 당장…… 그러자는 건 아니야, 우리는 기… 기… 기다려도 돼……. 난 곧 졸업할 거야."

수의사가 매일 방문하는 걸 보며 이모들과 브루노 삼촌이 몇 차례 놀리곤 했고, 그래서 나는 그가 나한테 관심이 있다고 눈치채게 되었다. 파비안이 산타클라라에서 달리 집중할 만한 다른 사람이 없긴 했지만 그의 선언은 나를 놀라게 했다. 나는 그가 계속 찾아오는 게 성가시기는 했지만 이미 정이 든 뒤였다. 평소 오는 시간에 그가 도착하지 않으면 나는 걱정스러운 마음으로 괘종시계를 쳐다보기 시작했다.

그가 결혼 이야기를 했을 때 내가 처음 느낀 것은 독일 이민자촌에 살아야 하는 게 아닌가 하는 우려였다. 파비안과 결혼한다는 건 정말로 터무니없는 일이었지만, 바로 앞에서 안절부절못하며 첫사랑의 급류에서 물장구를 치고 있는 그를 보니 나는 딱 잘라 거절할 엄두가 나지 않았다.

"미안하지만 지금은 답해 줄 수가 없어. 생각이 필요해. 조금 기다리다 보면 그사이에 서로에 대해 더 잘 알게 될 거야, 안 그래?"

공기를 한 입 들이마신 파비안은 1분이 넘도록 숨을 쉬지 않고 손수건으로 이마를 닦았다. 그의 눈에는 안도의 눈물이 고였다. 나는 그가 울까 봐 두어 걸음 다가가 그의 뺨에 키스를 하려고 몸을 기댔다. 그런데 그가 나를 세게 끌어당겨 입술을 가득 덮으며 키스했다. 나는 겉으로 신중하고 자제력이 있어 보이는 그 남자의 필사적인 반응이 겁나서 뒤로 물러났지만 그는 나를 놓아주지 않고 계속 키스를 해댔고, 그의 팔에 안겨 긴장이 풀린 나도 키스를 하며 처음 알게 된 그 친밀감을 탐구하기 시작했다.

카밀로, 그 순간 나를 뒤흔든 모순된 감정을 설명하기는 어렵다. 세월이 흐르면서 욕망의 절박함이 사라지다 보니 그런 종류의 기억은 마치 다른 사람에게 일어난 정신병의 위기처럼 황당하게 느껴지기 때문이다. 섹슈얼리티, 쾌감, 흥분, 호기심의 각성과 지나치게 탐닉하느라 물러서지 못할지도 모른다는 두려움이 뒤섞인 기분이었던 것 같다. 그러나 이제는 섹스와 관련된 건 그 무엇도 잘 모르겠다. 나는 그게 어땠는지 잊어버렸다.

나는 아무에게도 무슨 일이 일어났는지 말하지 않았지만 가족 모두, 심지어 천진난만한 토리토조차 눈치를 챘다. 파비안과 내가 함께 있을 때 풍기는 분위기가 달라졌기 때문이다. 숨길 수 없는 광풍 같은 기대감에 떠밀린 우리는 무슨 구실이든 대가며 라 파하레라로 사라지곤 했다. 기대하던 대로 애무가 더 강해져 갔지만 그는 결혼 전에 해도 되는 행동에 대한 고정관념을 가지고 있었다. 그래서 그의 열렬한 사랑도 나의 순종적인 태도도 그의 생각을 흔들지는 못했다. 임신의 위험이나 내가 받은 엄한 훈육에도 불구하고 나는 파비안의 독선에 반기를 들었다. 만일 그가 허락했다면 우리는 옷에 뒤얽혀 기진맥진 애를 쓰는 대신 알몸으로 사랑을 나눴을 것이다. 카밀로, 그 당시 우리 집안 같은 환경의 아가씨들은 결혼하기 전에 남자 친구와든 누구와든 같이 자지 않아야 했다는 점을 분명히 말해두어야겠다. 나는 많은 여자들이 그랬을 거라고 확신을 하지만 고문을 당한다 해도 인정하지는 않았을 것이다. 피임약은 아직 발명되기 전이었다.

내가 떠나기 전에 우리가 서로 만날 수 있던 그 시절, 내 오두막이나 마구간, 목초지의 옥수수밭에 숨어서 서로를 발견해 가는 동안 파비안은 나를 영원히 사랑하겠다고 굳게 결심했다. 파비안은 나중에 편지에서도 수없이 그 말을 반복했다. 그는 어떤 여성이든 아내가 되고 어머니가 되는 것은 자연스러운 일이니 언젠가는 내가 그와 결혼할 것이라는 고요한 확신을 내게 심어주었다.

필라르 이모는 말했다. "파비안은 좋은 사람이야. 품위 있고 부지런하고 투명하며, 당연히 그래야 하지만 가족을 매우 아끼는 사람이지. 수의사라는 직업도 아주 존경할 만하고."

불굴의 낭만주의자인 피아 이모도 이렇게 덧붙였다. "그 청년은 단 한 번의 위대한 사랑을 위해 태어난 충실한 사람이야."

"짜증나요, 이모들. 그는 너무 예측하기 쉬운 사람이라 10년, 20년, 50년 후에 어떤 모습일지 다 그려져요."

나는 그렇게 주장했다.

"경솔한 남편보다는 진중한 남편이 낫단다."

　노처녀인 이모들이 사랑과 결혼에 대해 뭘 알았겠는가? 나는 안달 나고 분통이 터지기도 했지만 파비안과의 성적인 유희가 마음에 들었다. 하지만 키가 크고 마른 체형에 자세가 꼿꼿하고 태도에 기품이 있고 생활 습성이 청교도적인 이 남자에게 감정적 끌림은 거의 느끼지 못했다. 분명히 그는 훌륭한 남편이 되겠지만 나는 결혼이 절박하지 않았다. 나는 그의 곁에서 그 집안의 변치 않을 안전한 환경에서 아이들을 키우며 누리는 평화로운 삶을 선택하기 전에 자유로움을 맛보고 싶었다. 내게 있어 그와의 미래는 아무 문제도 없고 갈림길이나 만남, 모험도 결여된 채 죽음으로 이어지는 곧은길만 나 있는 평온한 평원처럼 느껴졌다.

8장

마르코 쿠사노비치는 19세기 말, 열네 살의 나이에 홀로 무일푼으로 크로아티아에서 이민을 왔다. 10년 전 남미로 떠난 친척의 이름이 적힌 종잇조각을 든 채였다. 이전에 지도를 본 적이 없었고 자신이 이동할 여정이 얼마나 긴지도 몰랐으며 방향 감각도 없었다. 스페인어는 한마디도 하지 못했다. 그는 타고 온 화물선에서 일을 해서 여비를 치렀다. 크로아티아인이었던 선장이 그를 가엾이 여겨 요리사의 조수로 삼아준 덕분이었다. 그렇게 이 나라에 도착했는데 종이에 이름을 적어온 그 친척을 찾을 수 없었다. 나라를 착각했던 것이다. 친척은 페르남부쿠[1]에 있었다. 쿠사노비치는 나이에 비해

---

1 브라질 북동부에 있는 주.

힘이 셌고 아르세니오 델 바예 제재소의 관리인이 되기 전까지는 항구의 하역 일꾼, 광부, 그 밖의 일거리들로 생계를 꾸렸다. 그는 사람들을 지휘하는 재능이 있었고 산에서의 거친 삶을 좋아했다. 그는 제재소가 문을 닫을 때까지 11년 동안 그곳에서 일했다. 그 후에도 그는 야외에서 하는 일은 무엇이든 하고 살았다. 도시에서 살 사람이 아니었기 때문이다. 호세 안토니오의 전화는 섭리라고 할 수 있었다.

오빠와 쿠사노비치의 동업자 관계는 악수 한 번으로 성사되었다. 두 사람 모두 그것으로 충분했을 테지만 법적인 이유로 사크라멘토의 공증인을 찾아가 사업자 등록을 해야 했다. 서류에 서명할 때 호세 안토니오는 자신의 성을 '델바예'[1]로 바꾸었는데, 이는 과거와의 단절을 상징하는 표현이자 아버지와 자신을 구별하기 위한 실용적인 표현이었다.

호세 안토니오는 잡지에서 '조립식 목조 주택'에 관해 읽은 적이 있었다. 그건 다른 나라에서는 꽤 흔했지만 우리나라에는 잘 알려지지 않았다. 이 땅에는 수시로 지진이 찾아와 문명의 기반을 파괴했고 그러고 나면 신속하게 재건해야 했다. 마르코는 나무를 잘 알았고, 호세 안토니오는 대출을 받아내는 일과 법적인 일, 경영을 잘 알았다. 그는 아버지의 사업을 도우며 많은 것을 배웠고, 마지막 파산에서도 교훈을 얻었다.

---

1 원래의 성 '델 바예(Del Valle)'를 한 단어로 붙여서 '델바예(Delvalle)'로 표기했다는 뜻.

"우리는 정직함으로 사람들의 평판을 얻을 거예요." 그는 마르코에게 말했다.

가장 먼저 할 일은 정해진 크기의 패널들로 기본 도면을 고안하는 것이었다. 어떤 패널은 매끄러웠고 또 어떤 패널에는 문이나 창문이 달려 있었다. 모듈을 늘리면 그만큼 큰 건물을 지을 수 있었다. 이런 식으로 자그마한 주택에서 병원까지 지을 수 있었다.

도면을 들고 사크라멘토 지역 은행으로 찾아간 호세 안토니오는 아버지의 소유였던 제재소를 되찾는 데 필요한 대출을 받았다. 헤어질 때 지점장은 자신을 금융 출자 파트너로 받아달라고 부탁했다. 덕분에 오빠에게 그 지방 금융계의 문이 열렸고, 거기서는 아무도 델바예라는 성을 문제 삼지 않았다. 그렇게 해서 '카사스 루스티카스[2]'라는 회사가 시작되었다. 그 회사는 지금도 남아 있는데, 이제는 우리 가족의 손을 떠났단다.

첫해에 호세 안토니오는 제재소가 있는 산맥의 숲에서 마르코와 함께 야영을 하면서 죽어 있는 제재소를 부활시키고 사크라멘토 외곽에 세운 소박한 패널 공장으로 나무판자를 옮기는 일을 조직했다. 다음해 그들은 일을 나누어 마르코는 생산 업무를 담당하고 호세 안토니오는 집을 판매하는 사무실을 열었다. 초기에 들어온 주문들은 그 지방의 농장주들 주문으로, 그들은 임시 노동자들을 위한 소형 주택이 필요하다고 했다. 나중에는

---

2   카사스 루스티카스(Casas Rústicas)는 '소박한 집'이라는 뜻.

저소득 가정을 위한 공동주택 주문이 들어왔다. 그 정도의 효과적인 건축 방식은 우리 지역에서는 전례가 없는 일이었다. 몇 명의 일꾼이 와서 기초공사를 하고 파이프를 설치했다. 시멘트가 마르자마자 모듈을 실은 트럭이 나타나더니 이틀도 안 돼 모듈이 다 세워지고 사흘째 되는 날에는 지붕까지 올리고 바비큐 파티로 완공을 기념했다. 카사스 루스티카스는 호의로 일꾼들에게 육즙이 많은 고기와 와인을 베풀었고, 이는 좋은 평판을 얻었다.

그들이 지은 첫 견본 주택은 기능적이긴 했지만 겉보기에는 개집 같았다. 너무 초보적인 수준이어서 애처로울 정도였고 마르코와 호세 안토니오, 나 모두 같은 생각이었다. 두 사람은 꽃과 나무를 심어 단점을 감추는 방법을 떠올렸지만 집을 완전히 덮으려면 숲 하나 정도는 필요했을 것이다. 나는 순간적으로 아이디어를 떠올렸다. 원주민들이 오두막을 지을 때 사용하는 코이론[1] 짚으로 지붕을 덧대면 '소박한 집'이라는 이름에도 걸맞고 울퉁불퉁한 부분도 숨겨져 그럴듯해 보이겠다는 생각이 들었다. 아이디어는 성공적이었다. 지방 신문에 견본 주택 옆에 선 호세 안토니오의 사진이 실리게 되었다. 안락하고 저렴할 뿐만 아니라 코이론 짚으로 만든 가발 같은 지붕이 매력적이라는 설명도 같이 달린 기사

---

1 '코이론(coirón)'은 미국 남서부와 멕시코 북부, 남미의 파타고니아에서 자라는 벼과 식물을 말한다. 지역에 따라 털수염풀, 나래새, 니들그래스, 페더그래스 등으로 부른다.

였다. 회사는 금방 모듈 공장을 확장하고 건축가를 고용하게 되었다.

그해에 나는, 내가 지붕에 대한 아이디어를 주었으니 나를 고용해 달라고 오빠를 설득했다. 오랫동안 살던 산타클라라 농장의 조그만 환경에서 질식할 지경이었다. 파비안과 함께하게 될 얌전한 현실에 영원히 묶이기 전에 세상을 좀 알 필요가 있었다. 리바스 부부는 내가 가르치는 재능도 있고 경험도 있으니 교사가 되는 공부를 하길 원했다. 그러나 나는 아이들을 좋아하지 않는다. 아이들의 유일한 장점은 그들이 언젠가는 자란다는 것이다.

어머니와 이모들은 내가 사크라멘토에서 한두 해 지내는 게 도움이 될 거라는 데 동의했다. 가족 중에서는 나 없는 삶을 상상할 수 없던 토리토만 반대했고, 파비안도 같은 이유로 반대했다. 반면에 슈미트-앵글러 가족은 운이 약간 따른다면 영원이 될 수도 있는 이 일시적인 이별을 축하했을 게 틀림없다. 내가 도시로 가면 나 같은 아가씨에게 어울리는 젊은이가 나타날지도 모른다고 생각했으리라. 그러는 사이 독일 이민자촌에서 파비안과 더 어울리는 신부감을 찾아낼 수 있을 터였다.

차려입을 만한 옷들이 필요했기 때문에 나의 여행 준비는 미리 시작되었다. 리넨 작업복, 나막신, 원주민 판초를 입고 사크라멘토 시내를 활보할 수는 없었다. 미스 테일러는 수도에서 다양한 드레스 디자인 샘플과 모자용 재료를 보내왔다. 재봉틀은 몇 주 동안 쉴 새 없이 돌아갔다. 평소에는 브루노 삼촌과 함께 말발굽에 편자를 박거나 밭 가는 걸 더 좋아하던 필라르 이모도 가족의 집단 노동에 합류했다. 그들은 철봉으로 즉석에서 옷걸이를 만들었고, 옷걸이에는 내가 입을 도회적인 의상들, 미스 테일러가 보내준 잡지를 보고 만든 드레스, 재킷, 토끼털 칼라와 커프스가 달린 코트, 실크 페티코트, 잠옷 등이 걸리며 차례차례 쌓여갔다. 호세 안토니오가 가져온 옷감 외에 어머니의 우아한 드레스도 있었다. 10년 동안 한 번도 입지 않은 그 드레스를 뜯어서 유행에 어울리는 옷들을 만들었다.

"비올레타, 이 옷은 네 신부용 드레스이기도 하니까 잘 관리해야 해." 늘 땋아 묶었던 내 머리를 자를 때가 되자 가위를 들고 찾아온 필라르 이모가 주의를 주었다.

침대나 고리버들 의자에서 좀처럼 자리를 뜨지 않던 어머니를 포함하여 모든 가족이 나를 배웅하러 역으로 나왔다. 나는 몇 년 전 '엘 데스티에로'로 탈출해 올 때 사용했던 그 무거운 여행 가방 세 개와 모자 상자, 그리고 파쿤다가 준비해 준 도시락이 든 커다란 바구니를 가지고 여정을 떠났다. 도시락은 다른 승객들과 나눠 먹을 수 있을 만큼 넉넉했다. 마지막 순간에 파비안은 돈이 든 봉투와 너무나 열정적인 단어들로 쓴 연애편지를 기차 창을 통해 나에게 건넸다. 떠나기 직전이어서 거절할 수도 없었다. 편지의 문장은 도대체 누가 대신 써준 걸까 궁금해질 정도였다. 그가 그렇게 유창하게 자기감정을 표현할 수 있다는 게 믿기지 않았다. 말로 전할 때는 완전히 말더듬이가 되던 파비안이 펜과 종이 앞에서는 고삐 풀린 말처럼 감정을 쏟아내고 있었다.

떠나기 전 며칠 동안, 처음으로 혼자 여행하게 된 나는 대개 그렇듯 불안감을 느끼고 있었다. 파비안은 호세 안토니오가 기다리고 있기로 한 사크라멘토역까지 같이 가주겠다고 제안했다. 그러나 나는 거절했다. 나와 작별 인사를 나누러 여름 이동 학교를 중단하고 온 루신다의 권유 때문이다.

"넌 코흘리개가 아니다. 독립성을 지켜야지. 네가 할 결정을 다른 누군가가 하도록 내버려두지 말아라. 그러려면 스스로 설 수 있어야 한다. 내 말 이해하겠니?" 루신다는 그렇게 말했다.

나는 그 충고를 한 번도 잊은 적이 없다.

사크라멘토에 가서 호세 안토니오 오빠의 비서로 일한 지 1년이 되었을 때, 브루노 삼촌이 전화를 걸어 어머니가 몹시 아프다고 했다. 그런 불안한 전화를 받은 게 처음은 아니었다. 어머니의 건강은 20년 전부터 쇠약해지기 시작했고, 별다른 근거도 없이 어머니 스스로가 죽어가고 있다고 생각한 게 여러 번이었기 때문에 나중에는 어머니의 병에 거의 관심을 기울이지 않게 되었다. 그러나 이번에는 상황이 심각했다. 브루노 삼촌은 우리에게 서둘러 움직이고 다른 오빠들이 있는 곳도 수소문해 어머니와 작별 인사를 할 수 있게 하라고 부탁했다.

그렇게 여섯 명의 델 바예 자손들이 아버지의 장례 이후 처음으로 모였다. 10년이나 지났기에 나는 나머지 오빠들의 얼굴을 알아보지 못했다. 이미 여러 아이의 부모가 된 오빠들은 사회의 고위직, 보수적인 신사, 경제적으로 부유한 사람들이었다. 그들도 나를 낯설어했을 것이다. 기차 차창을 통해 마지막으로 본 땋은 머리 소녀를 기억하고 있던 그들은 이제 스물한 살이 된 여성과 마주하게 되었다. 애정은 길러지는 것이다, 카밀로. 식물처럼 물을 주며 키워야 하는데 우리는 말라버리도록 방치를 한 셈이다.

의식이 없는 어머니는 몸집이 줄어들어 뼈와 피부만 남아 있었다. 나는 우리가 늦게 도착했고 그래서 사랑한다는 말도 못 전하고 어머니가 돌아가셨다고 생각했다. 고통이 최대치에 이를 때마다 찾아오는 위경련을 느꼈다. 어머니의 피부는 푸르스름했고, 입술과 손가락도 보랏빛이었다. 몇 년째 호흡 곤란과 싸우다가 더 이상 버티지 못하고 패배한 탓이었다. 그녀는 고통스럽고 힘겹게 간간이 입을 뻐끔거리며 숨을 들이마시려고 애를 썼다. 그러다가 문득 몇 분 동안 숨을 쉬지 않았다. 그녀가 떠나버렸다는 생각이 들 즈음 다시 필사적으로 공기를 삼켰다. 그녀를 돌볼 수 있도록 거실의 테이블과 소파를 치우고 그 자리에 침대를 들여놓은 터였다.

무슨 일이 일어난 건지 알게 된 파비안은 두 시간 걸려 누나의 남편인 의사를 데리고 도착했다. 환자를 병원으로 옮기는 것은 불가능했다. 지역에 진료소가 몇 개 있었지만 가장 가까운 병원은 사크라멘토에 있었다. 의사는 폐기종이 많이 악화된 상태라고 진단했다. 그러면서 덧붙이길, 우리가 할 수 있는 게 아무것도 없고 환자가 살날이 얼마 남지 않았다고 했다. 며칠 동안 어머니가 그렇게 고통받는 모습을 볼 생각을 하니 끔찍했고, 우리 모두 그런 기분에 사로잡혔다. 피아 이모는 자신의 마법의 손으로도 동생이 겪는 수난의 고통을 진정시킬 수 없다는 걸 깨닫자 최후의 수단으로 야이마를 불렀다.

아벨과 루신다는 야이마를 찾으러 그녀가 머무는 공동체로 갔다. 그녀는 치유사 혈통이었고, 치유의 능력, 예지몽이나 초자연적 계시의 능력을 물려받았다. 그리고 그런 능력을 수련과 선한 행동을 통해 발전시켰다.

"어떤 치유사들은 악을 행하기 위해 자기 능력을 사용하기도 합니다. 치유해 준 대가를 요구하는 치유사들도 있는데 그러면 능력이 사라져 버리지요." 야이마의 설명이었다. 그녀는 영혼들과 대지를 연결하는 매개자였고 식물들이나 제식에 대해서도 꿰고 있었으며, 필요한 경우에는 부정적인 에너지를 제거하여 건강을 회복시킬 수도 있었다. 그녀는 우리 오빠들을 집에서 내보내고 이모들과 루신다, 파쿤다, 나만 거실에 남겼다. 우리에게 둘러싸인 야이마는 자기 할 일을 시작했다. 내 어머니 마리아 가르시아가 저세상으로 잘 건너갈 수 있도록 돕는 일이었다. 그녀의 설명에 따르면 아이가 태어날 때도 이 세상으로 잘 건너올 수 있도록 자신이 도와준다고 했다.

리바스 가족 농장에는 3년 전부터 전기가 통했다. 우리는 허가 없이 고압 케이블 선에서 전기를 받아쓰고 있었다. 그러나 야이마는 조명과 라디오 플러그를 모두 뽑으라고 지시하고 촛불들을 켠 다음 침대 주위에 둥그렇게 놓았다. 그러고는 세이지를 태운 연기로 방을 가득 채워 에너지를 정화했다.

"땅은 어머니입니다. 땅은 우리에게 생명을 주고, 우리는 그녀에게 기도를 올리지요." 야이마가 말했다.

검은 붕대로 눈을 가린 그녀는 환자를 꼼꼼하게 더듬으며 진찰했다.

"그녀는 보이지 않는 것을 손으로 본단다." 파쿤다가 나에게 말했다.

그런 다음 야이마는 붕대를 풀고 가방에서 가루를 찾아 약간의 물과 섞은 다음 어머니에게 숟가락으로 떠먹여 주었다. 나는 죽어가는 사람이 그걸 삼킬 수 있을지 의심스러웠지만, 약물 몇 방울이 어머니 입속으로 흘러 들어갔다. 야이마는 북을 집어 들었다. 내가 그녀의 공동체에 처음 갔을 때 오두막에서 본 북이었다. 그녀는 그들 언어로 흥얼거리면서 리듬에 따라 북을 치기 시작했다. 나중에 파쿤다가 설명해 준 말로는, 야이마가 하늘 아버지, 땅 어머니, 그리고 죽어가는 환자의 조상 영혼들을 부르는 의식이라고 했다.

북을 치는 의식은 몇 시간 동안 이어졌다. 세이지 꽃가지에 다시 불을 붙여 연기로 기를 맑게 하고 환자에게 약을 한 번 더 먹이기 위해 딱 한 번 중단된 게 전부였다. 피아 이모와 필라르 이모는 처음에 기독교식으로 기도를 했다. 루신다는 나중에 자기 공책에 적을 수 있도록 세세한 부분을 기억해 두려고 애쓰며 지켜보았다. 파쿤다는 원주민 언어로 야이마가 읊조리는 노래를 따라 불렀고, 나는 배가 아파 몸을 웅크린 채 어머니를 쓰다듬고 있었다. 그러나 순식간에 닫힌 공간, 연기, 북, 죽음의 존재감 등으로 인해 우리는 저항하기 힘든 멍한 상태가 되었다. 어느 누구도 움직이지 않았다. 북을 둥둥 칠 때마다 내 몸에 진동이 울려 퍼졌고, 그러다 고통과 경련을 더 이상 견디지 못하게 된 나는 그 낯선 졸음에 굴복하고 말았다.

나는 최면 상태에 빠졌다. 시공간을 초월한 듯한 그 느낌을 달리 설명할 수가 없구나. 우리를 생명으로 이어주는 탯줄에서 끊어진 채 몸과 감정과 기억에서 분리되어 우주의 검은 허공 속으로 사라지는 그 경험은 말로 표현하기 힘든 느낌이었다. 현재도 과거도 아무것도 남지 않았으며, 동시에 나는 존재하는 모든 것의 일부였다. 그게 영적인 여행이었다고 말할 수도 없는 것이, 영혼에 대한 감각도 사라졌기 때문이다. 마치 죽는 것이 아닌가 싶었다. 내 생의 마지막 때가 되면 그 감각을 다시 경험하게 될 듯하다. 최면을 거는 듯한 북소리가 멈추자 정신이 돌아왔다.

의식이 끝났을 때 야이마는 다른 사람들과 마찬가지로 기진맥진해 있었다. 그녀는 파쿤다가 갖다준 마테 차를 마시고는 한쪽 구석에 쓰러져 쉬었다. 연기가 흩어지기 시작했고 나는 어머니가 호흡 곤란의 고통에서 벗어나 깊은 잠에 빠진 것을 보았다. 그날 밤 남은 시간 내내 어머니가 숨 쉬는 소리는 들리지 않았다. 나는 어머니가 아직 살아 있는지 확인하기 위해 몇 차례 입에 거울을 갖다 대보기도 했다. 새벽 네 시가 되자 야이마는 북을 세 번 치더니 마리아 가르시아가 신을 만나러 떠났다고 알렸다. 나는 어머니 옆에서 침대에 엎드린 채 손을 꼭 잡고 있었지만 어머니가 너무도 평온히 돌아가셔서 계속 살아 계신 줄 알았다.

우리 여섯 명의 델 바예 형제들은 기차를 타고 어머니의 관을 수도로 옮겨 가족묘에 있는 아버지 옆자리에 묻었다. 나는 몇 달 동안 어머니의 죽음을 애도할 수 없었다. 종종 어머니를 생각하면 가슴이 꽉 막힌 듯 고통스러웠다. 그녀가 내 인생에 존재했던 시간을 떠올려보기도 하고 그녀의 우울증을 원망하기도 했다. 그 우울감 때문에 나를 충분히 사랑해 주지 않았고, 우리가 가까워지기 위해 한 노력이 너무 없었던 것도 그 탓이라는 생각 때문이었다. 나는 엄마와 딸로 지낼 기회를 잃어버린 것에 화가 났다.

어느 날 오후, 바쁘게 주문 건들을 처리하느라 혼자 사무실에 있을 때 갑자기 주변 공기가 얼어붙는 느낌이 들었다. 창문이 열려 있나 싶어 고개를 들어보니 여행용 코트를 입은 어머니가 핸드백을 손에 든 채 문 옆에 서 있었다. 마치 역에서 기차를 기다리는 듯한 모습이었다. 나는 그녀가 놀랄까 봐 숨도 쉬지 않고 꼼짝도 하지 않왔다.

"엄마, 엄마, 가지 마세요." 소리 없이 애원했지만 어머니는 순식간에 사라졌다.

울음이 걷잡을 수 없이 터져 나왔다. 폭포수처럼 쏟아지는 눈물이 내 마음을 말끔히 씻어 주었고, 더 이상 원한과 죄책감과 나쁜 기억들이 하나도 남지 않게 되었다. 그때부터 어머니의 영혼은 가벼운 발걸음으로 내 주위를 돌아다닌단다, 카밀로.

9장

어머니에 대한 애도는 당시의 관습에 따라 일 년 동안 계속되었고, 제2차 세계대전으로 인해 파비안과의 결혼이 미뤄졌다. 그의 직업은 별로 인정받지 못했는데, 이유는 지난 세기에 농업은 정체되어 있었고 여기에는 가축도 포함되었기 때문이다. 유럽 이민자들이 사는 일부 농장에서는 미국의 효율적인 농업 방식을 모방해 기계를 들였지만, 리바스 집안과 같은 소농은 노새나 빌린 소로 쟁기질을 했다. 그들의 소는 클로틸데와 레오노르처럼 인내심이 강하고 온순했지만 기품과 우아함은 없었다. 소박함 그 자체였다.

그 지방의 수의사들은 행상인처럼 돌아다니며 일했다. 그들은 집집마다 방문해 예방 접종을 하고 아프거나 다친 동물을 돌보았다. 아무도 그 일을 해서 부자가 되

지 않았지만 파비안이나 나나 부자가 되겠다는 욕심은
없었다. 파비안은 동물을 사랑했고, 그가 동물을 치료하
는 건 돈을 벌기 위해서가 아니라 그게 자신의 소명이
었기 때문이다. 그리고 소박한 삶을 살았던 나도 다른
방식의 삶을 상상할 수 없었다. 우리는 약간의 편리함만
있으면 충분했는데, 슈미트-엥글러 집안의 지원을 받고
있던 터라 더 필요한 것도 없었다. 파비안의 가족들은
내가 막내아들의 여자 친구라는 사실을 피할 수 없다고
이미 체념한 상태였다. 파비안의 아버지는 아들에게 다
른 자녀들과 마찬가지로 몇 헥타르의 땅을 주었다. 호세
안토니오는 그곳에 우리의 소박한 집을 하나 지어주겠
다고 제안했고, 나는 미래에 찾아올 아이들을 생각하며
직접 그 집을 설계했다.

　유럽에서 제2차 세계대전이 일어났다는 소식은 우리
를 불안하게 했지만, 저 먼 곳의 일이기도 했다. 추축국
을 대상으로 전쟁을 선포하라는 미국의 압력에도 불구
하고 우리는 경제와 안보를 이유로 중립을 유지했다. 우
리나라는 바다 때문에 매우 취약했고, 무시무시한 독일
잠수함의 공격을 받을 경우 스스로 방어할 수 없었다.
독일과 이탈리아에서 건너온 수많은 이민자들도 고려해
야 했는데, 이민자 중에는 팔에 스와스티카 완장을 차고
깃발을 흔들며 거리를 행진하는 소란스러운 나치당원도
있었다. 내가 기억하는 한 그곳에 일본인은 없었다.

　슈미트-엥글러 집안은 고장의 모든 독일인과 마찬가
지로 추축국에 동조했지만 연합군을 지지하는 다른 사

람들을 적대시하지는 않았다. 파비안은 침묵했다. 전쟁
은 그의 관심사가 아니었다. 나는 전쟁의 세부 사항이
나 원인을 이해하지 못했다. 오빠와 리바스 부부가 히틀
러와 파시즘이 왜 나쁜지 내게 가르쳐주려고 애를 썼지
만 누가 이기든 나는 마찬가지였다. 강제 수용소의 잔혹
하기 짝이 없는 일들과 조직화된 대량 학살은 아직 알
려지지 않은 때였다. 전쟁이 끝날 무렵 사진이 공개되고
그 공포를 다룬 영화가 제작되자 우리는 무슨 일이 벌
어졌는지 자세히 알 수 있었다.

호세 안토니오와 리바스 가족은 군대가 이동하는 경
로를 유럽 지도에 핀으로 표시했는데, 그걸 보면 독일인
이 대륙을 물어뜯어 집어삼키고 있음이 분명했다. 1941
년 일본은 진주만의 미군 함대를 폭격했고 루스벨트 대
통령은 추축국에 선전 포고를 했다. 미국의 개입은 독일
군의 진격을 막을 유일한 희망이었다.

유럽에서 남자들이 서로를 학살하며 고대 도시를 폐
허로 만들고 수백만 명의 과부, 고아, 난민을 만들어내
는 동안 파비안은 인공 수정에 전념했다. 물론 사람이
아니라 동물에게 말이다. 그의 아이디어는 아니었다. 수
년 전부터 양과 돼지를 대상으로 인공 수정을 실험하고
있었는데 소를 대상으로 해봐야겠다는 생각에 이른 것
이다. 쓸데없이 세부적인 내용까지 얘기하지는 않겠다.
당시 나는 그 방식과 과정이 암소에게 엄청나게 무례한
일이라고 여겼고, 지금도 그렇다는 말을 하는 것으로 충

분할 테다. 그들이 수정에 꼭 필요한 수소의 그것을 어떻게 얻었는지 생각하고 싶지도 않다. 파비안이 실험에 성공하기 전까지, 번식은 본능과 행운의 조합인 자연의 법칙에 따라 이루어졌다. 수소가 암소를 올라타 교미하는 방식으로 송아지가 태어났다. 번식을 위해서 최고의 수소를 빌려와야 했는데, 소들의 성질이 좋은 편이 아니어서 데리고 오면 풀도 먹여주고 지켜봐야 했다. 암소가 종종 거부하는 것은 수소의 성질 때문이었다.

파비안은 품종이 좋은 수소의 정액을 여러 날 보존하는 방법을 연구했고, 이를 통해 급할 때는 수소 한 마리로 수 킬로미터 거리에 퍼져 있는 수백 마리의 암소를 수정시킬 수 있게 되었다. 지금은 정액이 몇 년 동안 저장되고 전 세계로 이동되니 파라과이의 어린 암소가 이미 죽은 텍사스 수소의 자손을 가지는 게 놀랍지 않지만, 그때는 그게 공상과학소설이나 마찬가지였다.

낙농장에 암소 한 떼를 갖고 있어서 그 방법의 장점을 금방 이해한 유일한 존재였던 아버지의 도움으로, 파비안은 창고에 실험실을 세우고 기술과 필요한 도구들을 개발했으며 가장 좋은 도구 사용법도 창안했다. 그는 이후 몇 년간 경주마, 혈통이 분명한 개와 고양이, 동물원의 이국적인 동물, 멸종 위기에 처한 여러 동물에게 적용할 다양한 가능성을 꿈꾸며 그 일에 사로잡혀 살았다. 나로서는 그 일이 외설적으로 느껴졌다. 나는 오랫동안 그를 조롱했지만, 그는 내 비꼬는 소리에 아랑곳하지 않고 자기 할 일을 했다. 그의 유일한 부탁은 다른 사람들 앞에서 자신을 조롱거리로 삼지 말아달라는 것이었다.

나는 파비안의 프로젝트가 장래 시아버지와 다른 농부들에게 실질적으로 도움을 줄 수 있다는 생각에 이르자 비웃음을 그쳤다. 오랫동안 그는 우리나라에서 가장 유명한 수의사였다. 언론과 인터뷰를 하고 강연회를 열고 사용 설명서를 집필하고 농장 노동자를 훈련시키기 위해 여러 곳으로 돌아다녔고, 여러 라틴아메리카 국가들의 소를 개량하는 일도 했다. 나에게 여러 번 설명한 대로 그의 가장 큰 고민은 정액을 오랫동안 보존하는 방법을 찾는 것이었는데, 1960년대까지는 그런 방법이 없었던 것 같다. 파비안의 명성은 돈으로 이어지지 않았다. 아버지의 도움이 없었다면 그는 연구를 계속할 수 없었을 것이다.

다른 일에 쓸 시간이 거의 없을 정도로 직장 일이 빠듯함에도 불구하고 파비안은 독일인의 집념으로 계속해서 나에게 청혼을 했다. 우리는 무얼 기다리고 있었던 걸까? 이제 나는 스물두 살이 되었고 둥지에서 떠나 사크라멘토에서 내 날개를 시험해 보느라 이미 2년을 보내지 않았냐는 게 그의 주장이었다. 사실 날갯짓을 해본다는 건 농담에 가까웠다. 나는 간수처럼 감시하는 오빠와 함께 살았고, 게다가 일도 했다. 사크라멘토는 신중하고 편협한 험담꾼들의 나른한 도시였다. 나는 지방의 주도에서보다 리바스 가족의 농장에서 더 많은 지적 자극을 받았다.

내 전직 가정교사와 테레사 리바스는 동성애가 귀족과 예술가의 특권이던 시절에 연인 사이였다. 이름을 거론할 필요까지는 없는 우리 먼 친척이 그랬듯이 귀족들은 남모르게 사랑을 나눴고, 예술가들은 사회적 규범과 종교적 계율에 반발하는 존재들이었다. 어느 언론인, 작가, 세계적인 명성의 시인, 몇 명의 배우들 등 알려진 사례는 매우 드물었고 대개는 베일에 감춰져 있었다.

처음에 미스 테일러와 테레사 리바스는 테레사의 다락방에서 생쥐처럼 가난하게 살았다. 그러나 곧 미스 테일러는 여학교에 영어 교사로 취직했고, 누구에게도 자기 사생활을 의심받지 않은 채 20년 동안 교사 생활을 했다. 세상 사람들이 보기에 그녀는 아메바처럼 무성인 노처녀였다. 급여는 적었지만 개인 과외도 했고, 그 덕분에 그들은 중산층 동네의 수수한 집을 하나 빌릴 수 있었다. 마침내 그랜드 피아노가 제자리에 놓일 수 있었다. 호세 안토니오는 능력이 다할 때까지 그녀들의 월임대료를 내주었다. 미스 테일러의 월급은 겨우 기본 생활비를 충당할 정도였기 때문이다.

테레사 리바스는 페미니스트 투쟁에 전적으로 헌신하기 위해 국영 전신전화국을 그만두었다. 그녀는 여성의 권리 신장에 전념하는 조직들에서 일했다. 여기서 조직들이란 투표권, 이전에는 전적으로 아버지에게 속했던 자녀 양육권, 직장에서 자신의 수입과 보호를 누릴 권리, 폭력으로부터 방어할 권리, 요컨대 오늘날 우리가 당연하게 여기는 법의 많은 근본적인 변화를 위해 헌신하는 기관을 말한다. 그들은 낙태와 이혼에 대한 권리도 제기했는데, 가톨릭교회는 그들이 할 수 있는 가장 선동적인 표현으로 이를 비난했다. 그 시절에도 지옥은 여전히 존재했다. 테레사는 만약 남자가 아이를 낳고 남편을 견디며 살아야 한다고 하면 임신 중절과 이혼이 성례의식이 될 것이라고 했다. 그녀는 남성이 임신의 피로, 출산의 고통, 모성의 영원한 노예 상태를 모르기 때문에 여성의 몸에 대해 법제화할 권리는 물론이고 의견을 제시할 권리도 없다고 믿었다.

테레사의 사상들은 정말로 급진적이었다. 자기 사상을 글로 발표하고 거리에서 폭동을 일으키고 파업을 선동하고 의회에 침입하고 공개적으로 공화국 대통령을 공격했다는 이유로 정기적으로 감옥에 드나들 정도였다. 신문은 한 정신 나간 페미니스트가 분유 공장 개소식에서 잘 익은 토마토를 대통령에게 던졌다고 보도했다. 테레사는 분유 공장이 모유의 기적을 포장된 쓰레기로 대체하기 위해 미국인들이 운영하는 사업이라고 주장했다. 그녀는 호세 안토니오가 석방을 얻어낼 때까지 4개월 동안 투옥되었다.

겨울에 이 두 여성이 산타클라라를 방문하는 것은 우리의 연례 축제였다. 그들은 우리에게 두려움과 감탄이 뒤섞인 수도의 소식과 세상의 진보 사상들을 가져왔다. 어느 시점에는 호세 안토니오는 미스 테일러가 절대로 자신과 결혼하지 않을 거라는 사실을 받아들였다고 생각하지만, 그가 이유를 알고 있었는지는 모르겠다. 우리

중 누구도 그녀들 사이에 특별한 우정 이상의 무언가가 있다고 의심하지 않았다. 고백하건대 나조차 그런 생각을 한 적이 한 번도 없었다.

테레사 리바스와 그녀 같은 여성들의 관습과 법을 바꾸기 위한 지속적인 투쟁은 점차 결실을 맺었다. 우리는 거북이걸음으로 나아가지만 나는 긴 인생을 사는 동안 우리가 얼마나 멀리 전진했는지 확인해 왔다, 카밀로. 내 생각에 테레사와 미스 테일러는 그들이 이룬 것을 자랑스러워했고 아직 남은 일들을 위해 계속 싸울 것이었다. 테레사는 어느 누구도 우리에게 무언가를 가져다주지 않는다고 말했다. 힘으로 쟁취해야 하며 방심하면 빼앗길 거라고 했다.

나는 이러한 문제를 어머니나 이모들, 파비안과는 한 번도 얘기한 적이 없다. 파비안의 가족은 말할 것도 없다. 테레사가 준 책과 잡지를 남자 친구 몰래 읽고 딸 테레사와 비슷한 정도로 급진적이 된 루신다와 아벨하고만 이야기를 나눴다. 결혼을 하고 아이를 낳고 주부가 되어 남편의 그늘에서 진부한 인생을 살게 될 거라는 생각에 나는 소리 없는 반항심과 억눌린 분노를 느꼈다.

"남은 인생을 파비안과 함께 보낼 수 없을 것 같으면 결혼하지 마라." 미스 테일러는 나에게 말했다.

"그는 나를 오랫동안 기다려왔어요. 지금 결혼하지 않으면 이 영원한 약혼 관계를 끊어야 해요."

"비올레타, 의구심을 느끼며 결혼하는 것보다는 그게 나아."

"나는 이제 스물다섯 살이 돼요. 결혼을 하고 아이를 가질 수 있는 나이예요. 파비안은 훌륭한 사람이고 나를 매우 사랑하는 데다 아주 좋은 남편이 될 거예요."

"너는? 너는 좋은 아내가 될 거라고 생각하니? 잘 생각해 봐, 비올레타. 나는 네가 사랑에 빠진 것처럼 보이지 않아. 너는 항상 고집불통이었지. 네 직감에 귀를 기울여 보렴."

내 의심도 미스 테일러의 의심과 다르지 않았지만 나는 이미 파비안과 약혼한 사이였다. 모두의 눈에 우리는 연인이었고 그 괜찮은 남자를 버릴 그럴듯한 이유가 내게는 없었다. 나는 파비안이 아니면 독신으로 살 운명이라는 생각이 들었다. 나에게는 여성의 길이라고 여겨지는 것과는 다른 길로 이끌어줄 특별한 재능이나 직업이 없었다. 미스 테일러가 언급한 그 고집은 운명을 내 손으로 움켜쥘 에너지를 주는 대신 오히려 나를 압도하고 무너뜨렸다. 나는 미스 테일러나 테레사처럼 되고 싶었지만 대가가 너무 컸다. 나는 차마 안전을 자유와 맞바꾸지 못했다.

파비안과 나는 1945년에 결혼했다. 거의 5년 동안 이어진 연인 관계의 결실이었는데, 사람들이 짐작하는 대로 '플라토닉'한 관계는 아니었다. 나는 이제 숫처녀가 아니었다. 파비안과 함께 또 곡예를 벌이던 어느 날 그러려고 그런 것은 아니지만 더 이상 숫처녀가 아니게 되었다. 그날 밤 내 속옷에 피가 묻어 있었는데, 생리를 하는 게 아니라는 걸 알았지만 파비안에게는 아무 말하지 않고 입을 다물었다. 이유는 묻지 마라, 카밀로. 우리의 실랑이는 여느 때와 다름없이 계속되었다. 우리는 미칠 듯이 흥분해서 옷을 반쯤 벗은 채 죄책감과 불편함, 두려움을 느끼며 서둘렀다. 결국 그는 당황하고 나는 좌절했다. 내가 사크라멘토로 이사한 이후로 우리의 만남은 훨씬 뜸해졌다. 그는 사크라멘토에 오면 호텔로 향했다. 그가 허락했더라면 우리는 호텔에서 만날 수 있었을 것이다. 그러고는 근사한 호텔 침대에서 여자들에게는 판매하지 않지만 남자라면 누구나 구할 수 있는 콘돔으로 피임을 하고 사랑을 나누었을 것이다. 그렇더라도 우리는 매우 조심해야 했을 것이다. 혹시라도 호세 안토니오가 의심을 품는다면 몇 번 협박하던 대로 나를 죽일지도 모르기 때문이다. 그는 자신의 명예와 가족의 명예를 지키는 게 의무라고 말했다. 그러나 그의 명예와 나의 처녀성이 무슨 관계가 있다는 거냐고 되묻자 그는 화를 냈다.

"건방진! 테레사가 네 머릿속에 그런 생각을 집어넣었구나!"

어떤 면에서 내 오빠는 거의 악당이나 다름없었지만 진짜로 나를 해치거나 했을 거라고는 생각하지 않는다. 사실 그는 항상 맘씨 좋은 사람이었단다.

하던 이야기를 접어두고 피임법 얘기를 잠깐 해보겠다, 카밀로. 이 주제가 너와 관련이 없는 것 같지만 말이다. 내 어머니는 여섯 명의 아이를 출산하고 여러 번의 임신에 실패하는 일을 피할 수 없었다. 그러다가 국내 최초의 여의사가 추천한 피임법을 사용하게 되었다. 그 의사는 교회에서 파문당하고 당국에 체포될 위험을 무릅쓰면서 정보를 보급하고 다녔다. 어머니는 의사가 준 팸플릿에 나오는 지시사항들을 아버지 모르게 열심히 공부한 뒤 지침에 따라 잠자리를 갖기 전에 글리세린 질 세정제로 샤워를 했고, 잠자리 후에는 모자 상자에 숨겨두었던 도구를 사용해 따뜻한 물과 과산화수소 용액을 섞어 한 번 더 샤워를 했다. 어머니는 모자 상자에 든 물건을 아르세니오 델 바예가 발견한다면 뇌졸중에 걸릴지도 모른다는 사실을 알고 있었다. 남편은 가능한 한 많은 후손을 낳아 가문의 위신을 이어가기 위해 결혼한 남자였기 때문이다. 어머니는 건강한 자녀를 세상에 내놓는 게 여성의 신성한 의무라는 아버지의 설교를 자주 들었다. 그런 설교는 그의 어머니에게 물려받은 것이었다. 내가 마침내 결혼한다고 발표했을 때 피아 이모는 나에게 세정제 세트를 건네주었다. 밖으로 보이지 않도록 신문지에 싸여 있었다. 이모는 속삭이며 사용법을 설명해 주었고 나는 부끄러워 죽을 지경이었다.

더 이상 결혼을 미룰 핑곗거리가 없어졌다. 그래서 우리는 10월에 결혼하겠다고 발표했다. 세계대전이 9월에 끝나리라는 생각은 하지 못했다. 보통은 신부 가족이 결혼식을 여는 게 일반적이었지만 슈미트-엥글러 집안은 우리 감정이 상하지 않도록 매우 정중하게 표현하며 바바리아 호텔에서 식을 치르자고 주장했다. 그들의 사회적, 경제적 형편이 우리보다 나았다.

이모들은 루신다의 도움으로 페달 재봉틀의 먼지를 털어내고 내 혼수품을 준비하기 시작했다. 일흔 살이 된 루신다는 그녀 말대로 말을 타면 몸을 가누기 힘들어서 더 이상 이동 학교 순회를 이어갈 수 없었다. 이모들은 신랑 신부의 이니셜을 수놓은 시트와 다양한 크기의 식탁보를 만들었다. 그러나 나는 어머니가 결혼할 때 입었던 드레스를 고쳐서 입고 싶지는 않았다. 그 드레스는 지난 세기말부터 나프탈렌을 넣어 보관한 덕분에 세월을 잘 견뎌오기는 했다. 나는 버터크림색의 레이스 따위는 전혀 달리지 않은 나만의 드레스를 원했다. 미스 테일러는 수도에서 유행하는 웨딩드레스를 사서 기차로 보내왔다. 흰색 새틴의 드레스는 장식 없이 몸매가 돋보이도록 비스듬히 재단되어 있었고, 머리에 쓰면 간호사처럼 보이는 베일이 달려 있었다.

우리는 초기 독일 이민자들이 지은 아름다운 예배당에서 결혼했다. 나는 함께 지내는 유일한 오빠인 호세 안토니오의 팔짱을 끼고 입장했고, 이모들은 감격의 눈물을 흘렸다. 이모들 옆에는 리바스 가족, 토리토, 파쿤다, 미스 테일러, 테레사, 그리고 작은 마을 나우엘의 주민들이 같이 앉아 있었다. 본당의 한쪽에는 키가 크고 환한 모습의 잘 차려입은 신랑 가족과 친구들이 있었고, 다른 한쪽에는 훨씬 소박한 외모를 가진 신부 쪽 사람들이 있었다.

뒤늦게 알고 깜짝 놀란 마르코 쿠사노비치도 찾아왔다. 틀림없이 환갑은 지났을 그는 은둔자가 되어 있던 터라 우리는 아주 드물게 그와 만났다. 그는 공장을 감독하기 위해 사크라멘토에 소박한 아파트를 가지고 있었다. 그러나 시간만 나면 우리가 원시림의 나무를 마구 베어내지 않고도 목재를 구하려고 조성한 광활한 소나무 농장이나 산속의 제재소를 찾아가곤 했다. 그곳에서 그는 행복을 느꼈다. 회사의 관리나 회계, 수익에 대해서는 전혀 관심이 없었다. 오빠가 정직 서약을 하지 않았다면 그의 몫을 쉽게 빼돌릴 수도 있었을 것이다.

마르코는 예언자처럼 덥수룩한 수염을 뽐내며 사냥꾼 복장을 입고 왔다. 비록 토끼 한 마리도 죽이지 못하는 사람이었지만. 그가 직접 돌을 깎아 만든 조각품을 선물로 가져왔는데, 그때서야 그가 숨겨온 재능을 알 수 있었다. 우리는 그에게 뒤늦게 나타난 네다섯 살짜리 아들이 있다는 것을 알게 되었다. 아이의 엄마는 고등학교까지 졸업한 젊은 원주민 여성으로, 섬유 공장에서 일하며 아들이 좋은 학교에 갈 나이가 될 때까지 키우고 있었다. 마르코는 그 아이를 받아들였다. 아이의 이름은 안톤 쿠사노비치였고, 마르코에 의하면 아주 똑똑한 아이였다.

"나는 아들에게 최고의 교육을 제공할 겁니다. 아이와 어머니는 잘 지내고 있어요." 마르코는 흥분해서 우리에게 말했다.

독일의 패배와 히틀러의 죽음으로 전쟁이 끝나자 독

일 이민자들 사이에는 먹구름이 떠다니는 듯한 분위기가 흘렀다. 내 결혼식에서는 아무도 그런 이야기를 하지 않았다. 그들은 추축국이나 동맹국에 대해 호의적인 입장이어서 불쾌한 논쟁을 불러일으키곤 했고, 그래서 우리는 6년 동안 그런 이야기를 피해 왔다. 결혼식을 그런 이야기로 망칠 순 없었다. 나우엘의 주민들은 유럽의 분쟁에 거의 관심이 없었다. 그들과는 너무 먼 곳의 일이라 별로 영향을 받지 않았기 때문이다. 그러나 리바스 가족이나 내 오빠, 미스 테일러, 테레사에게는 중요한 일이었다. 우리는 9월 2일에 양고기구이, 치차 술, 파쿤다의 멋진 파이와 케이크로 평화를 축하했다. 파비안은 그 파티에 같이하지 않았다.

마침내 우리는 내가 수없이 상상하던 대로 호텔 침대에서 알몸으로 사랑을 나눌 수 있었다. 남편은 사려 깊고 부드러웠다.

결혼식 다음 날 우리는 수도로 가는 기차를 탔다. 어머니의 장례식 이후로 수도에 간 적이 없었다. 그때는 공동묘지에 가고 다른 오빠들을 몇 번 방문하는 것 외에는 시간이 없었다. 그러나 파비안은 일 때문에 자주 수도에 갔기 때문에 새로운 일이 아니었다. 수도는 많이 변해 있었다. 나는 며칠 동안 머물며 이곳저곳 다녀보고 싶었고, 어린 시절 살던 동네도 찾아가 보고 극장도 가고 싶었다. 그러나 신혼여행은 파비안의 강연이 몇 번 열릴 리우데자네이루로 가기로 되어 있었다. 전쟁 기간 동안 매우 제한되었던 민간 항공사의 운항이 재개되었다. 나의 첫 번째 비행 경험은 거들, 스타킹, 하이힐, 꽉 끼는 스커트와 재킷 수트, 모자, 장갑과 모피 숄의 신혼여행 차림으로 어지러움과 공포, 구토를 느끼며 갇혀 있던 몇 시간으로 요약할 수 있다. 비행기 연료 충전을 위해 네 시간마다 중간 기착을 할 때나 겨우 잠깐 쉴 수 있었다.

신혼여행이 거의 기억나지 않는다. 기생충 때문에 배탈이 난 바람에 그저 창밖으로 화려한 코파카바나 해변을 쳐다보고 유명한 카이피링냐[1] 대신 차를 마시며 대부분의 시간을 보냈기 때문이다. 파비안은 일을 하지 않을 때면 나를 다정하게 보살펴 주었다. 그는 나중에 다시 브라질에 와서 진짜 신혼여행을 즐기자고 약속했다.

오빠는 약속대로 일주일 만에 우리 집을 지어 주었고, 그 지역에서 가장 질 좋은 코이론으로 이중 지붕을 만들어 씌웠다. 내가 비서로 일하는 동안 호세 안토니오는 꿈꾸던 것 이상의 큰 성공을 거두었다. 부분적으로는 내 공로라고 할 수 있지만, 공정하게 보자면 집을 직접 디자인한 건축가 덕분이라는 생각도 들었다. 수익성이 제일 좋았던 건 호수 기슭에 카사스 루스티카스 커뮤니티 단지를 짓고, 수도 사람들을 위한 여름 별장으로 비싼 가격에 내놓은 것이었다.

"이건 바보 같은 짓이야, 비올레타. 이곳은 수도에서

---

1 라임이나 귤, 딸기 등을 넣어서 만드는 브라질 칵테일.

아주 멀리 떨어져 있어서 얼어붙은 호수에서 수영을 하
겠다고 기차나 자동차를 타고 이 먼 데까지 올 사람은
아무도 없을 거다.” 호세 안토니오가 그렇게 주장했지만
결국 내 아이디어를 받아들였다.

이 아이디어는 대성공이었다. 나중에 비슷한 프로젝
트에 관심을 갖고 투자를 하겠다는 사람이 넘쳐날 정도
였다. 나는 장소 물색과 토지 매입, 건축 허가 업무를 담
당했다.

“우리가 이 집들을 팔 때마다 나한테 수수료를 두둑
이 줘야 해.” 나는 오빠에게 요구했다.

“하지만 어떻게 그래, 비올레타? 우리는 가족 아니
니?” 오빠가 그렇게 대답했다.

“그러니까.”

그 당시 나는 매우 검소했다. 호세 안토니오와 함께
살았고 사크라멘토에서는 돈을 쓸 만한 데가 딱히 없었
다. 나는 돈을 모았다. 그리고 우리 카사스 루스티카스
의 계좌를 관리하던 지역 은행에서 대출을 받아 땅을
사고 여덟 채의 집을 짓는 자금으로 썼다. 공동 수영장
도 만들고 집들을 둘러싸고 정원도 조성해 높은 가격을
받을 수 있도록 했다. 나는 그 집들을 좋은 가격에 팔
아서 대출금을 갚았고, 같은 방식으로 사업을 되풀이했
다. 그렇게 해서 나는 결혼하기 전에 네 개의 커뮤니티
를 만들 수 있었다. 나는 그 사업도 계속 이어가고, 나중
에 다른 아이디어가 떠오르면 그것에도 투자할 생각이
었다. 파비안에게도 그렇게 얘기했다. 당시로선 흔치 않

은 일이었다. 우리 집 같은 사회 계층의 여성들은 일을 하지 않았다. 우리가 살고 있던, 수십 년은 뒤처진 그 시골 여성들은 더 말할 것도 없었다.

나는 파비안에게 내 일이 좋은 아내, 좋은 주부, 좋은 엄마라는 역할을 방해하지 않을 거라고 확신시켜 주었고, 그는 마지못해 수긍했다. 내 제안은 사회적으로 낯부끄러운 일이기도 했거니와 아내가 한 발은 시골에 다른 한 발은 도시에 두고 산다는 뜻이기도 했다. 나는 고집이 있어서 뭔가 머리에 떠오르면 내버려두지 않는다. 그래서 파비안이 광기에 찬 지식인처럼 강박에 휩싸여 연구하고 실험하고 집필하고 가르치는 동안, 나는 집안 살림을 챙기고 저축도 했다. 이모들의 숙식비를 매달 브루노 삼촌에게 보냈는데, 삼촌은 그때마다 거절했다. 그래서 나는 계좌를 하나 만들어 그 돈을 비상용으로 예금해 두었다. 예기치 못한 상황은 항상 있었다. 클로틸데가 죽자 다른 소를 사야 했고, 폭풍우로 울타리가 무너지기도 했고, 흉년이 드는 해도 있는가 하면 우물이 마를 때도 있었고, 파쿤다의 담낭이 터져 수술비가 필요할 때도 있었다.

내가 일하고 돈을 벌고 가계를 꾸려간다는 걸 남편은 불쾌해했다. 나는 죄책감이 들어 일을 최소한으로 줄이려고 노력했다. 사람들 앞에서 내가 하는 일을 언급하지 않았고, 누군가가 말을 꺼내면 재미 삼아 잠깐만 하는 일이고 아이가 생기면 당연히 그만둘 거라고 대답했다. 하지만 마음속으로는 내게 돈을 벌 수 있는 능력이 있음을 깨달은 뒤였고, 더 이상 나 자신이 무력하고 쓸모없다고 생각하지 않게 되었다. 아버지로부터 물려받은 재능이었는데, 아버지는 무모했던 반면 나는 신중하다는 게 차이였다. 나는 신중하고 계산적이었지만, 그는 속임수를 쓰고 행운을 갈망했다.

사랑은 왜 죽는가? 나는 여러 번 자문해 보았다. 파비안은 내가 그를 사랑하지 않을 이유를 한 번도 만든 적이 없었다. 오히려 그는 이상적인 남편이었고, 나를 귀찮게 하지도 무언가를 요구하지도 않았다. 그는 죽을 때까지 늘 괜찮은 사람이었다. 우리는 내가 번 돈과 그의 가족에게서 받은 돈으로 잘 살았다. 우리의 아늑한 집은 어느 건축 잡지에 조립식 건축의 훌륭한 사례라며 소개되기도 했다. 슈미트-엥글러 가족은 다른 며느리들에게 그랬던 것처럼 나를 잘 받아들였고, 나 역시 독일인 이민촌에 잘 동화되어 살았다. 그들의 언어를 한 마디도 배우지 못하기는 했다. 남편은 국내에서 가장 인정받는 자기 분야의 전문가가 되었고, 나는 머리에 떠오르는 사업을 매번 실행에 옮겨 모두 좋은 결실을 맺었다. 요약하자면 우리는 다른 사람들이 보기에 거의 완벽에 가까운 삶을 살았다.

이제는 알고 있단다. 나는 파비안을 좋아했지만, 미스 테일러가 여러 번 생각해 보게 한 것처럼 그와 사랑에 빠진 적은 단 한 번도 없다는 사실을. 5년의 연애 동안 그를 속속들이 알게 되었다. 나는 결혼할 때 그가 어떤 사람인지도 알았고 그가 변하지 않으리라는 것도 알았지만, 그는 나에 대해 아는 게 거의 없었다. 그리고 나는 많이 변하기도 했다. 그의 친절하고 예측 가능한 성격, 씨수소와 임신한 젖소를 향한 집착, 개인적으로 관심 없는 일이면 외면해 버리고 마는 무관심, 융통성 없는 행동, 확고하고 케케묵은 원칙, 나치 선동으로 강화되기까지 한 순수 아리아인의 오만이 지루하고 따분했다. 나치 선전 선동은 지구 반대편에 있는 이 나라에까지 와 있었다. 물론 그의 우월 의식을 비난할 수는 없는 것이, 우리조차도 유럽에서 온 이민자들이 우리보다 낫다고 믿었기 때문이다.

이곳은 매우 인종차별적인 나라다. 카밀로, 우리가 원주민을 어떻게 대했는지 보아라. 19세기 중반에 하원의원이던 내 친척은, 원주민이란 길들이기 힘든 야수이자 문명의 적이기 때문에 미국처럼 무력으로 원주민을 진압하거나 몰살시키자고 제안했다. 그의 표현을 그대로 옮기자면 그들은 악덕, 게으름, 술주정, 거짓말과 배신, 그리고 야만적인 삶에 해당하는 모든 혐오스러운 일에 빠져 사는 존재들이었다. 그의 사상은 매우 널리 퍼졌고, 정부는 유럽 사람들, 특히 독일인, 스위스인, 프랑스인을 받아들여 남부 지역을 개척함으로써 인종을 개량하기로 했다. 아프리카나 아시아 이민이 없었던 것은, 그것을 막으라는 지침이 영사들에게 전달되었기 때문이다. 유대인과 아랍인도 환영받지 못했지만 어쨌든 그들은 들어왔다. 외국인 이민자들은 원주민을 경멸했지만 메스티소에 대해서도 호의적이지는 않았다고 본다.

"비올레타, 너는 메스티소가 아니다. 우리 조상은 모두 스페인인이나 포르투갈인이야. 우리 집안에 원주민의 피는 한 방울도 섞이지 않았어." 우리가 그 주제로 이야기를 나눌 때 필라르 이모가 했던 말이다.

나는 결혼하기 전에 가졌던 의구심을 그대로 품고 있었지만, 파비안은 우리 관계를 절대 의심하지 않았다. 그로서는 상상할 수도 없는 일이다 보니 내가 멀어지고 있다는 것도 느끼지 못했다. 우리는 하나님과 가족들 앞에서 죽을 때까지 서로 사랑하고 존중할 것을 맹세했다. 그런데 그건 참 긴 시간이란다. 인생이 얼마나 길 수 있는지 의구심이라도 있었다면 나는 결혼 서약서의 그 조항을 수정했을 것이다. 한번은 평소처럼 예의를 갖춰 남편에게 내 불만을 토로한 적이 있었는데 남편은 전혀 동요하지 않았다. 나는 그가 관심을 갖게 하기 위해 더 단호하게 표현해야 했다. 그는, 부부가 되면 처음에는 보통 어려움을 겪기 마련인데 그건 정상적인 일이며, 시간이 지나면서 함께 사는 법도 배우고 사회에서 자리도 잡고 그렇게 가족이 만들어지는 거라고 대답했다. 항상 그런 식이었다. 생물학적 명령에 따라 살게 된다는 것. 그는 우리가 아이를 가지면 나도 만족하게 될 거라며 "모성은 여자의 운명"이라고 했다.

그게 제일 큰 문제였다. 우리에겐 아이가 생기지 않았다. 파비안과 같은 생식 전문가에게 아내의 불임은 개인적인 모욕이었을 거라고 생각한다. 그러나 한 번도 내 앞에서 속내를 드러내지는 않았다. 그냥 우리에게 아기 소식이 있는지 희망적인 마음으로 가끔씩 물어볼 뿐이었다. 어느 날에는 인간은 수메르 시대부터 인공 수정을 해왔으며, 실제로 포르투갈의 후아나 여왕이 1462년에 그 방법으로 딸을 낳았다고 말했다. 나는 나를 그의 암소와 혼동하지 말라고 말했다. 그는 다시는 후아나 여왕을 입에 올리지 않았다.

나는 아이를 가질 수도 있다는 사실이 무서웠고, 그럴 경우 비교적 자유로운 내 삶이 끝나리란 것을 알았다. 하지만 키로가 신부님께 기도하는 것을 제외하고는 임신을 회피하지 않았다. 그런 기도를 피임이라고 할 수는 없으니 말이다. 매달 생리를 시작할 때마다 나는 안도의 한숨을 내쉬며 사크라멘토 교회의 성인에게 마땅한 헌금을 냈다. 그 교회에는 손에 삽을 든 채 고아들에게 둘러싸인 신부의 섬뜩한 모습이 담긴 유화가 있었다.

내 남편은 자기처럼 무조건적인 사랑을 하는 여성, 그의 인생 계획에 함께하고 그를 지지하며 스스로 받을 만하다고 생각하는 존경과 칭찬을 해줄 사람을 원했지만, 운 나쁘게도 나와 사랑에 빠지고 말았다. 나는 그런 종류의 것은 해줄 수 없었지만, 맹세하건대 그게 내가 할 임무라고는 생각했기에 열심히 노력했다. 계속 그렇게 시늉이라도 하다 보면 나 자신의 열망은 사라지고 남편과 아이들을 위해 존재하는 아내, 그가 나에게 기대하는 완벽한 아내가 될 거라고 생각했다. 내가 아는 사람 중에서 그런 사회적, 종교적 의무에 도전한 여성은 테레사 리바스뿐이었다. 그녀는 결혼이 여성에게 치명적이라고 생각했기 때문에 결혼에 대한 공포가 있음을 공개적으로 고백했다.

사근사근한 아내의 태도를 내보이는 내 속임수가 너무 잘 통해서, 쾌활하고 부지런한 발키리[1] 같은 네 명의 시누이는 게이샤처럼 남편을 애지중지 챙기는 내 행동을 애정을 담아 놀리곤 했다. 나는 겉으로 그렇게 보였다. 특히 시누이들이 근처에 있을 때 더 그렇게 행동했다. 여성 잡지에서 권하는 대로 파비안이 편안하고 우쭐한 기분이 들도록 노력했다. 나로서는 그게 더 쉬웠기 때문이다. 그렇게 되자 파비안은 내 감정을 들여다보려고 하지 않았다. 그는 자신이 행복하면 나도 행복하다고 굳게 믿었다. 그러나 게이샤의 가면 뒤에는 분노한 여자가 숨어 있었다.

인생의 여정은 한 걸음 한 걸음, 하루하루, 충격적인 일 하나 없이 지루하게 이어지지만, 그 여정에서 일어난 예상치 못했던 일들이 기억에 새겨진다. 그 기억들이야말로 이야기할 가치가 있는 것들이다. 나처럼 오래 산 존재 안에는 잊을 수 없는 사람들과 잊을 수 없는 수많은 사건들이 깃들어 있다. 내 가엾은 몸은 닳아버렸지만 다행스럽게도 정신은 아직 흐트러지지 않았다. 잊지 못하는 것은 내게 있어 저주란다, 카밀로. 그러나 내가 파비안과 결혼 생활을 한 3년하고도 몇 개월은 건너뛰겠

---

1 북유럽 신화에서 오딘을 섬기는 여전사.

다. 너에게 전해줄 만한 비극적인 일도 멋진 일도 전혀 없이 수도원처럼 평온한 시간이었기 때문이다. 파비안에게는 매우 만족스러운 세월이었다. 그래서 그는 도대체 무슨 일이 일어난 건지, 내가 왜 어느 날 떠나버렸는지 이해할 수 없었다.

10장

홀리안 브라보는 전쟁 중에 영국 왕립 공군의 조종사였으며, 그런 방식으로 분쟁에 참여했던 몇 안 되는 라틴아메리카인이다. 그는 용감한 행동과 공중에서 독일 비행기와 접전할 때 사투를 벌인 기량으로 훈장을 받았다. 홀리안이 여러 번 말한 건 아니지만 각색이 되었을 게 틀림없는 전설 같은 이야기에 따르면, 스피트파이어 전투기로 80대 이상의 적기를 격추했다고 한다. 그는 어느 날 하늘에서 떨어지듯이 내 삶에 들어왔다. 전사라는 명성을 얻은 뒤의 일이었다. 그러나 그런 낭만적인 과거가 없었더라도 그가 나에게 남긴 인상은 그만큼 강력했을 것이다. 그는 동화 속 영웅이었다.

수륙양용 비행기를 타고 호수에 착륙한 그는 두 명의 덴마크 왕족과 그 수행원들을 승객으로 데려왔다. 그들은 이 나라를 공식 방문한 참이었고, 이곳 강에서 낚시를 할 생각이었다. 그래서 이 지역 최고인 바바리아 호텔에 도착했고, 호텔 측은 마치 단골손님을 대하듯 호들갑이라곤 전혀 없이 그들을 환대했다. 이 계산된 소박함은 시어머니의 생각이었는데, 덴마크 왕족들이 방문을 연장하여 일주일 더 호텔에 머무른 것으로 보아 매우 성공적이었다. 그곳 바바리아 호텔, 시어머니의 예리한 시선과 시누이들의 숨넘어가는 듯한 웃음 앞에서 나는 훌리안을 만났다.

테라스 난간에 걸터앉은 그는 한 발을 땅에 디딘 채한 손에는 담배를, 다른 한 손에는 위스키 잔을 들고 있었다. 카키색 바지에, 운동선수 같은 가슴과 어깨가 두드러지는 흰색 반팔 셔츠를 입고 있던 그는 야생동물의억눌린 힘처럼 무언가 성적이고 위험한 느낌을 발산했다. 나는 몇 미터 떨어진 곳에서도 분명히 느낄 수 있었다. 달리 어떻게 설명해야 할지 모르겠다. 저항하기 힘든 훌리안의 남성적 에너지는 젊은 시절 그를 특징짓는것이고, 그 에너지는 40여 년이 지나 그가 죽을 때까지도 변하지 않았다.

나는 꼼짝도 하지 못한 채 두려움과 절박한 기대가뒤섞인 마음으로 바로 그 순간 내 인생이 뒤집혀 돌이킬 수 없게 되었다는 사실을 받아들였다. 그도 내 불길하고도 강렬한 예감을 느꼈을 것이다. 그는 호기심에 찬미소를 옅게 지으며 내 쪽으로 몸을 돌렸다. 그러고는천천히 다른 쪽 발을 땅에 디디며 유리잔을 난간 위에 놓더니 서부 영화의 카우보이처럼 거드름을 피우며 앞으로 걸어왔다. 그 순간 그도 나와 똑같은 기분, 그러니까 우리가 서로를 찾아 헤맸고 마침내 이제야 만난 것만 같은 기분을 느꼈었다고 훗날 내게 말해 주었다.

그는 내게서 두 걸음 떨어진 거리에 멈추더니, 경매인 같은 표정으로 나를 머리부터 발끝까지 훑어보았다. 소박한 흰색 여름 드레스를 입고 있던 나는 벌거벗은 느낌이었다.

"우리 서로 알아요, 맞지요?" 그가 물었다.

나는 말없이 고개를 끄덕였다.

"나랑 같이 가요." 그는 담배를 발로 밟아 문대며 내 손을 잡았다.

우리는 정원의 테라스 사이로 구불구불 나 있는 길을 따라 해변으로 달리다시피 내려갔다. 나는 손을 놓지 않고 최면에 걸린 듯 따라갔다. 남편과 그의 가족 절반이 나를 볼지 모른다는 생각은 들지도 않았다. 그가 모래 위에 무릎을 꿇고 나를 끌어당기며 신비롭고 두려운 강렬함으로 입을 맞췄을 때 나는 저항하지 않았다.

"우리의 사랑은 섭리예요." 그는 확신에 차 말했고, 나는 이번에도 고개를 끄덕였다.

그렇게 결혼 생활을 끝내고 내 미래를 결정하게 될 열정이 시작되었다. 우리는 그의 방에서 만나기로 약속했고, 30분 후 우리는 대낮에 벌거벗은 채 시어머니의 호텔에서 비뚤어진 절망감에 휩싸여 서로를 탐닉하고 있었다. 남편은 겨우 몇 미터 떨어진 거리에서 덴마크 왕족들과 맥주를 마시며 자신의 매력적인 인공 수정 기술을 통역사를 통해 설명하고 있었고, 나는 2층의 원시림 냄새가 풍겨 나오는 나무 벽 사이, 투박한 천연 삼베 커튼으로 가려질 듯 말 듯 들어오는 빛을 받으며, 호텔의 다른 침구들처럼 리넨 시트가 깔린 깃털 침대에서 내 나이 스물여덟에 놀라운 쾌락의 가능성을 배웠다. 그리고 열정 없는 남편과 소설에서 튀어나온 것 같은 애인의 근본적인 차이를 알게 되었다.

훌리안 브라보와 함께한 그날 오후까지 나는 내 몸에 대해 놀라울 정도로 무지했다. 그런 무지는 내가 태어난 시대와 지역을 이유로 들지 않고는 설명이 불가능했다. 어머니는 하늘에서 아기 천사가 여섯 아이를 보내주었다고 속삭이다시피 내게 말했고, 두 명의 노처녀 이모들은 허리와 무릎 사이를 의미하는 '아래쪽'이라는 말을 절대로 쓰지 않았다. 나는 그런 어머니와 이모들 밑에서 자랐다. 피아 이모는 처녀로 돌아가셨고 아마 필라르 이모도 노년이 되어서야 브루노 리바스와 잠자리를 가졌을 성 싶은데, 내게 고백하지 않았으니 알 도리는 없다. 조세핀 테일러의 경우 혁명적인 사상에도 불구하고 내 이모들처럼 신중한 사람이라서 나에게 책에 나오는 인체 삽화를 보여준 게 전부였다. 나는 나체가 되는 상스러움을 피하려고 서커스 단원처럼 몸을 비틀어가며 옷을 입고 벗는 법을 그녀에게서 배웠다. 또래 친구도 없었고 학교도 가지 않았다. 짝짓기를 하는 농장의 가축들에게서나마 얕은 지식을 얻었다. 나는 결혼하고 나서도 여전히 미스 테일러에게 배운 대로 옷을 벗었고, 파비안과 나는 어둠 속에서 조용히 사랑을 나눴다. 다른 가능성은 상상도 하지 못했고, 아마 남편도 우리의 잠자리가 소들의 번식보다 흥미롭지는 않았으리라.

홀리안은 마치 퓨마처럼 두 번의 손짓만으로 자연스럽게 내 드레스를 벗겼고, 나는 거부할 틈도 없었다. 그는 내가 내뱉은 첫 번째 탄성을 키스로 가라앉혔다. 그때부터 나는 어떠한 저항도 내비치지 않았다. 나는 그대로 부서져 그의 손안으로 사라지고 싶었고, 영원히 문을 닫은 채 바로 그곳에 머물고 싶어졌으며, 그를 제외한 누구도 다시는 보고 싶지 않았다. 그는 내 온몸을 바라보더니 내 가슴과 엉덩이의 모양, 윤기 나는 머리카락, 부드러운 피부, 비누 향내, 내가 주목하지 않았고 솔직히 말하면 특별하지도 않은 나의 여러 곳을 만지고 가늠하며 달콤한 아부의 말들을 해댔다.

그의 부드러운 순례 탓에 내가 낯을 붉히는 걸 알아챈 그는 잔뜩 긴장해 있는 나를 옷장에 딸린 대형 거울 앞으로 데려갔다. 거울에는 떨고 흐트러진 모습의 낯선 여자가 알몸으로 서 있었다. 이모들을 경악하게 할 만한 타락의 이미지였으며, 다른 한편으로는 내 긴장을 풀어주는 데 도움이 되는 이미지이기도 했다. 이제는 얌전한 체할 여지도 없어졌고 다른 어느 것도 중요하지 않게 되었기 때문이다. 그는 나를 다시 침대로 이끌었고, 느리고 기분 좋은 대담함으로 아무 보답도 기대하지 않은 채 세상 모든 시간을 들여 내 온몸을 애무하며, 허튼 소리, 아부의 속삭임, 추잡한 말을 계속해서 중얼거렸다. 나의 서투름과 그의 지혜로움의 대비는 우스꽝스러웠을 테지만 그렇다고 그의 열정이 꺾이기는커녕 나를 즐겁 게 해주려는 노력을 더할 뿐이었다.

섹스 이야기를 좀 한다고 놀라지 않았으면 한다, 카 밀로. 왜 내가 여러 해 동안 훌리안 브라보의 통제에 복 종하고 살았는지 그 이유를 이해할 필요가 있단다. 내 인생에 몇 명의 연인이 있었다. 자랑으로 하는 말도 아 니고, 자랑할 만큼 많았던 것도 아니다. 사랑하는 사람 과 사랑을 나누는 것이 가장 이상적이지만 그날 오후 훌리안과의 관계는 그런 게 아니었다. 사랑이 결여된, 단순하고 순수한 욕망만이 있었다. 모호함이나 자책감 이 없는 난폭하고 적나라한 욕망, 그 누구도 그 무엇도 배려하지 않는 욕망. 절대적인 쾌락에 빠진 우리는 우주 의 유일한 남자와 유일한 여자였다. 오르가슴의 폭발은 내 안에 숨겨진 여자, 거울 속의 그 낯선 여자, 뻔뻔스 럽고 반항적인 여자, 도전적이지만 행복하고 부정不貞한 여자의 모습을 발견하는 것만큼이나 강렬했다.

우리는 오후를 함께 보냈다. 파비안이 그 시간에 나 를 본 사람이 있는지 묻고 다녔던 모양이다. 저녁 시간 에 맞춰 식당이 열었음을 알리는 종소리가 들렸다. 눈을 뜨지도 몸을 움직이지도 못할 정도의 노곤한 졸음을 떨 쳐내야 한다는 걸 알았지만 나는 기진맥진한 상태였다.

훌리안은 침대에 웅크린 나를 그대로 두고 재빨리 옷을 입고 나갔다. 나는 그가 뭐라고 둘러대고 주방에서 빵, 치즈, 훈제 연어, 포도, 와인 한 병을 받아올 수 있었는지, 어떻게 의심을 사지 않고 자기 방으로 간식을 갖고 올라올 수 있었는지 모르겠다. 우리는 알몸으로 바닥에 앉아 음식을 먹었다. 나는 그의 입에서 포도주를 받아 마셨고 그는 내 입에서 포도를 받아먹었다.

그가 그랬던 것처럼 이번에는 내가 그를 관찰하고 감상할 수 있게 되었다. 그는 살면서 내가 가까이서 본 모든 남자 중 가장 매력적이었다. 의심할 여지가 없었다. 근육질에 유연하며 스포츠와 야외 활동으로 머리부터 발끝까지 구릿빛이 된 그는 마치 옷을 안 입고 일광욕을 한 사람 같았다. 매력 넘치는 웃음소리에 웃을 때 실눈이 되는 두 눈, 검은 머리카락, 빛에 따라 초록색도 되고 푸른색도 되는 밝은 홍채, 그리고 얼굴에는 끌로 조각한 듯한 깊은 주름이 몇 개 있었다. 그날은 몰랐지만 애무하는 듯한 테너 목소리를 가지고 있다는 것도 곧 알게 되었다. 그는 경제적으로 어려운 시기에 영국과 미국의 카바레에서 노래를 부르며 생계를 꾸린 적이 있다고 했다.

그날 밤 나는 집으로 돌아가지 않았다. 새벽에 구겨진 시트로 세워 올린 둥지에서 훌리안의 팔에 감싸인 채 눈을 떴다. 땀과 섹스로 흠뻑 젖어 있었고, 멍한 기분이 되어 내가 어디에 있는 건지 제대로 기억이 나지 않았다. 이제는 아무것도 이전으로 돌아갈 수 없다는 것을 깨닫는 데 일 분 이상의 시간이 걸렸다. 나는 파비안과 대면해야 하고 무슨 일이 일어났는지 설명해야 했다.

"진정해요, 비올레타. 해결책이 있어요. 몸이 좋지 않아 호텔에서 잤다고 남편에게 얘기해요." 떠는 내 모습을 보며 훌리안이 말했지만 그것은 터무니없는 알리바이였다.

"이곳은 시어머니의 호텔이에요. 내가 혼자 와서 잤다면 그녀도 알 수밖에 없어요. 방을 따로 하나 썼을 테니까요."

"파비안에게 뭐라고 할 생각이에요?"

"사실대로요. 내가 그에게 돌아갈 수 없다는 걸 당신도 알잖아요."

"봐요, 많은 남편들은 문제를 피하려고 눈을 감고 살아요. 당신이 뭐라고 말하든 그는 믿을 거예요." 그는 놀라며 대답했다.

"그건 당신 경험인가요?" 나는 빙판을 밟는 듯한 아슬아슬한 기분으로 물었다.

"난 냉소적인 사람이 아니오, 비올레타, 실용적일 뿐이지요. 아무도 우리를 보지 않았으니 피할 수 있는 문제예요. 당신 인생을 망치고 싶지 않아요……."

"이미 망가졌어요. 이제 어떻게 하지요?"

우리는 서둘러 옷을 입었고 그가 나보다 먼저 나갔다. 나는 훌리안의 빗으로 머리를 쓸어 넘기고 씻지도 않은 채 밖으로 나갔다. 아무도 나를 보지 않기를 기도하면서 복도를 살금살금 걸었다. 그리고 정원에 숨어 기다리자 잠시 후 훌리안이 덴마크 왕족 손님에게 배정된 차를 하나 몰고 와 나를 태웠다. 그는 내가 사크라멘토로 가는 기차를 탈 수 있도록 역으로 태워다 주었다. 오전 10시에 나는 이미 카사스 루스티카스 사무실에서 오빠를 마주했다.

"여기서 뭐해, 비올레타? 나는 네가 덴마크 손님들과 같이 바바리아 호텔에 있을 거라고 생각했는데."

"나는 파비안을 내버려두고 왔어."

"어디에?"

"내가 그를 떠났다고, 호세 안토니오. 그에게 돌아가지 않을 거야. 결혼 생활은 지옥이었어."

"맙소사! 무슨 일이야?"

가문의 명예를 책임지는 가장의 대리로서 오빠의 얼굴은 공포와 불신으로 물들었다. 나는 그에게 다 설명해 주었다. 그러나 예상한 것과 달리 그는 나를 판단하거나 실수를 바로잡을 수 있다고 설득하는 대신 셔츠 소매로 이마를 닦으며 어떻게 도와주면 되겠냐고 물을 뿐이었다. 그런 다음 전화기를 들어 슈미트-엥글러 저택과 바바리아 호텔에 있을 파비안에게 메시지를 남겼다.

정오에 남편이 사무실로 전화를 하자 오빠는 내가 시내에 같이 있다고 안심시켜 주었다. 요컨대 모든 게 깔끔해졌다. 파비안은 내가 돌아갈 때 미리 알려달라고, 역에서 기다리겠다고 했다.

"자네가 여기로 와야 할 것 같아, 파비안. 비올레타가 진지하게 할 얘기가 있어." 호세 안토니오가 말했다.

남편은 몇 시간 후 사크라멘토에 도착했고, 우리는 사무실에서 마주했다. 혹시 남편이 나를 때릴지도 모르니 오빠가 옆방에서 보초 서듯 대기했다. 호세 안토니오는 파비안이 손을 올린다 해도 전적으로 정당한 일이라고 생각했을 수도 있다.

"사방으로 당신을 찾느라 간밤은 엉망이었어, 비올레타. 당신 이모들에게 물어보려고 나우엘까지 갔었어. 왜 나에게 말하지 않고 간 거야?"

"나는 제정신이 아니었어. 도망쳐야 했어."

"비올레타, 나는 당신을 절대로 이해하지 못할 거야. 그래, 아무래도 좋으니 집으로 돌아가자."

"우리 헤어졌으면 좋겠어."

"당신, 무슨 말을 하는 거야?"

"나는 당신과 함께 돌아가지 않을 거야. 나는 훌리안 브라보와 사랑에 빠졌어."

"그 조종사? 하지만 겨우 어제 알게 된 사람이잖아! 당신 미쳤군!"

그 소식에 충격을 받은 그는 자리에 주저앉았다. 그에게 아내가 자신을 떠날 가능성은 내가 자연 발화되어 사라지는 것만큼이나 불가능한 일이었다.

"우린 헤어지지 않아, 비올레타! 부부 문제는 흔해. 소란 없이 집 안에서 해결하자고."

"결혼을 무효화하기로 해, 파비안."

"당신 완전히 정신이 나갔군. 열병 때문에 결혼 생활을 내던지면 안 돼."

"무효화를 원해." 나는 다시 요구했다. 너무 긴장해서 목소리가 떨렸다.

"바보 같은 소리 하지 마, 비올레타. 지금 혼란스러워서 그래. 나는 당신 남편이고 내 의무는 당신을 보호하는 거야. 내가 알아서 해결할게. 걱정하지 마, 내가 이 혼란을 바로잡을 테니. 무슨 일이 일어난 건지 누구도 알 필요 없어. 내가 그 불한당과 만나볼게."

"이건 훌리안과는 아무 상관이 없어, 당신과 나 사이의 문제야. 결혼을 무효화해야겠어, 파비안." 나는 세 번째로 되풀이했다.

"나는 그런 말도 안 되는 소리에 절대 동의하지 않아! 우리는 법 앞에서, 하나님 앞에서, 사람들 앞에서, 무엇보다 가족들 앞에서 결혼을 했어!" 그는 헐떡이며 말했다.

"생각해 봐, 파비안. 혼인을 무효화하면 자네도 자유로워질 거야." 상황이 격앙되자 오빠가 나타나 끼어들었다.

"자유는 필요 없어! 내 아내가 필요해!" 남편은 소리를 질렀다. 그러더니 문득 분노가 가라앉은 그는 두 손으로 얼굴을 감싸고 의자에 주저앉아 흐느꼈다.

카밀로, 알다시피 이 나라는 21세기가 될 때까지 이혼이 없었다. 내가 여든네 살이 되던 때 법제화되었으니 내겐 아무 소용도 없었지. 그전에는 혼인에서 벗어나는 유일한 법적 방법은 일반적으로 호적 공무원이 결혼 당사자의 주소를 오인한 거라고 공무원의 불찰을 증명하는 식의 트릭을 써서 결혼을 무효화하는 것이었다. 양 당사자가 동의하기만 하면 위증을 해줄 만한 증인 두 명을 구한 뒤 관대한 판사를 만나는 걸로 충분했다. 파비안은 그 아이디어를 생각해 보는 것조차 거부했다. 결혼 무효화가 만들어진 목적도 악의적이고, 집행되는 방식도 파렴치하다고 보았기 때문이다. 그는 나를 되찾을 수 있다고, 내가 그에게 기회를 주리라고 확신했다. 나를 처음 본 그때부터 사랑해 왔고 다른 여자를 마음에 품은 적이 단 한 번도 없으며 나 없이는 삶이 무의미하다고 말했다. 일에 전적으로 몰두하느라 나를 등한시했다는 말도 했다. 그렇게 그는 목소리가 다 가라앉고 눈물이 말라버릴 때까지 계속해서 자기 심정을 토해냈다.

호세 안토니오는 두 사람이 생각할 시간을 가져보라고 제안했다. 그러는 동안 나는 사크라멘토에서 오빠와 같이 지내기로 하고, 그렇게 가족들의 의문을 잠재울 수 있을 터였다.

마침내 파비안은 분위기가 진정될 때까지 휴전하는 것에 동의했다. 그 기간은 그가 아르헨티나를 여행하기로 한 시기와 딱 맞아떨어졌다. 그는 파타고니아의 어느 목장에서 홀스타인, 저지, 몽벨리아르드 품종을 교배하여 9백 마리의 소를 인공 수정시키기로 되어 있다고 느닷없이 얘기했다. 자기가 몇 주 동안 자리를 비울 테니 나도 다시 생각해 볼 시간을 가질 수 있을 거라고도 덧붙였다. 헤어질 때 그는 내 이마에 입을 맞추고는 오빠에게 내가 더 이상 미친 짓을 하지 않도록 돌아올 때까지 잘 돌봐달라고 부탁했다.

오빠는 우리 시댁 농장으로 전화를 걸어 홀리안과 통화했다. 그는 마장마술[1] 행사에 초대받아 그곳에 가 있었다. 알고 보니 홀리안은 승마 장애물 경기 챔피언이었는데, 내가 알지 못했던 그의 또 다른 재능이었다. 그는 경마 내기에서 돈을 잃어본 적이 한 번도 없을 정도로 말에 대해 잘 알았다.

"당장 사크라멘토로 오는 게 좋을 거야, 젊은이. 우리 이야기 좀 하자고." 오빠는 늦게 오면 용서하지 않겠다는 듯 위협적인 어조로 명령했다.

홀리안 브라보를 위협하는 것은 불가능했다. 그는 여러 해 동안 전쟁에서 목숨을 걸었던 남자였고, 익스트림 스포츠를 좋아해서 아마존의 중심부에서 낙하산을 타기도 하고 포르투갈에서는 세계에서 가장 높은 파도를 타기도 했으며, 위험한 안데스산맥의 봉우리를 밧줄도 없이 올랐다. 그는 죽음과 함께 춤추듯 살았다. 그의 집요한 무모함은 자연스럽게 그를 불법 거래로 이끌었지만 그건 더 나중에 마피아들에게 고용되었을 때의 일이다. 홀리안이 오빠의 소환에 응한 것은 겁이 나서가 아니라 나와 함께 보낸 밤의 여운이 길었고 계속 내 생각이 머리를 떠나지 않아서였다.

그는 다음날 첫 기차를 타고 사크라멘토에 도착했고, 그 주 내내 나와 함께 머물렀다. 그러고는 바바리아 호

---

1 세로 60미터, 가로 20미터의 마장에서 말을 다루는 기술.

텔로 돌아가 덴마크인들을 다시 문명의 세계로 태워가
기 위해 호수에 세워둔 수륙양용 비행기를 조종했다.

11장

홀리안과 나는 사랑을 나누고 화이트 와인을 마시는 것 외에는 달리 할 일 없이, 비밀스럽고 방탕한 시간을 보냈다. 나는 오빠에게 아무런 설명도 하지 않았다. 그러나 오빠는 그 무엇으로도 나를 설득할 수 없으며, 차라리 열정이 식고 내가 제정신이 들 때까지 기다리는 게 낫다는 걸 알았다. 나는 만족을 느끼는 순간 또다시 살아나는 달콤한 욕망의 늪에 빠졌다. 아무것도 그 남자에 대한 원초적인 갈증을 해소해 주지 않았기 때문이다. 나는 영원히 그의 품에 안겨 나를 내맡긴 채 방 밖의 세상, 얼어붙은 세상, 그가 없는 세상을 포기하는 상상을 하곤 했다.

나는 그의 호텔 방에서 알몸이거나 그의 셔츠로 가린 채로 지냈다. 바바리아 호텔을 떠날 때 입고 있던 옷밖에 없었기 때문이다. 나는 그를 기다리며, 분 단위 시간 단위로 시간을 세면서 그가 올 시간을 가늠해 보며 혼자 호텔에 머물렀다. 훌리안은 감금된 듯한 상태를 견디지 못해 승마 클럽도 가고 친구들의 농장으로 말을 타러 갔기 때문에 나는 혼자 있는 시간이 많았다. 문 밖에서 그의 발걸음 소리가 들리고, 곧이어 그가 운동으로 땀에 젖어 만족스러워하며 압도하는 기세로 미소를 지은 채 문지방에 서 있는 걸 보면 난 모든 걸 잊을 수 있었다. 우리가 함께했던 순간들과 그의 몸에 꼭 안겨 잠든 밤들은 내 의심을 떨쳐버리고 사춘기 소녀의 환상을 키우기에 충분했다. 나는 그를 사랑하는 불안감에 절대적으로 항복한 채 나 자신을 내맡겼는데, 세월이 흐른 지금에 와서 보면 이해가 되지 않는 일이다. 그때 나는 이성과 침착함을 잃었고, 그와 함께 있는 것 외에는 아무것도 중요하지 않았다.

나중에 그가 떠나게 되었을 때 나는 생존에 꼭 필요한 옷가지와 얼굴에 생기를 불어넣어 줄 빨간 립스틱을 샀다. 그리고 다시는 이전의 생활로 돌아가지 않겠다는 생각으로 호세 안토니오의 아파트에 정착했다. 파비안이 아르헨티나 여행에서 돌아와 꽃을 한 다발 들고 나를 찾아왔을 때도 그렇게 알렸다. 그는 죽어도 혼인 무효 처리를 해주지 않겠다고 거듭 말했고, 보아하니 그 빌어먹을 조종사가 사라져 버린 것 같은데 이제 혼자 어떻게 감당할 거냐고 물었다.

파비안이 생각한 것처럼 훌리안은 사라진 게 아니었

다. 그는 일하다가 시간이 나면 나를 보러 왔고, 만날 때마다 그가 아무런 노력을 하지 않아도 나를 옭아매는 사슬의 연결 고리는 저절로 더 강해졌다. 전쟁이 끝나자 그는 한동안 상업 조종사로 일했다. 그리고 수륙양용 비행기를 자기 소유로 한 대 마련할 수 있게 되자 활주로가 없는 곳에서 승객과 상품을 운송하는 일을 했다. 그림같이 예쁜 노란색 비행기였고, 사적인 의뢰가 들어와 남미를 돌아다녀야 할 때 타고 다녔다. 그때까지 이 나라 남쪽 지방은 낚시와 조류 관찰의 천국으로 알려져 있어서 종종 그는 고객을 태워 찾아오곤 왔다. 나는 우리가 함께할 시간을 시와 분 단위로 계산해 놓고 그를 맞이했고, 헤어질 때는 달력에 그가 떠나 있던 기간을 표시해 두었다.

홀리안은 나의 맹목적인 순수함 때문에 혼란스러웠을 것이다. 아마 계획했던 대로 나를 떼어내지 못하고, 모험 가득한 자신의 삶과는 어울리지 않는 사랑의 거미줄에 갇혀버린 기분이었으리라. 나는 고아처럼 불안해하며 그에게 집착했고, 눈앞에 산더미처럼 쌓인 장애물을 애써 외면하려 했다. 그러나 그의 저항을 물리친 것은 정작 그 장애물이 아니라 바로 후안 마르틴이었다.

호세 안토니오와 속을 터놓고 대화를 하던 중, 그가 나에게 죽을 때까지 홀리안 브라보의 애인으로 살 생각이냐고 물었다. 아니, 물론 내 계획은 그게 아니었다. 법적 남편의 고집이 꺾이자마자 홀리안의 아내가 될 생각이었다. 그때는 파비안의 양심이 몇 년씩이나 계속될 거라고는 상상도 하지 못했다. 그리고 나는 홀리안과 곧 결혼할 수 있을 거라고 확신했기 때문에, 그가 내게 불러일으킨 필사적인 열정으로 침대에서 서로를 희롱할 때 제대로 조심하지 않았다. 우리는 서로를 돌봤지만, 철저하지는 못했다. 가끔은 콘돔을 사용했는데 어떨 때는 잊어버리거나 서두르곤 했다. 나는 별다른 근거 없이 내가 불임이고, 그래서 결혼 생활을 하는 동안 아이가 없었다고 믿고 있었다. 수많은 부주의에서 비롯된 당연한 결과는 나를 깜짝 놀라게 했다.

다시 돌아온 홀리안은 내가 임신했다는 사실을 알게 되었다. 그가 처음 물은 것은 혹시 파비안의 아이는 아니냐는 것이었다.

"5개월 동안 만나지 않았는데 어떻게 그럴 수가 있겠어요?" 나는 기분이 상한 채로 대답했다.

분노로 얼굴이 벌게진 그는 성큼성큼 방 안을 돌아다니며 내가 일부러 그런 짓을 저질렀다고 비난했고, 만약 그걸로 자신을 옭아맬 생각이라면 크게 착각한 거라고도 했다. 절대로 자기 자유를 희생할 생각이 없으니 알아서 하라는 식으로 쏘아대던 끝에, 겁에 질린 내가 안락의자 위에 움츠린 채 울고 있는 것을 알아차렸다.

그는 최면상태에서 깨어난 사람처럼 순식간에 분노를 가라앉히더니 내 옆에 무릎을 꿇고 용서해 달라는 말을 중얼거렸다. 자기도 놀라서 그런 거라며, 당연히 내 잘못만은 아니고 자기에게도 책임이 있으며, 어떻게 문제를 해결할지 같이 결정해야겠다고 말했다.

"문제가 아니야, 훌리안. 우리 아기야." 내가 대답했다.

그 말은 그를 침묵시켰다. 그는 그 순간까지도 '우리의 아기'라는 사실을 받아들이지 못했던 것이다.

잠시 후 둘 다 진정이 되자 훌리안은 위스키를 마시며, 4대륙에서 30여 년 동안 연애를 하면서 아버지가 된다는 딜레마에 빠진 적이 없었노라 고백했다.

"그래서 당신도 불임이라고 생각했군요." 내가 한 말이었다. 그리고 우리는 안도와 즐거움이 뒤섞인 웃음을 터트리며, 이미 내 뱃속에서 표류하는 존재에게 환영 인사를 했다.

나는 파비안이 나의 임신 소식을 알게 되면 생각을 다시 해볼 거라고 믿었다. 뭐 하러 다른 남자의 아이를 임신한 여자와 결혼을 유지하겠는가? 그래서 나는 합의를 끌어내기 위해 그와 사크라멘토 제과점에서 만나기로 했다. 나는 싸울 준비를 하며 긴장해 있었지만 그는 내 두 손을 잡고 이마에 키스를 하며 단번에 나를 무장 해제시켰다. 그는 나를 만나 기쁘고, 내가 너무 보고 싶었다고 말했다. 차가 나오는 동안 우리는 사소한 이야기들도 하고 가족들의 근황도 나눴다. 나는 피아 이모가 복통으로 고생을 해서 몸이 약해졌다는 이야기를 해주었다. 야이마의 의식과 치료법이 소용이 없다는 것을 알게 된 필라르 이모는 동생을 사크라멘토에 있는 병원으로 데려가 검사를 받을 생각이라고 덧붙였다. 어색한 침묵이 뒤따랐고 나는 그 틈을 타 찻잔을 들어 얼굴을 반쯤 가린 채 재빨리 그에게 소식을 알렸다.

그는 놀라서 벌떡 일어섰고, 그의 눈에는 희망에 찬 미소가 춤을 추고 있었다. 그러나 그가 묻기도 전에 나는 그가 아버지가 아니라고 분명하게 말했다.

"당신은 사생아를 낳게 될 거야……." 그는 중얼거리며 의자에 몸을 기댔다.

"당신에게 달렸어, 파비안."

"결혼 무효화는 기대하지 마. 내가 그걸 어떻게 생각하는지 알잖아."

"이건 원칙의 문제가 아니라 악의 문제야. 당신은 나에게 상처 주고 싶은 거야. 좋아, 다시는 무효화를 요구하지 않을게. 하지만 재산의 절반을 나한테 주어야 해. 사실 내가 전부 가질 자격이 있지만. 결혼한 이후로 내가 당신을 먹여 살렸고, 공동 예금 계좌에 있는 돈도 내가 벌었으니까 말이야."

"집을 나간 사람에게 권리가 남아 있을 거란 생각은 어디서 나온 거지?"

"소송을 걸어서라도 요구하겠어, 파비안."

"당신 오빠에게 물어봐, 어디 어떻게 되나 보자고. 변호사잖아? 은행 계좌는 내 이름으로 되어 있어. 집과 우리가 가진 나머지도 마찬가지고. 당신 말처럼 당신을 상처 주려는 게 아니라 당신을 보호하려는 거야, 비올레타……."

"무엇으로부터?"

"당신 자신으로부터. 당신은 미쳤어. 나는 당신의 남편이고 내 영혼을 다해 당신을 사랑해. 항상 사랑할 거야. 나는 모든 것을 용서할 수 있어, 비올레타. 우리가 화해하기에 아직은 늦지 않았어……."

"나 임신했다고!"

"상관없어, 난 당신 아들을 내 아들처럼 키울 준비가 되어 있어. 나 좀 도와줘, 제발……."

그로부터 1년 반이 지나서야 파비안을 다시 만났다. 호세 안토니오는 내가 당연히 받을 수 있으리라고 생각했던 돈을 한 푼도 받지 못할 거라고 확인해 주었다. 얼마가 되든 내가 받을 수 있게 된다면 그 액수는 남편의 호의에 달려 있다고 했다. 나는 그 후 몇 달 동안 오빠의 아파트와 사무실을 오가며 지냈다. 나는 카사스 루스티카스의 고객 몇 명을 제외하고는 아무도 만나지 않았다. 그리고 전화로 이모들과 리바스 가족, 조세핀, 테레사에게 소식을 알렸다. 이모들을 제외하고 모두가 나를 축하해 주었다. 내가 파비안을 떠난 것을 알게 되었을 때 이미 충분히 고통을 겪은 이모들은 나의 임신 소식에 몽둥이질을 당한 기분이었다. 그녀들의 유일한 위안은 우리가 집안사람들, 그리고 수도의 추문에서 멀리 떨어져 있다는 점이었다.

"애야, 맙소사, 우리 집안은 사생아라곤 아무도 없었단다……." 피아 이모가 흐느끼며 말했다.

"이모, 몇 명이나 있어요. 그렇지만 집안 남자들 쪽 문제라 아무도 신경 쓰지 않았을 뿐이지요." 나는 그렇게 설명했다.

배가 나오기 시작하자 나는 파비안의 가족과 서로 잘 아는 친구들을 피하기 위해 반쯤 숨어 지냈다.

내 아들은 피아 이모가 일련의 검사를 받기 위해 입원한 바로 그날, 사크라멘토의 병원에서 태어났다. 덕분에 나는 사랑하는 두 이모들, 그리고 남편 행세를 한 호세 안토니오와 동행했다. 미스 테일러와 테레사는 여성들이 대통령 선거와 의회 선거에서 투표권을 획득하는 성과를 거두었기 때문에 찾아오지 못했다. 테레사는 그것을 위해 수년 동안 싸웠으며, 감옥에서 승리를 맞았다. 그녀는 폭동을 일으키고 파업을 선동했다는 이유로 다시 감옥에 갇혀 있었다. 그러나 바로 그 주에 석방되었기에 거리에 나가 춤을 추며 여성 투표권을 축하할 수 있었다.

홀리안은 우루과이에 가 있었다. 그는 일주일 후 아기가 이미 세례를 받고 후안 마르틴 브라보 델 바예라는 이름으로 시민 등록부에 등록되었을 때 출산 소식을 알게 되었다. 나는 후안 키로가 신부를 기리기 위해 아들의 이름을 후안이라고 지었고, 그래서 평생 아들이 그의 보호를 받기를 바랐다. 마르틴이라는 이름은 내가 늘 그 이름을 좋아했기 때문에 붙였다.

그 아이는 홀리안을 변화시켰다. 그는 자신이 초월을 원하는 나이에 이르렀다는 것을 의심하지 않았다. 그의 아들은 그에게 다시 살 기회, 자신이 갖지 못한 기회를 제공하고 자신의 더 완전한 버전을 만들 수 있는 기회, 그러니까 연속성을 의미했다. 훌리안은 후안 마르틴을 대담하고 용감하며 모험심 넘치고, 삶을 사랑하고, 자유 분방한 영혼을 가진 자기 자신처럼 키울 생각이었다. 하지만 후안 마르틴이 자신보다는 더 고요한 마음을 지니길 원했다. 훌리안은 어릴 때부터 행복을 추구했지만 손에 쥐었다고 생각한 마지막 순간에 행복은 멀어져 버렸다. 이것은 그의 프로젝트에서도 마찬가지였다. 항상 더 흥미로운 또 다른 프로젝트가 저쪽에서 나타나곤 했다. 전쟁 영웅 훈장과 승마 챔피언 메달, 비행술, 시도하는 것마다 이루어낸 성공, 중후한 목소리, 어디에 가든 관심의 중심이 되는 재주, 그 무엇으로도 그는 만족하지 않았다. 더 나은 것에 대한 끝없는 탐색은 애정과 사랑에도 적용되었다. 그에게는 가족이 없었고, 친구도 자기 목적에 소용이 없으면 즉시 벗어났으며, 수집가의 열의로 여성을 유혹하고 더 매력적인 다른 여성이 자기 앞에 나타나면 버리는 사람이었다. 그래서 아들만은 그 영원한 불안으로 고통받지 않고 행복한 사람이 되기를 바랐으며, 그렇게 되도록 자기가 돌볼 것이었다.

우리는 사크라멘토 구시가지의 작은 집에 정착했다. 그 동네에는 100년 된 나무들이 있었고, 비가 내리고 안개가 끼는 겨울에도 보도에는 야생 장미가 마법처럼 자랐다. 훌리안은 지리적 위치 때문에 고객들을 선별하기 시작했다. 집을 오래 비우지 않고 아들과 시간을 보내기 위해서였다.

우리가 평범한 가족처럼 함께 살기 시작했을 때, 훌리안은 그의 소규모 항공 운송 회사를 합리적으로 관리할 수 있도록 나를 채용했다. 웃음을 주체하지 못하며 그 스스로 인정한 대로 그는 2 더하기 2도 모를 정도였다. 우리는 장부를 두 가지로 관리했는데, 하나는 공식 장부였고 다른 하나는 우리만 아는 장부였다. 세무 부서와 때로는 경찰도 살펴보는 첫 번째 장부에는 날짜, 장소, 거리, 승객, 화물 등 항공편의 세부 정보가 기록되었다. 두 번째 장부는 고객의 신원, 픽업 및 착륙 장소, 날짜를 표시했다. 그 장부에 적힌 고객들은 유대인 홀로코스트 생존자들이었다. 그들은 거의 모든 라틴아메리카 국가들이 받아주지 않았기 때문에 감시가 없는 경로를 통해 이 땅에 들어왔고, 우호 단체들의 도움을 받거나 뇌물을 주고 정착했다. 전쟁이 끝난 후 이 나라는 수백 명의 독일 이민자를 받았다. 이들은 독일이 패하자 이름은 바꿀 수밖에 없었지만 이념은 바꾸지 않은 나치당이 피신시킨 사람들이었다. 그러나 이따금 잔혹 행위로 고발된 범죄자가 유럽의 법정을 피해 도피하는 경우도 있었다. 훌리안은 적절한 대가를 받고 그를 자기 비행기에 태워 이 나라로 실어다 주었다. 유대인이건 나치건 훌리안은 자기가 정한 액수만 받으면 상관하지 않았다.

필라르 이모는 농장의 여름 일거리가 기다리고 있는 산타클라라로 돌아갔다. 피아 이모는 암 치료를 받기 위해 우리와 함께 병원에 남았다. 이모는 후안 마르틴을 처음 품에 안자마자 적법한 혈연관계가 아니라는 사실도 잊고 할머니가 되어 아이를 어르는 즐거움에 빠졌다. 그것이 이후 이 세상에서 남은 그녀의 11개월 동안 위안이 되어 주었다. 이모는 침대나 소파에 누워 아이를 안고 낮게 노래를 부르며 재우곤 했다. 그게 의사가 처방한 알약보다 그녀의 통증을 가라앉히는 데 더 효과가 있다고 그녀는 말했다.

사람들은 내가 후안 마르틴에게 모유를 먹이는 동안은 또 임신하는 일은 없을 거라고 장담했지만, 결과적으로 그건 당시에 널리 퍼져 있던 여러 헛소문의 하나였다. 아들의 영향 덕에 부드러워진 훌리안은 내가 두 번째로 임신했을 때는 그렇게 야단스러운 반응을 보이지는 않았다. 그러나 그걸로 마지막이라는 걸 달리 해석할 필요도 없도록 분명히 알려주었다. 그는 자기 인생을 아이들로 채울 생각은 없었다. 이미 아들 하나로도 책임감에 얽매이고 자유를 잃었다고 그는 말했다.

사실 훌리안은 여전히 이전만큼이나 자유로웠다. 나는 그의 여행을 한 번도 반대하지 않았고 그 역시 가족의 의식주에 기여한 바가 거의 없었기 때문에, 자유를 잃었다는 그의 말은 과장이었다고 생각한다. 그는 마치 가까운 친척이 호의를 가지고 편히 들르듯 자유로이 오가는 사람이었다. 최신형 카메라나 나에게 줄 보석은 망설임 없이 사왔지만 전기 요금이나 수도 요금은 낸 적이 없었다. 나는 돈을 충분히 벌었기 때문에 걱정하지 않고 결혼 생활 때처럼 집안 살림을 꾸렸지만, 파비안은 내게 평생 잊지 못할 교훈을 가르쳐주었다. 돈을 버는 것으로는 충분하지 않으며, 돈을 지킬 줄 알아야 한다는 것. 지금은 논쟁의 여지가 없다고 여겨지지만 젊은 시절에는 그 깨달음이 참 새로웠다. 우리 여성은 처음에는 아버지, 나중에는 남편의 부양을 받는 존재로 여겨졌다. 상속을 받든 스스로 벌든 자기 소유의 재산이 있는 경우에도 이를 관리할 남자가 필요했다. 투자는 고사하고 돈에 대해 이야기하거나 돈을 버는 것은 여성적이지 않았다. 나는 훌리안에게 내가 돈을 얼마나 갖고 있으며 어떻게 쓰고 있는지 말하지 않았다. 저축한 돈이 있다거나, 그의 도움 없이 사업을 하고 있다는 얘기도 하지 않았다. 우리가 결혼하지 않았다는 사실은 결혼한 상황이라면 불가능했을 독립성을 나에게 안겨주었다. 기혼 여성은 남편의 동의와 서명 없이는 은행 계좌를 개설할 수 없었다. 내 경우 파비안의 서명이 필요했다. 그런 장애를 피하기 위해 내 계좌는 호세 안토니오 명의로 되어 있었다.

12장

　피아 이모는 원주민 치료사인 야이마가 우리에게 준 기적의 식물 덕분에 우리 집에서 조용히, 거의 고통 없이 죽었다. 토리토는 기적의 약초가 여러 가지 병을 낫게 하는 데 도움이 되었기 때문에 농장에서 직접 재배를 했다. 그리고 야이마의 지시에 따라 씨앗과 잎을 적절하게 사용했다. 파쿤다는 그 풀로 환자가 먹을 쿠키를 구워 기차로 보내주었다. 마지막에 환자가 더 이상 소화를 하지 못하자 토리토가 팅크로 준비해 주어서 나는 스포이드로 환자의 혀 밑에 떨궈 주기도 했다. 피아 이모는 마지막 며칠 동안 거의 종일 잠을 잤고, 드문드문 의식이 드는 순간이면 후안 마르틴을 데려와 달라고 부탁했다. 그녀는 아무도 알아보지 못했지만 아이만은 알아보았다.

"너는 여동생이 생길 거야." 이모는 죽기 전에 아들에게 속삭였다. 그렇게 나는 여자아이를 낳게 될 줄 미리 알게 되었고 미리 적당한 이름을 생각하기 시작했다.

우리는 이모를 이모가 원한 대로 나우엘의 작은 공동 묘지에 묻어드렸다. 수도에 있는 가족 묘소에 묻었다면 기억도 나지 않는 고인들 틈에 머물게 되었겠지. 그날 아침에 내 결혼식 때처럼 마을 사람 모두가 이모를 배웅하러 왔고, 야이마가 이끄는 원주민 대표단은 북과 피리로 그녀에게 경의를 표했다. 빛나는 날이었다. 대기는 아카시아 향기로 가득하고 하늘에는 구름이 없었으며, 햇살로 데워진 습한 대지 위에 수증기의 베일이 드리워졌다.

이모의 관을 받아줄 무덤 주변에서 나는 파비안을 다시 보았다. 그는 도시적인 정장에 검은색 넥타이를 매고 와 있었다. 1년 만에 본 그는 그 사이에 확 늙어버린 듯 머리도 하얘지고 더 근엄해 보였다.

"나는 당신의 이모를 정말 좋아했어. 그녀는 항상 나를 애정으로 대했지." 내 손수건이 흠뻑 젖은 것을 본 그가 자기 손수건을 하나 건네면서 말했다.

필라르 이모, 리바스 가족, 심지어 토리토와 파쿤다까지도 애틋한 마음을 가득 담아 그를 안아주었다. 마치 파비안은 우리 가족인데 그런 그를 배신했다고 나를 비난하는 것처럼 느껴질 정도였다. 가족들은 산타클라라에서 같이 점심을 먹자고 그를 초대했다. 파쿤다는 그녀의 특선 요리 중 하나인 고기와 치즈를 곁들인 감자 파이를 점심 식사로 준비해 두고 있었다.

"그 남자는 당신과 같이 오지 않은 모양이군." 우리가 조금 떨어져 나온 어느 순간 파비안이 말했다.

나는 훌리안이 승객을 몇 명 태워 남쪽 열도 지역을 비행하는 중이라고 대답했다. 반쯤은 핑계였다. 사실은 우리 가족들이 훌리안에게 호의적이지 않았기 때문이다. 필라르 이모는 그가 못된 술책으로 나를 유혹한 바람둥이 호색가이자 도박꾼이며 내 삶과 결혼 생활, 명성을 무너뜨렸으며 나를 임신시키고는 사실상 버린 거나 마찬가지라고 굳게 생각했다.

밖에서 보면 맞는 말이지만 보이는 것처럼 단순한 것은 하나도 없다. 부부의 내밀한 관계 안에서 어떤 일이 일어나는지, 왜 다른 사람 눈에는 용서받지 못할 일을 누군가는 견디는지 아무도 모른다. 훌리안은 눈부신 남자였다. 나는 그와 견줄 만한 사람을 만나지 못했다. 그 누구도 강력한 자석처럼 타인을 사로잡지 못했다. 남자들은 그를 따라다니며 흉내 내거나 도전하려 했고, 여자들은 등불 주위를 맴도는 나방처럼 그의 주위를 맴돌았다. 그는 활기차고 똑똑했으며 훌륭한 이야기꾼이자 익살꾼이었다. 과장을 하고 거짓말도 했지만 그것 또한 그의 매력이었고 아무도 그런 걸로 비난하지 않았다. 우리가 싸우고 나면 그는 사과하기 위해 그 오페라 가수 같은 목소리로 길에서 세레나데를 불러주는 것과 같은, 거부할 수 없는 유혹적인 속임수를 생각해 내기도 했다. 나는 그의 엄청난 결점에도 불구하고 항상 그를 존경했다.

나는 홀리안이 나를 선택했다는 것이 자랑스러웠다. 그것은 내가 특별하다는 증거이기도 했다. 후안 마르틴이 태어날 때부터 우리는 남편과 아내로 서로를 소개하고 부부로서 사회생활을 하기로 결정했다. 뒤에서 험담이 들끓고 있다는 건 잘 알았다. 호세 안토니오가 미리 경고한 대로 나는 어떤 동호회에서는 거절당하기도 했다. 오빠 친구의 아내들은 나를 환영하지 않았고, 회사는 나와 거래하지 않겠다는 고객을 두 명이나 잃었다. 나도 굳이 입구에서 나를 막아설지도 모르는 사크라멘토의 클럽들에 가는 모험을 감수하지 않았다. 물론 슈미트-엥글러 집안은 말할 것도 없이, 독일 이민촌의 어느 누구도 나를 받아들이지 않았다. 내가 어쩌다 그 사람들과 지나칠 일이 있을 때면 그들은 경멸이 담긴 표정으로 나를 위아래로 훑어보았다. 맹세하건대 그들 중 누군가는 작은 목소리로 나를 '창녀'라고 불렀을 것이다.

반면에 홀리안은 어디든지 쏘다녔다. 그는 죄가 없었다. 오직 나만이 부정한 여자이자 첩이었고, 애인의 아이를 임신한 채 겁 없이 뽐내고 다니는 제멋대로인 여자였다. 나를 너무나 사랑해 주고 키워준 이모들조차 내 행동이 도덕에 어긋난다고 생각했으니 다른 사람들이 나를 어떻게 판단할지는 안 봐도 뻔했다.

"걱정하지 마. 조만간 파비안도 결혼하고 가족을 갖고 싶어질 테고, 그러면 애쓰지 않아도 혼인 무효를 제안하러 올 거야." 홀리안은 그렇게 말했다.

그의 저항하기 힘든 매력이 우리에게 문을 열어주었다. 그는 자기 모험 이야기를 하기도 하고 수많은 레퍼토리 중에서 로맨틱한 곡을 골라 부르기 시작했다. 그러자 그의 주위로 사람들이 몰렸다. 여자들은 그에게 거부할 수 없는 매력을 느꼈고, 나는 내가 선택된 사람이라는 점 때문에 우쭐해지고는 했다. 나는 2년 동안, 그러니까 다시 임신할 때까지 홀리안과 행복하게 지냈다.

딸이 태어나기를 기다리는 동안, 나는 내가 여전히 비범한 사랑을 하고 있다고 믿었다. 홀리안이 나에게 흥미를 잃고 자신의 삶에 만족하지 못하는 명백한 징후가 이미 보이기는 했다. 임신으로 망가진 내 몸에 대한 그의 혐오감이 느껴졌지만 나는 그것이 스쳐 지나가는 불행이라고 생각했다. 그는 거실 소파에서 잤고 나를 만지는 것을 피했으며, 또 다른 아이는 원하지 않는다고 자주 상기시켰고, 자기도 나만큼 임신에 일조했다는 사실을 받아들이지 않은 채 내가 그를 옭아맸다고 비난했다.

그가 집에 머무른 건 오직 후안 마르틴 때문이었을 것이다. 아이는 아직 두 살도 되기 전인데, 아이 아빠는 자기 뜻대로 아이를 남자로 만들겠다고 훈련을 시키고 있었다. 호스의 물을 뿌리며 아이를 쫓아다니기도 하고 어두운 곳에 가두기도 했으며, 토할 정도로 공중회전을 시키기도 하고 매운 소스 한 방울을 아이 입술에 떨어뜨리기도 했다. '남자는 울지 않는다'가 그의 좌우명이었다. 후안 마르틴의 장난감은 플라스틱 총이었다. 언젠가는 토리토가 아이에게 토끼 한 마리를 선물했는데, 아이 아빠는 여행에서 돌아오자마자 아이가 키우던 토끼를 내다버렸다.

"남자는 토끼를 갖고 놀지 않아. 애완동물을 원하면 개를 사주마."

나는 개를 돌볼 시간도 기운도 없었기 때문에 싫다고 했다.

내가 살이 쪄가는 동안 그는 다른 여자와, 어쩌면 여러 여자들과 바람을 피우고 있었던 것 같다. 그는 지루하고 초조해 보였고, 쉽게 이성을 잃었고 때리고 맞는 기쁨을 위해 다른 남자들과 시비를 벌이기도 했으며, 경마, 자동차 경주, 당구, 룰렛, 그리고 손이 닿는 모든 종류의 도박성 게임을 일삼았다. 그러다가 문득 가장 부드럽고 세심한 동반자가 되어 나에게 관심과 선물 세례를 퍼붓고 평범한 아빠가 되어 후안 마르틴과 놀아주었으며, 셋이 소풍을 가기도 하고 호수에서 수영도 했다. 그러면 내가 품었던 원망은 사그라지고, 다시 그의 무조건적인 연인이 되었다.

나는 아이를 보호해야 할 때를 제외하고는 훌리안의 폭발에 개입하지 않는 것을 강제로 배우게 되었다. 그는 감당도 못할 만큼 술을 마시거나 도박을 하지 말라고 내가 충고하려 들면 계속 모욕감을 느끼다가 두 사람만 있을 때 주먹질을 했다. 얼굴은 절대로 때리지 않았고 손찌검 흔적이 남지 않도록 신경을 썼다. 우리는 검투사처럼 맞붙었다. 그의 주먹질에 느낀 두려움보다 분노가 더 컸기 때문이다. 그러나 나는 항상 바닥에 패대기쳐지고 말았다. 그러면 그는 왜 그랬는지 모르겠다고, 당신이 자극하면 통제력을 잃게 된다며 용서를 구했다.

싸울 때마다 나는 영원히 떠나버리겠다고 맹세했고, 싸움이 끝나면 우리는 서로를 부둥켜안고 있었다. 이 뜨거운 화해는 어떤 사소한 이유로 다시 폭발할 때까지 한동안 이어졌다. 마치 압력이 차오를 때까지 화가 쌓이면 어느 시점에 뿜어내야 하는 것 같았다. 그러나 그 증오스러운 싸움이 다시 찾아올 때까지, 그 사이에 우리는 행복하게 지낼 수 있었다. 싸움이 늘 손찌검으로 이어지는 것은 아니었다. 대개 언어폭력이었다. 훌리안은 상대의 가장 취약한 부분을 알아채는 보기 드문 능력이 있었고, 그래서 가장 아픈 곳을 공격했다.

그 비열한 전쟁을 아는 사람은 아무도 없었다. 사무실에서 매일 만나는 호세 안토니오도 몰랐다. 나는 훌리안의 폭력을 참고 지낸다는 게 부끄러웠고, 그를 용서하고 있다는 사실은 더욱더 부끄러웠다. 나는 성적인 열정의 노예였으며 그가 없으면 길을 잃을 거라는 믿음에 사로잡혀 있었다. 어떻게 아이들을 키워갈 것인가, 두 번이나 실패를 겪고 어떻게 사회와 가족을 마주할 것인가, 버림받은 연인이라는 수식어를 어떻게 견디고 살 것인가. 나는 훌리안과 함께하기 위해 결혼 생활을 파기하고 세상에 도전장을 내밀지 않았는가. 내가 만든 전설이 실수일지 모른다는 걸 받아들일 수 없었다.

출산 예정일을 열흘 앞두고 우리는 아기가 가로로 누워 있다는 사실을 알게 되었다. 나는 피아 이모가 더 이상 우리 곁에 없다는 사실이 다시 한번 아쉬웠다. 이모가 가끔 마법의 손을 사용해서 송아지가 태어나기 전에 자세를 바로잡아 주는 것도 보았고, 자궁에 있는 아기를 돌려서 제자리에 맞춰주는 것도 몇 번 본 적이 있었기 때문이다. 이모는 자신이 영혼의 눈을 통해 아이를 선명하게 볼 수 있고 마사지와 사랑의 에너지, 우주 만물의 어머니인 성모 마리아께 드리는 기도로 아이를 움직일 수 있다고 했다. 나는 농장으로 찾아갔고, 브루노 삼촌은 내가 야이마의 조언을 들을 수 있도록 태워다 주었다. 그러나 야이마는 그런 문제에 대해선 피아 이모보다 능력이 부족했다. 그녀는 주문을 외며 북을 두드리는 제식을 해주고, 내 배를 문지른 뒤 약초로 우려낸 차도 마시게 했지만 아무런 변화가 없었다. 의사는 합병증을 피하기 위해 제왕절개를 하기로 결정했다.

훌리안과 나는 기념비적인 싸움을 한 차례 한 뒤였고 일주일 이상 냉전이 이어졌다. 그가 댐 건설을 계획하고 있는 엔지니어들을 태우러 수도로 가 있는 동안 젊은 여자가 그를 찾으러 집에 왔다. 그녀는 훌리안의 여자 친구라고 자기를 소개했다. 그 불행한 아가씨가 무슨 생각을 했을지 나는 상상이 간다. 얼굴은 얼룩덜룩하고 초췌하며, 부푼 다리에 수박만 한 배를 안고 간신히 균형을 잡으며 훌리안의 아내라고 주장하는 여자를 만났으니 말이다. 나는 그녀도 나 자신도 너무 안쓰럽고 가

여웠다. 그녀를 거실로 데려가 레모네이드를 한 잔 권했고 우리는 함께 울었다.

"그는 우리의 사랑이 섭리라고 했어요." 그녀가 더듬거리며 말했다.

"나를 만났을 때도 똑같은 말을 했지요." 나는 대답했다.

그녀에 따르면, 훌리안은 그녀에게 자신은 자유로운 처지며 결혼한 적이 없고, 평생 그녀를 기다리며 살았다고 자신 있게 말했다.

나는 그들 사이의 문제가 어떻게 해결되었는지 결코 알 수 없을 것이다. 훌리안이 떠나 있는 여러 날 동안 나는 상반된 감정으로 롤러코스터를 탔다. 나는 멀리 떠나 다시는 그를 만나지 않고 영원히 벗어나 다른 나라에서 신원을 바꿔 살고 싶었다. 그러나 출산을 앞둔 나로서는 꿈도 꾸지 못할 일이었다. 금세 팔에는 갓난아기를 안고 치맛자락에는 두 살짜리 사내아이가 매달려 있을 터였다. 아니다, 나는 어떤 이유로든 집을 떠나면 안 됐다. 대신 그를 내쫓아야 했다. 최근에 만든 그 여자 친구와 함께 꺼져버리라고, 나와 아이들의 인생에서 사라지라고 밀어내야 했다.

사흘 후 훌리안은 후안 마르틴에게 줄 황동 탱크와 나에게 줄 청금석 목걸이를 가지고 돌아왔다. 나는 이미 있는 대로 눈물을 다 쏟아내고, 분노와 절망이 하이에나의 표독스러움으로 뒤바뀐 채였다. 소리를 지르고 손톱으로 얼굴을 할퀴며 그를 맞았다. 나를 제압하고 나자 그는 장황하고 요사스러운 말을 해댔다. 사악한 논리로 현실을 왜곡하고 내 논리력을 무력화시키는 말들이었다.

"비올레타, 당신에게 질투할 권리가 있다고 생각해? 나에게 뭘 더 원하는 거야? 나는 당신을 처음 본 순간 사랑에 빠졌어. 당신은 나를 붙잡아 둘 수 있었던 유일한 여자였고, 내가 아내로 원했던 유일한 여자였어."

"사랑이 너무 금방 끝났잖아!"

"당신이 변했기 때문이야. 내가 알던 그 소녀는 조금도 남아 있지 않아."

"시간은 당신에게도 흘러."

"나는 언제나 그대로야. 그러나 당신은 당신의 일, 당신의 사업, 돈 버는 것만 중요하지. 마치 내가 가족을 부양할 능력이 없는 것처럼."

"그럴 생각이 있으면 해보지 그래……."

"행여나 나한테 기회를 주겠다고?" 그는 소리를 지르며 내 말을 끊었다. "당신은 나보다 당신 오빠를 더 존경하잖아! 당신은 더 이상 내가 원하는 짝도 연인도 아니지만 내 아들의 엄마이기 때문에 내가 아직 당신 곁에 있는 거야. 당신은 살찌는 걸 방치했고 첫 임신으로 몸매도 망가졌어. 나는 이런 재앙은 생각하고 싶지도 않아. 당신은 아름다움, 여성스러움, 젊음을 잃었어."

"나는 겨우 서른한 살이야!"

"50대로 보여. 좋은 시절 다 갔어. 당신 외모와 태도로는 아무리 간절한 남자랑도 잘 수 없어. 당신이 안타까워. 그게 모성의 대가라는 것은 알고 있어. 자연은 여성에게도 무자비하지만, 끊임없이 욕구를 충족시켜야 하는 남성에게도 잔인한 건 마찬가지야."

"우리 두 사람의 아이들이야, 훌리안. 당신도 나도 내키는 대로 불륜을 저지를 순 없어."

"나는 수도승처럼 살 수 없어. 세상은 젊고 매력적인 여자로 가득 차 있어. 여자들이 나를 졸졸 따라다니는 거 당신도 눈치챘잖아. 그녀들에게 저항하려면 내가 불구여야 해."

그는 내 심장이 갈가리 찢길 때까지 계속 그런 말을 했다. 그제야 내가 심신이 너덜너덜해진 걸 본 그는 사랑스럽게 나를 팔에 안아 아기처럼 흔들기 시작했다. 우리가 은행 계좌를 새로 만들고 다시 시작하면 된다는 약속으로 나를 위로했다. 사랑을 되살리기에 아직 늦지 않았다고, 내가 내 몫을 다하고 더 이상 아이를 갖지 않으며, 다이어트를 해서 예전 모습을 되찾겠다고 약속만 하면 된다고, 나를 도와줄 테니 우리 같이 해보자고 했다. 그런 다음 파비안에게 결투를 걸어서라도 결혼 무효를 받아낼 테니 그때 가서 결혼을 하자고 말했다.

그렇게 해서 나는 불임수술에 동의했다.

훌리안은 제왕절개로 아이를 낳을 때 나팔관을 묶는 수술을 같이 하자고 했다. 의사가 내 남편이었다면 묻지 않고 수술을 했을 테지만 남편이 아니니 내 동의를 받아야 했다. 나는 동의했다. 그게 내 곁에 머물기 위해 훌리안이 내건 조건이었기 때문이다. 아이가 둘이면 충분

217

하다는 생각도 했다. 강압적으로 그랬다는 기분이 들어 극복하기 힘든 원망을 그에게 품게 될 거라는 생각을 그때는 하지 못했다.

미스 테일러는 그 사실을 알게 되자, 왜 훌리안은 아이를 더 낳고 싶지도 않으면서 정작 자신은 정관 절제술을 받지 않느냐고 물었다. 그녀는 시대를 앞서간 사람이었다. 나는 훌리안 앞에서 그런 말을 차마 하지 못했을 것이다. 그것은 범죄자들을 처벌하는 방법이었고, 훌리안에게는 남성성에 대한 공격이나 다름없었기 때문이다. 나의 여성성에 대한 훼손은 그보단 덜 중요했다.

내 딸은 화산이 연기를 내뿜고 산기슭까지 눈이 덮인 아침에 태어났다. 나는 마취로 여전히 혼미한 상태에서 병실 창문을 통해 저 멀리 사파이어색 하늘을 배경으로 자욱한 연기 깃털과 흰 망토를 걸친 장엄한 화산의 모습을 보았고, 그래서 아이의 이름을 니에베스[1]로 정했다. 내가 미리 골라 둔 이름 중에는 없는 이름이었다. 훌리안은 나를 기쁘게 해주고 싶어서 그러자고 했다. 원래는 자기 어머니 이름인 레오노라를 골랐었는데, 나는 그 이름을 들으면 리바스 농장의 암소가 떠올랐다.

수술은 예상보다 간단하지 않았다. 나는 감염으로 2주 동안 누워 있어야 했으며 상처가 치유되는 데 오랜 시간이 걸렸고, 배에는 당근처럼 튀어나온 불그스름한 흉터가 남았다. 훌리안은 나를 돌보기 위해 최선을 다했

---

1 니에베스(Nieves)는 스페인어로 '눈'이라는 뜻이다.

다. 아마도 그는 생각보다 나를 더 사랑했거나, 아니면 혼자 두 아이를 책임져야 할지도 모르는 불행에 겁먹었을지도 모른다.

조세핀 테일러는 일하던 학교에 허락을 구해 한 달 동안 나를 돌봐주었다. 그 참에 우리는 마지막으로 함께한 이후로 서로 어떻게 지냈는지 이야기했다. 테레사는 감옥에서 입을 옷과 세면도구를 가방에 담아놓고 산다고 했다. 소란을 피운다는 이유나 당시 비밀지하 활동 중이던 공산당의 동조자라는 이유로 자주 감옥을 드나들었기 때문이다. 경찰이 그녀를 봐줄 때도 있었다. 그녀는 좀 별난 여자여서 다른 수감자들은 그녀를 영웅처럼 환영하곤 했다. 상습범으로 자꾸 들어오는 테레사를 보느라 지친 판사들은 며칠만 지나면 품위 있는 숙녀로 행동하라는 소용없는 권고와 함께 풀어주었다. 테레사는 여성의 참정권을 위해 수년 동안 싸우다 보니 끌어안아야 할 명분들이 매우 많았다. 해야 할 일이 아직도 많이 남아 있다고 미스 테일러는 말해 주었다. 내가 한 번도 생각하지 못한 여성의 요구사항이 여러 가지 존재했다. 몇 달 후 여성들은 다음 대선에서 처음으로 투표할 수 있게 되었고, 테레사는 집집마다 다니며 투표 절차를 설명했다. 우리가 그 권리를 행사하지 않으면 아무것도 바뀌지 않을 것이기 때문이었다. 나는 선거인 명부에 등록조차 하지 않은 상태였다.

선교사 복장을 한 조세핀은 이제 포동포동한 부인이 되었고, 반백의 머리칼에 피부에는 잔주름과 붉은 실핏

줄이 생겼지만 동그란 푸른 눈과 젊은 시절의 에너지는 그대로였다. 호세 안토니오는 내 건강을 챙겨본다는 구실로 매일 찾아왔지만 진짜 이유는 평생 하나뿐인 사랑을 만나기 위해서였다. 오빠 역시 외롭게 생활하느라 일찍 늙었다. 동백꽃이 만발한 대저택 시절처럼 미스 테일러와 흥겹게 차를 마시고 도미노 게임도 하는 모습을 보며 나는 키로가 신부에게 이제는 미스 테일러가 청혼을 받아주게 해달라고 청할 생각을 했다. 그러나 그것은 테레사를 생각하면 못할 짓이었다.

후안 마르틴이 여덟 살이 되자 이미 아빠의 외모를 닮지 않고 성격도 물려받지 않았다는 게 분명해졌다. 그는 조용한 아이였다. 혼자서도 몇 시간이고 즐겁게 놀았고, 좋은 학생이었으며, 조심스럽고 수줍음이 많았다. 남자다움을 일깨우겠다고 시도한 아빠의 거친 게임들은 아이에게 공포를 불러일으켰다. 그는 악몽과 천식을 앓았고 꽃가루, 먼지, 깃털, 견과류에 알레르기가 있었지만, 일찍 성숙한 지능과 저항할 수 없는 다정한 성격을 가진 아이였다.

훌리안은 그 아이에게 불가능한 것을 요구했고, 자신의 실망감을 숨기지 않았다. "언제까지 응석을 다 받아줄 거야, 비올레타! 당신은 아이를 계집애로 키우고 있어." 그는 후안 마르틴이 보는 앞에서 그렇게 소리쳤다. 그건 그의 강박이었다. 그의 눈에 비친 건 동성애의 불안한 징후들이었다. 아이는 책을 너무 많이 읽었고 학교에서는 여자아이들과 어울렸으며 머리를 길게 길렀다. 홀리안은 술을 마시고도 절대로 취하지 않는 법을 가르친다며 아이에게 억지로 포도주를 먹이곤 했다. 돈을 따든 잃든 태연할 줄 알아야 한다고 아이가 포커에 용돈을 걸도록 강요하기도 했다. 억지로 축구도 시켰다. 아이는 그런 것들에 조금도 소질이 없었다. 홀리안은 사냥이나 권투 시합에 후안 마르틴을 데려갔고, 아이가 상처 입은 동물이 가엾어 울거나 잔인한 장면들을 보지 않으려 눈을 가리면 불같이 화를 냈다. 내 아들은 자기가 하는 일은 그 무엇도 아버지를 만족시키지 않으리라는 걸 알았으면서도, 아버지의 인정을 받으려는 불가능한 열망을 품은 채 자랐다. "네 여동생에게 좀 배워라." 홀리안은 아들에게 말하곤 했다. 니에베스는 그가 아들에게 원하는 모든 속성을 가지고 있었다.

니에베스는 세상에 처음 모습을 드러냈을 때부터 아름다웠다. 인형 같은 얼굴에 눈을 크게 뜬 채 별로 힘들이지 않고 태어났고, 배가 고파 삑삑 소리를 지르며 까탈스럽게 굴었다. 일 년도 되기 전에 기저귀를 뗀 아이는 집안을 뒤뚱거리고 돌아다니며 서랍을 열고 벌레를 삼키고 벽에 머리를 부딪쳤다. 여섯 살 때는 말을 타고 달렸고 클럽 수영장의 가장 높은 다이빙대에서 머리를 아래로 향하고 뛰어내렸다. 그 아이는 아버지의 무모함과 모험심을 가지고 있었다. 너무 예뻐서 길에 나가면 낯선 사람들조차 우리를 불러 세운 뒤 아이에게 감탄을 보냈다. 호세 안토니오는 아이가 너무 사랑스러우니 단둘이 두지 말라고, 만약 니에베스가 아무거나 달라고 요구하면 자기는 다 들어줄 수밖에 없다고 말했다. 한번은 호세 안토니오의 금니가 갖고 싶다고 말한 바람에 오빠는 치과 의사에게 똑같은 치아를 만들어달라고 주문해 체인에 달아 딸의 목에 걸어 주었다. 니에베스는 나이에 어울리지 않는 거칠고 관능적인 목소리로 노래를 불렀고, 훌리안은 화려한 선원들 노래를 포함해 듀엣으로 뽐낼 만한 레퍼토리를 그녀에게 가르쳤다. 아이는 응석받이에 이기적으로 자랐다. 내가 조금 훈육해 보려고 했지만 번번이 훌리안이 내 노력을 좌절시켰다. 아이는 자기가 원하는 것은 얻어냈고, 잔소리를 듣는 건 오히려 나였다. 나는 아이들에게 권위가 없었다. 후안 마르틴에게는 권위가 필요하지 않았지만 니에베스에게 도움이 되었을 것이다.

사랑 때문이 아니라 훌리안에 대한 반항심에서, 나는 니에베스를 낳은 뒤 이전 모습을 회복하기 위해 스파르타식 훈련을 시작했다. 그는 그때의 내 모습이 기억할 만한 유일한 특징이라고 했었다. 나는 내 몸과 삶을 통제할 수 있는 사람이라는 걸 증명하고 싶었고, 그가 나를 제대로 모른다는 걸 확인시켜 주고 싶었다. 나는 당나귀처럼 풀만 먹었고 축구 코치를 고용해 선수들처럼 혹독한 훈련을 받았으며, 디올이 유행시킨 패션에 따라 폭이 매우 넓은 치마와 허리가 잘록한 재킷으로 옷장을 채워 넣었다. 얼마 지나지 않아 나타난 결과는 훌리안과 내 관계의 분위기를 개선하는 데는 도움이 되지 않았지만 그를 질투하게 만들 거리는 되었다. 그가 뿜어내는 분노를 견뎌야 하긴 했지만 내심 그런 상황이 즐거웠다. 한번은 검정 실크 드레스의 가슴골이 너무 깊이 파였다고 말하는데 내가 갈아입기를 거부했더니 토마토소스로 요리한 새우 플래터를 나에게 집어 던졌다. 우리는 청각 장애인 학교를 위한 기금 마련 파티에 참석한 터였는데, 카메라를 든 기자가 그 자리에 있어서 우리는 미치광이 같은 모습으로 신문에 실렸다.

우리는 몇 년 동안 함께 지냈고 사람들은 우리를 부부로 보는 데 익숙해졌다. 우리의 결혼 여부를 문제 삼는 사람들도 훌리안이 없는 자리에서만 그렇게 했다. 우리는 돈도 많이 벌고 잘살았으며 사회에서도 인정을 받았지만, 후안 마르틴과 니에베스를 제일 좋은 학교에 보낼 수는 없었다. 그 학교들이 가톨릭 학교였기 때문이다. 우리가 이룬 성과에도 불구하고 나는 이유를 모르겠지만 늘 겁에 질린 채 체한 듯한 기분으로 살았다. 훌리안의 말에 따르면 불평할 이유도 없는 내가 불안해하는 건 하늘에 침을 뱉는 짓이었다. 나는 만족을 모르고 바닥이 없는 우물 같은 여자라고, 도대체 뭘 더 원하느냐고 나무랐다.

우리가 물질적으로 부족함이 없는 건 사실이었다. 그러나 나는 느슨한 줄 위에서 균형을 잡고 버티며 사는 기분이었다. 금방이라도 줄이 끊어져 아이들을 안은 채 그대로 질질 끌려갈 것만 같았다. 훌리안은 몇 주 동안 사라졌다가 예고 없이 돌아오곤 했다. 기분이 좋아져 선물을 한가득 싣고 올 때도 있고, 지치고 우울해할 때도 있었다. 그러나 어디에 있었으며 무엇을 했는지 설명한 적은 없었다. 이혼법이 승인될 거라는 테레사 리바스의 전망에도 불구하고 결혼에 대해서는 한 마디도 하지 않았다. 홀리안이 예상한 것과 달리 파비안에게 여자 친구가 생겼다는 소식도 없었고, 결혼 무효화가 은쟁반에 담긴 듯 자연스럽게 내 앞에 찾아올 거라는 희망도 없었다. 그러나 몇 년 동안 강박적으로 매달리던 우리 결합의 합법화 문제는 이제는 나에게 훨씬 덜 중요해져 있었다. 부부가 헤어지고 다른 사람과 재혼하는 일이 갈수록 흔한 일이 되었기 때문이다. 게다가 홀리안에게 매이는 게 나한테 이로울 게 없다는 사실을 본능적으로 깨달았다. 싱글인 상태로 더 많은 힘과 자유를 가질 수 있었다.

호세 안토니오도 결혼을 서두르지 않는 것 같았다. "틀림없이 그는 호모야." 홀리안의 말이었다. 그는 내 오빠를 못 견뎌했다. 오빠가 내 수입원이었고, 그의 위압적인 권위로부터 나를 지켜주는 유일한 보호 장치였기 때문이다. 조종사로서의 그의 수입은 너무 들쭉날쭉해서 마치 도박장에서 운 좋게 딴 돈 같았다. 반면에 카사스 루스티카스는 여러 지방에서 문어발처럼 자랐기 때문에 나는 보증 수표를 가진 것이나 마찬가지였다. 몇 년 전 나는 폭풍우가 몰아치는 겨울과 건조한 여름이 있는 이 나라의 날씨를 고려할 때 다른 나라들이 쓰는 단열 패널을 생각해 봐야 한다고 호세 안토니오와 마르코 쿠사노비치를 설득했다. 나는 미국에 가서 조립식 건축에 대해 알아보고 거기서 배운 방식을 카사스 루스티카스에 적용했다. 합판 패널 두 장 사이에 유리섬유 단열재를 넣는 방식이었다. 농촌 근로자, 도시 노동자의 집이나 해변 휴양지로 사용되던 원시적인 목조 주택에서 이제는 젊은 중산층 부부가 선호하는 조립식 주택으로 바뀌었다. 흰색 벽, 남색의 창틀과 덧문, 문, 그리고 초가지붕이 우리 주택의 특징이었다.

1950년대 말, 훌리안은 아르헨티나로 가는 비밀스러운 운항을 자주 했다. 상세한 내용은 비밀 장부에 자기만 알고 있는 기호로 기록했다. 그는 군사적인 일이라고만 했다. 내 아버지를 몰락시킨 비밀 장부를 사용하는 일로 나는 몇 년 동안 훌리안과의 관계에서 고통을 겪었다. 후안 페론[1]은 이 나라 저 나라를 돌아다니며 망명 생활을 했고, 대통령 자리는 그의 유산을 지우고 모든 형태의 저항을 근절하는 데 여념이 없는 통치자들이 대체했다. 나는 애써 수수께끼를 풀지는 않았으나 훌리안의 여정이 부패 자금이나 비밀 임무를 수행하는 정부 사람들과 관계가 있다고 추측하고 있었다.

훌리안은 쿠바와 마이애미로 가는 비행도 시작했다.

---

1 후안 페론(Juan Perón)은 반미적 민족주의를 추구한 군 장성 출신의 아르헨티나의 전 대통령. 포퓰리즘의 예시로 설명되기도 하고, 그의 통치 원리인 페론주의는 아르헨티나 페론당의 출발점이 되었다.

아르헨티나만큼 빈번하게 오가지는 않았다. 그리고 군사 기밀에 해당하는 여정이 아니었기 때문에 나와 의논하기도 했다. 훌리안은 대담한 조종사라는 명성 때문에 마피아에 고용되어 있었다. 마피아 세력의 범죄 왕국은 1920년대부터 쿠바를 장악하고 있었고, 풀헨시오 바티스타[1] 독재의 비호 아래 번성했다. 그들은 카지노, 카바레, 성매매업소, 호텔, 마약 밀매를 관리했고, 정부 부패에 관련된 일을 멋들어지게 처리해 주었다. 훌리안은 술과 마약, 아가씨들을 실어 날랐으며 보수가 괜찮은 다른 서비스들도 맡아 주었다. 그러나 가끔은 비밀 채널을 통해 바티스타 정부 전복을 위해 싸우던 피델 카스트로 반군에게 무기를 밀매하기도 했다.

"그러니까 당신은 이쪽과 저쪽 모두를 돕고 있는 거군요. 그들이 눈치 채면 당신을 어떻게 해버릴지 생각도 하기 싫어요." 나는 그에게 일깨워 주었다.

그러나 그는 위험을 감수하고 있지는 않으며, 자기가 하는 일이 뭔지 잘 알고 있다고 나를 안심시켰다.

한번은 그의 비행에 함께 따라갔다. 우리는 허풍스럽고 재미있고 친절한 사람들의 초대를 받았고, 그렇게 막 새로 문을 연 리비에라 호텔에서 왕족처럼 지냈다. 심지어 훌리안이 그들을 위해 심부름을 하는 동안 내가 카지노에서 게임을 하며 놀 수 있도록 칩을 무더기로 갖다주었다. 나는 여러 해가 지난 후 뉴욕의 성대한 장례

---

1 풀헨시오 바티스타(Fulgencio Batista)는 친미적인 쿠바의 독재자 대통령으로, 피델 카스트로의 무장 혁명 세력에 의해 축출되었다.

식을 알리는 부고에 실린 악명 높은 갱스터 러키 루치
아노[2]의 사진을 알아차리기 전까지는 그들이 마피아라
는 사실을 몰랐다.

나는 그 며칠 동안 하바나에서 룰렛 게임을 즐기느라
돈을 잃기도 하고, 프랭크 시나트라의 목소리를 직접
들으며 잠이 들기도 하고, 아름답고 교태스러운 여자들
이 노출이 많은 수영복 차림으로 뽐내는 호텔 수영장에
서 일광욕도 하고, 유명한 트로피카나 카바레에서 핑크
마티니를 마시기도 하고, 여러 클럽에 들러 당일 파트
너의 에스코트를 받으며 어느 지역에서나 인기를 끌던
저항하기 힘든 아프로쿠바 리듬에 맞춰 춤을 추기도 했
다. 한번은 범죄 조직의 보스가 틀림없는 우리 호스트
한 사람이 대통령 궁에서 열리는 파티에 나를 초대했
고, 바티스타는 내 손에 키스하며 인사를 했다. 거리에
는 군용 차량이 순찰을 돌고 있었다. 그 누구도 섬의 영
원할 것 같던 탐닉의 파티가 곧 끝날 것이라고 상상하
지 못했다.

훌리안은 금고에 돈을 넣어두곤 했다. 은행에 예치할
경우 눈에 띌 수 있었기 때문이다. 나는 돈뭉치가 쌓이
는 것을 보고 비행기를 하나 더 사라고 제안했다. 관광
및 사업가 전용으로 쓰되 신뢰할 만한 조종사들을 고용
하라고 했다. 합법적이고 깨끗하며 수익성도 좋은 사업

---

2 러키 루치아노(Lucky Luciano)는 이탈리아계 미국 마피아인 코사 노스트
   라 조직의 보스였다.

이 될 터였다. 나는 내가 파트너로 참여한다는 내용을 공증인을 세워 계약서로 명시해 준다면 내 예금으로 투자금의 절반을 대겠다고 제안했다. 훌리안은 내가 자기 맹세를 믿어주지 않는다고 화를 냈지만 내 아이디어가 유혹적이었기 때문에 마침내 그러겠다고 했다. 상업용 항공편은 기존 공항들을 이용했는데 그 수가 여전히 한 손에 꼽을 정도였다. 그러나 수륙양용 비행기는 물이 충분히 있는 곳이면 어디든 갈 수 있었다.

그렇게 해서 민간 회사인 '가비오타 항공'이 탄생했다. 시간이 지남에 따라 우리는 비행기를 여러 대 마련했고, 이 나라 대부분의 지역을 연결하는 수단이 되었다. 그래서 나는 본의 아니게 내가 태어나기도 전에 아버지의 꿈이었던 비행기 사업을 하게 되었다. 수도로 자주 출장을 가야 했으므로 그곳에 사무실을 열었다. 이 나라는 모든 게 중앙집중화되어 수도에서 일어나는 일이 아니면 마치 존재하지 않는 것처럼 치부되기 때문이다. 그러나 훌리안은 사업이 조직화되자마자 싫증을 느꼈다. 상설 운항은 다른 조종사들이 맡았고 그는 업적이 될 만한 운항만 했다. 그 수입들은 공식 장부에 기록되었고, 그중 절반이 내 돈이었다.

세월이 흘러도 훌리안은 놀라운 활력을 그대로 유지했다. 해적처럼 술을 마시고 잠도 안 자고 40시간을 비행할 수 있었으며, 승마 장애물 경기도 출전하고, 오전 한나절에 스쿼시 경기를 여러 번 뛸 수 있었다. 사소한 불꽃 하나로도 화약처럼 터지는 그 나쁜 성질도 줄어들지 않았지만 더 이상 나를 때리지는 않았다. 나는 그의 비밀을 관리하는 사람이었고 그에게 커다란 해를 끼칠 수 있었다.

"잘 생각해 봐, 비올레타. 당신이 나를 떠나면 당신을 죽이고 말 거야!" 그는 언젠가 나에게 소리쳤다.

"훌리안, 당신도 잘 생각해 봐. 나를 붙잡아 두려면 협박 이상의 것이 필요할 테니!" 나도 맞받아치며 소리 질렀다.

우리는 무기한 휴전을 맺었고, 나는 신경안정제와 수면제를 먹으며 살아남기로 체념했다.

나는 무엇이 두려웠는가? 훌리안의 사나운 폭발, 죽기 살기로 덤벼드는 싸움이 두려웠다. 그런 장면을 아이들이 보았고, 그래서 후안 마르틴은 천식 발작과 편두통을 앓기도 했다. 나는 그가 놓은 덫에 몇 번이나 빠지고 야단스러운 화해를 매번 받아들이며 용서해 버리는 내 나약함이 두려웠다. 그의 '임무'가 그를 수감이나 죽음으로 이끌지 않을까 두려웠고, 당국이 비밀 장부를 발견하게 될까 두려웠다. 그가 버는 돈이 피비린내 나는 대가를 치르게 되지 않을까 두려웠고, 새벽 시간에 그를 불러내는 수상한 남자들이 두려웠으며, 그가 범죄자들과 어울리다 나쁜 물이 들지 않을까 두려웠다. 오히려 훌리안은 아무것도 두렵지 않았고 그 누구도 두려워하지 않았다. 그는 행운의 별자리를 타고났고, 오랫동안 아슬아슬하게 외줄 타듯이 살면서도 함정에 걸려들지 않고 면책을 누려온 천하무적의 남자였다.

1958년 새해 전야에 풀헨시오 바티스타는 측근들을 데리고 황금의 망명 생활을 보장해 줄 1억 달러를 챙긴 다음 두 대의 비행기로 탈출했다. 독재 정권의 마지막 시기에 그 무엇도 게릴라를 막을 수 없다는 게 감지되기 시작할 무렵, 훌리안 브라보는 도망자들과 돈을 수송하느라 마이애미를 오갔고, 가끔은 마피아의 멤버와 그 애인들을 실어 나르기도 했다. 순식간에 혁명가들은 섬 전체를 점령했다. 부패를 제거하고 악의 제국을 끝장내기로 결심한 이들은 정적들과 독재 기간에 불법적으로 부를 축적한 사람들을 총살하기 위해 처형대를 세웠다. 미국인들의 섹스 관광은 끝났고, 마피아들은 매춘업소들과 카지노를 버리고 떠났다. 쿠바는 더 이상 돈이 안 되는 곳이었다.

훌리안은 마이애미의 호텔들에 거점을 세웠다. 그러나 나는 카사스 루스티카스와 가비오타 항공의 내 일과 오빠, 친구들, 우리 집, 사크라멘토의 생활을 버리고 떠나, 아는 사람 하나 없는 데다 훌리안이 지상보다 공중에 머무는 때가 더 많을 테니 아이들과 내가 우리끼리만 지내게 될 그 도시로 가서 관광객처럼 사는 것은 싫다고 했다. 결국 우리는 가끔 마이애미로 가서 그를 만났고, 며칠 동안 그는 우리에게 관심과 선물을 퍼부었다. 그러다가 그가 다른 임무가 생겨 어쩔 수 없이 헤어져야 할 때도 있었고, 전설로 남을 만한 싸움을 하고 음란한 화해로 이어지는 때도 있었다. 한번은 내가 아들 후안 마르틴에게 생일에 뭘 받고 싶은지 묻자 아이는

내 귀에 이렇게 속삭였다. "아빠와 영원히 헤어지는 거
요."

13장

1960년에 일어난 지진은, 두 아이를 데리고 산타클라라에 머물던 나를 깜짝 놀라게 했다. 리바스 농장은 여전히 나의 피난처였고, 훌리안과 멀리 떨어져 피서와 휴식을 위해 즐겨 찾는 곳이었다. 훌리안은 그런 피난에 한 번도 동행하지 않았다. 예전 산타클라라에 살던 사람 중에는 필라르 이모, 토리토, 파쿤다만 남았다. 리바스 부부는 몇 년 전에 죽었는데 우리는 그들이 매우 그리웠다. 나우엘 주민들은 자발적으로 뜻을 모아 나우엘 기차역에 리바스 부부의 이름을 새긴 청동 명판을 붙여 두었다. 그곳에 가보렴, 카밀로. 이제 기차는 안 다니고 사람들은 버스로 여행하지만 역은 그대로 있을 거다.

농장의 주인은 부부의 유일한 상속녀인 테레사였다. 남동생 로베르토가 자기 몫도 누나에게 주었기 때문이다. 그러나 테레사는 거주하지 않아 집을 관리할 수 없어서 내가 관리비를 부담했고, 제안한 적은 없지만 시간이 지나면서 내 소유가 되었다. 두 개의 목초지는 포도밭을 하고 있던 모레아우 가족에게 임대를 주었다. 우리에게는 소 한 마리만 남아 있었다. 말과 노새는 이미 자전거와 트럭으로 대체되었고, 돼지 농장에는 암돼지 한 마리만 남아 있었다. 닭과 개, 고양이는 여전히 있었다. 파쿤다는 현대식 가스스토브와 두 개의 점토 화덕을 갖고 있었다. 그것들로 자신만의 케이크와 엠파나다를 만들어 나우엘과 인근 마을들에 내다 팔았다.

나는 파쿤다가 있다고 한 남편을 만나보지는 못했다. 사실 아무도 본 적이 없기 때문에 우리는 그녀가 지어낸 게 아닐까 생각했다. 그녀는 부모님의 도움을 받아 두 딸을 키웠다. 아이들은 엄마가 일하는 동안 조부모와 함께 살았고, 그러다가 독립을 하게 되었다. 그녀의 큰딸 나르시사는 5년 동안 아이를 셋 낳았는데, 서로 생김이 너무 달라서 아빠가 같지 않다는 게 분명했다. "이 아이는 천하태평으로 태어났다니까." 파쿤다는 한숨을 내쉬었다. 그러고는 덧붙이길, 바람을 쐬자고 딸아이를 불러내는 남자들은 줄을 섰었는데 임신을 하면 책임지는 남자 친구가 아무도 없더라는 얘기를 했다.

브루노 삼촌이 세상을 떠나고 집이 반쯤 비었을 때 파쿤다는 나르시사와 손주들을 데려와 함께 살았다. 그렇게 자기 부모가 딸들을 키워준 것처럼 그녀도 손주들을 키워줄 수 있게 되었다. 아이들이 갖지 못한 아빠 역할을 토리토가 대신해 주었다. 나이로 보면 아빠가 아니라 할아버지뻘이었지만. 토리토는 쉰다섯 살쯤 되었을 테지만 치아가 몇 개 빠지고 걸음걸이가 좀 더 구부정한 것 외에는 별로 티가 나지 않았다. 그는 여전히 '알아가기' 여행을 계속하고 있었다. 그때쯤에는 아마 그 지방 전체는 물론이고 그 너머 지방 지리도 샅샅이 외우고 있었을 것이다.

브루노 삼촌이 죽자 파쿤다는 아들을 애도하는 어머니처럼 울었고, 나는 아빠를 애도하는 딸처럼 삼촌을 애도했다. 그는 '엘 데스티에로' 시절에 처음 농장에 왔을 때 진심으로 나를 받아들여 주었고, 토리토가 준 것과 같은 무조건적인 사랑을 주었다. 파쿤다는 1997년 자신이 죽을 때까지 토요일마다 브루노 삼촌 무덤에 꽃을 갖다 놔주었다. 우리는 삼촌을 피아 이모 옆에 묻었다. 나도 그곳에 묻어 주었으면 한다, 카밀로. 나를 화장해서 아무 데나 재를 버리는 건 안 된다. 차라리 내 뼈로 땅을 비옥하게 하는 게 나을 거다. 지금은 생분해성 상자에 시신을 담거나 담요에 싸기도 하더구나. 너도 알고 있었니? 나는 그게 좋다. 가격도 저렴할 거다.

필라르 이모는 브루노 삼촌이 죽자 무너져 내렸다. 쌍둥이 남매 같은 사이였다고 하지만 나는 연인 사이였다고 생각하고 싶다. 토리토와 파쿤다에게 물어 진실을 알아내려고 했지만 그들은 내 의구심을 피하는 대답을 했다. 그게 답이었던 셈이다. 다행한 일이었다. 일흔일곱이라는 나이는 필라르 이모를 무겁게 짓눌렀다. 무릎이 아파 지팡이를 짚고 걸었고, 이제는 들일이나 동물, 사람을 돌보는 데 관심이 없었다. 불가사의한 에너지와 낙천주의 자체였던 이모는 이제 자기 안으로 침잠해 있었다. 손이 느려지고 시야가 흐려진 이모는 침묵 속에서 시간을 보냈다. 나는 그녀가 브루노 삼촌과 이야기하는 것을 몇 번 들었다. 어느 날은 산타클라라에 전화기를 설치해야겠다고 하자 이모는 죽은 자와 통신할 수 없는 물건이라면 아무짝에도 쓸모없다고 확신에 차 대답했다.

그해 여름 테레사와 미스 테일러는 그녀들의 표현대로 하면 잠시 머물며 신선한 공기도 쐬겠다고 몇 개의 트렁크와 새장에 갇힌 앵무새를 가지고 도착했다. 사실은 테레사가 공산주의자들을 돕는 활동을 했다는 이유로 독방에 수감되었는데, 징역을 사는 18개월 동안 그녀의 건강이 악화되었던 것이다. 테레사는 살이 빠지고 머리가 희끗희끗했으며 밭은기침과 현기증으로 방향 감각을 잃었다. 우리는 역으로 나가 그녀들을 기다렸고, 긴 여행으로 지친 테레사를 토리토가 팔로 안아 내려줘야 했다. 내가 가비오타 항공의 수륙양용 비행기를 타고 오라고 했지만 그녀들은 제안을 거절했었다.

그날 밤 그들을 환영하기 위해 파쿤다가 준비한 환영 만찬이 끝난 후 미스 테일러는 테레사가 서서히 죽어가고 있다고 눈물을 흘리며 고백했다. 그녀는 폐암에 걸렸고 이미 많이 악화된 상태였다.

내 아들 후안 마르틴에게 있어 해마다 몇 주 동안 산

타클라라에서 보내는 시간은 낙원과도 같았다. 그의 알레르기와 천식은 기적적으로 치유되었고, 토리토와 함께 햇살 아래서 하루를 보내며 트럭 운전을 배우고 새끼 돼지를 돌보는 법도 배웠다. 우리는 라 파하레라의 방바닥에 누워서 몇 시간 동안 독서에 몰두하기도 했다. 그 건물은 아직 건재했고 문에는 남녀 출입 금지 표지판이 걸려 있었다. "엄마, 저 여기 산타클라라에 놔두고 가요." 후안 마르틴은 해마다 그렇게 부탁했고, 나는 그가 미처 말하지 못한 나머지 문장을 짐작할 수 있었다. '아빠한테서 멀리.' 사춘기가 된 후안 마르틴은 훌리안을 기쁘게 해주려는 시도를 포기했고, 어린 시절에 그를 향해 느끼던 초조한 감탄은 두려움으로 바뀌었다. 그는 훌리안을 겁냈다.

반면에 니에베스는 시골을 싫어했다. 한번은 훌리안에게 필라르 이모는 말라붙은 노파이고 토리토는 덩치 큰 바보라고 말하면서 웃음을 터뜨렸다. 나는 그 버릇없는 아이에게 자기 방에 가 있으라는 벌을 주고 싶었지만 아이 아빠는 아이 말이 맞지 않느냐며, 필라르는 마녀고 토리토는 바보라며 나를 막았다. 딸은 무례하고 냉소적인 성격에도 불구하고 정말 감탄스러운 아이였다. 그 애를 생각하면 나는 화려한 깃털에 걸걸하면서도 유쾌하고 우아한 목소리를 가진 한 마리 새가 떠오른다. 모든 것을 뿌리친 채 비상할 준비가 된 한 마리 새.

니에베스의 기질은 역사상 가장 강력한 것으로 기록된 지진이 있던 그날 검증되었다. 지진은 10분 동안 계속되어 두 개의 주를 파괴했고 하와이까지 퍼져가는 거대한 쓰나미를 만들었다. 지진의 여파는 연안의 고깃배를 사크라멘토의 광장 한가운데로 밀어 넣었고, 수천 명의 희생자를 남겼다. 땅이 흔들리고 바다가 요동치는 데익숙한 이 나라에서도 그 지진은 비극이었다. 산타클라라의 오래된 집은 무너지기 전에 오랫동안 흔들렸고, 덕분에 우리에게는 짙은 먼지구름, 들보와 사방으로 떨어지는 벽 조각이 충돌하는 소리, 지구의 내부에서 들려오는 끔찍한 코골이 소리 사이로 앵무새 새장을 챙겨 탈출할 시간을 벌었다.

바닥에 거대한 균열이 생기며 닭을 몇 마리 삼켰고 개들은 울부짖었다. 우리는 가만히 서 있을 수 없었다. 모든 게 빙글빙글 돌았고 세상은 거꾸로 뒤집혔다. 영원히 이어질 것처럼 계속 진동하다가 마침내 끝났다고 생각할 때쯤 또 다른 엄청난 충격이 몰아치곤 했다. 그때 우리는 펑 터지는 소리와 함께 화염을 보았다. 가스레인지가 폭발했고 집에 남아 있던 물건들에 불이 붙었다.

혼돈과 연기와 공포 속에서 니에베스는 테레사가 안 보인다는 사실을 깨달았다. 우리는 그 소녀가 불타는 집으로 달려가는 것을 보지 못했다. 보았다면 막았을 것이다. 어떻게 된 일인지 영문을 모른 채 몇 분이 지난 후 그녀가 토리토를 부르는 소리가 들렸다. 그러나 비명이 어느 쪽에서 들리는지 알 수 없었고, 그 누구도 소리가 집에서 흘러나온 것이라고는 생각지 못했다. 문득 연기와 먼지 사이로 테레사의 옷을 잡고 간신히 끌어당기고 있는 내 딸이 흐릿하게 보였다. 가장 먼저 뛰어간 것은 토리토였다. 그는 한쪽 팔로는 테레사의 축 늘어진 몸을 잡고 다른 쪽 팔은 니에베스를 들어 올린 채, 다급함에 더 세진 거인의 힘을 발휘하여 그들을 불에서 끌어냈다. 그때 니에베스는 열 살도 되지 않은 아이였다.

추위와 두려움에 떨며 야외에서 보낸 그날 낮과 밤, 나는 내 딸의 성격을 짐작할 수 있었다. 아이는 아빠의 성격을 그대로 물려받았다. 그와 같은 영웅적 본성을 갖고 있었다. 아이는 자신이 그 일을 어떻게 해낸 건지 제대로 기억하지 못했으며, 우리의 질문을 별로 중요하게 여기지 않고 어깨를 으쓱하는 것으로 대답을 대신했다. 우리는 아이가 폐허가 된 집안으로 기어들어가 불타는 장애물을 피하고 거실의 잔해를 건너, 땅이 흔들리기 직전에 테레사가 앉아 있었던 고리버들 의자까지 도착했음을 알게 되었다. 테레사는 연기에 반쯤 질식해 의식을 잃고 있었다. 니에베스의 말에 따르면, 바닥 쪽에서 숨쉬기가 더 쉽기 때문에 계속 엉금엉금 기어 자기보다 훨씬 더 무거운 사람을 끌어당기면서 지옥을 건너올 수 있었다.

테레사는 죽어가고 있었다. 암으로 약해진 그녀의 폐는 불길을 견딜 수 없었고, 몇 시간 후 인생의 동반자인 미스 테일러의 품에서 눈을 감았다. 니에베스는 등과 다리에 2도 화상을 입었다. 머리카락은 그을렸지만 얼굴은 다치지 않았고 감정적 외상도 없었다. 역사적이었던 그 지진은 아이에게 있어 아빠에게 전해줄 만한 흥미로운 사건에 지나지 않았다. 우리는 바로 그날 아이를 데리고 야이마가 있는 곳으로 찾아갔다. 도로가 막히고 철로가 꼬여 가장 가까운 병원을 찾아가는 게 불가능했기 때문이다.

원주민 공동체에 있던 오두막들은 날카로운 바람에 공격당한 듯 무너져 내렸고, 짚과 먼지가 공기 중에 가득 떠다녔다. 그러나 희생자는 없었다. 사람들은 소박한 살림살이를 침착하게 챙겨놓고 겁에 질린 양과 말을 한데 모아놓고 있었다. '어머니 대지'와 화산 속에 사는 '위대한 뱀'이 남자들, 여자들에게 성을 냈지만 '원시 정령'이 질서를 회복할 것이었다. 그 정령을 소환해야 했다. 야이마는 정령을 부르는 의식을 미루고, 먼저 니에베스를 치료하기 위해 간단한 의식과 기적의 연고를 준비했다.

테레사가 죽은 후 미스 테일러는 우리에게 작별 인사를 하고 40년 동안 발을 디디지 않았던 아일랜드로 돌아갔다. 그녀는 어린 시절부터 흩어져 살았던 형제자매들을 만날 수 있을 거라 생각했다. 그러나 그곳은 더 이상 그녀의 나라가 아니었다. 유일한 가족은 우리뿐이었기 때문에 아일랜드에 도착한 지 일주일 만에 포기하고 호세 안토니오에게 전보를 쳐 그 사실을 알렸다. 오빠는 한 줄짜리 전보로 답했다. "기다려, 내가 널 찾아갈게."

오빠는 항구에서 항구까지 29일이 걸리는 해저 정기선을 타고 가 그녀를 데려왔다. 덕분에 그녀가 기계적으로 자신의 청혼을 거절했던 건 실수였다고 설득할 시간을 가질 수 있었다. 아직 돌이킬 수 있다고 오빠는 설명했다. 그러고는 언제나 간직해 오던 석류석과 다이아몬드로 장식된 반지를 그녀에게 내밀었다. 그녀는 자신이 결혼하기에는 너무 늙고 슬프다고 말했다. 그러나 반지는 받아서 가방에 잘 보관했다.

호세 안토니오는 사적인 부분을 매우 잘 지키는 사람이어서 그 여행의 세부적인 이야기는 결코 나에게 얘기해 준 적이 없다. 그러나 나는 그들이 화이트 매리지[1]에 동의했다는 것을 미스 테일러에게서 듣게 되었다. 내가 무슨 뜻인지 모르겠다는 표정을 짓자 그녀는 좋은 우정과 같은 플라토닉한 결합이라고 설명했다. 그들은 파나마에 도착할 때까지 순수한 결혼 생활이라는 주제로 계속 이야기를 나눴다. 그때 호세 안토니오는 57세, 미스 테일러는 62세였다. 그들은 20년 넘게 함께 살았고, 그 세월은 오빠에게 가장 행복한 시절이었다.

토리토와 파쿤다는 산타클라라에서 필라르 이모를 돌보았다. 필라르 이모는 그로부터 2년을 더 살았다. 이모는 특별히 눈에 띄는 병도 없이 날이 갈수록 시들어 갔고, 인간과 신에 대한 관심을 잃었다. 그녀는 평생 수천 번의 묵주기도와 9일 기도를 바쳤지만, 신앙의 지지가 가장 필요하던 바로 그 순간에 하느님과 천국에 대한 믿음이 끝나 버렸다. 파쿤다에게 보낸 작별 편지에 이모

---

1 화이트 매리지(white marriage)는 성적인 관계 없이 결혼 생활을 하는 것을 말한다.

는 "내가 원하는 것은 눈을 감으면 생명이 끝나고 새벽 안개처럼 허공으로 사라지는 것"이라고 썼다. 그 이후로 많은 세월이 흘렀지만 이모들에 대한 기억은 여전히 나를 울린다. 그 두 사람은 내 어린 시절의 요정들이었다.

테레사에게서 산타클라라 농장을 물려받은 미스 테일러는 여러 원주민 가족을 쫓아낸 후 근처 땅을 조금씩 삼켜가며 소유지를 확장하고 있던 모레아우 가족의 좋은 제안이 있었음에도 불구하고 농장을 매매할 필요는 없다고 결정했다. 호세 안토니오는 불타버린 집 대신 우리 카사스 루스티카스가 제공할 수 있는 가장 좋은 집을 지어주었고, 최소한의 관리비는 여전히 내가 부담했다. 토리토는 삶의 대부분을 거기서 보냈다. 그곳은 그의 세계였으며 다른 곳에서는 살 수 없었다. 나는 해마다 몇 주는 농장에서 보내겠다는 계획을 지켰다. 일이 복잡하게 꼬일 때도 마찬가지였다. 그것이 내가 내 땅에 뿌리 내리는 방법이었다.

그 지역 사람들은 삶을 지진 이전과 이후로 나눠 생각했다. 그들은 거의 모든 재산을 잃었고 다시 재건하는 데 몇 년이 걸렸지만, 아무도 우리나라의 기반인 화산이나 지질 단층선에서 멀리 떠나서 살 생각을 하지는 않았다. 고깃배는 인류의 무상함과 세상의 위태로움을 상기시키기 위해 광장 중앙에 남겨 놓았다. 30년 후 시간에 침식당해 녹이 슨 어선은 어느 잡지에 역사적인 기념물로 소개되었다.

호세 안토니오는 항상 내가 동의하기에는 너무 냉소적으로 보이는 모토를 내걸었다. 가령 "대재앙이 발생하면 부동산을 산다"가 그랬다. 하지만 그 말은 사실이었다. 당시는 도시와 마을이 맨땅에서 솟아나야 했고, 우리가 계획하는 공동체를 건설할 수 있는 토지가 그때처럼 많았던 적이 없기 때문이다. 조립식 건물에 대한 수요는 전례 없이 많아졌다.

물가가 치솟고 화폐가치가 너무 떨어져서 나는 저축해 둔 돈으로 금을 사기 시작했다. 훌리안은 카지노 칩을 산 뒤 라스베이거스 카지노에서 달러로 교환하려는 계획을 세웠다. 그는 마피아가 뻔히 보는 데서 두 번이나 그런 장난을 쳤지만, 한 번 더 하려고 하니 덜컥 겁이 났다. 모하비 사막에서 총알에 맞아 죽을 위험이 모험의 즐거움보다 더 컸던 것이다. 한편 내가 사둔 금의 가치는 은행 금고의 어둠 속에서 합법적으로 증가했다. 내가 부자가 되어간다는 걸 아는 유일한 사람은 금고 열쇠 사본을 가진 내 오빠뿐이었다.

어느 일요일, 파비안 슈미트-엥글러가 호세 안토니오의 집에 찾아와서 기밀 사항에 대해 변호사인 그와 상담을 하고 싶다고 했다. 나와 결혼한 불행을 항상 가엾이 여기던 오빠는 그를 친절하게 맞아주었다. 파비안은 많은 독일 이민자들이 농촌 지역에 정착해 있으니 신중한 변호사의 서비스가 필요하다고 설명했다.

독일 이민촌인 '콜로니아 에스페란사'에 대해 불길한 소문들이 들려오고 있었다. 도망쳐 온 전범이 이민촌을 휘두르고 있다는 얘기였다. 수수께끼 같은 일들이 벌어지고 있으며, 철조망으로 둘러싸여 아무도 드나들 수 없는 감옥 같다고 했다. 파비안은 말도 안 되는 헛소리라고 일축했다. 그는 오빠에게 이민촌의 대표를 알고 있으며 수의사로서 여러 번 그 집에 갔었다고 이야기했다. 독일 이민자들은 노동, 질서, 조화라는 확고한 원칙에 따라 평화롭게 살고 있었다. 이민촌에는 아무 법적인 문제가 없는데 종종 당국이 까다롭게 굴다 보니 문제가 생기기도 한다는 것이었다.

그런 일이 수상하다고 생각한 호세 안토니오는 회사 일이 매우 바쁘다는 핑계로 양해를 구했다. 파비안과 헤어지며 무심코 혼인 무효에 대해 생각해 보았느냐고 물었다.

"생각할 필요가 없는 일입니다." 파비안이 대답했다.

그러나 몇 년 후 파비안은 실험실 자금이 필요해지자 무효화 소송을 해주겠다고 카사스 루스티카스 사무실에 나타났다. 정액을 무기한 얼려두는 방법이 발견되었고, 그래서 동물과 인간 유전학의 세계에서 헤아릴 수 없는 가능성이 열린 것이다. 호세 안토니오는 가격을 흥정하고 계약서를 작성한 뒤 파비안에게 금액의 절반을 지금 먼저 주고, 나머지는 판사가 무효화 판결 서명을 한 뒤 주겠다고 공탁했다. 거기에 내 금화 일부가 사용되었다. 전혀 예상하지 못한 순간에 나는 독신 여성이 되었다.

제3부

떠나간 사람들

(1960~1983)

Los ausentes

14장

    과거를 돌이켜보면 내가 생각한 것보다 훨씬 이전에 니에베스를 잃었다는 것을 깨닫는다. 홀리안은 내 딸이 14살 되었을 때 산타클라라에서 보내는 의무적인 휴가 대신 자기가 아이를 데리고 단둘이 휴가를 보내겠다고 결정했다. 그것은 부녀간의 달콤한 첫 여행이었다. 그는 후안 마르틴을 '남자', 즉 자기 이미지 속에 들어 있는 남자로 만든다는 희망은 이미 잃은 뒤였다. 아들은 서툴고 낭만적인 10대 소년이었다. 아버지가 마이애미에서 가져온 플레이보이 잡지보다 알베르 카뮈와 프란츠 카프카를 읽는 데 더 관심이 많은 듯했다. 그리고 잘 안 보이는 구석에서 여동생의 여자 친구들을 만지작거리는 것보다는 자신만큼 고민이 많은 몇 안 되는 친구들과 마르크스주의며 제국주의에 대해 토론하는 것을 더 좋아했다.

훌리안은 몇 년 동안 니에베스를 여행에 데리고 다니며 자동차 운전도 가르치고 비행기 부조종사 역할도 가르쳤다. 그녀가 담배를 피우고 잔에 남은 칵테일 찌꺼기를 마시는 걸 보고는 멘톨 담배를 주었고, 술을 적당히 마시는 법도 가르치기 시작했다. 비록 그 자신은 지나치게 술에 탐닉하는 사람이었지만. 얼마 지나지 않아 니에베스는 모델처럼 도발적인 옷을 입고 화장을 한 채 카바레와 카지노로 아버지를 따라다니며 뽐내곤 했다. 사람들은 두 사람을 두고, 니에베스가 훌리안이 최근에 차지한 여자라고 농을 던지곤 했다.

니에베스가 어린 시절 화상을 입은 부위에 아주 작은 흉터가 남았다. 아마 야이마가 처방을 하는 바람에 그렇게 된 듯하다. 훌리안의 말에 의하면 니에베스의 아름다움은 지나가던 차들까지 멈추게 할 정도였다. 열여덟 살이 된 니에베스는 호텔과 카지노에서 유행가를 부르기 시작했고 손님들의 팁을 받았다. 훌리안은 이를 즐겼다. 딸을 안전한 거리 안에 두고 과시하면서 다른 남자들의 욕망을 불러일으키는 게임을 즐거워했다. 그러나 그녀에게 가까이 다가오는 청년이 있으면 무조건 겁을 주었다. 니에베스는 이렇게 불평하고는 했다. "아빠, 이래서는 절대로 남자 친구를 사귈 수 없어요." 그의 대답은 이랬다. "네 나이에는 남자 친구가 전혀 필요하지 않아. 네 남자 친구가 되려면 내 시체를 밟고 지나가야 할 거다." 훌리안은 연인처럼 질투했다.

한편 나는 철학과 역사를 공부하던 후안 마르틴을 데리고 우리나라에서 살았다. 아이 아버지의 눈에는 그런 공부가 쓸모없는 시간 낭비처럼 보였을 것이다. 아들이 다니던 대학이 수도에 있었기 때문에 우리는 그곳의 아파트를 빌려 함께 살았다. 그러나 우리는 서로 얼굴을 거의 보지 못했다. 나는 한 발은 사크라멘토에 두고 다른 한 발은 자주 미국으로 날아다니며 니에베스를 만났다. 내 아들은 오랜 시간을 혼자 지내곤 했다.

내가 더 이상 기대조차 하지 않게 되었을 때 혼인 무효 증서가 도착했다. 내가 처한 상황의 이점에 이미 적응해 있던 터였다. 실용적인 일들을 처리할 수 있는 자유가 있었고, 내 열정을 충족시키기 위해서라면 수년 동안의 일상적인 습관, 불가피한 공모, 누적된 원한에도 불구하고 여전히 키스만으로 나를 장악할 능력이 있는 격렬한 남자가 있었다.

욕망의 예속은 얼마나 긴 것인가! 거울 속의 여인에게서 50년간의 투쟁의 흔적과 몸과 마음의 피로가 보이던 그때 나는 내 반평생 그 어느 때보다 굴욕적인 기분이 들었다. 반면 훌리안에게 나이는 선택 사항이었다. 그는 항상 서른 살로 살기로 마음먹은 남자였고 실제로 거의 늘 그랬다. 다른 사람들이 냉혹한 죽음을 응시할 나이가 될 때까지도 그는 여전히 젊고, 평온하고, 명랑하고, 바람둥이였다. "결국 마지막에 후회할 일은, 미처 저지르지 못한 죄들이야." 그게 그의 말이었다.

훌리안과 함께한 시간은 흥분과 고통의 시간이었다.

나는 그와 만나는 날들을 신부처럼 예습하며 단둘이 있을 시간을 고대했다. 마침내 만났을 땐 새로운 열정으로 포옹하고, 예습으로 얻은 지혜를 발휘하여 사랑을 나누었다. 그 사람의 등에 달라붙어 건강하고 활력 있는 남자의 냄새를 들이마시며 잠드는 순간을 기대했다. 애무와 꿈에 깜짝 놀라 깨어나고 모닝커피 한 잔을 알몸으로 나눈 뒤 손을 잡고 거리를 걸으며 떨어져 지낸 사이에 일어난 일들을 서로 얘기하는 상상을 했다. 며칠 동안은 그랬다. 그러나 다음에는 질투의 고통이 몰아쳤다. 나는 거울 속의 나를 쳐다보며 그가 숨기지도 않고 유혹한 딸 또래의 젊은 여성들과 나 자신을 비교하곤 했다. 훌리안은 훌리안대로 나의 독립성, 그와 떨어져 지내는 시간, 공유하지 않고 숨기는 재산을 두고 나를 질책했다. 그는 내가 야망에 차 있다고 비난했다. 그 시절에는 여성을 그런 식으로 모욕하곤 했다. 사실 그는 항상 내 저축의 일부를 가로채는 데 성공했다. 돈이 물 흐르듯 빠져나가는 사람이어서 신용에 기대 살았으며 빚이 쌓여갔다.

카밀로, 고백하자면 나는 훌리안이 비행을 하다가 추락하기를 여러 번 하늘에 기도했다. 그를 죽이고 자유로워지는 꿈을 꾸기도 했다. 그랬다 해도, 아마 더 이상 참을 수 없어 연인을 죽이는 유일한 여자는 아니었을 것이다.

다시 같이 살자고 훌리안이 하도 여러 번 조르는 바

람에 나는 마이애미로 이사했다. 내가 이사를 한 것은 사실 그를 기쁘게 해주려는 게 아니라 니에베스와 더 가까워지기 위해서였다. 니에베스는 고등학교를 마치기 도 전에 중퇴를 하고 온종일 잠만 자다가 밤이면 사라 져 버려서 내가 아무리 전화를 걸어도 절대 통화할 수 가 없었다. 그녀는 한때 나에 대해 품었던 손톱만 한 존 경심조차 잃어버린 상태였고, 아빠를 이용해서 나를 제 대로 모욕하는 기술을 연마하고 있었다. 딸은 아빠를 좋 아했다. 나는 그 애의 즐거운 시간을 방해하는 사람일 뿐이었다. 구식이고, 가혹하고, 탐욕스럽고, 꼼꼼한 빌어 먹을 늙은 여자. 그 애는 내 면전에 대고 말했다.

그 시절 마이애미에는 돈 많은 쿠바 망명자들로 가 득했다. 마리나 해변에는 수많은 요트가 있었고 거리에 는 캐딜락이 넘쳤다. 쿠바 최고의 요리를 제공하는 레스 토랑 바들도 많았다. 라틴 음악이 그곳의 하늘을 부유했 고, 자음이 모음처럼 들리는 라틴 특유의 발음이 길거리 에 울렸다. 도시는 더 이상 예전처럼 은퇴한 노인을 위 한 죽음의 대기실이 아니었다.

훌리안은 바다 근처에 호젓한 별장을 빌렸다. 야자수 가 커튼처럼 드리워지고 수영장에는 분수와 조명이 설 치되어 있어서, 집안일을 할 사람을 많이 고용해야 했 다. 그런 별장은 신흥 부자들의 취향에 맞춰 이탈리아 의 지중해식 건축 양식을 모방해 지어졌다. 넓고도 광활 한 별장에는 형형색색 타일과 파란색 차양, 세라믹 화분 의 열기에 기절한 식물들로 장식된 테라스가 딸려 있었다. 실내 인테리어도 파스텔 핑크톤 외관만큼 허세를 부리고 있었다. 별장에 처음 들어설 때, 그는 마치 신부에게 그러듯 전통적인 방식으로 나를 두 팔로 안아 올린 뒤 문지방을 넘었다. 호텔에 버금가는 주방과―그나 나나 요리를 좋아하지 않았다―인어와 돌고래를 모티브로 꾸민 여섯 개의 화장실, 이끼와 소독약 냄새가 나는 거실들, 밤에 해변 근처에 정박해 둔 보트를 감시하는 망원경이 딸린 탑 등을 둘러보게 하며 자랑스러워했다.

그 별장은 홀리안의 비즈니스 활동과 그가 동업자라고 부르는 사람들의 모임 장소가 되었다. 동업자 중 일부는 습기와 더위에도 불구하고 수트에 조끼까지 갖춰 입고 있어서 관료일 성 싶었고, 또 어떤 사람들은 반팔 셔츠에 모자를 쓴 미국인이거나 샌들을 신고 과야베라[1]를 입은 쿠바인이었다. 반짝이는 반지를 끼고 시가를 든 채 이탈리아어 억양이 섞인 영어를 구사하는 사람들도 있었다. 이들은 기괴한 마피아 캐리커처 같은 무시무시한 얼굴의 경호원들을 달고 다녔다.

"친절하게 대해 줘. 내 고객들이야." 홀리안은 내가 좀 캐물어 보려고 하자 그렇게 경고했다. 그러나 내가 친절하게 대해 줄 일은 거의 일어나지 않았다. 집이 커서 그들과 마주칠 일이 없었기 때문이다.

파스텔 핑크 별장에 함께 산 지 24시간 되었을 때 홀리안은 서류가 가득한 마분지 상자 두 개를 식탁 위에

---

1 과야베라(guayaberas)는 로드존그레이의 셔츠 브랜드.

올려놓았다. 그러고는 서류 정리를 도와달라고 부탁했다. 그제야 나는, 그가 나를 옆에 두려던 게 애정 때문이 아니라 실용적인 이유 때문이었다는 걸 깨달았다. 나는 항상 그의 관리인이자 비서이자 회계사였다. 상자 안에는 미지급 청구서, 구매 영수증, 주소록, 여행 일정표에서부터 훌리안 자신도 의미를 해독하지 못하는 수기 메모에 이르기까지 없는 게 없을 정도였다. 나는 뭔가 규칙을 정해 그 뒤얽힌 서류들을 분류하려고 애를 쓰는 동안 내 파트너가 하는 일의 성격을 깨달아 갔다. 대부분은 내가 생각한 대로 불법적인 것이었다.

현금 뭉치를 가득 담은 묵직한 검은색 서류 가방이 주기적으로 들락날락했다. 어떤 방들은 무기고로 쓰였다. 그러나 한 번도 총을 차고 다닌 적이 없는 훌리안은 그것들이 자기 무기가 아니라 모두 친구들 부탁으로 보관만 하고 있는 것들이라고 설명했다. 일주일 만에 그는 나를 속이려는 시도를 포기했다. 그러고는 피델 카스트로의 혁명에 반대하는 음모를 꾸미고 있는 쿠바인들, 플로리다와 네바다주의 범죄를 관리하는 마피아, 라틴아메리카에서 좌파 사상이 확장하는 걸 수단과 방법 가리지 않고 막으려는 CIA에 대해 이야기했다.

"우리 대륙은 거의 모든 나라에서 게릴라 운동이 일어나고 있어. 쿠바혁명과 같은 혁명이 여기서 또 일어나면 안 된다는 걸 당신도 알게 될 거야." 그게 그의 설명이었다.

"그게 무슨 상관이야? 당신, CIA를 위해 어떤 일을 하고 있는 거야?"

"수송 업무지. 알려지면 안 되는 항공편을 띄울 때도 있고. 쿠바인들의 정보와 그들이 다른 지역과 접촉하는 정보도 수집해. 별로 중요한 일은 아니야."

"돈을 받고 하는 일이야?"

"거의 못 받지. 그런데 내게 득 될 게 많아. 그 미국인들은 내가 하고 싶은 걸 눈감아 주거든. 귀찮게 하지 않아."

"후안 마르틴 말로는 CIA가 냉전을 구실로 삼아 민주주의를 전복하고 잔인한 독재를 지원하고 있대. 그런 상황에서 엘리트들은 혜택을 받고 일반 사람들은 공포에 사로잡혀 있다고 했어. 불의와 불평등, 가난이 너무 심하다 보니 공산주의가 우리 지역에 자리 잡는 게 당연하고 말이야."

"안타깝지만 그건 우리가 상관할 바가 아니야. 후안 마르틴은 빨갱이 조직에 연루되어 있고 세뇌당하는 중이야."

"가톨릭 대학이야, 훌리안!"

"그렇겠지. 그런데 당신 아들은 너무 유약해."

"당신 아들이기도 해."

"확실해? 아닌 것 같은데⋯⋯."

대화는 그런 식이어서 순식간에 살벌한 싸움으로 이어졌다. 어떠한 주제로 시작하든 결국은 서로를 공격하는 걸로 끝났다.

나는 소라이다 아브레우를 떠올리면 저절로 감탄이 나온다. 이제 그 이유를 너에게 이야기하련다, 카밀로. 푸에르토리코 태생의 그녀는 당시 풋풋한 아가씨였다. 도발적인 옷차림과 거슬리는 코맹맹이 소리 때문에 예쁜 멍청이로 오해할 수도 있지만 실제로는 아마조네스 같은 여자였다. 홀리안은 어느 여행에서 그녀를 만나 사랑에 빠졌고, 우리 관계에서 그랬던 것처럼 그녀를 떠나지 못했다. 내 경우는 임신 때문이었는데 그녀의 경우는 무슨 이유였는지 모르겠다. 아무튼 그녀가 홀리안보다 더 노련한 듯했다. 소라이다는 열일곱 살에 보리쿠아 럼[1] 미인 대회에서 여왕으로 뽑힌 적도 있는데, 홀리안이 마이애미로 가서 살게 되자 함께 따라갔다. 홀리안은 어떤 구속도 싫어하는 사람이었다. 그래서 자신은 나와 결혼한 사이이고 우리나라는 이혼이 불가능한 데다 아이들을 사랑하기 때문에 결코 떠나지 않을 거라고 말하며 선을 그었다.

내가 그녀를 알게 된 것은 그녀가 퐁텐블로 호텔 바에서 한잔하자고 겁도 없이 나를 불러냈기 때문이다. 키가 크고 화려한 얼굴에 긴 머리칼은 가발을 두 개는 만들 수 있을 정도로 풍성했다. 그녀는 꽉 끼는 카프리 팬츠에 하이힐 샌들을 신고, 허리에 매듭을 묶어 가슴을 강조한 블라우스 차림으로 도착했다. 싸우러 나온 거리의 여자 같았지만 저속하지는 않았다. 그녀가 바에 들어

---

1 보리쿠아 럼(Boricua Rum)은 푸에르토리코의 럼 브랜드.

서자 남자들의 시선이 모두 그녀에게 쏠렸고, 휘파람을 불어대는 남자들도 있었다. 칵테일을 두 잔 주문하고 나자 그녀는 다짜고짜 남편의 애인이 된 지 4년 2개월째라고 했다.

"죄송해요. 거짓말을 하고 살 수는 없어서 부인께 이야기하게 되었어요."

"내 허락을 원해요? 알아서 해요, 다 당신 거야." 홀리안을 막을 방법이 없다는 걸 아는 나는 그렇게 대답했다.

"홀리안은 이혼을 할 수 없어 같이 있기는 하지만 서로 사랑하지는 않는다고 그랬어요."

"우리는 결혼한 게 아니에요. 원하기만 한다면, 그는 자유롭게 결혼할 수 있어요."

우리는 이상한 공모 속에 한 시간을 같이 보냈다. 칵테일을 한 잔 더 한 소라이다는 놀라고 화난 기분을 가라앉히고, 지금 상태 그대로 지내기로 마음을 정했다. 홀리안을 잃게 될 테니, 그녀는 내가 알려준 진실을 굳이 그에게 들이밀지 않을 것이었다. 적당한 때가 되면 그녀는 그 정보를 써먹을 수 있을 터였다. 다른 경쟁자들을 떨어뜨릴 수 있으니 홀리안 스스로 결혼한 남자인 척하는 것도 그녀에게 나쁘지 않았다. 나도 그녀가 홀리안을 차지하고 있는 게 편했다.

"저는 매춘부가 아니에요. 홀리안의 돈도 다른 무엇도 원하지 않아요. 그를 협박하려는 것도 아니고요. 저는 건전한 사람이고 가톨릭 신자이기도 해요." 그녀는 흠잡을 데 없는 논리로 설명했다.

보아하니 나는 그녀의 라이벌 축에 들지 않는 모양이었다. 이제는 유행이 지난 재클린 케네디 스타일의 미니스커트 투피스 차림이었던 나는 해로울 게 없는 중년 여성이었다. 우리가 마티니를 마시는 바로 그 순간에도 그가 다른 여자와 함께 있을지도 모른다고 알려주는 건 잔인하게 여겨졌다. 소라이다는 훌리안이 조만간 자기와 결혼할 거라고 믿고 있었다. 스물여섯 살의 그녀는 참을성이 많았다.

CIA에 대한 내 근심은 검은색 서류 가방, 집안의 전쟁 무기고, 우리 집 문 앞에 몇 번이나 놓여 있던 정체불명 소포의 주인이었던 갱단에 대한 근심보다는 훨씬 덜했다. 훌리안은 소포가 폭발할 수 있으니 만지지 말라고 경고했다. 훌리안이 생쥐를 닮은 자그마한 남자를 데려와 해결할 때까지 소포 꾸러미는 그 자리에서 그대로 햇볕에 달궈졌다. 생쥐 남자는 폭탄 전문 참전 용사였는데, 꾸러미를 샅샅이 확인한 다음 외과 의사의 섬세함을 발휘해 소포를 열었다. 처음에 온 소포는 여러 병의 위스키였고, 두 번째 소포는 상당한 양의 안심살, 갈비, 갈빗대와 같은 최상급 소고기였다. 고객들이 고맙다고 보내준 선물이었다.

훌리안과 함께 지내게 될 때면 언제나 그랬듯이 또다시 명치끝이 꽉 막히는 증상이 찾아왔다. 마침 내가 도대체 마이애미에서 뭘 하고 있나 하는 의문이 들던 때였다. 그해 여름 우리는 세상이 뒤집히는 듯한 허리케인을 만났다. 우리 집은 높은 언덕에 있었기 때문에 파도는 두렵지 않았다. 창틀에 올라가 창을 판자로 덮어 강풍으로부터 보호하기 위한 대비만 했다. 그 허리케인은 기억에 남는 경험이었다. 지진보다 나은 점이라면 사전에 경고가 온다는 것이다. 바람과 비가 집을 강타하는 바람에 야자수가 여러 그루 뽑히고 묶여 있지 않은 물건은 모두 날아가 버렸다. 폭풍우가 잦아들자 5백 미터나 떨어진 어느 집 탁구대가 우리 수영장에 떠다니고 있었고, 2층 테라스에는 겁에 질린 개가 한 마리 날아들어와 있었다. 가엾은 동물 같으니.

이틀 후 땅이 마르기 시작했을 때 홀리안은 밖에 정화조가 넘친 것을 깨닫고 미쳐 날뛰었다. 그는 사람에게 맡겨 수리하는 걸 거부하고 직접 고무장갑과 장화를 신고 직접 뚜껑을 열려고 애를 썼다. 더러운 오물 속에 무릎을 꿇은 그는 목이 터질 정도로 욕을 해댔다. 다음 순간 나는 그가 왜 타인에게 도움을 요청할 수 없었는지 알게 되었다. 그는 구멍에서 더러운 가방을 하나 꺼냈다. 그러고는 주방으로 끌고 가 내용물을 바닥에 쏟았다. 물과 똥에 젖어 잔뜩 더러워진 현금 뭉치였다.

구역질이 나오려던 순간 홀리안이 세탁기로 돈을 씻을 생각이라는 걸 알아챘다.

"안 돼! 그런 건 생각도 하지 마!" 나는 신경질적으로 소리쳤다.

그는 내가 피를 보는 한이 있더라도 못하게 막으리라

는 걸 짐작했을 것이다. 내가 무심코 주방에서 제일 큰 칼을 움켜쥐었기 때문이다.

"오케이, 비올레타! 진정해!" 생애 처음으로 겁에 질린 그는 나에게 애원했다.

그가 전화를 걸자 금방 두 명의 마피아가 와서 우리가 하라는 대로 했다. 우리는 빨래방으로 갔고, 마피아들은 가족의 옷을 세탁하고 있던 세 여자에게 10달러짜리 지폐를 쥐어준 뒤 밖으로 나가 기다리라고 지시한 뒤 문 앞에 서서 감시를 했다. 그 사이에 훌리안은 똥이 묻은 지폐를 씻었다. 그런 다음 건조기에 말려서 가방에 넣었다. 훌리안이 건조기를 작동하는 법을 몰라서 나도 같이 가야 했다.

"어휴 참, 돈세탁이란 게 뭔지 이제 알겠군." 그게 내가 한 말이었다.

훌리안의 아내로 사는 것보다는 애인으로 지내는 게 낫다는 것을 단번에, 영원히 알아먹을 수밖에 없었다. 나는 다음날 사크라멘토로 돌아갔다.

정말 고통스러운 주제다 보니 니에베스 이야기를 더 이어가는 게 좀 미뤄졌구나, 카밀로. 어쩌면 부당한 처사일지도 모르겠지만 나는 내 딸의 운명에 대해 훌리안을 비난했다. 물론 누구나 각자 자기 삶에 책임이 있다는 게 사실이기는 하다. 우리는 특정한 카드를 갖고 태어나 그 카드로 인생이라는 게임을 한다. 나쁜 카드가 걸려 모든 걸 잃게 되는 사람이 있는가 하면 나쁜 카드

를 능숙하게 사용해 성공하는 사람도 있지. 카드는 우리
가 누구인지, 즉, 나이, 성별, 인종, 집안, 국적 등을 결정
한다. 카드를 바꾸는 건 불가능하고 우리가 할 수 있는
일은 오로지 최선을 다해 카드를 잘 쓰는 것이다.

그 게임에는 장애물과 기회, 전략과 함정이 동시에
존재한다. 니에베스는 정말 특별한 카드를 받았다. 지능,
용기, 대담함, 관대함, 매력, 매혹적인 목소리, 아름다움
의 카드를 갖고 태어났다. 평범한 어머니가 자식을 사랑
하듯 나는 내 영혼을 다해 그녀를 사랑했지만, 내 사랑
은 아빠의 숭배에 가까운 사랑과는 비교가 되지 않았다.
니에베스는 훌리안이 이 세상에서 자기 자신보다 더 사
랑하는 유일한 사람이었다.

딸들은 모두 어린 시절에 아빠와 사랑에 빠진다고들
한다. 그걸 '엘렉트라 콤플렉스'라고 부른다지. 하지만
그런 건 자라면서 금방 사라진다. 그러나 때때로 아빠
들이 딸과 사랑에 빠지기도 하는데 그러면 고양이 발톱
에 양털이 뭉치듯 감정이 엉키게 된다. 니에베스와 훌리
안 사이가 그와 비슷했다. 훌리안은 니에베스가 아들은
갖고 있지 않은 감탄할 만한 장점들을 갖고 있다는 걸
짐작하자마자 딸에게 집착했다. 병약하고 여성적이라고
여긴 후안 마르틴과 달리 딸은 기질도 영혼도 자신과
꼭 닮은 아이였다. 아들은 여동생의 경쟁 상대가 아니었
다. 그러자 어느 순간 아들은, 더 이상 애쓰지 않고 동
생의 그늘에 가려 보이지 않는 구석을 차지하고 살기로
했다. 그런 아들의 노력은 매우 효율적이어서 아빠는 실

제로 아들의 존재를 잊어버릴 정도였다.

한번은 수영장에서 훌리안이 니에베스에게 자외선 차단제를 발라주는 걸 내가 보게 되었다. 이전에도 여러 번 그랬는데 그날은 뭔가 그 장면이 불안하게 느껴졌다. 그래서 나는 아이를 불러 내가 직접 발라주었다.

"아빠가 더 잘해요." 그 애는 조롱하는 표정으로 답했다.

나중에 나는 용기를 내 훌리안에게 그 얘기를 꺼냈고, 그는 대답이라는 듯이 내 뺨을 때렸다. 그에게 맞은 지 오래되었을 뿐 아니라 이전에는 한 번도 얼굴에 자국을 남기지 않았던 그였다. 그는 나를 의심, 질투, 시기심으로 모든 것을 더럽히는 추악한 하피[1]라고 비난했다. 여러 해 동안 나를 참아왔지만 내 사악함으로 니에베스의 순수함을 파괴하는 짓은 참아줄 수 없다고도 했다.

훌리안과 함께 마이애미의 끔찍한 핑크빛 별장에서 마피아, 공모자, 스파이와 더불어 살다시피 하던 그해에 니에베스는 외적으로는 우리와 함께 있었지만 실제로는 거의 보지 못하고 지냈다. 집이 시내에서 멀기 때문에 친구들 집에서 자겠다는 일이 흔했다. 가끔은 떠들썩한 파티에서 돌아온 그 애가 수영장 옆 팔걸이의자에 누워 피냐 콜라다를 마시며 쉬는 모습을 볼 수 있었다. 어떤 날은 술을 마시고는 의식이 없어 운전을 할 수 없었

---

1 하피(harpy)는 그리스로마 신화에 나오는 괴물로, 머리와 몸은 여자이고 날개와 발은 새이다.

다. 내 생각에는 술이 아니라 마약 때문이었던 것 같다. 아무튼 술이 취한 밤에 집에 데려다줄 사람이 마땅히 없으면 훌리안에게 데리러 오라고 전화를 하곤 했다. 그 애는 코카인으로 숙취를 해소했다. 훌리안은 항상 코카인을 갖고 있었고 그게 담배만큼 무해하다고 생각했다.

내 딸은 카바레와 카지노에서 노래를 불렀다. 그런 장소는 마피아가 확실하게 통제하는 곳들이었고, 훌리안은 그녀의 노래를 들을 수 있도록 몇 번 나를 데려갔다. 지금도 나는 그날 밤 스팽글 장식의 꽉 끼는 실크 드레스를 입고 가짜 다이아몬드를 걸친 채 매춘부처럼 화장을 한 소녀의 모습이 눈에 선하다. 그녀는 마이크를 어루만지며 거칠고 관능적인 목소리로 관객들을 유혹했다. 그녀의 아버지는 다른 남자 관객들처럼 격렬한 박수갈채를 보내고 찬사와 추파의 휘파람을 불었다. 나는 쇼가 빨리 끝나기만을 신께 기도하며 위경련으로 몸부림쳤다.

2년 후 한 남자가 그 클럽 중 한 곳에서 니에베스를 '발견'했다. 그는 사랑과 무대에서의 성공을 약속하며 밤새 차를 몰아 그녀를 라스베이거스로 데려갔다. 남자의 이름은 조 산토로였다. 그는 에이전트라고 자신을 소개했지만 사실은 단역배우일 뿐이었고, 멍청하고 비양심적이며 잘생긴, 흔해 빠진 미국 청년에 불과했다. 니에베스는 조용히 짐을 싼 뒤 아버지에게 아무 말도 하지 않고 떠나버렸다. 이틀이 지난 후 훌리안은 경찰에 의뢰해 니에베스를 찾아냈고 그녀는 라스베이거스에서 전화를 걸어왔다. 분노와 질투로 정신이 나간 홀리안은 망설이지 않고 그녀를 찾아 나섰다. 그는 라스베이거스에 인맥이 있었다. 고객의 요청으로 그 도시로 날아가 검은 가방을 몇 개 받아온 적도 있었다. 그의 계획은 깡패를 고용해 그 산토로라는 놈의 무릎을 총으로 쏴서 짓뭉개버리고 딸의 귀를 잡아끌고 다시 자기 옆으로 데려오는 것이었다.

홀리안은 조 산토로가 많은 히피족과 떠돌이 부랑아들이 같이 지내는 지저분한 집에서 니에베스를 발견했다. 부랑아들은 거기서 며칠 밤을 보내고 더러운 기름때와 난장판의 흔적을 남기며 떠나버리고는 했다. 내 딸은 끈적끈적한 바닥 매트 위에 젊은 애인과 함께 누워 있었다. 던져놓은 옷가지, 맥주 캔, 먹다 남은 돌처럼 딱딱하게 굳은 피자 조각이 바닥에 엉망으로 널브러져 있었다. 니에베스와 남자는 LSD를 복용하고 마리화나도 같이 흡입한 탓에 딴 세상을 떠다니는 상태였다. 그러나 니에베스는 아버지의 목표가 무엇인지 짐작할 정도의 정신은 남아 있었다. 옷을 반쯤 벗은 채 눈 화장이 거뭇하게 번지고 머리칼은 헝클어진 그녀는 고용된 갱 앞을 막아서며 두 손으로 총구를 움켜쥐었다. 그러고는 아버지에게 신의 이름을 걸고 맹세했다. 조에게 손대면 그 개 같은 생애 동안 다시는 자신을 볼 수 없을 거라고, 콱 죽어버릴 거라고.

딸의 그 말은 홀리안의 타이탄 같은 막강한 힘을 한방에 무너뜨린 타격이었다. 니에베스는 그저 죽음의 위험에서 벗어나려는 사람처럼 필사적으로 아버지를 버렸다. 나는 니에베스가 자기 마음은 수긍하지 못하는 사실을 세포 하나하나에서 느꼈다고 생각한다. 바로 아버지의 열정에서, 그리고 아버지에 대한 집착과 의존에서 벗어나야 한다는 사실이었다. 그 애는 함께 마이애미로 돌아가는 것도 거부하고, 어떤 식이든 도움을 받는 것도 거부함으로써 단칼에 아버지와의 관계를 잘라냈다.

라스베이거스에 도착할 때 훌리안을 지배하던 분노의 감정은 니에베스가 자신을 적으로 대하는 모습을 보자 절망감으로 바뀌었다. 그는 딸이 원하는 대로 해주겠다고 했다. 모든 면에서 그녀 마음에 들도록 해주겠다고, 조 산토로든 누구든 그녀가 선택하는 어떤 불운한 남자에게도 그녀에게 걸맞은 형편을 유지할 수 있도록 해주겠다고 말했다. 자기 딸이 돼지우리에서 살 수는 없지 않겠느냐고 덧붙였다. 그는 간청도 하고 자신을 낮추며 굽신거리기도 하고 울기도 했지만, 그 어느 것도 딸의 굳은 의지를 꺾지 못했다. 그제야 그는 딸이 자신과 똑같다는 걸 깨달았다. 길들여지지 않고 대담하며 어느 누구도 고려하지 않고 자기 원하는 대로 할 사람. 니에베스도 훌리안처럼 무심한 태도로 자기 앞날에 불행의 씨앗을 심을 수 있는 사람이었다. 딸은 그 자신의 모습을 비추는 거울이었다.

니에베스는 라스베이거스에 남았다. 훌리안은 불가피한 상황이 오면 개입할 수 있도록 근처에 정착하려고 했지만 포기해야 했다. 그녀가 멀리서조차도 그를 보고 싶지 않다고 했기 때문이다. 게다가 훌리안은 마이애미의 일들에서도 손 뗄 수 없었다. 고객들은 그를 놓아줄 생각이 없었다. 야간에 적의 영토에서 레이더 신호 아래로 비행하거나, 악어가 우글거리는 늪지에 착륙해 수상쩍은 소포를 배달하거나 픽업할 수 있는 조종사를 구하는 건 간단한 일이 아니었다.

훌리안은 딸을 감시하기 위해, 카밀로, 너의 인생에서 결정적인 역할을 하게 될 탐정 로이 쿠퍼를 고용했다. 알고 보니 그는 협박을 전문으로 하는 전과자였다. 그러나 그가 협박을 하는 일이나 협박 사건을 해결하는 일로 먹고살았는지는 분명하지 않았다.

로이의 보고서는 훌리안의 가슴을 찢어놓았다. 딸은 죽음으로 향하는 비탈길을 미끄러져 가고 있었다. 그녀는 한동안 조 산토로와 함께 지냈지만 곧 그를 떠났다. 어쩌면 그가 그녀를 떠났을 수도 있다. 니에베스는 거리에서 지내고 있었다. 유명한 샌프란시스코의 '사랑의 여름'[1]은 벌써 몇 년 전에 일어나기는 했지만 히피족의 대항문화는 여전히 라스베이거스를 포함한 전국의 많은 도시에서 번창하고 있었다. 머리를 길게 기르고 문신을 하고 게으르고 행복에 겨운 그 젊은이들은 캘리포니아 전역을 떠돌아다녔고 곧 우드스톡의 역사[2]를 만들게 되

---

1 사랑의 여름(Summer of Love)은 1967년 여름 샌프란시스코에서 발생한 히피 공동체를 말함.
2 1969년 8월 뉴욕주 얼스터카운티의 우드스톡에서 열린 '우드스톡 페스티벌'을 말함. 이 전설적인 록 페스티벌은 세계 록 페스티벌의 시초이자 히피 문화의 절정으로 평가되고 있다.

지만, 다른 지역에서는 그런 젊은이들을 별로 호의적으로 보지 않았고 오히려 구타당하거나 체포당할 위험도 있었다. 그래서 홀리안은 마이애미에서는 히피를 한 번도 보지 못했다.

니에베스는 난교, 사이키델릭 음악, 마약을 즐기며 거지처럼 살기로 선택한 그 다채로운 중산층 출신의 백인 젊은이들 그룹에 들어가 있었다. 로이는 홀리안에게 자주 보고서를 보내느라 구두 굽이 닳을 지경이었다. 로이가 보내주는 사진들 속의 니에베스는 작은 거울과 꽃으로 장식한 누더기 헝겊을 머리에 쓰고 베트남 전쟁에 반대하는 한 무리의 젊은이들과 함께 시위 현장에 참가한 모습이었다. 머리털을 풀어헤친 구루의 발치에 연꽃 자세로 앉아 있는 사진, 발라드를 부르는 사진, 공공 공원에서 자선을 구걸하는 사진도 있었다. 잠은 히피 공동체나 길거리, 낡은 차 안에서 잤다. 그 시대 수많은 젊은이에게서 찾아볼 수 있는 방황하는 영혼으로 하루는 여기서 자고 다음 날은 저기서 자는 식이었다. 니에베스는 지향 없는 자유의 매력에, 하루 동안의 사랑에, 휴식의 도취에 자신을 내맡겼다. 그녀는 인도에서 영감을 받은 미학, 평등, 동지애를 받아들였지만 동양 철학이나 시위의 정치적, 사회적 접근에는 관심이 없었다. 재미 삼아 반전 시위에 참가하고 경찰에 도전했지만 베트남이라는 곳이 어디 있는지도 몰랐다.

로이는 니에베스가 밥을 굶고 지내지 않도록 돌봐주고 할 수 있는 한 지켜주되, 아버지가 보낸 사람이라는 의심을 사지 않도록 하라는 지시를 받았다. 그녀는 마리화나와 LSD 약물의 구름 속을 떠다니며 살았기 때문에 들키지 않는 일은 쉬웠다. 모든 걸 경험해 보려는 열망, 삶을 한입에 완전히 삼키려는 욕망으로 그녀는 헤로인을 흡입하기 시작했다. 훌리안의 구상은 니에베스가 바닥을 칠 때 다치지 않도록 미리 밧줄을 쥐여준다는 것이었다. 그러면 나중에 그녀를 구해낼 수 있으리라 생각했다. 로이는 니에베스가 우연히 관계를 맺은 남자들을 추적할 수 없었다. 그들의 이름을 알아내는 건 아무 의미가 없었다. 누구를 만나도 그 관계는 겨우 사나흘 지속될 뿐이었다. 로이가 훌리안에게 보낸 사진에서는 멀리서 찍은 사진이든 지나가는 걸 찍은 사진이든 모두 똑같은 남자로 보였다. 턱수염, 긴 머리, 구슬이나 꽃이 달린 목걸이, 샌들, 기타 등등.

그렇지 않은 단 한 사람은 제법 규칙적으로 니에베스의 삶에 들락거리는 조 산토로였다. 그는 흔한 히피가 아니었다. 그는 개미집만 한 구멍가게에서 필로폰과 헤로인을 팔았는데, 규모가 너무 보잘것없어서 경찰도 그를 괴롭히지 않았다. 그의 고객은 회사원, 삼류 연예인, 호텔 손님이었다. 히피족은 무료로 제공되는 마리화나와 환각제를 선호했다. 그렇다 해도 대부분은 너무 센 마약과 술을 멸시했다. 우리는 그가 니에베스에게 처음 헤로인을 권했는지, 아니면 니에베스가 절망적일 때 헤로인을 공급해 준 건지 절대로 알 수는 없다. 중독의 길은 곧게 뻗은 포장도로나 다름없다. 그래서 니에베스는 빠르게 그곳으로 달려가게 되었다.

나는 그 사실을 1년이나 지난 뒤 알게 되었다. 홀리안이 통화할 때나 우리나라에 올 때 니에베스는 잘 지내고 있고, 여자 친구 둘과 아파트를 같이 쓰면서 예술 공부를 하고 있다고 안심시켜 주었기 때문이다. 그는 일주일에 두 번 그녀와 전화 통화를 하고 있으며, 그녀가 혼자 날 수 있을지 시험해 보는 시간을 갖고 싶다고 해서 직접 찾아가 보지는 않는다고 말했다. 그녀의 나이에는 그게 정상이라고도 덧붙였다. 홀리안은 내가 니에베스를 만나러 가는 것도 원하지 않았다. 니에베스는 항상 소통이 원활하지 않았으니 그녀가 내 편지에 답장하지 않아도 걱정할 필요가 없다고 했다. 한번은 내가 홀리안의 서류를 갱신하기 위해 마이애미로 날아갔는데 그는 내 딸의 부재와 침묵에 대해 핑계를 대며 때워 넘겼다. 나는 더 알아볼 수 있었는데 그러지 않았다. 나도 유죄다.

홀리안과 나의 관계는 서로 미워하고 또 서로 욕망하는 오랜 습관에 기대 유지되었다. 물론 니에베스도 우리 관계의 이유였다. 후안 마르틴은 해당되지 않는다. 내 아들 때문이라면 우리는 15년 전에 헤어졌어야 하기 때문이다. 매력과 거절, 열정과 분노의 그 추악한 조합, 원한을 품었다가 화해했다가 하는 그 불가피한 습관을 설명하는 것은 불가능하다. 나조차도 이해가 되지 않는다. 시간이 지나면 사건들은 기억에 남지만 감정은 지워지기 마련이다. 나는 더 이상 그때의 그 여자가 아니다.

그 몇 년 동안 나는 마이애미에 갈 때마다 다시는 홀리안의 부름에 응하지 않겠다고 결심하면서 사크라멘토에 있는 우리 집으로 돌아오거나 아들과 함께 살던 수도의 아파트로 갔다. 그러나 매를 맞으며 훈련받은 개처럼 어쩔 수 없이 굴복하고 말았다. 혼란의 무질서에 빠져 익사할 정도가 되면 그는 정돈을 좀 해달라고 나를 불렀다. 엉망진창이 된 여자관계나 돈 문제를 피해 도망칠 때마다 나를 보러 오기도 했다. 그가 찾아오는 일은 태풍과 같아서 잘 조절된 나의 삶과 그의 부재로 느끼고 있던 마음의 평화가 완전히 흐트러졌다. 내가 취할 때까지 술을 마시고 마리화나를 하는 건 그때뿐이었다. 홀리안은 평범한 사람처럼 인생을 즐기기 위해선 술과 마리화나가 필요하다고 했다. "나는 긴장이 풀려 있을 때의 당신이 좋아. 당신이 당신 걱정거리와 사업만 머릿속에 담고 있으면 당신과 잘 지낼 수가 없어." 홀리안의 말이었다.

내 사업, 그것은 반복되는 싸움의 원인이었다. 카밀로, 너도 알다시피 나는 돈 냄새를 잘 맡는다. 나는 저축과 투자하는 방법을 알고 검소하게 살았다. 돈 문제에 대한 그런 신중함을 홀리안은 탐욕으로 여겼고, 그게 나의 또 다른 결점이라고 했다. 그는 나를 비난하더니 돌아서서는 5분 만에 1년치 저축을 몽땅 날려버리곤 했다.

15장

    훌리안의 학대를 아는 유일한 사람인 호세 안토니오 오빠와 조세핀 테일러는 내가 그런 일을 용인하는 것을 두고 나를 여러 번 나무랐다. 두 사람이 계속 권해서 나는 정신과 의사를 찾아갔다. 나 스스로를 갉아먹는 그 정서적 의존성을 해결하는 데 도움을 받기 위해서였다. 레비 박사는 빈에서 칼 융과 함께 공부한 유대인이었다. 그는 대학교수였고 여러 권의 책도 쓴 탁월한 실력자였다. 내 짐작으로는 80세 정도였지만 어쩌면 더 젊은데 고통에 지쳐 그래 보이는 거였을지도 모른다. 그는 2차 세계대전 후 훌리안의 수륙양용기를 타고 미국으로 밀입국한 이민자였고 그래서 나도 그를 알고는 있었다. 그는 학살 수용소에서 모든 가족을 잃었지만, 그 불멸의 애도는 그에게 비통함이 아니라 오히려 인간의 나약함에 대한 무한한 연민을 남겼다. 홀로코스트 생존자에게 내 보잘것없는 감정 문제로 시간 낭비를 하게 해서 부끄러웠지만, 그는 단 한 번의 시선으로 나를 진정시켰다. 그는 상담실 문을 닫았고 책으로 가득 찬 그 방의 공기는 멈춰 있었다. 아무것도 존재하지 않았다. 단지 그와 나뿐이었다.

"저는 진부한 삶을 살았어요, 레비 박사님. 특별히 말할 가치가 있는 일을 한 적도 없지요. 나는 평범한 사람이에요." 잠시 환담을 나눌 때 나는 그에게 말했다.

그는 누구와 비교하는지에 따라 모든 삶은 진부하고 우리 모두 평범해진다고 대답했다.

"비올레타, 왜 비극적인 삶을 원하는 거지요?" 그는 나에게 물었고 목소리가 갈라져 있었다. 아마도 자신이 겪은 고통에 대해 생각했을 것이다. "그런 경우에 쓰는 '당신의 삶이 재밌어지길 기원합니다'라는 중국식 저주가 있습니다. 그에 해당하는 축복의 말은 바로 '평범한 삶을 기원합니다'지요." 그가 덧붙였다.

내 손을 잡아준 레비 박사 덕분에 나는 간신히 홀리안과 헤어질 수 있었다. 그것은 급하게 진행된 것이 아니라 기나긴 성찰의 여정을 통해서 이루어졌다. 내 기억은, 아버지의 시신을 발견했던 바로 그곳 어린 시절 동백나무가 있던 큰 집에서 시작되었다. 이어서 기억의 풍경들은 미스 테일러, 이모들, 리바스 가족 농장, 이동 학교, 파스쿠알 프레이레의 폭행과 토리토의 구원, 파비안, 홀리안, 그리고 내 아이들까지 이어졌고, 마지막에는 싸움과 외로움에 지친 50대의 나와 마주할 수 있었다.

홀리안에게 다시는 곤경에 처했을 때 나에게 기댈 생각하지 말라고 선언하는 일부터 시작했다. 사치스러운 씀씀이에 돈을 대주지도 빚을 갚아 주지도, 회계 장부를 조작하는 기적을 만들어주지도 않겠다고 했고, 그가 뒤에 남겨 놓는 파편화된 조각들을 주워 모으는 일도 해주지 않을 거라고 알렸다. 마이애미의 파스텔 핑크 별장에도 다시는 발을 들여놓지 않겠다고 말했다. 똥 묻은 지폐가 세탁기에 들어가는 꼴을 보는 일도, 갱단이며 스파이를 볼 일도 없을 것이다. 이제 나를 보러 오려면 우리 집 대신 호텔에 머물러야 하고, 후안 마르틴을 정중하게 대해야 할 것이다. 끝으로 한 번만 더 나한테 손을 대면 진정으로 후회하게 될 테니 그리 알라고 했다.

"비올레타, 목적을 이루기 위해서는 용기와 명석함이 필요해요. 홀리안과 함께 있게 될 때 술을 피하는 것이 좋을 겁니다." 레비 박사는 그렇게 조언했다.

그 말을 들을 때까지 나는 술과 홀리안이 나에게 미치는 힘의 관계를 생각하지 못했다.

홀리안은 내 말이 여러 해 동안 반복되어 온 헛된 위협에 지나지 않는다고 생각했지만, 이번에는 레비 박사가 내 뒤를 지켜주고 있었다. 두 달 후 마이애미로 와서 도와달라고 빌고 빌다가 지친 그는, 퍼즐 조각을 맞추는 것 같은 그 일을 다른 사람에게 맡기로 체념했다. 그는 그 일을 '사업'이라고 불렀지만 실제로는 갱단의 불법 유통, 불법 거래일 뿐이었다. 그 일을 맡게 된 사람은 바로 퐁텐블로 호텔에서 같이 마티니를 마신 적 있는, 호의를 가지고 그를 돕는 오래된 젊은 애인 소라이다 아브레우였다. 훌리안의 선택은 완벽했다. 그녀는 회계사 자격을 갖고 있었을 뿐만 아니라 유능하고 신중한데다 내가 그랬던 것처럼 기꺼이 사랑으로 그를 돌보았기 때문이다. 내가 이중장부의 어마어마하게 많은 숫자와 본능적으로 싸워 정리했다면 그녀는 미국 법에 대한 해박한 지식과 방법을 가지고 있었다. 그녀는 비밀 장부를 만드는 법, 세금을 피하는 법, 돈을 세탁하는 법을 잘 알고 있었다. 나보다 그녀와 일하는 게 훌리안에겐 더 나은 선택이었다.

나는 사자 머리를 하고 굴곡진 몸매를 지닌 보리쿠아럼 여왕이 훌리안의 동업자들과 고객들에게 자기 권위를 내세우거나 잠깐의 흥미로 접근하는 여자들을 차단하는 모습을 상상해 보았다. 그녀는 자신이 체계적인 사람이며 그것은 직업상 필수 요건이라고 했고, 방탕한 것을 용납하지 않는 편이라고도 했다. 부모님이 매우 엄격했고 그래서 수녀 학교에서 교육을 받았다는 말도 덧붙였다. 때때로 그녀는 전화를 걸어 두 사람이 최근에 겪은 다사다난한 사랑 이야기를 들려주기도 하고, 조언을 구하기도 했다. 당당하고 타고난 보스였으며, 자신과 자신의 의견에 확신이 있는 여성이었다. 다만 자기 생각을 말할 때면 답답하고 소녀 같은 말투 때문에 우스꽝스럽게 들리기도 했다. 훌리안이 그녀를 지배하거나 겁먹게 할 수 있을까 싶었다. 난투극이 벌어지면 그녀가 그를 바퀴벌레처럼 짓밟아버릴 수 있다고 생각했다.

소라이다의 존재는 나에게 축복이었다. 훌리안을 향한 마지막 남은 애정의 끈을 놓아버리는 데 도움이 되었기 때문이다.

훌리안은 이 나라에 부쩍 자주 들어오기 시작했다. 수상쩍은 독일 이민자 공동체 콜로니아 에스페란사와 관련된 일급비밀 임무를 위해서라고 했다. 둘이서 항구의 선술집에서 점심으로 굴과 성게를 먹고 있을 때, 나는 나에게 얘기할 정도면 일급비밀은 아닌 게 틀림없다고 말해 주었다.

"당신은 내 영혼이야, 비올레타. 누구보다 나를 잘 아는 사람이지. 당신한테는 비밀이 없어." 그가 대답했다.

나는 소라이다와 함께 살고 있는지 묻지는 않았다. 그녀와 나의 특이한 동지애를 훌리안이 의심하지 않는 편이 더 나았기 때문이다.

훌리안은 아들을 거의 만나지 못했다. 학업을 핑계로 후안 마르틴을 마이애미에 몇 번 초대했지만 아들은 정중하게 거절했다. 훌리안이 수도에 갈 때도 꼭 필요할 때만 만났다. 두 사람 다 특정 주제는 피했다. 특히 정치 이야기처럼 서로 혐오감을 느끼게 되는 불씨가 될 만한 화제는 피했다. 훌리안에게 아들은 영원한 실망이었고 후안 마르틴에게 아버지는 양키 제국주의에 매수당한 악당이었다.

대통령 선거는 좌파 정당 연합을 대표하는 어느 사회주의자의 승리로 끝났다. 후안 마르틴은 후보자의 유세 과정에서 지칠 줄 모르고 일했다. 훌리안은 이 나라 우파도 미국도 허용하지 않을 테니 그의 정부가 채 몇 달 버티지 못할 거라고 확신하고 있었다. 그러나 말은 하지 않았다. 그는 대신 내가 아들에게 경고해 주기를 바랐다.

"당신 아들에게 조심하라고 얘기해. 이 나라가 쿠바처럼 되지는 않을 테니. 피바람이 불 수도 있어."

그가 그걸 어떻게 아는지 물어볼 필요는 없었다.

니에베스의 목숨은 훌리안이 사립 탐정으로 고용한 로이에게 달려 있었다. 네바다 사막의 뜨거운 어느 오후, 로이는 고용주에게 보내야 할 보고서를 제출하지 않은 지 일주일이나 되었다는 게 떠올랐다. 그 소녀를 염탐하는 것은 지루한 일이었고 로이처럼 범죄적인 일에 최적화된 사람에게는 어울리지 않았지만, 일의 보수가 좋았다.

로이는 일상적인 장소들을 다니며 니에베스를 찾았지만 성과가 없었다. 그녀가 절박해지는 날이면 지나가는 행인들에게 몸을 주기도 하던 모퉁이들까지 다 뒤져보았다. 아이 아버지도 틀림없이 사실을 알고 있을 테니 보고하지는 않았다. 그런 일은 니에베스가 마약이 더 필요해질 때 주로 사용하는 수단이었다. 로이는 훌리안 브라보와 같은 사람은 마약의 세계를 매우 잘 안다고 확신했다. 생산과 유통, 그리고 제품에 연루된 부패와 범죄에서부터 중독자의 최종적인 타락이라는 수순까지 모두 말이다. 자신의 딸이 그 피해자라는 사실은 고통스러운 아이러니였다. 니에베스가 그렇게 오랫동안 시야에서 벗어난 적이 없었기 때문에 걱정이 된 로이는 그녀가 어울리던 히피들을 찾아갔다. 스트립 거리의 번쩍이는 조명과 샴페인 구역에서 멀리 떨어진 공터에 누워 있는 그 젊은이들 사이를 뒤졌다. 그러다가 니에베스가 조 산토로와 같이 있는 걸 봤다는 이야기를 들었다.

로이가 어느 볼링장에서 조를 찾아냈을 때는 이미 어두워진 뒤였다. 면도도 하고 잘 차려입은 깔끔한 조는 친구 두 명과 볼링을 치며 맥주를 마시고 있었다.

"니에베스요? 나는 걔 경호원이 아닌데요." 그는 무례하게 대답했다.

조는 더 이상 니에베스에게는 관심이 없고 그녀에게 마약만 팔고 있다고 했다. 그리고 그녀에게 자신은 마약을 하지 않으며 그건 돌이킬 수 없는 길이라고 경고까지 했다고 설명했다. 로이는 그의 팔을 잡아 화장실로 끌고 들어갔다. 로이는 무릎으로 조의 사타구니를 쳐서 엎어뜨렸다. 그러고는 벨트를 잡아 오줌이 흩뿌려진 바닥에서 일으켜 세워 코를 때려 부수려던 참이었다. 조가 얼굴을 가리며 로이를 막고는 니에베스가 버스 안에 있다고 중얼거렸다.

로이는 그 말의 의미를 알고 있었다. 쇳덩어리는 모두 사라지고 바퀴도 없는 버스는 온통 낙서로 뒤덮인 채 버려진 건물의 안뜰에 자리 잡고 있었다. 로이는 바로 몇 시간 전에 중독자와 노숙자들이 모여드는 그 건물에도 왔었다. 그러나 버스 안을 뒤져볼 생각은 하지 못했었다. 로이는 버스 바닥에 약에 취해 잠든 듯한 두 명의 청년 사이에서 의식을 잃은 니에베스를 발견했다. 그는 옆에 있는 다른 사람들에게는 눈길조차 주지 않았다. 그녀의 손님은 아닌 듯했다. 로이는 니에베스를 일으키려고 했지만 두 손 사이로 스르르 미끄러져 내렸다. 그는 손바닥으로 몇 번 두들기고 흔들어 그녀가 숨을 쉬게 했다. 맥박이 뛰는지 손을 대보았지만 맥이 느껴지지 않았다. 로이는 그녀를 들쳐 메고 빠른 걸음으로 한 블록 거리에 주차해 둔 자기 차로 데려갔다. 뼈만 남은 니에베스는 어린아이같이 가벼웠다.

병원에 도착한 탐정은 훌리안에게 전화를 걸었다. 마이애미는 이미 자정이 가까운 시간이었다.

"아이가 바닥을 쳤습니다. 빨리 오십시오." 그렇게 알렸다.

훌리안은 다음날 정오에 라스베이거스에 도착했다. 고객이 제공한 소형 제트기를 몰고 와 사설 공항에 착륙했다. 이틀 후 니에베스가 퇴원하자 훌리안과 로이는 생각할 것도 없이 곧장 그녀를 비행기로 데려갔다. 그녀는 죽음으로 이어질 뻔한 과다 복용에서 회복되었지만 끔찍한 금단 증상으로 고통받고 있었다. 자신을 간신히 붙들고 있는 두 남자 사이에서 그녀는 욕지거리를 퍼부으며 초인적인 힘을 쥐어짜내 필사적으로 몸부림쳤다.

만일 공공장소였다면 경찰의 눈길을 끌었을 게 분명했다. 비행기에 타자 홀리안은 딸에게 진정제를 맞혀 10시간 동안 재웠다. 마이애미에 착륙해서 병원에 입원시키기에 충분한 시간이었다.

홀리안은 그제서야 나에게 전화를 걸어 무슨 일이 일어나고 있는지 알려주었다. 나는 2년 전부터 내 딸이 마약을 하고 있다고 의심했다. 그러나 마리화나와 코카인을 하는 거라고 짐작했다. 홀리안이 마리화나와 코카인은 담배만큼 해로울 게 없고, 니에베스의 정상적인 사회생활에 영향을 주지 않는다고 했기 때문이다. 나는 홀리안이 알코올중독이라는 사실을 알고 싶지 않았던 것과 마찬가지로 니에베스에게 일어나고 있는 일의 증거를 무시한 채 견디고 있었다. 나는 그의 말을 그대로 따라 하곤 했다. 니에베스는 머리가 좋으니 술을 마셔도 괜찮고 남들보다 두 배를 마셔도 티도 하나 안 나며, 등허리 통증을 줄이려면 위스키를 손 닿는 데 두고 살아야 한다는 등의 핑곗거리를 찾았다. 니에베스는 헤로인으로 인한 죽음의 위기에서 막 빠져나온 상태였고 엄격한 해독과 재활 프로그램을 받았다. 그러나 나는 그녀가 중독되었다고 생각하지는 않았다. 나는 홀리안의 말을 믿었다. 그는 불행한 사고였고 다시는 이런 일이 일어나지 않을 것이며 아이도 교훈을 얻었을 거라고 했다.

일주일이 지나자 우리는 병원의 허가를 받아 니에베스를 방문할 수 있었다. 금단 증상이 가장 극심한 날들은 지나간 뒤였다. 깨끗이 씻은 그녀는 젖은 머리를 늘 어뜨리고 청바지와 티셔츠를 입고 있었다. 입을 꾹 다문 채 시선을 피하고 바닥을 쳐다보며 아무 말도 하지 않았다. 나는 그녀를 껴안고 울며 이름을 불렀지만 아무 반응이 없었다. 그러나 훌리안이 어떠냐고 묻자 간신히 눈에 초점이 잡혔다.

"대大존재들이 나를 선택했어요, 아빠, 인류에게 전할 메시지가 있어요." 그녀가 말했다.

같이 있던 상담사는 니에베스가 트라우마를 겪은 데 다가 진정제 효과까지 나타났기 때문에 이런 혼란 상태 는 정상이라고 설명했다.

나는 니에베스가 병원에 입원해 있던 3개월 동안 마 이애미에 머물렀다. 그 애가 병원에서 사라진 후에도 마 찬가지였다. 나는 병원의 허락이 있을 때마다 그 애를 방문했다. 처음에는 일주일에 두 번이었고 나중에는 거 의 매일 볼 수 있었다. 면회 시간은 매우 짧았고 항상 경비와 동행했다. 나는 금단의 공포, 끔찍한 고뇌, 불면 증, 경련과 복통, 얼어붙는 식은땀, 구토, 발열에 대해 알 게 되었다. 처음 며칠 동안은 진정제와 진통제가 딸에게 도움이 되었다. 그러나 나중에는 감기에 걸린 듯 한기에 시달리는 고통을 겪어야 했다

어떤 날은 니에베스가 회복된 것처럼 보였다. 그럴 때면 니에베스는 수영장에 있거나 배구를 하고 있었고, 뺨에 혈색이 돌고 눈이 반짝거렸다. 또 어떤 날은 병원 에서 꺼내 달라고 빌었다. 사람들이 자기를 고문하고 음

식도 주지 않으며 묶어 놓고 때린다고 했다. 대 존재들 얘기는 다시 꺼내지 않았다. 애 아버지와 나는 정신과 의사, 상담사 들과 여러 차례 면담을 했다. 그들은 강인한 사랑을 주어야 한다고 강조했고, 절제와 규율을 알려줄 필요가 있다고 거듭 말했다. 그러나 니에베스는 곧 스물한 살이 될 테고 그러면 우리에게는 그녀를 그녀 자신으로부터 지켜줄 권한이 없어질 것이었다.

니에베스는 자기 생일이던 바로 그날 재활 병원에서 자취를 감췄다. 환자복을 입은 그대로 떠났다. 정신과 의사의 경고에도 불구하고 아버지가 생일 선물로 준 500달러도 챙겨갔다. 우리는 이미 그 애가 아는 사람들이 있는 라스베이거스로 돌아갔을 거라고 짐작했지만 로이는 그녀를 찾아내지 못했다. 한동안 우리는 니에베스에 대해 아무런 소식도 들을 수 없었다.

홀리안은 내가 마이애미에 머무는 동안 그의 끔찍한 저택에 머물기를 바랐다. 그러나 다시는 그와 한 지붕 아래에서 살지 않겠다고 결심한 뒤였다. 기회가 주어지면 나는 다시 그의 침대로 가게 될 테고 나중에 후회하리라는 걸 알고 있었다. 나는 간이 주방이 딸린 작은 원룸을 빌렸고, 그곳에서 침묵과 고독의 시간을 보냈다. 딸의 괴로운 현실을 파헤치는 고통스러운 날들 동안 나에게는 그런 침묵과 고독이 간절히 필요했다.

소라이다 아브레우도 홀리안과 함께 살고 있지 않았

다. 그는 그녀에게 코코넛 그로브[1]의 고급 아파트를 마련해 주었고, 그렇게 해서 가까이 두면서도 자유를 잃지 않을 수 있었다. 그는 한 번도 나에게 소라이다 이야기를 하지 않았고, 우리가 퐁텐블로 호텔에서 자주 만난다는 것도 알지 못했다. 그렇게 나는 그 젊은 아가씨가 좋아졌다. 그녀에게는 내게 부족한 배짱이 있었다.

소라이다는 고삐를 바짝 잡아당겨 훌리안을 묶어 놓았다. 그러나 그의 꿍꿍이와 배신이 한눈에 읽혀서 굳이 감시할 필요는 없다고 생각했다. 소라이다에게 훌리안은 신비로움이 부족했다. 내가 그녀에게 질투하지 않느냐고 묻자 그녀는 웃으며 대답했다.

"당연히 하지요! 당신을 질투하지는 않아요, 비올레타. 당신은 그의 과거에 속하니까요. 그렇지만 그가 다른 여자와 같이 있다가 내게 걸리면 죽여버릴 거예요."

소라이다는 '훌리안이 가장 아끼는 여자'라는 자리에 머물며 완전히 안전하다고 느꼈다. 훌리안의 불법 행위를 속속들이 알고 있고, 그는 그런 그녀를 화나게 할 만한 어리석은 짓은 절대로 하지 않을 것이기 때문이었다.

"그는 내 손바닥 안에 있어요." 그녀는 그렇게 말했다.

그녀는 칭찬할 만한 인내심을 가지고 그에게 결혼을 요구할 적절한 순간을 기다리고 있었다. 그녀는 훌리안의 의심을 사지 않고 임신을 할 수 있도록 최선을 다했다. 그에게 아들을 안겨주면 비장의 카드가 되리라고 생

---

1 코코넛 그로브(Coconut Grove)는 마이애미의 화려한 쇼핑 지역.

각했기 때문이다. 그러나 성공하지는 못했다.

"당신은 상관없지요, 그렇죠? 이미 성인이 된 당신 아이들한테 경쟁자는 아닐 테니까요." 그녀는 그렇게 덧붙였다.

그 3개월 동안 나는 니에베스에게 헌신했지만 호세 안토니오와도 자주 연락을 취했다. 사회주의 대통령은 빈민가의 비극을 해결하기 위해 '기초 주택 프로그램'을 수립했다. 빈민가 사람들은 식수와 하수도, 전기가 공급되지 않는 골판지와 나무판자로 지은 비참한 판잣집에 살았다. 호세 안토니오는 다년간의 경험과 조립식 건설 시스템을 완성했다는 명성을 바탕으로 공개 제안서를 제출했다. 카사스 루스티카스는 중산층 젊은이들이 가장 좋아하는 기업이었다. 열심히 노력하면 우리 회사의 주택을 첫 집으로 장만할 수 있었기 때문이다. 그러나 외곽지대의 가장 가난한 사람들이 자기들과 비슷한 집에 산다면 더 이상 그런 생각을 하지 않을 것이었다.

"오빠, 이 나라의 계급적 편견을 기억해 봐. 우리는 똑같은 기초 주택을 해안에 짓고 색깔과 이름만 다르게 붙일 텐데 과연 중산층이 그걸 '나의 집'이라고 부를 거 같아?" 나는 오빠에게 그렇게 상기시켜 주었다.

아무도 우리가 제시한 가격과 경쟁할 수 없었기 때문에 우리는 계약의 상당 부분을 따냈다. 마진은 매우 적었다. 그러나 1년 전부터 마르코 쿠사노비치 대신 일하고 있던 그의 아들 안톤 쿠사노비치는 막대한 물량으로 부족한 마진을 보완할 수 있음을 보여주었다. 비결은 주택을 짓고 설치하는 빠른 속도였으며, 이를 위해 우리는 인센티브를 제공해야 했다. 우리는 공장 시설을 두 배로 늘리고 근로자들에게 월급 외의 수수료를 지급했으며, 덕분에 회사 내에 결성된 노동조합을 잠잠하게 유지할 수 있었다.

1970년대 초 나라의 정치 상황은 재난에 가까웠고, 경제적, 사회적 위기가 심각했다. 법안 승인을 거의 해 주지 않는 연정 정당들의 무질서와, 사회주의 실험을 파괴하기 위해 무엇이든 희생할 준비가 된 우파의 비타협적인 반대로 정부는 마비가 되다시피 했다. 우파인 야당은 CIA의 지원을 받고 있었다. 후안 마르틴은 종종 나에게 그 점을 상기시켜 주었고, 훌리안은 게릴라를 파괴해야 한다며 그 사실을 정당화했다. "이곳에 게릴라는 없어요, 아버지. 국민이 선출한 중도와 좌파의 연합 정당입니다. 미국이 이 나라에서 할 일은 없어요." 어쩌다 두 사람이 대화를 하면 후안 마르틴은 그렇게 반박했다.

그런 상황들은 호세 안토니오와 나에게는 아무런 영향을 미치지 않았다. 우리에게는 많은 일거리가 있었고 근로자들은 만족했다. 항구적인 갈등과 점증하는 폭력, 총파업과 조업 중지, 정부를 지지하는 대중 행진과 그에 맞서는 야권의 행진이 일어나는 분위기에서 그것은 기적이었다. 나라는 화해할 수 없는 두 파벌로 양극화되었다. 대화도 없었고 중재자도 없었다. 우리가 따낸 계약에도 불구하고, 호세 안토니오와 안톤 쿠사노비치는 우리의 친구와 지인을 포함한 모든 사업가와 마찬가지로 정부에 적대적이었다. 나는 오빠를 따라서 우파에 투표했다. 좌파에 동조하는 유일한 사람은 내 아들과 미스 테일러뿐이었다. 미스 테일러는 일흔이 넘은 나이에도 테레사 리바스와 공유한 정치적 열정을 잊지 않았고, 그런 부분에서는 오빠의 아내로서의 역할에 길들지 않은 셈이었다.

후안 마르틴은 가톨릭 대학이 전혀 맞지 않는다고 설명하며 대학을 옮겼고, 그의 아버지가 '빨갱이 집합소'라고 표현한 국립대학에서 언론학을 공부했다. 정치에 너무 헌신적이었던 그는 수업도 제대로 들어가지 않았다. 아들은 나의 중립적 입장에 충격을 받았고 그런 태도를 무관심, 무지, 안일함이라고 표현했다. "어떻게 우파에 투표할 수 있어요, 엄마! 이 나라의 불평등과 빈곤이 보이지 않으세요?" 나도 느끼고는 있었지만 내가 할 수 있는 일이 아무것도 없었다. 그런 문제는 정부나 교회가 할 일이라고 믿었고, 나로선 노동자와 직원들에게 일을 주고 있으니 내 할 일은 충분히 하고 있었다. 내가 현실에 착륙하기까지 그 후 많은 일이 일어나게 되었다, 카밀로. 나는 그 위태로운 시기에 보지도 듣지도 말하지도 않으며 지내기로 했다. 내가 직접 억압의 주먹질에 당하지 않았더라면 나는 장기 독재 기간 내내 달라지지 않았을 것이다.

16장

    나라가 피할 수 없는 비극으로 빠져드는 3년간, 나는 마이애미, 라스베이거스, 로스앤젤레스 사이를 자주 오가며 보냈기 때문에 우리나라 사회주의 활동의 많은 부분을 모르고 살았다. 미국에 떠도는 정보도 편향적이어서 우리나라가 제2의 쿠바가 되어가고 있다는 우파의 선전과 별다르지 않았다. 나는 사업상 자주 집에 돌아왔는데, 올 때마다 얼마나 혼란과 폭력이 고조되어 가는지, 그리고 후안 마르틴이 어떻게 내 통제의 범위를 벗어나고 있는지 확인할 수 있었다. 내 아들은 낯선 사람이 되었다. 그는 애완동물에게 하듯이 거들먹거리는 말투로 나에게 말했다. 나를 가르치려는 열정을 잃은 그는 나를 또 하나의 잃어버린 대의명분처럼 여겼고 그렇게 나는 '오래된 미라'의 범주에 포함되었다. 아들은 덥수룩한 턱수염과 지저분한 머리칼에 비쩍 마르고 열정적인 남자가 되어 있어서 알아보지 못할 정도였다. 소심했던 소년의 모습은 이제 거의 남아 있지 않았다.

니에베스가 사라진 지 몇 달이 흘렀다. 홀리안은 마이애미에서 그 애를 찾아내기 위해 자신의 연락원들을 동원했지만 자그마한 흔적도 찾을 수 없었다. 그는 항공사들과 버스 회사도 알아보았지만 딸의 이름은 승객 명단에 없었다. 다른 교통수단도 있으니 사실 아무 의미가 없는 일이었다. 나는 니에베스를 찾아 거지, 중독자, 나쁜 거리 인생들의 지하 세계로 들어갔다. 홀리안은 그런 곳은 전혀 알지 못했다. 그가 취급하는 마약 밀매와 범죄는 차원이 다른 일이었다. 그는 누더기를 입은 좀비들이 사는 더러운 골목은 한 번도 가본 적이 없었다. 하지만 나는 그렇게 했다. 사람들이 나를 어떻게 생각할까? 잘 차려입은 부르주아 여인이 울면서 간절하게 니에베스라는 이름을 묻고 다녔다. 나는 젊은이를 몇 명 만났고 그들의 처지는 내 마음을 찢어지게 했지만, 그들을 돕지는 않았다. 내 유일한 목적은 딸에 대한 정보를 얻는 것이었다. 나는 몇 주 동안 그곳을 돌아다녔다. 카밀로, 너는 상상도 하기 힘들 만한 일이었다. 내가 알아낸 유일한 사실은 아무도 니에베스를 알지 못한다는 것이었다.

로이가 전화를 걸어 라스베이거스에서 그녀를 찾은 것 같다고 말했을 때, 우리 상황은 그랬다. 그는 니에베스를 찾는 일은 포기했지만 우연히 조 산토로를 만났고

그를 따라가 니에베스를 찾아냈다. 나는 당장 훌리안과
함께 찾아갔다.

　로이가 본 여자는 히피 운동이 지나간 자리에 남은
몇 안 되는 노숙자 아이들 사이를 떠돌아다니는 게 아
니라, 유명한 스트립 거리에서 다른 젊은 남녀와 함께
'일'을 하고 있었다. 하얀색에 가까운 금발 염색을 한 짧
은 머리, 연극 무대 같은 화장, 어디에서나 무대복이 될
법한 도발적인 의상이 그곳 분위기에 딱 맞았다. 로이의
말에 따르면 고급 호텔이나 고급 술집은 그녀를 받아주
지 않았다. 그래서 거리에 살면서 되는 대로 월세방을
이곳저곳 돌아다니며 마약도 팔고 도둑질도 하고 매춘
도 했다. 마이애미의 재활 병원에서 보낸 몇 달은 니에
베스에게 효과가 없었다. 그녀는 이전의 모습으로 되돌
아가 있었고, 이전보다 더 외롭고 절망적이었다.
　"산토로가 그녀의 포주라고 해도 이상하지 않겠어요."
탐정은 그렇게 말했다.
　"맹세하는데, 그놈은 후회하게 될 거야!" 훌리안이 안
색을 바꾸며 소리쳤다.
　훌리안은 나와 니에베스를 시저스 팰리스 호텔로 데
려갔다. 호텔에서 나는 내 손에서 미끄러지듯 종잡을 수
없는 딸과 같은 방을 썼다. 그 애가 방 두 개와 거실, 그
인공 도시의 탁 트인 전망, 심지어 흰색의 그랜드 피아
노까지 있는 아버지의 스위트룸에서 자는 걸 거부했기
때문이다. 그랜드 피아노는 요란한 복장을 즐기던 피아

니스트 리버라치의 것이라고 했다. 니에베스와 같이 있게 된 나는 초조해졌고, 죄책감과 부끄러움을 느꼈다. 나는 니에베스의 눈으로 나 자신을 보았다. 가혹한 원망과 경멸의 대상이 되고 있는 내 모습이 보였다. 그 애가 자기 아버지와 나를 용인하는 것은 단지 돈을 받아 갈 수 있기 때문이었지만 그것을 비난할 수 없었다. 나는 딸의 세계에 그렇게 피상적인 방식으로라도 들어가 강렬한 연민을 느낄 수 있는 걸로 충분했다. 딸에게 조금이라도 도움이 된다면, 카밀로, 나는 내가 가진 이 세상의 모든 것을 주었을 것이다.

호텔에 도착한 니에베스가 가장 먼저 한 일은 긴 거품 목욕이었다. 차를 한 잔 주려고 들어갔더니 그녀는 얼음장 같은 물속에서 그대로 잠들어 있었다. 나는 그 애가 욕조에서 나오는 걸 도와주었다. 수건으로 감싸주다가 등에 흉터를 보았다.

"무슨 일이야, 니에베스!" 나는 깜짝 놀랐다.

"아무것도 아니야. 긁힌 거야." 그 애는 어깨를 으쓱하며 대답했다.

그 애는 어떻게 된 일인지, 어떻게 살았는지 얘기하고 싶어 하지 않았고, 조 산토로에 대해서도 말하기를 거부했다.

"그에 대해 아무것도 몰라. 안 본 지 일 년이나 됐어." 그녀는 거짓말을 했다.

내 딸이 갖고 있던 것은 바지 두 장, 운동화, 화장품이 든 가방이 전부였다. 칫솔도 없었다. 내가 그녀와 동행하려고 애쓰는 동안, 아니 솔직히 말해 그녀를 감시하려고 애쓰는 동안 홀리안은 여행 가방을 하나 사서 스트립 거리에 있는 명품 매장의 디자이너 옷으로 가득 채웠다. 가슴을 짓누르는 끔찍한 고뇌를 견디는 방법이 그녀에게 돈을 쓰는 것이었다.

니에베스는 일주일 동안 우리와 함께 호텔에 머물렀다. 홀리안은 그 정도 시간이면 충분히 그녀를 구할 수 있다고 믿었지만 나는 그의 낙관에 공감하지 않았다. 가려움증, 불면증, 오한, 경련, 뼈의 통증, 메스꺼움, 동공 확장, 착란 증상과 불안감 등 이전에 다른 사람들에게서 보았던 증상을 나는 선명하게 감지하고 있었다. 방심한 사이에 니에베스는 호텔을 나갔다가 태연하게 돌아왔다. 공급자는 항상 존재했고, 그녀는 공급자를 찾는 방법을 알고 있었다. 심지어 방 안으로 마약을 들여와 음식 쟁반이나 빨래 주머니에 숨겨두기도 했다. 시저스 팰리스에서의 짧은 휴전은 그녀가 아버지한테서 충분한 돈을 받자마자 갑작스럽게 끝났다. 딸은 내 시계와 금목걸이, 여권을 훔쳐 다시 사라졌다.

홀리안은 이번에는 그 애의 위치를 알고 있었고 로이와 다른 남자의 도움으로 딸을 납치했다. 내가 반대할 것을 알았기 때문에 나에게는 알리지 않았다. 해 질 녘에 길을 걷고 있던 니에베스는 차가 한 대 멈추자 고객일지도 모른다고 생각하며 다가갔다. 로이와 그의 부하는 동시에 나가 그 애 머리에 재킷을 씌워 차에 밀어 넣었다. 내 딸은 포획당한 짐승처럼 저항했지만 재킷이 비명을 잠재워 주었고, 그래서 아무도 끼어들지 않았다. 나는 경비를 포함해 여러 사람이 그 광경을 목격했다고 확신한다. 카지노와 레스토랑이 가장 분주한 시간이었으니까.

니에베스의 아버지는 그녀를 유타시 외곽에 있는 정신병원에 입원시켰다. 병원은 그녀에게 구속복을 입혀 벽에 완충재를 덧댄 방에 가두었다. 그녀는 이미 성인이어서 아버지가 그런 조치를 취할 권한이 없었지만 훌리안에게 불가능이란 없었다. 그는 목표를 달성할 수 있는 방법을 항상 알았다. 때로는 돈으로 해결하고 때로는 그의 수상한 커넥션을 동원하면 끝이었다. 부탁을 들어주고 대가를 받는 시스템으로 작동하는 커넥션 말이다.

다음날 훌리안은 자기가 한 일을 나에게 알려주었다. 그리고 니에베스에게 우리는 필요하지 않으니 마이애미로 돌아가자고 했다. 그녀가 퇴원하게 될 때 병원이 연락해 줄 테니 그때 보러 가면 된다고 했다. 그때까지 그 애를 도와줄 계획을 세워놓자고, 일단은 중독 치료가 우선이라고 했다. 그는 또 한 번 내 딸의 삶에서 나를 배제하려 하고 있었다.

"아니, 훌리안. 나는 딸 옆에 있을 거야." 나는 선언했다.

우리는 여느 때와 마찬가지로 말다툼을 했지만 결국 그가 물러섰다.

"그럼 로이에게 태워다 주라고 할게, 당신이 버스 타

는 건 싫어."

로이와 나는 침묵 속에 2시간 동안 뜨거운 사막 풍경을 보며 여행했다. 그가 줄담배를 피웠고 에어컨을 켜면 숨이 막힐 듯해서 창문을 모두 열어 놓았기 때문에 땀이 흘러내리고 있었다. 병원은 수녀원 분위기가 나는 2층짜리 콘크리트 건물이었다. 나무 울타리와 덤불로 둘러싸인 그곳에는 선인장과 바위로 조경된 정원이 딸려 있었다. 근처에 사람이 살 만한 곳은 없었고 모래, 돌, 소금 퇴적물로 이루어진 광활한 사막뿐이었다.

한 여성이 나와 우리를 맞으며 자신이 관리자라고 소개했다. 그녀는 브라보 씨하고만 이 건을 논의할 수 있으며, 나에 대해 전달받은 내용이 없다고 설명했다.

"나는 환자의 어머니예요!" 병원의 미치광이들처럼 그 하피 같은 악녀를 공격이라도 할 듯 소리쳤다.

"자, 비올레타, 이리 와요. 내일 다시 옵시다." 로이는 나를 안으며 달랬다.

나는 땀에 흠뻑 젖고 고약한 담배 냄새가 나는 그의 셔츠에 코를 파묻고 울음을 터뜨렸다.

로이는 숙식이 제공되는 작은 호텔을 찾아 방을 두 개 구했다. 호텔로 나를 데려가 샤워도 하고 옷도 갈아입으라고 한 뒤 점심을 먹자며 고속도로 옆에 있는 화물기사 식당으로 데려갔다.

병원은 내가 니에베스를 만나거나 의사와 이야기하는 걸 허용하지 않았다. 나는 내 딸이 고통받고 있다는 확신으로 아침부터 병원 대기실을 찾았고, 그들이 나를 내

쫓을 때까지 그곳에서 기다렸다. 나는 그들이 딸을 돕는 게 아니라 벌을 주고 있다고 의심했다. 그 하피 같은 여자는 날마다 병원을 찾는 나를 가엾이 여겼다. 그녀는 쿠키와 차 한 잔을 내주더니 니에베스는 차분한 상태고 휴식을 취하며 회복하는 중이라고 했다. 그러나 그녀가 어떤 상태로 있는지, 혼자 가둬두었는지 묶어 두었는지 아니면 마취제로 재워 두었는지 분명하고 제대로 알려주려고는 하지 않았다.

"어떻게 그런 생각을 하세요, 부인? 이곳은 현대적인 병원입니다. 지금은 중세 시대가 아니에요."

그 길고 힘든 기다림 속에서 나는 전혀 예상치 못한 친구를 갖게 되었다. 로이가 내내 나와 함께 있어 준 것이다. 카밀로, 네 엄마와 너에게 매우 중요한 사람이니 그 사람 이야기를 좀 하겠다.

그는 로이 쿠퍼라고 자신을 소개했다. 자신의 정보를 밝히지 않는 비밀스러운 사람이기 때문에 진짜 이름이 아닐 수도 있다. 나는 그가 어디에서 왔는지, 그의 과거, 혼인 여부, 진짜 직업 등에 대해 아무것도 몰랐지만 우리는 몇 시간이나 함께 보냈다. 홀리안은 로이가 협박 전문가라고 했지만 그런 일로 먹고살 수 있는 사람은 없다. 로이는 내 또래 같았고 쉰 살쯤 되었을 것이다. 그리고 아주 좋은 체격을 유지하고 있었다. 어쩌면 그는 역기도 들고 새벽에 도망자처럼 뛰는 그런 운동의 광신도였을지도 모른다. 투박한 이목구비와 적대적인 표정에 피부에는 천연두 자국이 남아 있었지만 나는 그가 잘생겼다고 생각했다. 오래 참고 견디는 검투사 같은 얼굴에는 어떤 아름다움이 있었다. 그는 나를 병원에 내려주고 다시 데리러 왔고, 식사를 하도록 데리고 나갔다. 때때로 영화관이나 수영장에 가고 볼링을 치기도 했다.

"비올레타, 정신을 좀 차려야 해요. 울고 다니는 건 당신 딸에게 아무 도움이 안 돼요." 그는 나에게 말했다.

카밀로, 내가 니에베스의 운명에 대해 별로 신경을 쓰지 않은 것처럼 들리겠구나. 그러나 그곳은 낮이 정말 길고 더웠으며, 병원에서 영원한 시간을 보내고 나서도 시간이 많이 남아돌았다. 로이는 나의 유일한 지지자였다. 공통의 대화 주제도 관심사도 별로 없었지만 나는 그를 좋아하고 존경하게 되었다. 어느 틈엔가 나는 마약 밀매업자나 마피아의 청부업자일지도 모르는 그 이상한 남자에게 내 인생 이야기를 하고 있었다.

"당신은 나에 대해 전부 알고 있어요, 로이. 당신은 나를 협박할 수 있는 자료를 많이 가지고 있지만 나는 당신에 대해 아무것도 몰라요." 한번은 그에게 그렇게 말했다.

"비올레타, 나에 대해 할 말이 없어요. 그냥 하찮은 악당일 뿐입니다."

"훌리안이 날 감시하라고 돈을 주나요?"

"브라보는 라스베이거스에 있을 때 딸을 지켜봐 달라고 나를 고용했을 뿐이에요. 지금 여기 있는 건 내가 그러고 싶어서입니다."

"나랑 같이 있는 게 그렇게 좋아요?" 나는 충동적으로 물었다.

"네." 그가 진지하게 대답했다.

그날 밤 나는 그의 방으로 갔다. 놀라지 마라, 카밀로. 내가 늘 무기력한 노파인 건 아니었단다. 쉰한 살의 나는 여전히 매력적이었고 호르몬도 여전히 제 기능을 했다. 내 긴 인생의 다른 연애사들을 뭐 하러 너에게 이야기하려는 걸까? 대부분 기간도 짧았고 제대로 기억도 나지 않는데. 나는 그 어느 만남도 후회하지 않는다. 오히려 오만하거나 바쁘게 살거나 험담이 두려워 기회를 놓친 게 후회된다. 나는 내 인생의 대부분을 독신처럼 보냈고 누구에게도 정절을 지키지 않았지만, 우리 세대의 여성은 성적 자유가 부정당한 존재였다. 그런 자유는 남성 고유의 권리라고 생각되었지. 그 좋은 예가 바로 훌리안이었다. 줄곧 불충실하면서도 질투라는 호사는 누리며 살았으니. 로이 쿠퍼를 알게 되었을 때 훌리안의 질투가 더 이상 나에게 영향을 주지 않았다. 훌리안과 나는 오래전에 연인 관계를 그만두었고, 그 무렵은 소라이다 아브레우가 그와 맞서가며 살 차례였다.

세세한 것들은 생략하겠다. 내가 몇 년 동안 누군가의 포옹을 받지 못했다는 것과 로이 쿠퍼가 사랑을 나누는 데서 오는 몸의 기쁨을 되살려 주었다는 얘기만으로 충분하다. 그때부터 우리는 낮의 대부분과 온밤을 함께했다. 그가 없었더라면 그 몇 주 동안 견디지 못했을 것이다. 그는 좋은 동반자였지. 아무것도 요구하지 않았고 내가 슬픔을 헤쳐나갈 수 있도록 도와주었으며, 내가 젊고 욕망이 있는 사람이라는 기분을 느끼게 해주었다. 그런 상황에서 그것만큼 훌륭한 선물은 없었다.

병원은 니에베스를 퇴원시키지 않았다. 병원에 입원한 지 17일 후 그들은 우리에게 전화를 걸어 그녀가 '퇴소했다'고 알려주었다. 탈출했다는 말을 하고 싶지 않아서 그런 표현을 쓴 것이었다. 니에베스가 정문으로 조용히 나갔다 한들 그들은 막을 수 없었을 테다. 훌리안 브라보에게는 그 애를 정신병원에 가둘 법적 권한이 없었기 때문이다. 그러나 니에베스는 그 사실은 알지 못했다. 일단 진정제의 약효가 줄어 그 강철 같은 의지가 되살아났다면, 자정이 되고 새벽닭이 울기 전에 빠져나가기란 쉬웠을 것이다. 그러나 그 사막의 땅에서 자기 위치를 알아내거나 교통수단을 찾는 건 그다지 쉽지 않았을 것이다. 그녀는 아버지를 위한 쪽지를 하나 남겼다. 다시는 아버지 소식을 알고 싶지 않으니 자기를 찾지 말라는 내용이었다.

훌리안은 마이애미 공항에서 전화를 했고 나는 전화를 받자마자 병원에 찾아갔다. 그 병원에서 내가 알던 곳이라곤 대기실과 바위와 선인장으로 된 이상한 정원뿐이었다. 다른 곳들은 가학적인 가짜 의사들이 환자들에게 약을 먹이고 얼음물과 전기 충격으로 고문을 하는 불길한 장소일 거라고 상상했었다. 그러나 나를 응대한 여성 심리학자는 친절했고 내 질문에 흔쾌히 대답해 주었다. 그녀는 홀리안을 기다렸다가 내일 니에베스를 직접 치료한 정신과 의사를 같이 만나게 될 거라고 했다. 그러고는 홀리안을 기다리는 동안 병원 내부를 소개해 주었다. 내 악몽에서 본 쇠창살이 딸린 감옥 같은 곳은 아니었다. 밝은 파스텔톤으로 칠한 개인 병실, 게임방, 체육관, 스파, 온수 수영장이 있었다. 돌고래와 보노보 침팬지가 등장하는 무해한 다큐멘터리가 상영되는 프로젝션 룸도 있었다. '고객'의 정신을 자극할 만한 것은 하나도 없었다. 그들은 '환자'라는 단어를 쓰지 않았다.

정신과 의사는 인도 출신의 여성 클리닉 원장과 함께 우리를 맞이했다. 병원장은 주의 태만으로 고소하겠다는 홀리안의 협박에 겁을 먹지 않았다.

"여기는 감옥이 아닙니다, 브라보 씨. 우리는 고객의 의지에 반해 붙잡아 두지는 않습니다." 그녀는 무뚝뚝하게 말한 뒤 니에베스의 치료 과정이 어떠했는지 설명해 주었다.

가장 힘들어하던 디톡스 과정에서는 고통을 최소한으로 줄여 버틸 수 있도록 진정제를 투여했다. 그런 다음 니에베스는 며칠 동안 스파에서 목욕과 마사지를 하며 휴식과 오락의 시간을 보냈다. 그러고 나서 정상적인 식사가 시작되었고, 개인 치료 시간이나 그룹 치료 시간에도 기꺼이 참여하게 되었다. 그녀는 처음에는 공격적이고 조롱하는 태도를 보였지만 차차 긴장을 풀었고 나중에는 적대감이 침묵으로 바뀌어 갔다. 마지막으로 떠나기 바로 며칠 전에 니에베스는 마약을 하기 이전 자신의 과거 이야기를 들려주기 시작했다고 했다. 니에베스는 정서적 미성숙의 사례였다. 그녀는 열너덧 살에 갇혀 있었고, 아버지는 그녀의 정신 속에서 전지전능한 존재였다. 아버지에 대한 그런 사랑과 증오 사이에서, 아버지에 대한 의존성과 분리 욕구 사이에서 싸우고 있었다. 니에베스는 어린 시절과 청소년기의 트라우마를 탐구하기 시작하자 병원을 떠났다. 그 애는 자신의 트라우마를 대면할 수 없었다고 그들은 설명했다. 그 지점에서 훌리안은 인내심을 잃었다.

"이런 건 다 쓸모없는 짓 같군! 당신들은 내 딸을 도와줄 수 없었어. 시간과 돈만 버린 셈이야!"

그는 그대로 일어서서 문을 쾅 닫으며 나가버렸다. 창문을 통해 그가 정원의 자갈돌이 깔린 길을 따라 성큼성큼 걸어가는 모습이 보였다.

나는 딸의 건강에 대한 보고서를 받기 위해 기다렸다. 훌리안은 이미 전문가들에게서 딸의 건강에 대해 이야기를 들은 게 틀림없었다. 그래서 내가 그 이야기를 다시 꺼내려고 하자 내 말을 막았다.

"그들은 의사가 아니라 사기꾼이야!" 그는 나에게 소리쳤다.

"니에베스를 강제로 거기 입원시키기 전에 당신이 알아냈어야지." 나는 반박했다.

내 딸은 약물로 인한 육체적 피로 외에도 두 번의 유산을 겪었고, 영양실조, 골다공증, 위궤양에 시달렸다. 그래서 방광염과 성병 때문에 항생제를 투여해야 했다.

홀리안은 다시 딸을 찾으려고 노력했지만 이번에는 로이가 그에게 협조하지 않았다.

"이해하세요, 브라보, 당신은 더 이상 그녀에게 권한이 없습니다. 그녀를 가만히 내버려둬요. 당신의 도움이 필요해질 때 어디로 와야 할지 니에베스가 알고 있잖아요."

홀리안은 좌절감과 슬픔에 휩싸인 채 마이애미로 돌아갔다.

그 마지막 밤은 로이와 사랑을 나누지 않고 작별 인사를 했다. 니에베스의 환영이 방 안에서 우리를 지켜보고 있었기 때문이다. 우리는 몇 시간 동안 서로를 안고 깨어 있었다. 나는 역도로 다져진 그의 어깨에 새겨진 인어 문신을 베고 잠이 들었다. 다음 날 그는 나를 공항으로 데려다주었다. 헤어질 때 그는 내 입술에 키스를 하며 연락하자고 말했다.

17장

사크라멘토에 도착하자 나는 기다리고 있던 호세 안토니오와 미스 테일러 앞에서 무너지고 말았다. 나는 남부로 향하기 전에 수도의 공항에는 겨우 한 시간 머물렀다. 후안 마르틴이 다른 언론학과 학생들과 함께 다큐멘터리를 촬영하느라 북쪽 지방에 가 있었기 때문이다. 나는 두 사람에게 니에베스 이야기를 했다. 훌리안 브라보가 딸에게 어떤 피해를 주었고 아들에게는 어떻게 잔인하게 대했는지, 나는 또 어떤 학대를 받았는지 이야기하며 저주를 뱉어냈다. 그들은 내가 원한을 다 토해내고 마음껏 울게 해주었다. 그리고 나서 내가 거의 관심을 기울이지 않던 나라 상황이 어떻게 돌아가는지 최근 소식을 들려주었다.

나라에 무슨 일이 일어나고 있는지 모르고 있었다는

게 믿기지 않을 정도였다. 내가 내 인생의 멜로드라마 한가운데 있었기 때문이라는 이유 외에는 설명이 불가능했다. 정치는 내 사업에 영향을 주지 않았다. 나는 국내 서비스 비용을 지불하고 암시장에서 내가 원하는 것은 무엇이든 살 수 있을 만한 수단이 있었다. 나는 설탕이나 기름을 구하기 위해 길게 줄을 설 필요가 없었다. 그건 요리사가 하는 일이었다. 나는 수도든 사크라멘토든 내가 사는 동네에서 거리의 무질서로부터 동떨어져 살고 있었다. 시내로 나가 교통 체증과 기분 나쁜 사람들을 견뎌야 하는 일은 아주 가끔이었다. 나는 텔레비전을 통해 거리에서 대규모 시위가 벌어지고 있다는 걸 알게 되었는데, 그런 집단적인 열정의 장면이 폭력적이기보다는 축제처럼 느껴졌다. 나는 우파가 걸어놓은, 시베리아 수용소로 아이들을 끌고 가는 소련 군인들의 포스터에도, 평화의 비둘기와 깃발 사이에 선 노동자와 농민을 그린 좌파의 벽화에도 제대로 눈길을 주지 않았다.

내 친구, 내 가족, 내 고객은 야당 지지자였다. 집권 좌파가 어떻게 헌법을 위반하고 나라를 쿠바인으로 채우며 개인의 재산을 파괴할 혁명을 위해 국민을 무장시켰는지에 대한 이야기가 대화의 필수 주제였다. 텔레비전 화면에 대통령이 나와 자신의 정책 프로그램을 옹호하면 나는 채널을 바꾸곤 했다. 나는 오만해 보이는 그 사람이 마음에 들지 않았다. 이탈리아 정장을 차려입으면서 스스로 사회주의자라고 선언하는 그는 자기 계급의 배신자였다. 그리고 사회주의와 공산주의의 차이가 무엇이란 말인가? 호세 안토니오가 설명한 대로 둘은 똑같았다. 나라가 소비에트연합의 위성국이 되는 걸 보고 싶어 하는 사람은 아무도 없었다. 오빠는 조만간 닥쳐올 경제 위기를 걱정했고, 정부와 계약한 '나의 집' 프로그램 때문에 사교계에서 나쁜 이미지가 생길까 걱정했다. 정부에 협력하는 것이 아니라 정부를 방해하는 것이 불문율이었지만, 그런 식으로 이익을 추구하는 것은 우리만이 아니었다. 거의 모든 공공사업은 민간 계약 방식으로 진행되고 있었다.

내가 수도로 가서 후안 마르틴을 만난 것은 그가 북부에서 돌아왔을 때였다. 아들의 다큐멘터리는 미국의 기업들이 우리나라에서 벌이는 사업을 다룬 것이었다. 정부는 산업을 국유화하면서 그 회사들에게 보상금을 지급하지 않았다. 그들은 이미 반세기 이상 많은 수익을 얻었고 그러니 오히려 막대한 세금을 나라에 내야 하기 때문이라는 게 아들의 설명이었다. 나는 그 일을 다른 식으로 설명하는 걸 들은 적이 있었다. 그러나 그 문제에 대해 아는 것이 거의 없어서 반박하지는 못했다.

"엄마는 보호막 속에 살고 있어요." 후안 마르틴은 나를 비난했다. 그러더니 내 의견을 묻지도 않고 한 번도 발을 들여놓은 적이 없는 동네로 나를 데려갔다.

우리 회사 '나의 집' 프로젝트의 잠재적 수혜자들이 사는 곳이었다. 그 가난한 사람들은 기초 주택을 얻겠다는 꿈을 이룰 수 있을 터였다. 그때까지 나에게 그 동네는 지도상의 점 하나, 설계도면의 그림 하나, 신문들에 사진으로 나올 모델하우스 건물 한 채에 불과했다. 나는 참으로 궁금한 마을, 먼지투성이의 진흙탕 거리, 떠돌이 개와 쥐, 학교에 다니지 않는 아이들, 일이 없는 청년들, 일하느라 늙어버린 여자들 사이를 걸었다. 이 가족들에게 조립식 주택이 어떤 의미일지 이해하게 되자, 그것은 내게 있어 단순히 '좋은 아이디어', '좋은 사업' 이상의 의미를 갖게 되었다. 사방에는 끔찍한 소비에트 사실주의 스타일의 전형적인 비둘기 벽화가 보였고, 집안에 들어가면 수호성인과 같은 후안 키로가 신부의 그림 옆에 대통령 사진이 같이 걸려 있었다. 이탈리아 양복을 입은 오만한 남자가 새롭게 보였다.

우리는 차를 한잔하러 학교 선생님의 집에 찾아가게 되었다. 그는 교육부가 학생들에게 우유 한 잔과 점심 식사를 제공하고 있다는 이야기를 해주었다. 산루카스 병원에서 일하는 그의 아내 이야기도 했다. 이 나라에서 가장 오래된 그 병원은 의사들이 정부에 항의하는 파업을 벌였고 의대생들이 대신 진료를 보고 있다고 했다. 선생님은 자기 아들이 군 복무 중인데 지형학을 공부하고 싶어 한다고 했다. 그의 친척과 이웃들에 대한 이야기도 했다. 그들은 좋은 공립학교와 무료 대학에서 교육을 받은 중하류층으로, 정치에 눈을 뜨고 좌파가 되었다고 했다.

"엄마, 이제 이 정부에 투표한 잘 사는 중산층 사람들도 만나게 해줄 수 있어요. 학생들, 전문인, 사제, 수녀, 그리고 엄마가 '나 같은 사람들'이라고 부르는 사람들 말예요." 후안 마르틴이 나에게 말했다. 그러고는 사촌들, 조카들, 친구들, 귀족 성을 가진 지인들의 이름을 죽 읊어갔다. "아 엄마! 혹시 해서 말인데 방금 만난 선생님은 무신론자이자 공산주의자예요." 아들은 능청스럽게 덧붙였다.

여러 달이 지난 후 나는 사무실에서 로이 쿠퍼의 전화를 받았다. 그동안 그의 소식을 모르고 있었고 그가 나를 기억할 거라고 기대하지도 않았다. 물론 피하기 힘든 향수에 젖어 종종 그를 떠올리곤 했다. 진부한 얘기에 시간을 허비하지 않는 성향의 로이는 겨우 몇 마디로 전화를 건 이유를 알려주었다.

"니에베스를 찾았는데 당신 도움이 필요합니다. 바로 로스앤젤레스에 올 수 있어요?" 그가 물었다.

나는 최대한 빨리 가겠다고 대답했다.

"훌리안 브라보에게는 아무 말 하지 마세요." 그가 경고했다.

로이는 공항에서 나를 기다리고 있었는데 하마터면 알아보지 못할 뻔했다. 그는 색이 바랜 청바지에 샌들을 신고 야구 모자를 쓰고 있었다. 교통 체증이 심한 그 도시의 길들을 따라 장시간 이동하는 동안 나는 그에게 왜 내 딸을 찾아다녔는지, 어떻게 찾아냈는지 물었다.

"내가 그녀를 찾은 게 아니고 그녀가 전화를 했어요, 비올레타. 라스베이거스에서 브라보가 그녀를 납치하는 걸 도와줄 때 니에베스의 지갑에 내 명함을 넣어뒀지요.

안타까운 마음이 들었거든, 가엾은 아이……. 나는 직업 상 비열한 사람들을 자주 상대해요. 당신 딸은 예외였어요."

"당신 직업이 뭔데요, 로이?"

"잘못을 바로잡는 거라고 합시다. 누군가 문제에 빠지면 내가 내 방식대로 해결하는 거지요."

"누군가? 예를 들어 누구요?"

"유명 인사나 정치인이지요. 체포되거나 협박당하거나 언론 보도를 원하지 않는 사람들도 있고. 가장 최근에는 텍사스의 목사였어요. 자기 호텔 방에서 사람이 죽었거든요."

"그가 죽인 사람인가요?"

"아니요. 그가 어느 소년을 호텔 방으로 데려갔는데 본의 아니게 아이가 죽어버렸어요. 당뇨 쇼크가 일어났거든요. 목사는 스캔들을 피하기 위해 도움을 요청했지요. 그의 신자들은 동성애를 용납하지 않으니까. 나는 시신을 다른 방으로 옮기는 일, 호텔 직원들과 경찰에게 뇌물 주는 일을 처리해 주었지요……."

"니에베스가 당신에게 왜 전화를 했던가요?"

"그녀는 내가 뭘 하는 사람인지 전혀 몰라요, 비올레타. 절망에 빠져 전화를 했더군요. 그녀는 아버지에게 의지하고 싶어 하지 않아요. 그녀는 브라보가 조 산토로의 죽음을 사주했다고 생각해요."

"맙소사! 그건 불가능한 일이에요."

그는 대답하지 않았다. 로이 쿠퍼는 훌리안에게 전화

를 걸어 니에베스에 대한 정보를 많은 돈을 받고 팔 수도 있었을 텐데, 그녀를 도와주려고 로스앤젤레스로 가기로 했다. 그는 '멕시코 게토'라고 부르는 도시의 어느 지역으로 나를 데려갔다. 낮은 집들과 스페인어 간판이 붙은 생필품 가게들, 싸구려 식당들이 있었다. 그는 오랜 친구의 집에서 니에베스가 지내도록 해결해 두었다고 설명했다.

니에베스는 우리를 기다리고 있었다. 그 애는 나를 보자 달려와 안았다. 마치 한 번도 내게 안겨 본 적이 없는 아이처럼. "엄마, 엄마⋯⋯." 딸은 그 말만 되풀이했다. 잠시 동안 어린 시절로 되돌아가 내 무릎에 앉혀 머리를 빗기던 응석받이 딸이 되었다. 아이를 마지막으로 보았을 때보다 훨씬 좋아 보였다. 야위거나 수척하지도 않았다. 오히려 약간 살이 쪘고 화장기 없는 얼굴은 매우 앳되고 연약해 보였다. 머리카락은 짧고 본래의 색으로 돌아와 있었다. 이전에 했던 염색 때문에 모발 끝은 아직 희끗하게 탈색되어 있었다.

"저 임신했어요, 엄마." 니에베스가 떨리는 목소리로 말했다.

그제야 나는 아이의 배를 쳐다보았다. 헐렁한 원피스를 입고 있어 알아채지 못했었다. 나는 제대로 대답도 못하고 그녀를 안아주었다. 얼굴에 흐르는 눈물을 느끼지도 못했다.

집주인인 멕시코 여성은 마음을 좀 가라앉힐 시간을 주고 나서 나에게 다가와 양쪽 뺨에 볼 키스를 하며 인사를 건넸다. 그녀는 자신을 '재봉사 리타 리나레스'라고 소개했고, "당신 집처럼 편히 지내세요"라는 관례적인 인사말을 했다. 그녀의 집은 그 거리의 다른 집들과 모양새가 비슷했다. 수수하고 아늑한 콘크리트 집이었고, 좁은 정원이 딸려 있고 지붕은 기와였다. 투박하고 평범한 가구는 플라스틱 덮개로 덮여 있었고 거실에는 거대한 텔레비전과 냉장고가 있었다. 그리고 조화에서부터 '망자의 날'[1]에 쓰는 색칠한 해골들에 이르기까지 장식물이 넘쳐났다.

그녀는 나를 넓은 침대가 있는 어느 방으로 안내했다. 침대 머리맡 위에는 십자가가 걸려 있고, 서랍장 위에는 여러 장의 사진이 놓여 있었다. 니에베스는 리타가 침대를 양보해 주고 자기는 바느질 작업장이 있는 다른 방에서 자기로 했다고 설명해 주었다. 리타는 같이 식사를 하자고 했다. 내가 돕겠다는 걸 사양한 그녀는 혼자서 생선 타코, 쌀, 콩, 아보카도로 맛있는 저녁을 차려주었다. 나와 로이에게는 맥주를 내주고 니에베스에게는 우유 한 잔을 챙겨 주었다. 나는 그녀가 니에베스 옆을 지나갈 때면 마치 엄마가 그러듯 너무나 친밀하게 아이의 머리를 쓰다듬어 주는 걸 보았다. 질투로 마음이 아팠다.

니에베스는 고속도로의 방향을 알려준 수위 덕에 야

---

1 망자의 날(Día de los Muertos)은 멕시코의 대표적인 명절로, 우리의 추석처럼 가을 수확이 끝난 후 죽은 조상들을 기리는 날이다. 영화 〈코코〉에서 잘 그려지고 있다.

밤에 유타의 병원을 떠날 수 있었다고 했다. 지나가는 첫 번째 트럭을 세워 태워달라고 부탁했고, 그렇게 차를 여러 번 옮겨타며 간신히 캘리포니아까지 올 수 있었다. 그 애가 처음 몇 달 동안은 이전 방식대로 생계를 유지했으리라는 게 짐작되었다.

"좋은 소식은 이제 약을 하지 않는다는 거지요." 로이가 설명했다.

니에베스는 아기가 생겼다는 걸 알게 되자 이번에는 낳기로 결심했다. 그리고 중독과 싸우기 위해 자기 뱃속에 자라는 남자아이 또는 여자아이 생각에 매달렸다고 했다. 그 어마어마한 비용을 받고도 병원이 해주지 못한 일을 건강한 아기를 갖고 싶다는 욕망이 이루어낸 것이다. 그녀는 불안한 기분을 줄이려고 위해 담배와 마리화나를 피우고, 커피도 많이 마시고 과자도 너무 많이 먹고 있다고 했다.

"나는 뚱뚱보가 되고 말 거야." 그녀는 웃으며 말했다.

"아이와 너를 생각하면 두 배는 더 먹어야 해." 리타는 타코를 하나 더 건네주면서 반박했다.

니에베스는 돈이 떨어져 궁핍한 상태가 되었었다고 했다. 일은 안 구해지고, 더 이상 성매매를 하거나 고객을 찾을 수 없었기 때문이다. 그래서 집 없는 여성을 위한 다양한 교회 프로그램과 쉼터에 의지했다. 그곳에서 밤을 보내고 아침 7시면 다시 거리에 나가곤 했지만, 임신 개월 수가 늘수록 그런 생활을 지속하는 게 어려워졌다. 그러던 어느 날 로이 쿠퍼의 명함을 지갑에서 발견했고, 충동적으로 라스베이거스에 있는 그에게 전화를 걸었다. 그를 테스트해 보려고 조 산토로에 대해 물었는데 로이는 아는 게 없었고, 그래서 그를 믿을 수 있었다.

"그는 뒤통수에 총을 맞았어요." 니에베스가 로이에게 마약유통업자들의 미스터리한 정보 네트워크를 통해 알게 된 사실을 알려주었다.

로이는 자신은 그 일과 아무 관련이 없다고 했고, 그건 청부살인은 아니라고 확신시켜 주었다. 그는 조 산토로를 시야에서 놓친 후였고 훌리안 브라보와 연락하고 있지도 않았다. 로이는 니에베스에게 당장 돈을 보내주겠다고 말했다.

"내가 필요한 건 돈이 아니라 친구예요." 니에베스는 그렇게 대답했다. 그러고는 이렇게 덧붙였다. "내가 어디 있는지 아빠한테는 말하지 마세요."

로이는 망설이지 않았다. 잘못된 일을 해결하는 데 익숙한 그는 로스앤젤레스로 가서 문제를 해결했다. 로스앤젤레스는 그가 태어난 도시였다. 그래서 잘 알 뿐 아니라 친구와 지인들도 있었다. 자기가 곤경에서 구해준 할리우드 고객도 몇 명 있었다. 로이의 새아버지가 멕시코인이어서 가족을 데리고 라틴계 이민자 동네에서 산 적도 있었다. 그곳에서 로이는 스페인어를 사용하고 심하게 싸움질도 하며 자랐다. 로스앤젤레스는 세계에서 멕시코 인구가 두 번째로 많은 도시였다.

"여기서는 절대 나를 찾아내지 못할 거예요, 엄마." 니에베스가 말했다.

"얘야, 대체 누구한테서 도망치고 있는 거니, 맙소사."

"아빠한테서요. 그가 조 산토로를 죽였어요."

"니에베스, 아빠를 그런 범죄와 엮어서 비난하면 안 돼. 그건 정말 말도 안 되는 의심이란다."

"직접 방아쇠를 당기지 않았어도 책임이 있어요. 뭐든 할 수 있는 사람인 걸 엄마도 알잖아요. 나는 아빠가 무서워요."

"그는 절대로 너를 해치지 않아, 니에베스. 너를 사랑해."

"기억력이 좋지 않네요, 엄마. 나를 찾으면 아빠는 다시 자기 마음대로 강요할 거예요. 결코 나를 내버려두지 않을 거라고요."

리타와 로이는 담배를 피우기 위해 뜰로 나갔고 우리는 둘만 있었다.

"엄마, 아이의 아버지가 누구인지 물어볼 건가요?"

"네 아이야. 중요한 건 그거야. 그 청년인 모양인데 이름이 뭐였지? 조 산토로……."

"아니요, 그럴 리는 없어요. 나도 누군지 모르지만, 누구라도 될 수 있어요. 생리가 매우 불규칙해서 예정일이 언제인지도 정확히 몰라요."

"마약 때문에?"

"가끔 그랬어요. 챙겨봐 주고 있는 산파 말로는 10월에 태어날 거라고 했어요. 그거 알아요, 엄마? 아이가 금방 태어나는 게 싫어요. 오랫동안 내 안에 품고 있고 싶어요. 이 집에서 리타랑 지내면서 쉬고 자고 또 자고 그러고 싶어요……."

호세 안토니오가 내 일을 대신 맡아 해주었다. 그래서 나는 로스앤젤레스에 머물 수 있었다. 나는 오빠와 조세핀, 후안 마르틴에게만 니에베스 이야기를 했다. 어떤 정보도 흘리지 않겠다는 다짐을 미리 받았다. 훌리안 브라보가 콜로니아 에스페란사에 일이 있어 방문했을 때 가족들은 내가 지중해 크루즈를 타고 휴가 중이라고 둘러댔다. 어쩌면 크루즈가 몇 달씩이나 계속된다는 사실이 의아스러울 수 있었지만 그는 더 캐묻지 않았다. 볼 일이 있는 것도 아니어서 나를 만날 생각은 없었기 때문이다. 나는 가십성 소식지를 통해 그가 스물몇 살 어린 여자와 같이 있고 그녀를 여자 친구라고 소개했다는 사실을 알게 되었다. 소라이다 아브레우가 같이 여행했을 리는 없으니 그녀는 아닐 듯했다. 나중에 나는 아누쉬카라는 여자임을 알게 되었다.

멕시코 동네의 작은 집에서 보낸 날들은 내 인생 최고의 순간 중 하나였다. 그 어떤 호화 크루즈보다 천 배는 나은 정신적 휴가의 시간이었고, 길을 잘못 들어 부서져 버렸던 딸과의 애정 관계를 다시 되살릴 수 있었다. 나는 아이와 한 침대에 같이 잤다. 여러 해 동안 스킨십이 없었다 보니 처음에는 좀 부자연스러웠지만 곧 익숙해졌다. 나는 딸과 나란히 누워 있던 감각, 잠에서 깰 때 내 가슴에 그녀의 팔이 편하게 얹혀 있던 감각이 기억난다. 그것은 달콤하고도 슬픈 행복이었다. 더 이상 계속될 수 없는 행복이기 때문이다.

로이 쿠퍼는 라스베이거스에 자주 다녀왔다. 말썽거리 해결사라는 흥미로운 직업 때문이었으며, 어쩌다가 다른 도시에 다녀오기도 했다. 리타의 집에 침대가 더 없어서 그는 근처 모텔에 머물고는 했다. 집에는 에스트로겐이 공기 중에 너무 많이 떠다니니 오히려 잘 되었다는 투였다. 그러나 그는 틈이 나면 세 여자를 데리고 멕시코 식당이나 중국 식당으로 갔다. 해변이나 영화관에 태워다 주기도 했다. 그는 피와 주먹질이 난무하는 액션 영화를 고르곤 했다. 우리가 로맨스 영화를 보자고 강요하면 따라주기도 했다. 자기가 머무는 모텔로 나를 초대해 함께 밤을 보내기도 했다. 나는 니에베스와 리타에게는 아무 설명을 하지 않았다. 뭐라고 표현하든 그녀들이 좋아하지 않을 거라고 생각했기 때문이다.

리타 리나레스는 열두 살 나이에 소노라 사막을 걸어서 미국에 왔다. 아버지를 찾아온 것이었다. 그녀의 아버지는 로스앤젤레스에서 30년 이상 불법체류자로 살고 있었다. 그녀는 로이의 아주 오랜 친구였다.

"그는 학교에서 유일한 백인 소년이었어요. 비올레타, 당신이 그를 봤다면. 다른 아이들이 어찌나 로이를 때렸는지 몰라요. 나중에 후다닥 뛰어가 반격하는 법을 배울 때까지 계속 맞고 지냈다니까요." 리타의 말이었다.

리타는 사별을 했고 자녀들은 다른 주에 살면서 크리스마스와 새해에만 찾아와 모였다. 그녀는 외로움을 느끼던 중이었고, 그래서 가족이 없는 임신한 아가씨를 임시로 묵게 해달라는 로이의 부탁에 흔쾌히 응해 주었다. 그녀는 망설임 없이 니에베스를 자기 품에 받아들였다. 그녀는 동무이자 돌볼 사람이 필요했다.

니에베스는 마지막 몇 주 동안 정원에 누워 으레 그렇듯이 햇볕에 살을 그을리며 시간을 보냈다. 살이 붙고 기력은 줄어든 몸으로 꾸벅꾸벅 졸기도 했다. 리타와 나는 니에베스 옆에서 바느질을 하며 우리 인생 이야기, 다른 사람들의 인생 이야기, 드라마 이야기, 내 나라와 그녀 나라에 대한 이야기를 나누었다. 나는 그녀에게 로이 쿠퍼와 사랑에 빠진 적이 있는지 물었고, 그녀는 충격을 받으며 자신은 단 한 명의 남자, 즉 자기 남편—"편히 잠드소서"—의 여자라고 말했다. 우리는 주방에서 니에베스 이야기를 할 때도 있었다. 주방에서 얘기하면 우리끼리만 속삭일 수 있었다. 리타는 다가오는 아기의 탄생을 나만큼이나 흥분하며 기다렸다. 그녀는 아기가 쓸 요람을 준비했고 옷도 만드는 중이었다.

"니에베스가 나와 함께 살기를 신께 기도하고 있어요. 하나뿐인 손녀는 포틀랜드에서 부모와 같이 살고 있거든요. 이 집에 아기가 있으면 정말 행복할 것 같아요." 리타는 그렇게 말했다. 그러나 나는 니에베스가 로스앤젤레스에 머문다는 생각은 터무니없다고 느꼈다. 니에베스는 그녀의 나라로 돌아와 그녀 가족의 도움을 받아야 했다.

내 딸은 계획이나 목표, 구상 없이 행운을 믿으며 즉

홍적으로 하루하루를 살았다. 그 점에서도 그 애는 훌리 안을 닮았다. 몇 번이나 출산 후의 계획을 들어보려고 했지만 그 애는 대답을 피했다.

"뭐 하러 미리 생각해요? 미래는 놀라움을 안겨 주잖아요." 딸은 그렇게 말했다.

니에베스는 아이 이름만 정해놓았을 뿐이다. 딸이면 카밀라, 아들이면 카밀로라고 말이다.

10월 세 번째 금요일, 니에베스는 두통으로 신음하며 아주 일찍 잠이 깼다. 두 시간이 지난 뒤 그 애는 모든 병에 잘 듣는 만능 치료제라고 늘 말하던 블랙커피를 세 잔째 마시려고 일어서다가 발밑에 커다란 양수 웅덩이를 보았다. 리타는 그 주에 마침 로스앤젤레스에 와 있던 로이에게 전화를 했고, 곧 우리 넷은 산부인과 병동에 도착했다. 니에베스는 산통이 아니라 두통만 호소했다.

병원에 도착하자 우리는 니에베스가 검사를 다 받을 때까지 한참을 기다렸고, 그녀의 혈압이 엄청나게 치솟아 있다는 설명을 들었다. 모든 일이 너무나 혼란스러운 가운데 벌어졌다. 그래서 그 후의 시간과 여러 날의 기억들이 어느 길었던 단 하룻밤의 파편화된 이미지들─얼굴들, 복도, 엘리베이터, 하늘색 가운과 흰색 가운 등의 만화경, 소독약 냄새, 지시하는 목소리, 주사기, 내 팔을 잡아주던 로이 쿠퍼의 커다란 손─에 녹아 있다. 자간증[1]이라고 했다. 나는 그 용어를 들어본 적도 없었다.

"난 괜찮아요, 엄마." 니에베스는 눈을 감고 이마에 손을 얹은 채 중얼거렸다.

그게 내가 그녀를 본 마지막이었다. 그녀는 병상에 실려 이중문 안으로 들어갔다. 그들이 사라진 뒤 우리는 얼어붙을 듯 추운 복도에 덩그러니 남겨졌다.

병원은 그녀를 구하기 위해 할 수 있는 모든 일을 했지만 혈압이 낮아지지 않았다고 했다. 니에베스는 발작을 일으키고 의식을 잃더니 혼수상태에 빠졌다. 의료진은 제왕절개를 시행하고 아기를 꺼냈지만 니에베스의 심장은 말을 듣지 않았고 그 애는 몇 분 후에 세상을 떠났다. 정말로 너무나 미안하구나, 카밀로. 네가 태어나서 엄마 품에 잠시라도 누워 쉴 수 있었다면 얼마나 좋았을까. 엄마 냄새, 온기, 너를 어루만지는 손의 감촉, 네 이름을 부르는 목소리를 느낄 수 있었을 텐데.

우리가 얼마나 기다렸을까? 영원 같은 시간이었다. 어느 순간에 간호사가 머리에 하늘색 모자를 쓰고 흰색 포대기에 싸인 아기를 내 품에 안겨주었다.

"카밀로, 카밀로……." 나는 눈물을 흘리며 속삭였다.

작고, 주름지고, 한 움큼의 솜처럼 가볍고, 간신히 숨을 쉬고 있는 존재였다.

"할머니 맞지요? 손자는 이상 없습니다. 그래도 소아과 의사에게 진찰을 받고 필요한 검사도 받아야 합니

---

1   임신 20주 이후에 고혈압을 보이면서 단백뇨가 배출되는 증상.

다." 간호사가 말했다.

너는 신생아 검사실에서 관찰 치료를 받아야 했고 우리는 거기서 너를 만날 수 있었다. 며칠이면 되는 일이라고 했다. 너는 극심한 저체중에 황달을 겪고 있었다. 황달이 심각하지는 않고 보통은 저절로 해결된다고 설명하기는 했지만……. 간호사는 내가 너를 몇 분 안고 있도록 허락을 해준 뒤 다시 데려갔다.

그들은 우리에게 사과 주스를 가져다주었다. 로이는 알약을 주었는데 물어보지도 않고 삼켰다. 진정제였을 것이다. 나는 일어난 상황을 여전히 이해하지 못하고 있었다. 사람들의 설명을 알아듣지 못했고, 니에베스의 죽음을 듣지 못했다는 듯이 그 애가 어떠한지 물어보았다. 자신을 병원 목사라고 소개한 사람이 우리를 작은 예배당으로 안내했다. 연한 색깔의 나무로 된 그 방에는 종교적인 성상은 없었고, 스테인드글라스 창문을 통해 스며드는 빛이 실내를 밝히고 있었다. 그곳에는 들것에 누운 내 딸이 이미 와 있었고, 그렇게 우리는 그 애와 작별 인사를 하게 되었다.

니에베스는 잠들어 있었다. 그 어느 때보다 고요하고 아름답게 빛났다. 황금빛 피부와 인형 같은 속눈썹을 가진 섬세한 얼굴이 끄트머리가 하얀 꿀색 머리카락에 둘러싸여 있었다. 로이는 서류 양식을 작성해 놓겠다고 말하며 리타와 목사를 데리고 나갔다. 내가 지켜보는 사람 없이 내 딸과 이야기할 수 있게 하기 위해서였다. 바로 그 기도실에서 나는 슬픔으로 찢어질 듯한 가슴을 안고 니에베스와 약속했다. 내가 아이의 어머니, 아버지, 할머니가 되어주겠다고. 너에게 해준 것보다 훨씬 더 좋은 어머니, 네가 갖지 못한 헌신적이고 곧은 아버지, 세상에서 가장 좋은 할머니가 되겠다고 말이다. 카밀로가 결코 고아가 되지 않도록 네가 살지 못한 세월까지 내가 살겠다고 약속했고, 받은 사랑이 넘쳐 다른 사람들에게 선물해 줄 수 있을 정도로 많고도 많은 사랑을 내가 주겠다고 약속했다. 나는 그런 약속 외에도 많은 이야기를 하며 흐느꼈다. 딸이 평화롭게 떠날 수 있도록 이 약속도 하고 저 약속도 하고 그러다 말이 엉키고 꼬이기도 했다.

카밀로, 너에게 이야기하고 있자니 칼에 찔린 듯 내 가슴을 아프게 하던 그날의 고통이 다시 느껴지는구나. 그것은 집요하게 되살아나는 고통이고, 나를 제대로 무너뜨리는 끝없는 고통이다. 그보다 더한 고통이 존재할 리 없다. 너무 고통스러워서 그걸 뭐라고 불러야 할지 모르겠구나. 그래 안다, 알고 있다……. 불평할 게 뭐가 있겠는가? 내 딸의 죽음은 벌이 아니라 통계적인 현상일 뿐이다. 이것은 인류의 가장 오래되고 흔한 고통이다. 전에는 태어난 모든 아이가 다 살아남으리라고 기대하지 않았다. 어떤 아이들은 젖도 떼기 전에 사망했으며 이는 세계 대부분의 지역에서 여전히 일어나는 일이다. 그러나 내가 그 어머니가 되는 경우에는 그 무엇으로도 공포를 이길 수 없다. 내 안이 텅 비어버린 것만 같았다. 내 몸뚱이는 피만 들어 있는 동굴 같았고 그 안에 공기는 없었으며, 뼈는 밀랍으로 만들어진 듯하고 영혼이 새어나가고 있는 기분이었다. 그런데 세상은 아무 일도 없던 것처럼 돌아가고 있었다. 나는 일어나 한 걸음 또 한 걸음 나아가야 했고, 목소리를 높여 대답해야 했다. 이성을 잃은 것은 아니었다. 나는 물을 마셨다. 입안에 모래가 가득 씹히고 눈은 이글거렸다. 설화석고로 조각된 경직되고 차갑게 식은 나의 어린애, 다시 돌아와 "엄마" 하고 부를 수 없는 내 딸, 그 애는 내 인생에 처절한 흔적을 남기고 떠났다. 그 애의 웃음소리, 우아함, 반항, 고난의 기억이 나에게 남았다.

나는 그 텅 빈 예배당에서 니에베스와 함께 몇 시간을 머물 수 있었다. 스테인드글라스 창문으로 해가 저물어가고 누군가 들어와 촛불 모양의 조명을 켜주었다. 그 사람이 내 손에 차를 한 잔 건네주고 싶어 했지만 손에 받쳐 들 수가 없었다. 나는 딸과 단둘이서 이야기를 나누었고, 그 애가 살았을 때 해주지 않은 말을 마침내 할 수 있게 되었다. 정말로 너를 사랑했다고, 여러 해 동안 네가 얼마나 그리웠는지 모른다고. 나는 그렇게 내 딸과 헤어질 수 있었고 안녕이라는 말을 할 수 있었다. 그 애에게 키스하며 무심하고 소홀했던 내 죄에 대해 용서를 구하고 내 딸로 와주어서 고맙다는 말도 할 수 있었다. 내 마음과 아들의 마음속에 네가 언제나 살아 있을 거라는 약속도 했다. 그리고 나를 버리지 말아달라고, 꿈속에서 나를 찾아와 달라고, 신호와 암호를 보내달라고, 거리의 모든 아름다운 아가씨의 화신으로 나타나 달라고, 가장 깊은 밤이면 영혼으로 나타나 주고 한낮에는 퍼져나가는 햇살로 나타나 달라고 부탁을 했다. 니에베스, 나의 니에베스.

마침내 리타와 로이가 나를 찾으러 왔다. 그들은 내가 일어설 수 있도록 도와주었고 둥글게 에워싸며 나를 안았다. 그들의 따뜻한 우정에 감싸여 진정될 때까지 그렇게 나를 받쳐주었다. 우리는 니에베스의 이마에 키스를 하며 작별 인사를 했고 두 사람은 나를 문 쪽으로 안내해 주었다. 바깥은 이미 밤이었다.

이틀 후 네가 병원에서 관찰 치료를 받는 동안 너의 어머니를 화장했다. 카밀로, 너도 이건 알아야 해. 나는 그 애의 육신을 가족과 고국에서 그렇게 멀리 떨어진 로스앤젤레스에 두고 갈 생각은 없었다. 나는 딸의 유골함을 내 곁에 두었다가 나우엘 공동묘지에 있는 우리 가족용으로 마련해 둔 묘소에 묻어주었다. 이제 나는 그곳으로 가서 딸을 만날 거다.

로이 쿠퍼는 내 인생에서 가장 슬펐던 순간에 다시 한번 나를 구해 주었다. 일반적인 가정이라면 내가 아이를 돌보는 게 맞지만, 로이는 내 손자가 미국에서 태어나면서 미국 시민권자가 되었으니 외국으로 데리고 나갈 때 허가를 받아야 하는 번거로운 일이 생길 거라고 알려주었다. 엄마도 아빠도 없는 상태에서 가정법원 판사가 아이의 운명을 결정할 텐데 그 절차가 오래 걸릴지도 모르고, 그동안 아이는 법원이 지정한 가정에 맡겨야 한다고 했다. 그가 그 복잡한 문제를 마저 다 설명하기도 전에 나는 넋이 나갈 지경이었다. 제일 처음 떠오른 방법은 손자를 병원에서 훔쳐 달아나는 것이었다. 틀림없이 훌리안 브라보는 아기를 빼돌려 세상의 남쪽으로 몰래 데려가는 걸 도와줄 수 있을 터였다. 그는 모든 문제를 편법으로 해결할 수 있었다.

"그럴 필요 없을 거예요. 카밀로를 내 아들로 등록하면 돼요." 로이가 끼어들며 말했다.

"무슨 말인가요?"

"내가 니에베스와 잠시 만났던 사이라고 가정해 봅시다. 내가 친자 관계를 인정하고 재정적 책임을 받아들이게 됩니다. 엄마가 그런 바람을 남겼기 때문에 아이가 내 성을 따르지는 않을 거예요. 니에베스는 브라보라는 성도 쓰고 싶어 하지 않았어요. 카밀로 델 바예라는 이름으로 등록해 달라고 부탁했지요. 알아들어요?"

"아니요."

"아마도 아빠인 내가 아이에 대해 결정을 하겠지요. 할머니가 아이를 맡아 키우게 할 수 있는 거예요. 그래서 할머니가 아이를 자기 나라로 데려갈 수 있는 권한도 줍니다. 훌리안 브라보는 잊어요."

"사실대로 말해 봐요. 당신이 카밀로의 아빠예요?"

"아니, 맙소사, 제발! 어떻게 그런 생각을 할 수가 있소?"

"하지만, 로이, 그럼 왜……."

"내가 다른 사람의 문제를 해결하는 걸로 먹고산다고 했잖아요. 이것도 그런 차원이에요."

그렇게 된 거다, 카밀로. 로이 쿠퍼는 편의상 출생증
명서에 아버지로 명시되어 있지만 당연히 네 아빠는 아
니다. 그는 네 엄마 인생의 마지막 몇 달 동안 보호해
준 사람이고, 그 애와 나에 대한 애정 때문에 그런 속임
수를 자처했다. 자비로운 거짓말이었다. 그 전략 덕분에
나는 문제없이 너를 미국 밖으로 데리고 나올 수 있었
고, 이 나라에 주민등록을 하게 되었단다. 네가 이중 국
적을 가지고 있는 건 그래서다.

너는 태어난 지 7일째 되는 날 마침내 퇴원을 허락받
았고, 그렇게 나는 너를 품에 안고 그곳을 나올 수 있었
다. 너는 너를 달걀노른자처럼 노랗게 만들었던 황달에
서 회복되었고 몸무게도 안정되어 있었다. 병원은 네가
겉보기와 달리 미숙아는 아니라고 했다. 너는 정말 자
그마하고 못생기고 머리털은 없고 창백하고 귀는 길쭉
하고 아무 소리도 내지 않았다. 거의 움직이지도 않았고
울지도 않았다.
"이 작은 쥐는 햇볕을 쬐며 라틴 음악을 들어야 해요.
살고 싶어 하는지 어디 한번 봅시다."로이는 농담 삼아
권유했지만 결과적으로 좋은 충고였다.
네가 비행기를 탈 만한 상태가 아니었기 때문에 나는
너를 데리고 리타의 집에 머물렀고, 너를 순조롭게 키워
가는 숙제가 시작되었다. 처음에 너는 뭐든 빨아들이지
못했다. 그래서 너에게 젖병을 물리느라 히스테리가 생
길 지경이었다. 그런데 리타가 스포이드로 우유를 먹이

는 방법을 생각해 냈다. 정말 성녀였다. 몇 시간을 들여가며 우유를 다 먹이곤 했다.

네 할아버지 훌리안? 그가 무슨 역할을 했냐고? 나는 무슨 일이 있었는지 전화로 그에게 알려주었다. 그에게 숨기는 건 불가능했다. 알고 지낸 그 긴 세월 동안 그가 흐느끼는 소리를 들은 건 그때가 처음이었다. 그는 말을 잇지 못한 채 사랑하는 딸을 위해 오랫동안 울었다. 다시 말을 꺼낸 그는 자세한 내용을 더 알고자 하는 대신 도움을 주고 싶다는 이야기를 했다. 그는 자기가 살아 있는 한 손자에게 아무 부족함이 없도록 해주겠다고 약속했다. 나는 그에게 내가 아이를 돌보기로 했고 당신에겐 아이가 필요하지 않다는 말을 굳이 하고 싶지 않았다. 나는 니에베스가 유타에서 빠져나간 뒤 어떻게 살았는지, 그리고 로이 쿠퍼가 어떤 역할을 했는지 그에게 설명해 주어야 했다.

"쿠퍼? 쿠퍼가 내 딸과 무슨 상관이야?"

"니에베스가 그에게 도움을 요청했어. 그는 아버지처럼 니에베스를 대해 주었어."

"니에베스의 아버지는 나야!"

"니에베스와 당신 사이에 무슨 일이 있었는지 모르겠지만, 그녀는 당신이 임신 사실을 알지 않기를 원했어."

"내가 도와줄 수 있었을 텐데."

"내가 해줄 수 있는 말은 그 애가 인생의 마지막 몇 달을 마약 없이 편안하게 보냈고, 로이의 멕시코 여자 친구가 잘 돌봐주었으며 아기는 건강하다는 얘기뿐이야. 지금 보고 싶으면 로스앤젤레스로 와. 나는 상황이 괜찮아지면 아기를 바로 집으로 데려갈 거야. 거기서 우리 모두 함께 아이를 키울 거야."

네 할아버지는 로스앤젤레스에 오지 못했고 몇 달이 지난 후 사크라멘토에서 너를 만났다. 그는 로이 쿠퍼에게 수표와 감사 편지를 보냈고, 화가 난 로이는 수표를 찢어버렸다.

스포이드, 햇살, 라디오에서 흘러나오는 란체라[1], 호로포[2], 룸바 리듬 사이에서 그 작은 생쥐는 살아남았다. 6주가 지난 뒤 우리는 너무나 많은 것을 베풀어준 로이 쿠퍼와 리타 리나레스에게 작별 인사를 하고 다시 집으로 돌아올 수 있었다. 아기는 모든 시간을 다 쏟아부어야 하는 존재고, 에너지와 수면, 정신 건강을 소모시키는 존재다. 나 같은 쉰두 살 여성에게 육아는 심하게 어려운 일이었지만 다른 한편으로는 나를 젊어지게도 했다. 나는 너와 사랑에 빠졌단다, 카밀로. 그 사랑 덕분에 나는 너를 키우는 도전을 감행할 수 있었고, 내 딸의 죽음에 대한 애도를 내 손자의 삶에 대한 축복으로 바꾸려는 도전도 할 수 있었다.

---

1   란체라(Lanchera)는 멕시코의 전통적인 민속 음악의 한 종류.
2   호로포(Joropo)는 템포가 빠른 3박자의 베네수엘라 춤곡.

18장

파쿤다는 농지개혁으로 모레아우 가족의 부지 같은 산타클라라 주변의 여러 농장이 몰수되었다는 이야기를 해주었다. 그러나 슈미트-엥글러 가족에게는 아무 영향을 주지 못했다. 나의 전 시아버지는 자기 농축산물을 정부가 정한 공식 가격에 팔지 않기로 결심했다. 그래서 착유장과 치즈 공장을 폐쇄했다. 소들도 사라졌다. 내 생각에 소들을 국경 너머로 데려다 놓았고 이 나라가 다시 정상적으로 돌아올 때까지 기다리기로 했던 듯하다.

콜로니아 에스페란사에 대한 불안한 소문이 돌았다. 취재를 시작한 한 언론인은 그곳을 "치외법권적인 생활을 하는 이방인 소굴", "국가안보에 위협이 되는 곳"이라고 불렀지만 아무도 관심을 두지 않았다. 이민자들은 공식적으로 범죄를 저지른 적이 없고, 오히려 작은 보건소를 열어 주변 사람들을 무료로 진료하고 정기적으로 교회에 채소 한 상자를 배달해 나누어 주었기 때문에 가난한 이웃 지역 사람들의 존경을 받고 있었다.

"그곳은 건드리지 않을 거야. 군이 보호하고 있으니까. 특수 부대가 그곳에서 훈련을 하고 있거든." 언젠가 훌리안이 이곳에 왔을 때 그렇게 말했다.

나는 그가 어디에도 기록이 남지 않는 개인적인 의뢰를 받아 독일 이민자촌으로 비행을 하고 있다는 사실을 알게 되었다. 군은 그곳에 활주로를 건설할 계획이었지만 그 사이에도 훌리안의 수륙양용기는 호수에 착륙하는 게 허용되었다. 나는 그 신비에 싸인 사람들을 위해 뭘 실어 나르고 있는지 물었지만 그는 대답하지 않았다.

후안 마르틴은 대학 졸업을 곧 앞두고 있었다. 그는 학생연합 회장으로 선출되어 있었다. 원주민 판초를 입은 그는 긴 머리칼에 덥수룩한 수염을 하고 돌아다녔다. 아들은 학생들을 대표하여 텔레비전에 자주 나오곤 했다. 그 애는 혁명적인 사상의 소유자였지만 말투는 타협적이었다. 그는 야당의 파시스트 책략에 대해 경고를 했다. 그러나 우파 못지않은 피해를 주고 있는 극좌파 그룹의 전술도 비난했다. 그로 인해 노선을 같이하는 세력 안에 적이 생겼다. 사람들은 정치적 열정의 두 극단에 살고 있었고, 대화나 협상을 요구하는 합리적인 목소리에는 아무도 귀를 기울이지 않았다.

네가 태어난 지 11개월 후 군사 쿠데타가 일어나 유혈 사태로 정부가 전복되었다. 사회주의 대통령이 당선되고 나서 홀리안 브라보가 예언했던 대로였다. 홀리안은 남부 시골을 너무 자주 방문하고 있었다. 마치 이곳으로 이사를 해서 살려는 사람 같았다. 그는 무슨 일인지는 제대로 밝히지 않았지만 '나랏일'로 매우 바빴다. 나는 사크라멘토에서 할머니 노릇을 하며 살고 있었고 그는 대부분의 시간을 수도에 머물렀기 때문에 우리는 거의 만나지 못했다. 그가 남쪽으로 오더라도 나에게 알려주는 일은 드물었다.

쿠데타는 치밀한 군사 작전처럼 진행되었다. 군과 경찰은 어느 봄날의 화요일 새벽에 반란을 일으켰고, 정오가 될 무렵 대통령궁을 폭격했다. 대통령은 사망했으며 국가는 군부의 휘하에 들어갔다. 곧바로 탄압이 시작되었다. 사크라멘토에서는 저항이 없었다. 오히려 내가 알고 지내던 사람들은 발코니에 나가 박수와 환호를 보냈다. 그들은 영웅적인 군인들이 가상의 공산주의 독재로부터 나라를 구하는 날을 기다리며 3년을 보냈기 때문이다. 사크라멘토도 계엄 상태였다. 얼굴을 알아볼 수 없도록 영화 속의 아파치처럼 얼굴에 칠을 한 전투복 차림의 군인들과 검은 차를 탄 보안군이 도시를 장악했다. 헬리콥터 소리가 파리처럼 윙윙거렸고 탱크와 대형트럭이 포장도로를 망가뜨리며 행진했다. 거리의 주인이었던 떠돌이 개들은 놀라서 달아났다. 경찰의 사이렌, 고함, 총성과 폭발음이 들려왔다. 통행이 금지되었고 항공, 기차, 버스 운행도 중단되었으며, 도로에는 파괴분자, 테러리스트, 게릴라를 사냥하기 위해 검문소가 설치되었다. 이번에도 '조국의 적'이라는 표현을 들을 수 있었다. 우파 언론은 조국의 적들이 소비에트 요원으로 무장 혁명을 준비하고 있으며 처형 대상자들의 명단을 만들어두었다고 경고했다.

서로 연락을 하는 게 매우 어려워져 수도에 있는 후안 마르틴은 물론이고 우리 집에서 몇 블록 떨어진 곳에 사는 호세 안토니오와도 연락을 할 수 없었다. 반면 훌리안은 마이애미에 있을 거라고 생각되는 시기에도 예기치 않게 이곳에 들르곤 했다. 그는 마음대로 이동할 수 있다고 했다. 군사평의회에 꼭 필요한 서비스를 제공하기 때문에 통행 허가증을 받았다고 말이다.

"비올레타, 텔레비전에 나오는 지침을 따르고 집 안에만 있어. 상황이 진정될 때까지 사무실도 나가지 마. 나를 찾으려면 호텔에 메시지를 남기면 돼."

처음 사흘 동안 전국에 통금이 있었고 특별 허가 없이는 거리에 나갈 수 없었으며, 심각한 긴급 상황이 발생하면 흰 손수건을 흔들어 알리라고 했다. 흥분한 군인들은 사람들을 개머리판으로 때리고 밀치며 군용 트럭에 태워 어딘지 알 수 없는 곳으로 데려갔고, 광장에 불을 피워 책이며 문서, 선거 기록을 불태웠다. 새로운 질서가 자리 잡을 때까지 민주주의는 중단되었고 때가 되면 다시 선거를 하게 될 거라고 했다. 정당과 의회는 무기한 휴회를 선언했고 언론은 검열을 받았다. 여섯 명

이상이 모이는 것도 금지되었다. 그러나 어떤 사람들은 바바리아 호텔을 비롯한 여러 클럽과 호텔에 모여 샴페인을 마시고 국가를 불렀다. 군부 쿠데타를 애타게 기다리던 재력가들이었다. 특히 그들은 농지개혁으로 몰수된 땅을 되찾기를 열망하던 그 지역의 지주들이었다. 사회주의 정부 지지자, 노동자, 농민, 학생, 그리고 가난한 사람들은 각자 은신처에서 침묵하고 있다고 훌리안 브라보는 설명했다. 텔레비전 화면에는 네 명의 장군이 국기와 나라 문장 사이로 걸으며 시민들에게 명령을 내리는 모습과 디즈니 만화만 나왔다. 이런저런 소문들이 돌아다니며 허리케인처럼 마을을 휩쓸었지만, 서로 모순되거나 확인이 불가능한 소문도 있었다. 훌리안이 말한 대로 나는 집 안에 틀어박혔다. 이제 구석을 기어 다니며 소켓에 손가락을 집어넣기도 하고 벌레가 기어 다니는 흙을 집어 먹기도 하는 손자를 돌보느라 매우 바빴다. 나는 정상적인 시절이 곧 돌아올 거라고 생각했다.

사흘 후 통금이 풀린 시간에 미스 테일러가 나를 보러 왔다. 우리가 몇 달 동안 아기 분유를 구하지 못해 가져다준다는 핑계를 대고 온 것이다. 그녀는 가게들의 진열대마다 이전에 부족하던 물건들이 갑자기 가득 차 있었다고 했다. 우리는 거실에 앉아 나의 옛 가정교사가 좋아하던 다즐링 차를 마셨다. 나는 그녀에게 찾아온 진짜 이유를 물었다.

"수도의 대학이 급습을 당했어, 비올레타. 특히 언론

학, 사회학 전공 교수들과 학생들이 여러 명 체포되었대. 사람들 말로는 대학 건물들 벽에 핏물이 튀어 있다고 해."

"후안 마르틴!" 나는 비명을 질렀고 머그잔이 바닥에 떨어졌다.

"네 아들이 블랙리스트에 올라 있어. 경찰에 출두해야 해. 경찰이 그 애를 찾아다니고 있어. 학생연합 회장이라서 블랙리스트 맨 앞에 들어간 거야."

"아이에게 무슨 일이 생겼나요?"

"어젯밤 통금 시간에 우리 집으로 왔어. 어떻게 그렇게 여러 개의 주를 넘어올 수 있었는지 모르겠다. 경찰이 자기를 찾아 제일 처음 올 곳이 너의 집이니까 이곳에 오지 않은 거야. 우리가 숨겨놓기는 했지만 나라 바깥으로 빼내야 해."

"훌리안이 유일하게 도와줄 수 있는 사람이에요."

"아니, 비올레타. 네 아들 말로는 훌리안이 군의 공범이고, 또 군의 배후인 CIA를 위해 일한다고 했어."

"절대로 그가 아들을 고발하지 않을 거예요!"

"그건 확신할 수 없는 일이야. 호세 안토니오는 적어도 한동안은 산타클라라에 후안 마르틴을 숨겨둘 수 있다고 생각해. 아무도 그를 찾으러 농장으로 가지는 않을 거야. 그 아이를 어떻게 거기까지 보낼 수 있을까? 기차는 운행을 하지 않고 사방에는 검문소가 있는데."

"그건 내가 알아볼게요, 조세핀."

후안 마르틴을 구할 수 있는 유일한 방법은 아이의 아버지에게 도움을 청하는 것이었다. 그는 2주 전부터 국내에 들어와 있었다. 나는 할 이야기가 있으니 사크라멘토로 오라고 했다. 그는 혼란이 심각해진 시기라 많이 바쁘다고 했다.

"내가 그 애에게 조심하라고 몇 번이나 경고했어? 그런데 이제 와서 도와달라고 찾아오다니! 좀 늦은 거 아니야?"

"그 아이는 당신 아들이야, 훌리안."

"이봐, 비올레타, 난 아무것도 할 수 없어. 내 경력이 위험해졌으면 좋겠어? 그들은 나를 지켜보고 있어. 통금 시간이 한창인데 후안 마르틴이 사크라멘토까지 올 수 있었다면 알아서 안전한 장소도 구했을 거야."

"내 생각에 그 애가 갈 만한 곳이……."

"아무 말도 하지 마! 나는 그 애가 어디에 있는지, 어디로 가고 있는지 알고 싶지 않아. 아는 게 적을수록 더 좋아. 나는 이 일에 공모자가 될 수 없어."

"이번만큼은 당신 이야기가 아니잖아, 훌리안. 지금 유일하게 중요한 사람은 후안 마르틴이야. 사람들이 죽어가는 게 보이지 않아?"

"이건 공산주의와의 전쟁이야. 목적은 수단을 정당화하지."

훌리안 브라보는 악당이었고 아들과의 사이도 좋지 않았지만, 내 예상대로 그는 마지못해 후안 마르틴을 사크라멘토에서 몰래 빼내는 걸 도와주었다. 지역 사령관에게 여행 허가를 받는 데 두 시간도 채 걸리지 않았다. 카밀로, 그때는 시절이 달랐단다. 지금은 1분도 안 되는 시간에 누군가의 신원과 가장 사적인 사항까지 세세하게 알아낼 수 있지. 그러나 1970년대에는 시간이 걸리는 일이었고 불가능할 때도 있었다. 가짜 통행 허가증은 가사도우미 로레나 베니테스라는 이름으로 발급되었다.

36시간이 지나고 아침 6시에 통금 시간이 해제되자마자 나는 손자와 꼭 필요한 옷, 약간의 음식을 실은 채 후안 마르틴을 찾으러 카사스 루스티카스의 어느 창고로 갔다. 오빠가 거기에 그 애를 숨겨둔 참이었다. 내가 마지막으로 본 아들은 머리와 수염이 덥수룩한 예언자 같은 모습이었는데, 이번에 나를 기다리고 있는 사람은 머리를 목덜미에 올려 묶고 하늘색 앞치마를 두른 키 크고 마른 여성 로레나 베니테스였다. 카밀로, 너는 삼촌이 변장을 했는데도 바로 알아보고 망설임 없이 삼촌 목에 팔을 뻗었단다. 네가 아직 말을 할 줄 몰라 다행이었다.

우리는 사크라멘토를 떠나 첫 번째 검문소를 통과하고 남쪽으로 향하는 고속도로를 탈 때까지 한마디도 하지 않았다. 근무 중인 군인들은 신경질적이고 공격적인 젊은이들이었다. 코밑까지 무장한 그들은 글자를 제대로 모르는 사람처럼 천천히 통행증의 글씨를 읽었고 내 신분증도 검사했다. 그들은 우리를 차에서 내리게 하더니 시트까지 꺼내 가며 철저히 검사했다. 그러나 가사도우미는 형식적으로 흘끗 쳐다보았을 뿐이다. 절대적인 사회 계급제도와 여성에 대한 남성우월주의적인 경멸 덕에 우리는 그 검문과 다른 검문소의 단속에서도 도움이 되었다.

나는 후안 마르틴에게 왜 자수하지 않았느냐고 물었다. 자수하는 사람은 겁낼 게 없다고 텔레비전에서 말했던 것이다.

"엄마, 어떤 세상에 살고 있는 거예요? 자수하면 영원히 사라질 수도 있어요."

"사라지다니, 그게 무슨 말인지 모르겠구나."

"누구든 체포될 수 있어요. 평계도 소용이 없고요. 잡아가고 나서도 그런 일 없다고 거짓말을 한다고요. 아무도 그 사람 소식을 몰라요. 그대로 유령이 되는 거예요. 우리 학교의 학생도 여러 명 죽었고 교수도 스무 명 넘게 잡아갔어요."

"글쎄, 틀림없이 뭐 잘못한 게 있겠지, 후안 마르틴." 나는 지인들 모임에서 여러 번 들었던 말을 그대로 따라 하며 중얼거렸다.

"엄마, 그 사람들도 저하고 똑같은 일을 한 것뿐이에요. 민주적으로 선출된 정부를 지키는 일 말예요."

사크라멘토에서 농장까지는 기차로 두 시간이 조금 넘게 걸리고 승용차로는 서너 시간이 걸리는 거리였다. 그러나 도중에 여러 번 정차하다 보니 거의 일곱 시간이나 걸려 나우엘에 도착했다. 그때쯤 우리는 극도로 불안하고 녹초가 되어 있었다. 다행히도 카밀로, 너는 의심 한 번 받지 않은 베이비시터 로레나 베니테스의 품에서 거의 내내 잠들어 있었다.

우리는 통금이 시작되기 몇 시간 전에 도착했다. 그 먼 시골 지역에서는 아무도 통금을 지키지 않았다. 토리토와 파쿤다가 우리를 맞이했다. 그들은 여자로 분장한 후안 마르틴을 보고 틀림없이 놀랐을 테지만 아무 말 하지 않았다. 죽고 사는 문제라는 걸 굳이 설명하지 않아도 눈치챘으리라. 내 아들은 수도와 다른 여러 지역에서 일어나고 있는 일을 몇 마디 말로 이야기해 주었다. 산타클라라는 평화의 오아시스였다.

"저는 국경을 넘어야 해요." 아들이 그들에게 말했다.

도착했을 때 카밀로, 너는 배가 고프고 목도 말라 죽을 것 같은 상태로 기저귀까지 축축하게 젖어 있었다. 그대로 곧장 파쿤다의 맏손녀인 에텔비나 무뇨스의 품에 안겼다. 에텔비나의 엄마인 나르시사는 열다섯 살에 딸을 낳았다. 그 어린 소녀는 할머니를 도와 다른 형제자매도 키우고 농장도 돌보았다. 그녀는 어깨가 넓고 둥근 얼굴에 손재주가 좋았다. 학교에 다닌 적이 없어 글은 겨우 읽고 쓸 수 있을 정도였지만, 삶의 근원적인 일들에 대한 이해가 빠르고 깊었다. 루신다 리바스가 노년으로 접어들고 죽음에 패하기 전까지 되는 대로 가르쳐준 덕분이었다.

그날 밤 너는 파쿤다와 에텔비나 사이의 간이침대에서 웅크린 채 잠이 들었고, 나는 어머니의 철제 침대에서 내 아들과 함께 잤다. 나는 어둠 속에서 몇 시간 동안이나 바깥에서 들려오는 소리에 귀를 기울였다. 언제 든지 군이나 경찰의 지프차가 후안 마르틴을 찾으러 올 수 있다는 생각 때문이었다. 어머니로서의 내 역할에 대해서도 생각했다. 내가 일에 신경 쓰느라 제대로 챙겨 주지 못한 적이 얼마나 많은지, 여동생에게 모든 관심을 쏟는 동안 얼마나 자주 아들을 내버려두었는지, 그리고 이상주의적인 정신 때문에 어릴 때부터 아버지와 충돌을 겪은 일이 얼마나 많았는지 되돌아보았다. 새벽이 될 무렵 겨우 몇 시간 잠이 들었고, 깨어났을 때는 파쿤다가 이미 아침 식사를 준비하고 기다리고 있었다. 에텔비나는 너를 말에 앉혀 태운 채 소젖을 짜러 간 뒤였고, 후안 마르틴은 토리토를 도와 가축들을 챙기고 있었다. 밤은 아직 추웠고, 나무 잎사귀에는 이슬이 반짝이고, 햇살을 받아 따뜻해진 땅에서는 푸르스름한 수증기가 올라오고 있었다. 월계수의 상큼하고 강렬한 향기는 언제나처럼 산타클라라에서 보낸 어린 시절의 가장 생생한 추억 속으로 나를 데려다주었다. 그곳은 나에게 항상 성지와 같은 존재일 것이다. 농장이 충분히 외진 곳에 있었지만 혹시라도 눈에 띄지 않도록 하기 위해 낮에는 집 밖에 나가지 않았다. 트렁크에는 호세 안토니오가 몇 년 전에 두고 간 옷이 그대로 들어 있었고, 바지와 부츠, 낡은 조끼도 하나 찾아냈다. 도망자에게는 아직 쓸 만한 물건들이었다.

우리는 파쿤다의 따뜻한 빵과 차가 차려진 식탁에 둘러앉았다. 후안 마르틴은 즉결 재판과 자의적인 처형에 대해 이야기했다. 수감자들이 고문으로 죽어가고 있고, 겁나서 고개만 내밀고 쳐다보는 사람들 앞에서 검거된 수천 명의 사람들이 대낮에 구타를 당하고 있다고 했다. 그리고 경찰 검문소, 군 막사, 스포츠 경기장, 심지어 학교까지 임시 강제 수용소로 만들어 붙잡은 사람들을 가두고 있고, 그래서 죄수들이 넘쳐나고 있다는 이야기도 했다. 그 밖에 다른 공포스러운 이야기들도 있었는데, 나는 사실이 아닐 거라고 생각했다. 우리나라는 호족과 독재와 쿠데타로 황폐해진 이 대륙에서 민주적인 공존이 자리 잡은 모범 국가였기 때문이다. 우리나라에서는 후안 마르틴이 말한 어떤 일도 일어날 수 없었다. 그것은 공산주의 선전이었다. 나는 내 아들이 주장하는 것을 대부분 믿을 수 없었지만, 여장을 하고 피신을 해야 할 정도라면 틀림없이 타당한 이유가 있으리라는 생각이 들었고, 그래서 그 애의 말에 반박하지 않았다.

해가 질 무렵 토리토는 여행 가방에 필요한 것을 챙겨 넣기 시작했다.

"나와 함께 가자, 후아니토." 그가 내 아들에게 말했다.

"무기는 있어요, 토리토?"

"이게 있지." 거인은 수천 번은 사용해 온 도축용 칼을 보여주면서 대답했다.

"총을 말하는 거예요." 후안 마르틴이 말했다.

"여기는 와일드 웨스트[1]가 아니다. 이곳에선 아무도 총을 갖고 있지 않아. 설마 너 총을 쏠 생각을 하는 건 아니겠지." 내가 그의 말을 가로막았다.

"날 산 채로 잡아가도록 내버려두면 안 돼요, 토리토. 약속하는 거지요?"

"약속하마."

"얘야! 무슨 얘기를 하고 있는 거니?" 나는 소리쳤다.

"내가 약속해." 토리토가 한 번 더 대답했다.

그들은 어두워지자마자 떠났다. 보름달이 뜬 따뜻한 봄밤이었다. 달빛이 훤해서 길 반대 방향으로 멀어져 가는 두 사람의 모습이 보였다. 이것이 영원한 이별이라는 끔찍한 생각이 들었지만 나는 서둘러 입을 다물었다. 이모들 말대로 말을 꺼내 불운을 부르면 안 되기 때문이었다. 우리 기억에 의하면 토리토는 일흔 살이 얼마 안 남은 나이였다. 그러나 나는 그가 입은 옷과 모포 두 개, 낚시 도구와 사냥 도구 외에는 더 챙긴 게 없어도 산맥을 넘어 눈에 보이지 않는 국경을 걸어서 건널 수 있으리라는 걸 의심하지 않았다. 그는 경험 많은 베테랑 길잡이들과 일부 원주민만 이용하던 산맥의 오래된 오솔길과 고개를 잘 알고 있었다. 반대로 적어도 마흔다섯은 더 어린 후안 마르틴은 이 모험에 대한 준비가 부족해서 피로와 두려움, 추위에 압도되어 절벽에서 미끄러질 수 있었다. 그 애는 지식인이었고 운동에는 전혀 소

---

1 와일드 웨스트(Wild West)는 미국 개척 시대의 서부 지역을 일컫는 말.

질이 없었으며, 여동생과는 달리 매우 신중하고 조심스러운 기질을 가졌다. 니에베스였다면 이미 벌써 적으로부터 도망치는 중이었을 것이다.

19장

나는 열흘하고도 사흘 동안 산타클라라에서 아들과 토리토에 대한 소식을 기다리며 파쿤다, 에텔비나, 에텔비나의 동생들과 함께 지냈다. 나르시사는 마지막 남자 친구를 뒤쫓아 떠났다. 한 무리의 어린아이들을 큰딸과 어머니에게 맡기고 갔는데 돌아오지 못했다. 계엄 상태인데 어디에서 체포되었을지 누가 알겠는가. 나는 한 시간 한 시간이 고통스러웠다. 토리토가 돌아오는 시간이 왜 그렇게 오래 걸리는지 이해할 수가 없어 분 단위로 떠난 시간을 세고 달력에 날짜를 표시했다. 뭔가 불행한 일이 일어난 게 아니라면 국경을 오가는 데 필요한 만큼의 시간은 충분히 지났다. 나는 온종일 초조하게 길 쪽을 쳐다보고 근방을 살피느라, 반쯤 벗은 채 암탉들 사이로 기어 다니며 야만인처럼 흙을 파먹는 손자를 돌볼 엄두가 나지 않을 정도였다. 다른 아이들은 나이가 훨씬 많아서 그 꼬맹이가 사방으로 졸졸 따라다니는 걸 귀찮아했다. 카밀로, 너는 그 아이들을 쫓아가려고 애를 쓰다가 문득 첫 발걸음을 뗐다. 나는 네가 걸음마를 시작했다는 것도, '티나'라는 단어를 처음 발음했다는 것도 몰랐다. '에텔비나'를 다 발음할 수 없어서 그렇게 소리를 냈던 것이다. 그 이후로 너는 항상 그녀를 티나라고 불렀다.

파쿤다는 평소의 일상을 그대로 유지했다. 농장의 농사와 집안일도 챙기고 엠파나다와 케이크를 만들어 내다 팔고 시장에도 다녀왔다. 나우엘의 대모들과 이야기를 나누다가 최신 소식을 갖고 돌아오기도 했다. 하루는 산타클라라에서 2킬로미터 떨어진 곳에 군인 부대가 주둔하고 있다는 이야기를 전해 주었다. 농민 몇 사람이 군용 트럭에 실려 갔는데 그들 소식을 하나도 알 수가 없다고 했다. 지주들은 몰수당한 땅을 강제로 되찾았고, 자기 땅을 차지했던 임차농에게 분풀이를 했다. 임차농들은 모두 쫓겨났으며, 많은 경우 구타를 당했고 붙잡혀 가기도 했다.

이미 여름 더위가 시작되었지만 그 지역에는 휴양객이나 관광객이 한 명도 오지 않았다. 광장과 해변은 텅 비어 있었다. 군대와 정부 관리들이 찾아오던 바바리아 호텔을 제외하면 다른 호텔들의 상황도 마찬가지였다. 나우엘에서는 군인들이 소총 개머리판으로 한 무리의 젊은이들을 울러 모아 정치적 프로파간다가 그려진 벽을 하얗게 칠하게 했다. 시장에서 한 남자가 '동지'라는 단어를 입 밖에 냈다가 턱뼈가 부러졌다. 그 단어는 '민중' '민주주의' '군사쿠데타'라는 단어와 마찬가지로 금지되어 있었다. 정확한 용어는 '군사봉기'라고 했다.

"수염을 기르거나 머리가 긴 남자들을 체포해서 구타하고 강제로 머리를 밀고 있대. 군인들이 싫어한다고 여자들은 바지도 못 입지. 어떻게 치마를 입은 채 땅을 갈고 마구간을 청소할 수 있겠어?" 파쿤다가 말했다.

겁난 사람들은 문제가 생기는 걸 원하지 않았다. 가장 현명한 일은 실내에 머무는 것이었다. 그래서 어느 날 외국인이 농장에 들어왔을 때 우리는 깜짝 놀랐다. 농구 선수처럼 키도 크고 발도 크고 피부는 햇살에 검게 그을리고 머리카락은 거의 흰색에 가까운 데다 하늘색 눈동자를 지닌 그 남자는 사전에 나오는 그대로의 스페인어를 쓰고 있었다. 그는 자신을 하랄드 피스케라고 소개하고, 집에 전화기가 있느냐고 물었다. 그 시간에는 나우엘 전화국이 닫혀 있었기 때문이다. 그는 해마다 그곳을 찾는 조류 관찰자 중의 하나였는데, 그것은 납득하기 힘든 일이었다. 우리나라의 조류는 아마존 유역이나 중앙아메리카 정글의 다채로운 색깔의 새들의 향연에 비하면 그리 다양하지 않았기 때문이다.

하랄드 피스케는 마흔 살쯤 되었다. 한 번에 쑥쑥 자란 소년 같은 홀쭉한 체격과 햇빛을 너무 많이 받아 나이보다 일찍 주름이 져 있었다. 그는 거대한 배낭, 세 개

338

의 쌍안경, 카메라 여러 대, 암호를 섞어 메모한 두꺼운 수첩을 들고 다녔다. 마치 스파이 같았다. 독재 정권 초기의 위협적인 분위기 속에서 새들이나 쫓아다닐 생각을 했다니 참으로 어리숙한 사람이었다. 나라에 전시 상태가 선포되고 우리가 숨 쉬는 공기마저 총으로 통제되고 있는 상황인데 말이다. 심지어 그는 해변에 텐트를 치고 야영할 생각까지 하고 있었다.

"저기요, 바보같이 굴지 말아요. 죽고 싶어 그래요?" 내가 물었다.

"저는 여러 해 동안 여름마다 이 나라에 왔습니다, 부인. 한 번도 강도를 당한 적이 없어요." 그 남자는 주장했다.

"강도는 없지만 지금은 군인이 있지요."

"저는 외교관입니다." 그가 말했다.

"묻지도 않고 총을 쏜다면 여권이 무슨 쓸모가 있겠어요. 차라리 여기서 자는 게 좋겠네요."

"토리토의 침대를 빌려줄게요. 대신 그가 오늘 밤 돌아오면 당신은 바닥에 누워 자야 합니다." 파쿤다가 제안했다.

그렇게 그 남자가 우리 삶에 들어왔다, 카밀로. 그는 노르웨이 외교부의 공무원으로 네덜란드에서 외교 업무를 맡고 있었다. 네덜란드에서 아내와 두 자녀가 그를 기다리고 있었다. 그는 자신이 라틴아메리카와 사랑에 빠진 사람이라고, 그래서 휴가철에는 라틴아메리카, 특히 우리나라의 북쪽에서 남쪽으로 여행했다고 말했다.

파쿤다는 어리석은 아들 삼아 그를 받아들였고, 그는 새를 따라 남쪽으로 이동할 때마다 항상 산타클라라에 머물렀다.

13일 동안의 소용없는 기다림 끝에 야이마가 노새를 타고 나타났다. 세월이 흘러도 늙는 티가 나지 않던 원주민 치료사도 이제는 결국 노화에 굴복해 있었다. 필라르 이모의 장례식 이후로는 본 적이 없었다. 사실 죽었을 거라고 생각했었다. 그러나 천년은 산 듯한 마녀의 모습을 하고 있었음에도 불구하고 그녀는 여전히 강하고 명석했다. 치료사는 내가 사춘기 소녀일 때부터 알고 있었지만 나에게 최소한의 관심조차 보인 적이 없었다. 그래서 갑자기 나타나서는 나에게 전할 말이 있다고 하자 깜짝 놀랐다. 파쿤다가 통역을 해주었다. 야이마의 스페인어나 내 원주민 말은 둘 다 서툴렀기 때문이다.

"큰 친구 푸찬을 군인들이 데려갔다."

파쿤다는 무릎을 꿇으며 흐느껴 울었고 나는 내 아들 생각만 했다.

"푸찬은 다른 남자, 그러니까 청년 하나와 같이 갔는데 그는 어떻게 되었나요, 야이마?" 나는 그녀를 잡고 흔들었다.

"우리는 푸찬을 보았다. 다른 사람은 보지 못했다. 푸찬을 위한 제의를 열 거다. 알려주겠다."

그 말은 토리토를 이미 죽은 것으로 본다는 뜻이었다.

토리토가 혼자였다면 분명히 돌아오는 길이었을 테고, 그건 내 아들이 탈출에 성공했다는 것을 의미했다. 그 선량한 사람이 후안 마르틴이 군인들 손에 넘어가지 못하게 무슨 수를 쓰더라도 막아 주겠다던 약속을 지키느라 그리 되었을 거라는 상상은 한순간도 하고 싶지 않았다. 토리토를 구해내야 했다. 내 머리에 떠오른 유일한 생각은 훌리안에게 도움을 요청해야겠다는 것이었다. 그는 틀림없이 인맥을 통해 토리토의 운명과 아들의 운명을 알아낼 수 있을 터였다. 우리는 전화 도청을 통해 사람들을 하나하나 염탐하고 있지 않을까 두려워했다. 물론 그건 불가능한 일이었지만 그렇다고 소문이 과장인지 확인해 볼 엄두를 내는 사람은 아무도 없었다. 내겐 선택의 여지가 없었다.

훌리안은 마이애미에 살았고 우리나라에 고정된 주거지를 갖고 있지 않았다. 이 나라에 올 때면 수도나 사크라멘토의 호텔에 머물렀다. 항상 같은 호텔이었다. 나는 나우엘의 전화국에서 두 호텔에 전화를 걸어 밤에 다시 전화하겠다는 메시지를 남겼다. 여러 해가 지나도 산타클라라에는 여전히 전화가 없었다.

"카밀로 세례식 때문에 전화를 한 모양이군. 아이 삼촌이 대부가 되어 주겠지, 안 그래?" 그는 내가 채 말을 꺼내기도 전에 물었다.

"그래……." 나는 당황해서 대답했다.

"삼촌은 어때?"

"모르겠어. 와줄 수 있어?"

"내일 바바리아 호텔에 있을 거야. 그쪽에서 회의가 있어. 만나러 갈게."

이 터무니없는 암호 같은 대화는 후안 마르틴이 나에게 경고한 것처럼 우리가 경험하고 있는 폭력성의 범위가 어느 정도인지 확인시켜 주었다. 홀리안이 안전하다고 느끼지 않았다면 아무도 안전하지 않은 것이었다. 야당의 선동은 3년 동안 공산주의 독재의 공포가 지배했다는 것이었다. 이제 우리는 우파의 공포를 경험하는 중이었다. 군사평의회는 그게 일시적이되 무기한 조치라고 했다. 새로운 질서, 다시 말해 기독교적이고 서구적인 가치가 조국에 다시 자리 잡을 때까지만 계속된다고 선언했다. 나는 우리나라가 대륙에서 가장 공고한 민주주의 전통을 가지고 있고 세계 시민의식의 본보기가 되었다는 환상, 그리고 곧 선거가 있으니 민주주의가 회복될 거라는 환상에 매달리고 있었다. 그래야 후안 마르틴이 돌아올 수 있었다.

홀리안은 토리토의 운명에 대해 아무것도 알 수 없다고 확언했지만 나는 그 말을 믿지 않았다. 그는 최고 권력층과 연결점이 있었다. 그러니 누가 그를 잡아갔는지, 경찰인지 보안군인지 군대인지, 그리고 지금 어디에 있는지 전화만 걸면 충분히 알 수 있었다. 홀리안도 나만큼이나 토리토를 구하는 일에 관심이 많을 터였다. 물론 우리 아들이 어떻게 되었는지 알고 싶은 게 이유였겠지만. 나는 후안 마르틴이 겪었을지도 모르는 여러 가지 죽음의 방식을 상상하는 게 고문이었다.

"비올레타, 당신은 항상 최악을 생각하는구나. 제일 그럴듯한 경우는 그가 부에노스아이레스에서 탱고를 추고 있을 수도 있다는 거야."

자기 아들의 운명을 그런 냉소적인 어조로 말하는 걸로 보아 뭔가 아는 게 있지만 숨기고 있다는 의구심이 확실해졌다. 나는 그의 그런 점이 정말로 싫었다.

농장에 머물며 아무리 소식을 기다려도 소용이 없었다. 나는 산타클라라의 명목상 소유자가 된 파쿤다에게 작별 인사를 하고 사크라멘토로 돌아갔다. 떠나기 직전에 파쿤다는 에텔비나를 데려가 달라고 부탁했다. 손녀딸이 시골에 갇혀 있으면 노동과 가난과 고통의 인생을 살게 될 거라고 했다.

"카밀로 키우는 일을 맡기면 딸에게 도움이 될 거예요. 돈을 많이 주지 않아도 돼요. 다만 당신이 할 수 있는 만큼 아이를 가르쳐줘요. 아이는 배우고 싶어 해요." 파쿤다는 그렇게 말했다.

헤아려 보자면 카밀로, 47년 전 일이다. 나는 에텔비나가 내 두 남편과 나를 사랑한 모든 사람을 합한 것보다 내 인생에 더 중요한 사람이 될 거라고는 상상하지 못했다.

내 오빠 호세 안토니오는 사크라멘토에서 내 도움을 필요로 했다. 우리 앞에 놓인 회사를 살리기 위해 진행해야 할 일이 아주 많았다. 군사정권은 이전 정부와의 협력 여부를 세밀하게 조사하고 있었고 그동안 '나의 집' 계약은 중단되었다. 우리는 어느 대령의 집무실로 여러 번 소환되었다. 대령은 우리를 마치 범죄자처럼 심문했으나 결국에는 우리를 그대로 내버려두었다. 우리는 기록적인 시간 안에 주택을 지어내기 위해 기계와 재료에 투자를 많이 했기 때문에 많은 손실을 봤다. 그러나 다른 사업도 운영하고 있었다. 내가 불평할 거리는 없다. 돈이 부족했던 적이 없고, 내 일을 해서 잘살아 올 수 있었다.

나는 후안 마르틴의 운명에 대한 의구심으로 몇 년을 괴로워하며 지냈다. 나는 딸의 죽음을 애도했고, 일어났을지 모르는 아들의 죽음도 애도하고 있었다. 너는 나에게 위안이었다, 카밀로. 너는 아주 고약한 녀석이었지. 나에게 쉴 틈을 주지 않았다. 키가 아주 작고 말랐던 너는 청소년기가 되자 쭉쭉 뻗어가며 자랐다. 1년 사이에 교복을 세 번이나 더 큰 것으로 사주어야 했다. 너는 네 어머니의 용기와 후안 마르틴 삼촌의 이상주의를 함께 가진 아이였다. 일곱 살이던 어느 날 동물을 학대한 덩치 큰 남자애와 맞붙어 싸우는 바람에 코에서 피가 나고 눈에는 멍이 든 채 집에 돌아왔다. 너는 또 뭐든지 선물해 버리는 아이였다. 네 장난감부터 시작해서 내 옷까지 몰래 훔쳐다 주었지. "악마 같은 꼬맹이! 감옥에 보내야겠구나. 그럼 배우는 게 있겠지!" 나는 그렇게 엄포를 놓곤 했다. 그러나 한 번도 너에게 벌을 줄 수는 없었다. 마음 깊이 나는 너의 너그러운 마음씨에 감탄하고 있었다. 너는 내 아들이자 내 손자, 내 동지, 내 영혼의 친구였다. 지금도 너는 그렇단다. 이 말을 꼭 해주어야겠구나.

독재 정권의 지난한 세월에 대해 이렇게 오래 이야기하는 이유는 뭘까, 카밀로. 그건 이미 오래전 일이고, 이미 역사로 남아 잘 알려져 있지. 우리는 오늘날까지 30년 동안 민주주의를 유지해 왔고, 강제 수용소, 고문, 살인, 수많은 사람이 겪은 탄압이라는 최악의 과거사가 만천하에 드러났다. 그 어느 것도 부정할 수 없는 실제 상황이었지만, 당시에는 알지 못했고 정보도 없었고 소문만 무성했다. 아직도 어떤 사람들은 독재가 나라에 질서를 부여하고 공산주의로부터 나라를 구하는 데 필요한 조치였다며 정당화하곤 한다. 우리나라뿐 아니라 많은 라틴아메리카 국가에 독재가 있었다. 그때는 미국과 소련의 냉전 시대였다. 우리는 미국인들의 영향권 아래에 있었고, 훌리안 브라보가 10년 전부터 경고한 대로 그들은 우리 대륙에 좌파 사상을 허용하지 않고자 했다. 러시아인들 또한 자기 통제권 안에 있는 나라들에 그들의 이데올로기를 강요했다.

겉으로 보기엔 나라가 더할 나위 없이 좋아져 있었다. 우리나라를 방문하는 사람들은 고층 빌딩, 고속도로, 청결, 치안을 보고 감탄했다. 덕지덕지 색칠한 벽들, 거리 폭동, 학교를 점거하고 농성을 벌이는 학생들, 구걸하는 거지, 떠돌이 개, 그 모든 것이 사라졌다. 아무도 정치 이야기를 하지 않았다. 그것은 위험한 일이었다. 사람들은 시간을 지키고 위계질서와 권위를 존중하고 열심히 일하는 법을 배웠다. '일하지 않는 자, 먹지 말라'가 독재 정부의 슬로건이었다. 정부의 철권 정치로 정치 논쟁은 종결되었고, 우리는 미래를 향해 나아갔다. 더 이상 가난한 후진국이 아니라 강압을 통해 번영하고 규율 잡힌 나라가 되었다. 그것이 공식 담론이었다. 그러나 내부적으로 우리는 병든 나라였다. 카밀로, 나도 도망자 아들과 사라진 토리토 때문에 마음이 병들어 있었다. 가난하고 두려움에 떠는 내 일꾼들과 직원들의 위태로운 상황을 모르는 척 눈 감고 살아야 하는 것도 마음이 아팠다.

우리는 말을 조심하고, 특정 주제를 피하고, 눈에 띄지 않고, 규칙을 준수하는 데 길들여졌다. 심지어 15년 동안 계속된 통금 시간에도 익숙해졌다. 바람둥이 남편들과 반항적인 10대들이 집에 일찍 돌아가도록 강요당했기 때문이다. 범죄도 많이 줄었다. 범죄는 국가가 저지르고 있었다. 그러나 일반 범죄자의 공격을 받을까 걱정하지 않고 길을 돌아다닐 수 있었고, 밤에 잠도 잘 잘 수 있었다. 노동자들에게는 매우 힘든 시절이었다. 그들은 권리도 없고 하룻밤 사이에 해고당할 수도 있었다. 수많은 실업자가 있었지만 기업주들에게는 천국이었다. 소수의 번영은 막대한 사회적 비용을 초래했다. 몇 년 동안 경제 호황이 지속되었고, 그러다가 굉음을 내며 경제가 땅에 떨어졌다. 한동안 우리는 이웃 나라들과 미국을 좋아하는 나라들에게 있어 부러움의 대상이었다. 지금은 부패에 대해서 자유롭게 말할 수 있지만—오늘날에는 '부정축재'라는 표현을 주로 쓰고 있지—독재 기간에는 부패가 합법이었다. 호세 안토니오와 나는 돈을 많이 벌었지만 부끄러울 건 없다. 우리는 범죄를 저지르지 않았기 때문이다. 우리는 주어진 기회를 이용했을 뿐이다. 군은 모든 영역에 개입했고 커미션을 받았다. 그들에게 돈을 지불하는 것, 그게 관행이었다.

호세 안토니오는 심장마비를 겪었다. 그래서 은퇴를 하고 집에서 미스 테일러의 보살핌을 받았다. 그러나 회사의 대표직은 계속해서 유지하고 있었다. 그는 사크라멘토 사람의 절반은 알고 지냈다. 수백 명의 친구가 있었고 사랑과 존경을 받았다. 계약과 대출을 실행하는 데는 오빠의 경험과 인맥이 필수적이었지만, 실무적인 일은 안톤 쿠사노비치와 내가 맡고 있었다. 우리는 우리 직원들에게 가능한 한 최고의 대우를 해주었다. 그러나 치열한 시장에서 경쟁하기 위해 비용을 줄여야 했다.

"그들은 적어도 일이 있고, 우리는 그들을 존중으로 대하고 있습니다, 비올레타." 안톤이 나에게 상기시켜주었다.

나는 정의, 연민, 탐욕 사이에서 줄다리기를 하는 삶이 너무 싫었다. 그래서 결국 조립식 주택 사업의 우리 지분을 안톤에게 팔자고 호세 안토니오를 설득했다. 그렇게 하면 오빠는 노년을 평화롭게 지낼 수 있고 나는 다른 일을 할 수 있다고 덧붙였다. 부동산 투자를 하고 다른 사업을 시작하기에 이상적인 시기였다. 많은 사람들이 해외로 가기 위해 헐값에 부동산을 팔았다. 망명하는 사람도 있고 정권이 지긋지긋해진 사람, 해외에서 경제적인 기회를 찾는 사람도 있었다. 아버지의 좌우명처럼 싸게 사서 비싸게 팔 수 있는 기회였다.

나는 수도에 정착했다. 주택 시장과 상가 건물 시장이 지방보다 더 다양하고 흥미로웠기 때문이다. 사업은 순조로웠다. 매물도 많았고, 나는 물건을 고르는 좋은 안목에 흥정하는 방법도 알고 있었다. 입지가 좋은 부동산이라면 상태가 나빠도 사들여 현대식으로 바꾸고, 상당한 이윤을 남기고 팔았다. 나는 금세 건축, 리모델링, 인테리어, 은행 대출의 전문가가 되었다. 그런 것들이 바로 네가 내 부富라고 부르는 것의 기초란다, 카밀로. 그러나 그런 표현을 나 자신에게 쓰려니 우스꽝스럽구나. 그 당시 사람들이 부자가 되기 위해 부도덕한 방식을 일삼으며 벌어들였던 돈에 비하면 내 수입은 소박한 편이었다. 그들은 오늘날 억만장자라고 불리지.

에텔비나가 너를 돌보고 있었다. 네가 아직 너무 어려서 산이그나시오 학교에 보낼 수 없었기 때문이다. 그곳은 이 나라 최고의 학교였다. 사제들이 최고인 것은 아니었지만. 그 착한 에텔비나와 내가 너를 너무 귀여워한 탓에, 아마 다른 아이였다면 이기심과 잘못된 행동의 괴물이 되었을 것이다. 그러나 너는 정말 사랑스러운 아이였단다. 내 아이들을 어릴 때 방치했다는 사실이 마음에 두고두고 맺혀서, 손자에게는 그러지 말아야겠다고 나는 다짐했다. 나는 너와 같이 보내는 시간을 확보했고 네 숙제를 도와주기도 했다. 에텔비나와 함께 너의 스포츠 경기와 연극 공연도 보러 가곤 했다. 참 끔찍한 연극이었지. 그리고 산타클라라에서 휴가를 보냈다. 그곳에 가면 파쿤다가 자기 주방 최고의 요리로 우리를 맞이해 주었다. 비밀로 가득 찬 그 남자 로이를 만나러 미국에 갈 때만 너를 떼어놓았을 뿐이다.

우리가 여러 해 동안 살던 아파트는 옛날 아파트였다. 현대화 바람이 불어 공간들은 좁아지고 차가운 유리와 딱딱한 무쇠가 주로 사용되기 전에 지은 건축물이었다. 그 집은 일본 공원 정면에 자리 잡고 있었다. 아직 저택도 몇 채 남고 대사관도 몇 개 남아 있는 동네였지만 이미 유행이 지난 곳이라 그 아파트를 싸게 살 수 있었다. 나중에 그 자리에 30층 타워가 들어서게 되면서 나는 그 집을 금값에 팔았다. 신흥 부유층의 빌라들이 언덕의 비탈에 요새처럼 솟아올랐다. 그 집들은 높은 성벽으로 둘러싸여 마스티프 경비견이 지키고 있었다. 반면에 우리가 사는 동네는 중산층과 가게들로 북적였다. 우리 건물의 입구에는 세풀베다라는 친절한 경비원 두 명이 밤낮으로 지켜주었다. 그들은 쌍둥이 형제였는데, 지금 근무 중인 사람이 누구인지 구별할 수 없을 정도로 닮았다. 우리는 아파트 3층을 통째로 차지했다. 복도는 너무 넓고 길어서 너는 거기서 자전거 타는 법을 배웠지. 그 집에는 기울어가는 귀족적인 분위기가 여전히 맴돌았다. 높은 천장, 쪽매널로 무늬를 낸 마룻바닥,

비스듬한 크리스틸 창문 등은 내가 태어난 동백나무가 있는 대저택을 연상시켰다.

처음 그 아파트는 나와 에텔비나, 어린아이가 살기에는 너무 넓었다. 그러나 몇 달 후 호세 안토니오와 미스 테일러가 우리와 함께 살게 되었다. 오빠의 심장은 계속 말썽을 부렸고, 사크라멘토에서는 수도의 '영국 병원'에서와 똑같은 수준의 진료를 받을 수 없었다. 병원에 오는 매번이 긴급 상황이었다. 병원에 도착할 때는 반쯤 죽은 사람 같았지만 항상 기적적으로 부활하고는 했다. 오빠와 미스 테일러는 둘 다 도시의 소음, 매연, 교통 체증을 싫어했기 때문에 외출을 거의 하지 않았다. 그들은 연속극에 중독되었다. 에텔비나와 카밀로, 너도 시간이 되면 같이 자리를 잡고 앉았다. 너는 네 살 때 이미 인간의 가장 폭력적인 열정을 알게 되었고, 가장 끔찍한 대사들을 멕시코 억양 그대로 따라 할 수 있었다. 나는 네가 학교에 가서 시야를 좀 넓힐 만큼 충분히 나이가 들었다는 생각은 하지 않았다.

그때는 폭력을 통해 권력을 강화한 독재 정권이 가장 혹독했던 시기였다. 그러나 후안 마르틴의 운명에 대한 끔찍한 불확실성을 제외하면 우리 단출한 가족에게는 비교적 좋은 시절이었다. 나는 노년의 오빠를 도울 수 있었고 어린 시절 미스 테일러와 나누던 친밀한 우정을 회복했으며, 손자의 유년기를 최대한 지켜볼 수 있었다.

에텔비나는 집안 살림에 전혀 관심이 없는 나를 방해하지 않고 알아서 살림을 잘 꾸려갔다. 그녀는 생활비를 관리하고 가사도우미 두 사람도 감독했다. 가사도우미들에게는 유니폼을 입으라고 요구했다. 그녀는 텔레비전 음식 프로그램의 요리법을 외웠고, 어떤 요리사보다 더 요리를 잘할 수 있게 되었다. 미스 테일러는 이제는 아무도 따르지 않는 옛날식 교양을 그녀에게 가르쳤다. 두 번째 주인이었던 런던의 미망인에게서 배운 매너였다. 드라마에 나오는 제복 차림 웨이터는 없었지만 에텔비나는 우리에게 궁중 예법을 강요했다. "사용하지 않을 거면 뭐 하러 고급 도자기를 두고 살아요?" 그녀는 그렇게 말했다. 테이블에는 촛대와 한 사람당 세 개의 잔을 차려놓았다. 그래서 카밀로, 너는 신발 끈 묶는 법을 배우기도 전에 버터나이프와 랍스터 집게를 사용할 줄 알게 되었지.

나이는 내게 장애물이 아니었다. 예순에 가까워지고 있었지만 서른 살 때처럼 기운차고 생산적이라고 느꼈다. 나는 죽을 때까지 일하지 않고도 가족을 부양하고 저축도 할 수 있을 만큼 충분히 돈을 벌었다. 몸매를 유지하기 위해 테니스를 쳤지만 별로 열심히 하진 않았다. 라켓으로 공을 치고 싶어 하는 욕망이 어리석어 보였기 때문이다. 나는 활발하게 사회생활도 하고 며칠 동안 나를 흥분시키는 연애도 했다. 그런 만남은 금방 잊었고 흔적을 남기지 않았다. 그 시절 내 사랑은 로이 쿠퍼였지만 우리는 수천 킬로미터 이상 떨어져 있었다.

훌리안은 자기 방식으로 너를 매우 사랑했다, 카밀로. 그는 너를 지루해했지만 나는 그를 비난하지 않았다. 아이들은 골칫거리이기 때문이다. 그는 부족한 인내심을 열성으로 보충했다. 그는 너에게 인디언 추장 복장을 선물해 주기도 했다. 추장 차림을 해주자 너는 당황했고 집안은 온통 난리가 났다. 훌리안은 아들 후안 마르틴이 배우기를 거부한 것들, 이를테면 사격, 활 쏘는 법, 복싱, 말 타는 법 등을 모두 가르쳤다. 그러나 너는 이런 운동들에 별로 뛰어나지 않았고 그는 그 사실에 짜증을 냈다. 훌리안은 너에게 말을 사주었다. 그러나 그 말은 결국 농장에서 파쿤다의 차지가 되었고, 울타리를 뛰어넘거나 경마장에서 겨루는 대신 들판에서 풀을 뜯으며 지냈다.

한번은 네가 개를 키우고 싶다고 하자 할아버지가 강아지를 데리고 왔다. 그 강아지는 매우 순한 성격이었지만 단시간에 거구의 검은 야수로 자라, 건물의 다른 거주자들이 두려워할 정도였다. 도베르만 핀서 종인 크리스핀은 네가 산이그나시오 학교에 갈 때까지 너의 마스코트였고, 늘 네 옆에서 같이 잠이 들었다.

20장

　나는 4년 동안 후안 마르틴 소식을 듣지 못했다. 사람들의 눈길을 끌지 않기 위해 신중을 기하며 여기저기 알아보았지만 알아낸 게 없었다. 그의 이름은 여전히 블랙리스트에 있었다. 그들이 그 애를 찾고 있다는 것은 그가 아직 살아 있다는 뜻이라는 희망을 주기도 했다. 훌리안이 비꼬듯이 말한 대로 실제로 그 애는 한동안 아르헨티나에 있었다. 그러나 탱고를 추는 게 아니라 기사를 썼고, 그걸로 생존에 필요한 만큼의 돈을 벌었다. 위조 여권이 있던 그 애는 여러 매체에 기사를 쓸 때 가명으로 서명했고, 우리나라의 독재와 저항에 대한 소식을 유럽에 보냈다. 특히 독일처럼 라틴아메리카에 대한 관심이 크고 수천 명의 사람이 이 대륙에 난민으로 와 있어 동정심을 갖고 있는 나라가 대표적이었다.

후안 마르틴은 적어도 자신이 살아 있다는 것을 알리기 위해 나에게 메시지를 보낼 수도 있었으련만 그렇게 하지 않았다. 그 끔찍한 침묵에 대한 유일한 이유는 자신이 어디에 있는지 아버지에게 알리고 싶지 않아서였다. 나는 그 침묵 때문에 그 애가 산을 넘다가 또는 산을 넘은 후에 죽었을지도 모른다는 생각으로 수천 번이나 그 애에게 작별 인사를 해야만 했다.

아들의 친구들은 그와 관심사를 공유하는 언론인, 예술가, 지식인이었다. 그중에 바니아 알페린이 아들의 눈에 띄었다. 홀로코스트 유대인 생존자의 딸인 그녀는 연약하고 창백하며 검은 눈과 머리카락, 르네상스 미술의 성모 마리아 같은 얼굴을 지닌 아가씨였다. 심포니 오케스트라에서 바이올린을 연주하는 그 섬세한 아가씨를 보면서 그 안에 깃든 혁명적 열정을 짐작할 수 있는 이는 아무도 없었다. 그녀의 남동생은 군부가 뿌리째 뽑아버리겠다고 벼르던 게릴라 조직인 몬토네로스에 속해 있었다. 후안 마르틴에게 그 아가씨는 잊을 수 없는 존재가 되었다. 그는 첫사랑의 숙연한 집념으로 쫓아다녔지만 그녀는 그의 관심을 거부했고, 동시에 계속 사랑에 빠지게 만들었다.

세련되고 매혹적인 부에노스아이레스는 라틴아메리카의 파리였다. 활기찬 문화생활, 최고의 연극과 음악이 있는 그 도시는 세계적으로 유명한 작가들의 요람이었다. 후안 마르틴은 자신과 비슷한 청년들 무리와 함께 다락방에서 밤을 보내며, 담배 연기와 혁명적 열정으로 멀미가 나는 가운데 평범한 와인 한 병을 놓고 철학과 정치를 토론했다. 그 애는 보헤미안 친구들처럼 수염을 다시 기르거나 하지 않았다. 가짜 여권 속 사진과 비슷한 모습이어야 했기 때문이다. 그 애는 열정에 도취한 대학 시절을 되살리는 기분이었고, 좌파 정부의 경험, 시민사회의 각성, 민중의 손에 있는 권력 등에 대해 다른 사람들에게 웅변할 수 있었다. 실상 그때나 지금이나 그런 적이 없었기 때문에, 카밀로, 내가 보기에 그것은 환상이었다. 경제력과 군사력 같은 중요한 권력은 항상 같은 사람들 손에 있었다. 우리나라에는 러시아혁명도 쿠바혁명도 없었다. 유럽에 존재하는 여러 정부와 비슷한 진보주의 정부만 있었다. 우리는 반구에서 자리를 잘못 잡은 나라였고 구시대적이었으며, 그래서 큰 대가를 치렀다.

후안 마르틴이 그 웅장한 도시에 이미 뿌리를 내리고 있을 무렵, 그곳에서도 군사쿠데타의 공포가 발발했다. 사령관은 나라의 안전을 되살리는 데 필요하다면 몇 명이든 죽일 수 있다고 선언했다. 그것은 죽음의 특공대에 절대적인 면책을 주겠다는 의미였다. 우리나라나 또 다른 나라들에서 일어난 것처럼 그곳에서도 수천 명이 납치당해 실종되었고, 고문과 살해를 당하기도 했다. 그리고 그들의 시신은 끝내 찾을 수 없었다. 우리는 이제야 비로소 그 악명 높은 콘도르 작전[1]에 대해 알고 있다. 그

---

1 콘도르 작전(Operation Condor)은 1960~80년대에 미국이 중남미에서 우익이나 군부를 지원해 쿠데타를 일으키고 반정부 좌파의 납치, 암살 등을 도운 비밀 작전. 아르헨티나, 칠레, 우루과이, 파라과이, 볼리비아, 브라질 등이 주요 대상 국가였다.

것은 미국이 우리 대륙에 우익 독재를 수립하고, 반체제 주의자 근절을 도모하는 잔인무도하기 짝이 없는 전략에 협력하기 위해 만든 작전이었다.

아르헨티나의 탄압은 우리나라처럼 하루아침에 일어난 것도 미리 선전 포고를 한 것도 아니었다. 그것은 사회 각계에 비열하게 침투한 더러운 전쟁이었다. 한 아방가르드 극장에서 폭탄이 터지고 거리에서 하원의원이 기관총에 살해되며 노조 지도자의 짓뭉개진 시체가 나타났다. 고문실이 있다는 게 알려지고, 예술가, 언론인, 교사, 정치 지도자, 그 밖에 혐의가 있다고 보이는 사람들이 증발하기 시작했다. 여자들은 사라진 남편들을 찾았으나 헛수고였다. 나중에는 어머니들이 종적을 감춘 아들딸의 사진을 가슴에 걸고 용감하게 행진을 시작했다. 곧 할머니들도 함께했다. 감옥에서 출산한 뒤 암살당한 소녀들의 아이들이 불법 입양이라는 미로로 사라져 버렸기 때문이다.

훌리안 브라보는 그런 일에 대해 얼마나 알고 있었을까? 어느 정도 가담했을까? 나는 그가 우리나라에서 억압의 책임자였던 장교들처럼 파나마에 있는 아메리카학교에서 훈련을 받았다는 것을 알고 있다. 그는 비범한 조종사였기 때문에 장군들의 신임을 얻었다. 나는 그의 용기, 경험, 양심 부족이 그에게 권력의 문을 열어주었다고 생각한다. 한번은 손에 위스키를 병째로 든 채 한참 말이 많아지더니, 수갑에 채워 재갈을 물리고 약을 먹인 정치범을 자기 비행기에 태울 때도 있다고 고백했다. 그러나 한 번도 그 불행한 사람들을 직접 바다에 던지는 일을 한 적은 없다고 맹세했다. 그런 일은 군인 조종사들이 헬리콥터에서 하는 일이라고 했다.

"그들은 그걸 '죽음의 비행'[1]이라고 불러." 그는 그렇게 덧붙였다.

먼저 그들은 바니아 알페린을 잡아갔다. 그들은 콜론 극장에서 비발디 콘서트가 끝나기를 기다렸다가 나머지 오케스트라 단원들이 모두 보고 있는 가운데 분장실에서 그녀를 체포했다.

"같이 갑시다, 아가씨. 걱정하지 마십시오. 형식적인 절차입니다. 바이올린을 챙겨갈 필요는 없습니다. 우리가 다시 모시고 올 겁니다." 그들은 그렇게 말했다고 한다.

차에 타자 구타가 시작되었다. 몬토네로스 일원인 남동생에 대해 알아보려고 그녀를 체포했을 가능성이 컸지만, 가족들은 몇 달째 그의 소식을 듣지 못한 터였다. 상황을 목격한 오케스트라 동료들이 바니아의 부모에게 이 사실을 알려주었다. 그리고 부모는 친구들에게 그 사실을 알리고 딸을 구하기 위한 고난의 여정을 시작했다. 딸에 대해 마지막으로 알아낸 것은 고문소로 사용되던 해군기술학교에서 그녀를 본 사람이 있다는 것이었다.

그다음에는 보헤미안 그룹에서 두 사람이 납치되었

---

1 아르헨티나 군사쿠데타 당시 반정부 인사 희생자들을 헬리콥터나 비행기에 태워 바다나 강, 산 위에서 떨어뜨려 살해한 방식을 말한다.

다. 그러자 나머지 멤버들은 빠르게 흩어졌다. 후안 마르틴이 기고하던 신문의 편집자는 몰래 그를 카페에서 만나, 보안 요원이 그를 찾아 사무실로 왔더라고 알려주었다.

"당장 최대한 멀리 떠나요." 편집자는 그렇게 조언했다. 그러나 후안 마르틴은 바니아의 소식을 모른 채로 떠날 수는 없었다. 그녀의 행방을 알아내야 했고, 그녀를 구하기 위해 온갖 노력을 다해야 했다.

그러나 바로 그날 다락방 집 근처에 갔을 때 무시무시한 검은 자동차의 실루엣을 얼핏 보았다. 틀림없었다. 그는 시선을 끌지 않으려고 천천히 몸을 돌려 그대로 곧장 걸었다. 같이 끌어들일 위험이 있어서 친구들에게 도움을 요청할 엄두는 나지 않았다.

그날 밤 후안 마르틴은 레콜레타 공동묘지의 무덤 사이에서 웅크린 채 잠을 잤다. 다음날 더 좋은 생각이 떠오르지 않아 벨기에 선교사들의 숙소로 찾아갔다. 악명 높은 죽음의 비행을 포함하여 가톨릭교회는 잔인한 탄압에 협력하고 있었다. 그러나 희생자들을 위해 목숨을 거는 반체제 사제와 수녀 들도 있었다. 그들은 목숨을 대가로 치렀다. 벨기에 선교사들은 이틀 동안 그를 숨겨주었다. 그들은 납치된 사람들의 정보와 사진이 담긴 리스트를 갖고 있다고 했고, 바니아 알페린이 있는 곳을 알아내 주겠다고 약속했다. 그러나 그가 당장 자수를 하더라도 소용이 없을 것이라고 설득했다. 그와 바니아의 관계는 곧 발각될 것이고, 모든 건 시간문제였다. 유일한 희망은 대사관으로 피신하는 것이라고 그들은 일러 주었다. 국가 테러리즘은 국가들끼리 서로 협력하여 이루어졌는데, 우리나라 블랙리스트에 올라 있기 때문에 아르헨티나의 블랙리스트에도 올라가 있던 것이다.

후안 마르틴은 독일 대사관 문화 담당관의 연락처를 갖고 있었는데, 그에게 결정적인 역할을 해줄 인물이었다. 아들은 문화 담당관이 독일로 보낼 기사를 써주기도 했었다. 독일 국민은 우리 대륙에서 건너간 수천 명의 망명자를 환영하고 보호했지만, 독일 정부는 상업적인 이유, 그리고 아마도 이데올로기적인 이유로 라틴아메리카 코노 수르 국가[1]의 독재 정권을 은밀하게 지원하고 있었다. 그것은 공산주의와의 싸움이었다. 독일 대사는 국가평의회 장군과 개인적으로 친구였지만 문화 담당관은 후안 마르틴을 불쌍히 여겼다. 문화 담당관은 대사관에선 피신처를 제공할 수 없었기 때문에 아들을 차에 태워 노르웨이 대사관으로 데려갔다.

내 아들은 5주 동안 숨어 있었다. 사무실 한 곳의 간이침대에서 잠을 자며 바니아 알페린의 소식을 기다렸다. 그는 매 순간 그녀가 겪고 있을 시련을 상상하며 지냈다. 심문, 처벌, 강간, 훈련받은 개, 전기 충격, 쥐 등 이미 알려진 모든 것이 떠올랐다. 피신 중인 남동생을 찾지 못하면 부모를 잡아다 그녀 앞에서 고문할 수도

---

1 코노 수르(Cono Sur)는 남미의 최남단 국가들을 일컫는 말로, 칠레, 아르헨티나, 우루과이, 브라질 등이 해당한다. 남쪽 원뿔 모양 지역의 국가라는 뜻이다.

있었다.

33일이 지나고 벨기에 선교사가 대사관에 도착했다. 영안실에서 젊은 여성의 시신이 발견되었다는 소식과 함께였다. 그게 바니아라는 것은 의심의 여지가 없었다. 그녀의 부모는 딸이라는 걸 확인했다. 그녀 없이 살아야 하는 슬픔과 죄책감에 절망한 후안 마르틴은 대사관에서 제공한 위조 신분증을 가지고 유럽으로 떠났다.

그리고 그가 노르웨이로 안전하게 피신했을 때 나는 전혀 예상하지 못한 방문을 받았다. 산타클라라 농장에서 만난 조류학자 하랄드 피스케가 나에게 소식을 전해 온 것이다. 그는 대사관 직원과 함께 공항에 가기 직전에 아들이 쓴 짧은 편지도 보내주었다. 그것은 사적인 내용은 전혀 없이, 차가운 어투로 쓰인 메모였다. 내가 문의한 제품에 대한 정보를 곧 알려줄 수 있다는 내용이었다. 그것은 암호였다.

"지금으로서는 자기가 있는 곳을 아버지가 아는 걸 원하지 않습니다." 하랄드는 그렇게 말했다.

나는 거의 4년 동안 하나밖에 남지 않은 자식의 운명에 대한 근심을 무한한 인내로 비교적 평온하게 견디며 지내오고 있었다. 그런데 그 노르웨이인이 바로 며칠 전에 아들을 보았다는 사실을 알게 되자 무릎이 꺾여 의자에 쓰러진 채 흐느껴 울었다. 그 안도감은 공포로 아드레날린이 솟구치는 느낌과 비슷했다. 불길이 핏줄을 따라 들어와 몸 한가운데가 텅 비는 듯했다. 내가 대성

통곡하는 소리에 에텔비나가 쫓아왔고, 나머지 가족들도 금방 내 주위에 모여들어 같이 울었다. 소식을 전하러 온 남자는 당혹감으로 마비된 채 그 애잔한 감정 표현을 지켜보았다.

하랄드는 아르헨티나에서 외교관으로 근무한 지 1년이 되었다. 이혼한 상태고 아이들은 유럽의 대학에서 공부하고 있었기 때문에 아르헨티나에 혼자 지내고 있었다. 그는 부에노스아이레스에서 비행기를 타고 와서 후안 마르틴 소식을 전해 주었다. 아들이 어떻게 제때 탈출할 수 있었는지, 더러운 전쟁이 발발하면서 숨어 지내게 될 때까지 부에노스아이레스에서 어떻게 살았는지 이야기해 주었다. 기자로 일했다는 것, 위장 신분 상태여서 조심하며 지냈다는 것도 알려주고, 친구 관계와 바니아 알페린에 대한 사랑에 대해서도 이야기해 주었다.

"그는 그녀를 두고 떠나고 싶어 하지 않았어요." 하랄드는 말했다.

그때는 우리가 몰랐던 일이지만, 아르헨티나의 대량 학살이 계속된 7년 사이에 살해되고 실종된 사람이 3만 명이 넘었다.

내가 마침내 후안 마르틴을 만나기까지는 1년이 더 지나야 했다. 그는 상심하고 두렵고 우울한 마음으로 노르웨이에 도착했다. 2차 세계대전이 끝날 무렵 만들어진 노르웨이 난민위원회가 그를 돕기 위해 기다리고 있었다. 담당자는 비행기 문 앞까지 마중 나와 주었고, 그에게 배정된 오슬로 시내의 작은 스튜디오로 데려갔다. 편하게 지내는 데 필요한 건 모두 갖춰져 있었다. 그는 여름에 남반구를 떠났지만 그곳은 겨울이 끝나는 계절이었다. 그 집에는 그의 치수에 맞는 따뜻한 옷까지 준비되어 있었다. 난민위원회와 그 선한 사람은 특히 처음 몇 달 동안 그의 구명조끼 같은 존재였다. 그들은 생활비를 제공해 주고 실명으로 신분증과 체류 비자를 발급받는 행정적인 절차도 안내해 주었으며, 도시의 지리와 교통도 가르쳐주고 공동생활의 규칙도 알려주었다. 다른 라틴아메리카 망명자들과 연결도 해주고 언어를 배울 수 있도록 수업에도 등록해 주었다. 게다가 이민자들이 새로운 환경에 적응하고 과거를 극복하기 위해 받는 심리 치료도 제공해 주었다. 그러나 후안 마르틴은 제때 탈출할 수 있어서 트라우마가 생기지 않은 듯하다고 설명했다. 치료보다는 일이 더 필요했다. 자선에 기대 한가하게 살 수는 없었다.

나는 그를 만나기 위해 에텔비나와 카밀로, 너를 데리고 노르웨이로 갔다. 너는 여섯 살이었으니 기억나지 않을 거다. 오래 만나지 못한 사이에 아들은 많이 변해 있었다. 공항에서 그가 다가오지 않았더라면 우리는 알아보지 못하고 지나쳤을지도 모른다. 내 기억 속의 아들은 깡마르고 볼품없는 털북숭이였는데, 내 눈앞에는 안경을 쓰고 대머리가 되어가는 덩치 큰 남자가 서 있었다. 스물여덟 살밖에 되지 않은 아들은 마흔 살처럼 보였다. 나는 그 낯선 사람을 보고 길을 잃은 기분이 들어

꼼짝할 수가 없었다. 그 잠깐의 시간이 100년처럼 느껴졌다. 그러나 아들은 나를 끌어당겨 꼭 안았고, 나는 그가 입은 스웨터의 꺼끌꺼끌한 털실에 푹 파묻혔다. 그제야 우리는 다시 원래의 사이가 되었다. 어머니와 아들 사이, 그리고 친구 사이.

후안 마르틴은 이제는 처음에 머물던 작은 스튜디오에 살지 않았다. 도시 외곽의 소박한 아파트로 이사했고, 노르웨이 난민위원회에 통역사이자 실무직원으로 일하고 있었다. 이제 그가 다른 난민들, 특히 남미 출신 난민들을 도와주고 있었다. 그에게는 난민들과 언어와 역사를 공유하고 있다는 장점이 있었다.

내 아들은 우리에게 관광도 시켜주고 이후에도 여러 번 다시 찾게 될 그 나라를 보여주기 위해 일주일의 휴가를 냈다. 노르웨이에 갈 때마다 나는 아들의 존재에 생긴 변화를 알 수 있었다. 그 끔찍한 악센트가 있는 노르웨이어를 얼마나 익혔는지, 얼마나 그곳에 점차 적응하고 친구들도 사귀게 되었는지. 한번은 울라라는 아가씨를 소개해 주었다. 그녀는 나중에 내 며느리이자 두 손주의 어머니가 되었다. 바니아 알페린에 대한 묘사를 떠올려보면 후안 마르틴의 두 번째 사랑은 첫사랑과 정반대였다고 생각된다. 울라는 여름 태양과 겨울 눈에 그을린 구릿빛 아가씨였다. 운동을 좋아하고 힘이 세고 쾌활했으며, 바니아와 같은 실존적, 정치적 복잡함은 전혀 없는 사람이었다.

몸이 멀어지면 기억의 윤곽과 색채도 흐려진다. 나는

후안 마르틴이 노르웨이에서 만든 가족의 사진과 편지를 보관하고 있다. 그는 나에게 전화도 해주고, 최근 몇 년 동안은 내가 더 이상 그런 장거리 여행을 할 만한 체력이 되지 않으니 나를 보러 와주기도 했다. 그러나 아들 생각을 할 때 얼굴이나 목소리가 제대로 떠오르지 않는다. 그는 세상의 북쪽 나라에서 오래 살다 보니 이 땅에서 멀어졌고, 나는 내 아들도 올라나 손주들만큼이나 낯설게 느껴진다. 그는 이 나라의 무질서보다 귀화한 나라의 평화 속에서 훨씬 더 잘 지내고 있다. 사람들 말로는 세계 어느 나라보다 노르웨이의 삶이 더 행복하다고 한다. 나는 아무 기대 없이 후안 마르틴과 그의 가족을 멀리서 사랑하는 데 익숙해졌다. 나는 이론상으로는 내 조부모나 부모 세대의 대가족, 동백꽃이 있는 큰 집에 의무적으로 모두가 모이던 일요일 점심, 긴밀한 공동체 속에 살던 안정감을 동경한다. 그러나 그런 가족은 나로서는 불가능하고 실제로 필요하지도 않다.

치매가 호세 안토니오를 점령했다. 그는 경미한 뇌경색을 몇 차례 겪은 상태였고, 심장이 약하고 혈압은 매우 높은 데다가 청각 장애도 시작되고 있었다. 내가 알기도 힘든 수천 가지 만성적인 병이 합쳐져 결국 그는 현실에서 멀어져 갔다. 증상은 진단을 받기 오래전부터 이미 시작되었다. 처음에는 거리에서 길을 잃거나 방금 먹은 메뉴를 잊어버렸고, 아파트 안에서 길을 잃거나 자신이 누구인지 잊어버리기도 했다.

"당신은 내 남편 호세 안토니오야." 미스 테일러는 계속 그렇게 말해 주었다. 기억력이 좋아지라고 사진 앨범도 보여주고 그의 풍부한 인생에 대해 이야기해 주기도 했다. 그러나 미스 테일러의 노력은 소용이 없었다. 그는 제대로 떠올릴 수 있는 게 없었다.

오빠는 크리스핀을 무서워했다. 개가 자신을 집어삼킬지도 모른다고 생각했다. 크리스핀은 위협적으로 보이지만 토끼처럼 온순한 개였고, 이미 여러 해를 우리와 함께 지냈다. 오빠를 가장 괴롭게 한 것은 공포감이었다. 크리스핀만 겁내는 게 아니라 혼자 남겨지는 것, 요양원에 보내지는 것, 충분한 돈이 없는 것, 화재나 지진이 또 일어나는 것을 두려워했다. 음식에 독이 들어 있을까 봐 겁내기도 했고 죽음을 두려워하기도 했다. 그는 미스 테일러는 알아보았지만 가끔은 내가 누구인지 알아보지 못했다. 나더러 초대도 안 받았는데 어떻게 매일 점심을 먹으러 오느냐고 묻곤 했다. 한번은 알몸으로 모자만 쓰고 지팡이를 든 채 밖으로 나갔다. 1층으로 내려간 그는 느릿느릿 길을 걸었다. 경찰이 나서기 전에 마음씨 좋은 이웃 여자 둘이서 오빠를 잡아 집으로 데리고 왔다.

"나는 돈 찾으러 은행 가던 중이었지. 내 돈 훔쳐가지 못하게 하려고." 그게 오빠의 설명이었다.

미스 테일러와 나는 호세 안토니오가 병에 걸려 사람이 달라지고 있다는 사실을 깨닫고 고통스러웠지만, 에텔비나와 카밀로 너는 그를 자연스럽게 대했다. 너희들은 할아버지의 똑같은 질문에 똑같이 백 번을 다시 답해 주었고, 이유 없이 울면 위로해 주었으며, 겁에 질리면 기분을 풀어 두려움을 잊게 만들어 주었다. 그는 너도 잘 알아보았다. 네가 자기 손자라고 생각해서 훌리안 브라보가 와서 진짜 할아버지라는 분위기를 내면 화를 내곤 했다.

여러 해가 지난 후 크리스핀도 치매에 시달리게 되었다. 너는 절대로 인정하지 않으려 했지만 사실은 그랬다, 카밀로. 동물도 미친다. 크리스핀도 호세 안토니오처럼 아파트 안에서 길을 잃었고, 먹은 것을 잊어버리고, 벽에 코를 대고 아무 이유 없이 짖어대고, 진공청소기를 돌리면 자기 몸이 진동한다고 생각해서 겁에 질렸다. 크리스핀도 나를 알아보지 못했다. 춤을 추며 나를 반겨주던 그 착한 강아지가 나중에는 내가 집에 들어올 때마다 으르렁거렸다.

내 오빠는 4년을 넘게 딴 세상에서 살다가 여든에 죽었다. 삶의 마지막 시간에 그에게는 평화도 기쁨도 없었고, 다시는 그의 호탕한 웃음소리를 제대로 들을 수 없었다. 그는 온유한 성격도 잃었고 가족의 다정한 행동을 받아들이지도 못했다. 그는 미스 테일러에게 화를 내고 그녀의 사랑을 거부했으며, 이전에 누구에게도 사용한 적이 없는 단어들로 자주 그녀를 모욕하기도 했다. 키가 크고 체격이 좋던 오빠는 건강이 나빠지면서 깡마르고 자그마한 노인이 되었다. 그 덕분에 우리는 그가 공격적으로 변해 자기 앞에 있는 사람에게 지팡이를 휘두를 때 제압할 수 있었다. 눈빛은 활기와 총기를 잃었고, 버릇없는 아이로 변했다. 그의 아내는 무덤덤한 영국식 태도로 남편을 견뎠다. 미스 테일러는 호세 안토니오가 엄청난 끈기로 수십 년 동안 자신을 쫓아다니고, 최고의 남편이 지닌 순정으로 자신을 사랑하던 바로 그 남자가 더는 아니라고 말했다. 그녀는 남편을 좋은 모습으로 기억하고 싶었다. 변해버린 지금의 사나운 노인의 모습이 아니라.

호세 안토니오의 마지막 날들의 고통은 정말로 마음이 아팠다. 그는 죽음을 두려워했고, 여러 주 동안 죽음에 맞서며 스스로를 지키고 싶어 했기 때문이다. 우리는 그 며칠 동안 그가 가슴에서 가르릉거리는 쉰 소리만 나오고 숨도 제대로 쉬지 못하고, 목소리가 나올 때면 몸부림을 치고 불평하며 울부짖곤 해서 모두 너무도 고통스러웠다. 마침내 그가 지쳐서 포기했을 때 한편으로는 안도했지만, 다른 한편으로는 딱딱하게 식어버린 모습과 죽은 자의 누르스름한 피부를 보자 그가 내 인생에서 무엇을 의미했으며 내가 그에게 얼마나 많은 것을 빚지고 살았는지 같은 기억들이 태풍처럼 휘몰아쳐 왔다. 나는 이미 몇 년 전에 세상을 떠난 네 명의 오빠들과는 거의 접촉이 없었지만, 호세 안토니오는 태어날 때부터 나에게 보호와 그늘을 드리워준 커다란 나무였다. 서재에서 내가 아버지를 발견한 그 아득한 아침 이후로, 그는 나를 책임져 왔다.

1년이 지난 후 이번에는 조세핀 테일러의 차례였다. 그녀는 평소의 예의와 분별력을 그대로 보여주며 떠나 갔다. 그녀는 우리를 성가시게 하고 싶지 않았다. 한동 안 암과 싸우고 있었는데, 그녀 말로는 예전에 걸렸던 오렌지 크기 종양이 재발한 거라고 했다. 그러나 종양은 젊은 시절에 이미 도려냈었고 암이 걸린 건 반세기가 지난 후이니 그 종양이 재발했을 가능성은 낮았다. 그녀 는 화학 요법 치료를 받을 수도 있었지만 호세 안토니 오가 없는 삶은 목적이 없는 삶이라고 판단했다. 여든여 섯의 그녀는 이제 지쳐 있었다. 나는 동화책 속의 노파 처럼 구식이지만 사려 깊은 미스 테일러가 더 책을 읽 을 수 없어 치마폭에 책을 올려놓고 창가에 앉아 있던 그 마지막 며칠 동안의 모습이 지금도 눈에 보이는 것 같다. 그녀의 발치에는 크리스핀이 누워 있었다.

틀림없이 카밀로, 너는 그날이 생생하게 기억날 거다. 너는 악몽을 꾸며 그날을 되살리곤 했으니까. 악몽에 몸 부림을 치다 울면서 잠이 깨면 너는 조세핀이라는 단어 를 되풀이할 뿐이었다. 너는 미스 테일러를 항상 그렇게 불렀었다. 그날 너는 여느 때처럼 누더기를 걸치고 머 리는 흐트러진 채 땀에 젖어 학교에서 돌아왔다. 가방을 바닥에 던지고 휘파람으로 크리스핀을 불렀다. 그런데 개가 달려 나와 너를 맞이하지 않는 게 이상했다. 그래 서 계속 이름을 부르며 찾아다녔지. 에텔비나와 나는 주 방에서 텔레비전 드라마를 보고 있었다. 너는 우리의 볼 에 입을 맞추고는 거실 안으로 달려 들어갔다. 겨울이었고 밖은 어두웠으며 우리는 벽난로를 켜두고 있었다. 거기 거실에서 벽난로의 불꽃과 탁상 램프 불빛 속, 안락의자에 앉아 있는 미스 테일러의 모습이 보였다. 크리스핀이 그녀 옆을 지키며, 크고 검은 머리를 그녀의 치마폭에 얹은 채 가만히 있었다. 그제야 너는 무슨 일이 일어난 건지 이해할 수 있었다.

제4부

다시 태어나다

(1983~2020)

Renacer

21장

파쿤다는 언론에 보도되기 전에 전화로 그 소식을 알려주었다. 기사는 사람들 눈에 잘 띄지 않도록 신문 지면 하단에 실렸다. 그녀는 원주민 친척들로부터 그 소식을 전해 들었다. 친척들은 릴레이 경주처럼 입에서 입으로 정보를 전달하는 방법을 5백 년 전 스페인 정복 때부터 사용하고 있었다. 검열은 큰 두려움의 대상이면서 효율적이기도 했지만, 그렇다고 사람들의 절규를 잠재우지는 못했다. 실종자들의 시신이 처음으로 발견되었다. 그 희생자들은 바다에 내던져지거나 사막에서 다이너마이트와 함께 폭파된 게 아니라, 입구를 막아둔 언덕 위의 동굴 안에서 발견되었다.

정부 탄압이 유난히 심했던 변두리 마을에 살던 프랑스인 선교사이자 활동가인 알베르 브누아가, 고해성사실 안에서 그 집단묘지의 존재를 듣게 되었다. 그는 탄압의 희생자들을 추적하는 반체제 사제로 체포되어 몇 차례 고문당한 적이 있었다. 추기경으로부터 소란을 피우지 말고 눈에 띄지 않게 숨어 지내라는 지시를 받았지만 따르지 않았다. 아르헨티나의 가톨릭교회와 달리 우리나라 교회는 독재 정권에 협력하지 않았고, 폭력을 비난하는 것과 반정부 인사들을 보호하는 것 사이에서 위태롭게 줄을 타고 있었다. 암살자 중 한 명이었던 남자가 브누아 신부에게 자신이 한 일을 고백하고 숲이 우거진 언덕에 있는 동굴의 위치를 알려주었다. 그는 나우엘 근처 시골의 경찰로 있다가 은퇴하고 나서 마을에 살던 터였다. 남자는 신부더러 그 이야기를 상급자들에게 알려도 된다고 했다.

브누아는 추기경에게 가서 알리기 전에 그 고백의 진위를 미리 확인하고 싶어서 남쪽으로 향했다. 등에 가방을 메고 나침반을 주머니에 넣은 뒤 자전거에 곡괭이를 매단 채 경찰 검문소를 피해 남자가 알려준 방향으로 모험을 떠났다. 마을을 멀리 떠나 감시가 없는 지역까지 도착하자 이제 통금 시간을 신경 쓰지 않아도 되었다. 여러 해 동안 사람이 다니지 않은 게 틀림없을 정도로 눈에 거의 띄지 않는 오솔길을 따라 걸었다. 풀과 나무들이 길을 삼켜 버린 탓에 나침반과 기도의 도움을 받으며 방향을 잡았다.

지형 때문에 얼마 안 가 자전거를 놓고 갈 수밖에 없었다. 비가 오면 앞으로 나아가기 어려웠을 텐데 여름인

점에 감사하며 계속 걷고 또 걸었다. 첫날 밤은 노천에서
자고 다음 날은 더 많은 시간을 걸은 끝에 교구민에게
듣던 대로 판자와 바위로 막아 둔 동굴 입구가 나왔다.

날이 어두워지기 시작했고 그는 다음 날까지 기다리
기로 했다. 여정에 걸릴 시간을 잘못 계산해서 얼마 안
되는 식량조차 바닥나 있었다. 벌써 몇 시간 째 허기
가 지고 있었지만 금식을 좀 하는 것도 나쁘지 않겠다
는 생각이 들었다. 지면은 울퉁불퉁했고 숲은 초록과 진
초록으로 물들었으며 식물이 무성하게 우거지고 습기
도 많았다. 사방이 물이었다. 웅덩이, 석호, 개울, 산에서
내려온 폭포, 빗물, 빙하가 녹은 물. 젊은 시절 브라질과
베네수엘라 국경에 부임했을 때 경험한 열대 정글과 달
리 이곳은 여름에도 추웠다. 겨울에는 노련한 길잡이만
이 그곳을 다닐 수 있었다.

공기 속에는 부엽토 냄새, 토종 나무의 향기로운 잎
사귀, 나무 몸통에 달라붙어 자라는 곰팡이 냄새가 났
다. 가끔 나무 높은 곳에는 가지를 타고 오르는 덩굴식
물의 빨갛고 하얀 꽃이 고개를 내밀기도 했다. 그는 하
루 종일 새들의 엄청난 지저귐, 독수리 울음소리, 초목
에 사는 동물들의 소리에 귀를 기울였다. 그러나 밤이
되자 온 세상이 조용해졌다.

아무도 살지 않는 풍경 속에서 고독의 심연이 느껴졌
고 그래서 큰 소리로 기도했다. "주여, 제가 다시 어려운
문제에 빠져들고 있습니다. 지금 찾고 있는 걸 정말로
발견한다면 눈에 띄지 말라던 지시를 어겨야 할 테니까

요. 당신은 알고 계시지요? 이 과업을 행하는 저를 버리지 마십시오. 그 어느 때보다 당신이 필요합니다." 마침내 그는 침낭 속에서 잠이 들었다. 굶주림과 고통에 몸이 떨려왔다. 그는 육체의 피로에 익숙하지 않았다. 동네 아이들과 하는 축구가 유일한 운동이었고, 축구를 하고 나면 온몸의 근육이 쉬게 해달라고 아우성을 쳤었다.

새벽의 서광이 비치자 신부는 물을 마시고 남아 있는 마지막 아몬드 몇 알을 천천히 씹었다. 그런 다음 곡괭이를 지렛대 삼아 바위를 옮기고 덤불을 뽑고 동굴 입구를 막고 있던 판자를 치우는 작업을 시작했다. 마지막 장애물을 치우자 안에서 역겨운 냄새가 몰려와 뒤로 물러났다. 그는 셔츠를 벗어 얼굴에 묶으며 입과 코를 가렸다. 그러고는 다시 한번 자신의 벗 그리스도의 이름을 부르고 안으로 들어갔다. 좁은 터널이었지만 몸을 웅크리고 겨우 앞으로 나아갈 정도의 높이는 되었다. 손에는 손전등을 들고 가슴에는 사선으로 카메라를 걸고 있었다. 숨을 쉬기가 힘들었고, 걸음을 내디딜 때마다 악취는 더 심해졌다. 지하 납골당에 들어가는 듯한 기분이었지만 교구민이 설명한 그대로였기 때문에 앞으로 계속 나아갔다. 곧 터널이 끝나고 넓은 돔 천장이 펼쳐졌다. 그제야 허리를 펴고 일어설 수 있었다. 그때 그의 손전등 불빛에 유골들이 비쳤다.

카밀로, 내가 너에게 이야기한 이 세세한 부분들은 몇 년 후 브누아 신부의 이야기가 마침내 밝혀질 때까지는 공개되지 않은 내용이다. 그 사람의 이름이 무언지, 뭘 하는 사람인지 아무도 알지 못했다. 신분이 알려졌더라면 그의 대담함은 큰 대가를 치렀을 것이다. 그가 재판을 받을 때 추기경은 그를 유죄로 만들 수 있는 질문에 대해서는 대답을 거부했다. 그렇게 함으로써 고해성사의 비밀을 지킬 수 있었다. 진실의 전모는 민주주의가 회복되었을 때 알려졌다. 민주화가 되자 브누아는 자기가 겪은 일을 글로 써서 펴냈다. 그날 그가 찍은 사진들과 다른 많은 사진들로 전시회도 열렸다. 검찰청의 유골 사진들과 병영들에서 나온 다른 유해들의 사진들도 전시되었다. 그 이야기는 영화로 제작되기도 했지.

증거 사진을 손에 넣은 추기경은 정부가 막을 수 없을 정도로 능숙하게 일을 처리해 갔다. 그는 자신의 도덕적 권위 외에도 2천 년 동안 이어져 온 세속적 권력이 자신을 비호하고 있음을 알았다. 정부에게 있어서 사제와 수녀를 잡아가고 때로는 살해하는 것과 가톨릭 교단과 교황을 적으로 만든다는 것은 다른 차원의 문제였다. 훨씬 더 심각한 상황이 될 터였다. 추기경은 탄압의 세월 동안 수천 명에 달하는 희생자들을 돕기로 한 자신의 임무를 완수하기 위해 민첩하게 작전을 수행하는 법을 배웠다. 그 일을 해결하기 위해 특별 사제관을 만들어 성당 안에 설치했다. 그리고 동굴을 조사하기 위해 바티칸 교황청 대사, 적십자사 이사장, 인권위원회 참관인, 두 명의 언론인으로 된 위원회를 비밀리에 구성했다.

추기경은 이제 산에 오를 만한 나이가 아니었지만 비

서와 함께 나우엘로 갔다. 그곳에서 수도에서 오고 있는 사람들을 기다렸다. 그 사람들은 시선을 끌지 않기 위해 각자 따로 출발했다고 한다. 미리 대비했음에도 추기경이 마을에 나타나자 사람들은 뭔가 심각한 일이 일어났음이 틀림없다는 걸 눈치챘다. 추기경은 운동복을 입고 있었지만 사람들은 다 그를 알아보았다. 그의 노련한 여우 같은 얼굴은 잘 알려져 있었다.

위원회가 동굴에서 돌아오고 나서 추기경은 나우엘에서 첫 성명서를 언론에 보냈다. 그즈음에는 유골이 발견되었다는 소식이 이미 근방 사람들 사이에서 귓속말로 퍼지고 있었다. 파쿤다는 사크라멘토에 있는 나에게 전화를 걸었다.

"사람들 말로는 쿠데타가 일어나고 바로 며칠 사이에 사라진 농민들이라고 하는데, 기억나?"

공식적인 설명에 따르면 그들은 사고를 당한 관광객들이었다. 동굴 내부의 유독 가스에 질식하여 사망했을 가능성이 있다고 했다. 나중에는 게릴라들끼리 서로 복수전을 벌였다고 발표하기도 하고 범죄자끼리 서로 죽이느라 그렇게 되었다고 해명하기도 했다. 마지막에는 여론의 압박도 심하고 가톨릭교회의 압력도 있는 데다가 두개골마다 총알 자국이 있다는 사실이 드러나자 전투가 격화된 가운데 공산주의로부터 조국을 구하겠다는 열망으로 군인들이 자발적으로 처형을 저지른 것이었고, 상급자들은 모르는 일이었다고 발표했다. 관련자들이 합당한 처벌을 받게 될 거라는 점은 확실히 했다. 그러면서 당국은 증거를 조작할 시간을 벌기 위해 사람들의 짧은 기억력만 믿고 있었다.

그들은 동굴 근처에 바리케이드를 치고 가시철조망으로 둘러싸 울타리를 만들었다. 그렇게 해서 언론인, 변호사, 여러 국제 위원회, 그리고 늘 존재하게 마련인 구경꾼들의 접근을 막았다. 나중에는 희생자의 사진을 들고 멀리서 찾아온 실종자 가족들의 조용한 순례도 막았다. 지금까지 해온 방식으로는 그들을 쫓아 보낼 수 없었다. 밤낮을 가리지 않고 며칠이고 산기슭에 자리를 잡고 그곳을 떠나지 않았기 때문이다. 그러자 경찰은 마스크와 고무장갑을 끼고 머리부터 발끝까지 가린 채 동굴에 들어갔고 검은 비닐봉지 서른두 개를 끄집어냈다. 밖에서는 실종자 가족 순례자들이 최근 몇 년 동안 듣기 힘들었던 혁명의 노래를 불렀다. 그들은 실종된 가족들이 아직 살아 있을지도 모른다는 불확실한 희망을 지닌 채 언젠가는 집으로 돌아올 수 있기를 바라며 살아왔다. 파쿤다도 그 자리에 있었다. 그녀는 관절염으로 다리가 휘었지만 여전히 기운이 좋아서 다른 사람들과 함께 야영을 했다.

단시일에 소란이 가라앉지 않자 정부는 수사를 지시했다. 그리고 몇 주가 지난 뒤에는 희생자의 가족들이 신원 확인 절차에 참여하도록 했다. 고통스러운 희망을 끝내기 위해 실종자 가족들이 주장한 방식이었다. 실제로 법의학 전문가는 동굴 속에 있던 유골이 누구와 일치하는지 정확히 확인을 해둔 터였지만 새로운 지시가 있을 때까지 보고서는 봉인되었다.

  파쿤다로부터 소식을 들은 나는 기차를 타고 나우엘에 가서 그녀와 함께 군 막사로 찾아갔다. 자연의 색깔과 차갑고 습한 공기로 이미 가을의 시작이 느껴졌다. 곧 우기가 시작될 시기였다. 군사쿠데타가 일어나자마자 붙잡혀 사라진 그 지역 농민들의 가족들이 와 있었다. 희생자 중에는 모레아우 농장의 소작인이었던 네 명의 형제도 있었는데, 막내가 겨우 열다섯 살이었다. 그곳에 모인 사람들은 모두 서로 아는 사이였단다, 카밀로. 그때는 지금과는 다른 시절이었다. 지금은 농업이 기계화되고 토지는 기업의 소유가 되었으며, 뿌리 없이 돌아다니는 계절 노동자가 토박이 농민을 대체하고 있다. 그때는 인근에 사는 사람들끼리 친인척 사이였다. 그 지역에서 나고 자라고 초등학교도 같이 다니고 축구도 같이 하던 사이였다. 그러다가 서로 사랑에 빠지고 결혼도 하게 되었다. 많은 청년들이 기회를 찾아 도시로 나가다 보니 남은 사람이 별로 없어서 누군가 없어지면 금방 알 수 있었다. 사라진 사람들은 누구든 서로 연결된 관계의 구성원이었다. 얼굴과 이름이 있고, 그리워하는 가족과 친구들도 있는 존재였다.
  우리는 길에서 줄을 선 채 거의 두 시간 동안 기다렸다. 스무 명이 좀 넘는 여자들과 엄마의 치맛자락에 매달린 꼬마 아이들이었다. 대부분 서로 아는 사이였고, 친척 아니면 친구였다. 대부분은 그 지역에서 흔히 볼 수 있는 원주민 혼혈의 특징을 가지고 있었고, 고된 노동과 가난의 흔적이 강하게 남아 있었다. 여러 해 동안 겪은 고통으로 구릿빛 얼굴에는 녹이 슨 듯 애잔한 푸른빛이 감돌았다. 그들은 미국에서 들여와 벼룩시장에서 팔던 빛바랜 헌 옷을 단정하게 차려입고 있었다. 나이 많은 여자 몇 명과 임산부 하나는 바닥에 앉았다. 파쿤다는 관절염에도 불구하고 할 수 있는 한 꼿꼿하게 서 있었다. 애도해야 할 상황이 올지도 몰라 온통 검은 옷을 입은 그녀는 돌처럼 굳은 표정을 하고 있었다. 슬픔 때문이 아니라 분노 때문이었다. 추기경이 파견한 인권변호사 두 명과 텔레비전 카메라맨, 기자 한 명이 우리와 함께 기다렸다.

나는 아메리칸 진을 입고 스웨이드 부츠를 신고 구찌 가방을 들고 있는, 다른 사람들보다 키가 크고 하얀 피부를 지닌 내 모습이 부끄럽게 느껴졌다. 그러나 그 여성들 어느 누구도 돈 많은 부르주아적인 내 모습에 신경을 쓰지 않았다. 그들은 나를 똑같은 슬픔으로 이곳에 온 또 다른 존재로 받아들였다. 나에게 누구를 찾으러 왔느냐고 물었는데 내가 대답하기 전에 파쿤다가 끼어들었다.

"오빠요, 그녀의 오빠를 찾고 있어요." 그렇게 말했다.

그제야 나는 아폴로니오 토로가 정말 내 오빠 같다는 걸 깨달았다. 그는 호세 안토니오와 나이가 비슷했고, 기억할 수 있는 한 가장 오래전부터 내 인생에 같이 있던 사람이었다. 나는 그가 살해되었다는 증거가 그곳에 있지 않기를 조용히 하늘에 기도했다. 그런 경우라면 밝혀지는 것보다 모르는 채로 있는 편이 나을 터였다. 나는 토리토가 깊은 산속 어딘가에서 은둔자의 존재로 사는 꿈을 꾸기도 했었다. 그 모습은 그의 기질이나 자연에 대한 깊은 이해와도 어울렸다. 그의 죽음을 확인하고 싶지 않았다.

장교가 한 사람 나오더니 큰 소리로 지시사항을 알렸다. 주어진 시간은 30분이고 사진 촬영은 금지되어 있으며 아무것도 만지거나 하면 안 된다, 한 번밖에 기회가 없으니 면밀히 살펴야 한다, 신분증을 제출해야 하고 나갈 때 돌려줄 테니 받아가면 된다, 변호사와 기자는 밖에서 대기해야 한다 등의 말이었다. 우리는 들어갔다.

병영 뜰 중앙에 텐트를 치고 그 아래 길고 좁은 테이블이 두 개 놓여 있었다. 경비병들이 테이블을 지키고 서 있었다. 우리가 생각하던 것과 달리 유골은 보이지 않았다. 테이블에는 시간이 지나면서 해져버린 옷 조각, 신발, 슬리퍼, 공책, 지갑 등이 놓여 있고, 모두 번호가 매겨져 있었다. 우리는 그 슬픈 전리품 앞을 천천히 줄지어 나아갔다. 여자들은 울면서 모직 조끼, 벨트, 모자 앞에서 멈춰 서고는 "이건 내 동생 거야", "이건 내 남편 거야", "이건 내 아들 거야"라고 말했다.

두 번째 테이블 끝에 이르러 우리가 희망을 거의 잃은 순간에 파쿤다와 나는 우리가 생각지도 못했던 증거품을 만났다.

"이건 토리토 거야." 파쿤다가 중얼거렸다. 흐느낌으

로 목소리가 갈라졌다.

나는 여러 해 동안 토리토를 찾고 기다렸다. 우리가 아폴로니오 토로의 생일을 처음으로 축하해 주기로 했을 때 내가 그에게 주려고 직접 조각한 나무 십자가가 바로 그곳에 있었다. 어머니와 이모들, 리바스 가족이 모두 살아 있고, 파쿤다는 젊고 나는 어린 소녀이던 시절이었다. 가죽 끈에 매달려 있는 십자가는 세월이 지나 손때가 묻어 반들반들해져 있었지만, 비올레타라는 내 이름이 여전히 선명하게 보였다. 다른 이름 하나는 토리토의 이름이 틀림없을 것이다. 울음이 발작하듯 터져 나와 나는 마치 배에 발길질을 당한 것처럼 허리가 꺾였다. 파쿤다의 팔이 나를 잡아주는 게 느껴졌다. 그때 호루라기 소리가 울리더니 모두 텐트 밖으로 나가라고 명령했다. 나는 눈물로 앞이 보이지 않았지만 망설이지 않고 충동적으로 십자가를 움켜쥐고 가슴께에 숨겼다.

그 십자가는 마법과 같다, 카밀로. 내가 가진 물건 어느 것에도 네가 관심이 없다는 걸 안다. 그렇지만 내가 죽으면 네가 그 십자가를 가졌으면 좋겠구나. 네가 지금 하고 있고 항상 사용하는 그 십자가 대신에 이걸 걸고 지내기를 바란다. 그러면 나를 지켜준 것처럼 너를 지켜줄 거다. 그래서 나는 항상 그 십자가 목걸이를 하고 있다. 오랜 세월 동안 그 십자가를 가슴에 걸고 살았다. 네 삼촌 후안 마르틴을 구하려고 죽은 아폴로니오 토로의 충성심, 순수함, 용기가 그 십자가 안에 들어 있다. 토리토는 나의 천사였고 앞으로는 너의 천사가 되어줄 거다.

그러겠다고 약속해 주렴, 카밀로.

　눈앞에 나타난 순간에는 알 수 없지만 나처럼 오래 살다 보면 선명하게 보이는 운명의 갈림길들이 있는 법이다. 길이 교차하거나 갈라지는 그 지점에서 우리는 우리가 갈 방향을 결정해야 한다. 그 결정이 우리의 남은 인생을 정할 수 있다. 토리토의 십자가를 되찾은 그날 나에게 바로 그런 일이 일어났다. 이제 나는 그걸 안다. 그때까지 나는 내가 태어난 세상에 의문을 갖지 않고 편안하게 살았었다. 논할 필요가 없는 단 하나의 분명한 목적은 니에베스가 고아로 남겨두고 간 아이를 키우는 것이었지.

　그날 밤 나는 옷을 벗으면서 조잡한 나무 십자가가 브래지어에 눌려 내 가슴에 남겨놓은 흔적을 보았다. 나는 토리토를 위해, 그를 그토록 사랑했던 파쿤다를 위해, 시신을 찾아낸 다른 여자들을 위해, 그리고 나를 위해 다시 한번 오래도록 울었다. 나는 내 집, 은행의 통장, 투자용 부동산, 산더미 같은 골동품, 경매로 산 그 밖의 잡동사니들, 내 계층 지인들과의 친교, 나의 무한한 특권을 생각했다. 지치고 기진맥진했다. 마치 그 모든 것들과 낭비한 시간의 무게가 잔뜩 실린 수레를 끌고 가는 느낌이었다. 그날 밤이 내 두 번째 인생의 시작이 될 줄은 짐작하지 못했다.

22장

 동굴에 있던 희생자들의 이름은 몇 달 동안 공식적으로 발표되지 않았다. 그때 병영에서 여성 가족들이 직접 신원을 확인하긴 했지만 언론은 검열을 무시하고 보도하는 용기를 내지는 못했다. 정부의 전략은 보안상의 이유를 들어 가능한 한 오랫동안 그 정보를 감추는 것이었다. 그래서 예를 갖춰 묻어줄 수 있도록 유골을 달라고 요구하는 유가족들의 거센 압박을 회피했다. 동굴에서 유해를 꺼낼 때 봉투에 마구 섞어 담았고 그래서 뼈를 하나하나 다시 맞추는 작업은 무척 번거로웠다. 가장 좋은 방법은 공동묘지에 내던져 영원히 잊어버리는 것일 테지만, 그러기에는 이미 너무 늦었다.

 파쿤다가 자기 가족과 몇몇 친구들에게 토리토 이야기를 했을 거라고 생각한다. 그러나 나는 에텔비나와 아직 살아 있던 미스 테일러한테만 그 얘기를 할 수 있었다. 그녀들은 그 사랑하는 거인을 기억하는 유일한 사람들이었다. 그리고 편지로 후안 마르틴에게 소식을 알렸다. 그는 국경을 넘을 수 있도록 도움을 받았으나 다시는 소식을 듣지 못하게 된 그 사람에게 무슨 일이 일어났는지 의문을 지닌 채 여러 해를 보내고 있었다. 그래서 홀리안 브라보가 그 이야기를 입에 올리자 내 귓가에 경고음이 울리는 듯했다.

그는 긴급한 출장으로 수도에 와 있었다. 그는 돈세탁과 불법 물품 운송을 포함한 자신의 활동을 그렇게 표현했다. 습관적으로 우리를 보러 왔고 저녁 식사를 하며 머무르는 중이었다. 에텔비나가 체리를 곁들인 오리 요리를 준비했기 때문이다. 그가 가장 좋아하는 요리였다. 그는 여전히 잘생기고 운동신경이 뛰어났고, 유쾌하고 자기 확신에 찬 돈 후안이었다.

"내가 보고 싶었어?" 그가 웃었다.

"전혀. 아누쉬카는 어때?"

아누쉬카는 제대로 먹지 않고 배고픈 상태로 살았기 때문에 영원히 활기를 잃은 모델이었다. 가엾은 여자 같으니. 홀리안은 그녀에게도 소라이다에게 그랬듯 결혼을 약속했고 그렇게 몇 년 동안 속였다.

"지루해. 그런데 비올레타 당신은 최근에 뭐 했어?"

"나우엘에 있었어……."

"아! 동굴에서 나온 시신들 때문에 그런 모양이군."

"당신은 이 나라에 살고 있지도 않은데 그걸 어떻게

알아? 실종된 남자들 열다섯 명의 유해가 발견되었어. 군사쿠데타 당시 경찰에 붙잡혀 살해당한 사람들인데, 시신을 숨겨두었던 거야."

"그런 일은 더 많았을 거야." 그는 와인 병의 라벨을 살펴보며 말했다.

"동굴에서 나온 옷과 여러 물건이 군 막사에 진열되었어. 나는 파쿤다와 함께 찾아갔고……."

"토리토의 물건이 뭔가 나왔어?" 그는 잔을 채우며 멍하니 물었다.

체리 소스를 곁들인 오리 요리와 카베르네 소비뇽 한 병이 놓인 식탁에 앉아 있던 바로 그 순간, 훌리안 브라보라는 퍼즐의 여러 조각이 마침내 맞아떨어졌다. 몇 년 동안 나는 징후와 단서와 증거를 보았지만 그 명백한 사실을 확인하고 싶지는 않았다. 내가 공범임을 인정하는 셈이었기 때문이다. 나는 불쌍한 내 딸, 그 애의 비극적인 삶, 마약과 가난과 매춘, 조 산토로가 뒤통수에 총을 맞은 일, 니에베스가 자기 아버지에게 느끼던 두려움, 후안 마르틴도 비슷하게 느끼던 그 두려움 등이 머릿속에 떠올랐다. 그리고 내가 느낀 두려움, 과거의 구타와 굴욕, 마피아 갱단, CIA 요원들, 돈다발과 무기들, 독재와의 관계도 기억이 났다. 어떻게 내가 그 모든 일을 방치할 수 있었을까?

훌리안은 토리토의 운명에 대해 알고 있었다. 언제나처럼 그 일도 알았고, 후안 마르틴이 아르헨티나에서 피신처를 찾았다는 사실도 알고 있었다. 그러나 4년 이상을 나에게 숨겨왔던 것이다. 그가 토리토를 죽인 범인이라고는 증명할 수 없지만, 일단 후안 마르틴이 안전하게 구출되자 토리토를 신고했을 가능성이 있었다. 목격자는 없는 편이 나았으니까. 어쨌든 그는 토리토의 시신이 동굴에 있다는 걸 이미 알았고, 다른 시체들이 더 있다는 것도 알고 있었다.

그즈음 후안 마르틴이, 독일에서 발간되어 유럽 전체에 널리 퍼진 콜로니아 에스페란사에 대해 쓴 보도 기사의 영어 번역본을 나에게 보내왔다.

"아빠가 이 사람들을 위한 특별 비행을 하고 있지요, 그렇지요?" 아들은 그렇게 물었다.

그 기사에 따르면 콜로니아 에스페란사는 우리가 짐작한 대로 낙원 같은 농촌 공동체가 아니라 유토피아를 좇아 들어온 이민자들의 밀폐 공간이었다. 그런데 정신병자 한 명이 자기 영지 안에 있는 2백여 명의 사람들에게 짐승 같은 훈련을 강제하며 통제하고 있었다. 다수는 어린이와 청소년이었다. 허가증 없는 사람은 출입할수 없었고, 정착민들은 준군사 훈련을 받고 체벌과 성적학대도 견뎌야 했다. 그중 한 명이 용케도 탈출에 성공해 이 나라를 떠날 수 있었고, 독일에 도착해 증언했다고 적혀 있었다. 검열 덕분에 그 어느 것도 우리나라에는 알려지지 않은 사실이었다.

독재 정권의 포로들을 수송하기 위해 이민촌에는 개인 비행기와 군용 헬기를 위한 착륙장이 있었다. 훌리안과 콜로니아 에스페란사의 관계는 부인할 수 없을 만큼

명확해졌다. 그제야 나는 그가 어떻게 그렇게 잘 알고 있는지, 어떤 이유로 독일 이민촌과 연결되어 있었던 건지 깨달았다. 바로 CIA와 이 나라 독재 정권과의 공조였던 콘도르 작전 때문이었다.

"아빠는 뭐든지 할 수 있어." 내 아이들은 그렇게 말했다.

홀리안 브라보의 신조는 목적이 수단을 정당화한다는 것이었다. 그는 아무런 처벌을 받지 않고 자신의 목표를 달성하기 위해 가장 의심스러운 수단을 사용해 왔다. 그는 스스로 무적의 불사신이고 다른 존재들이 겪는 한계로부터 자유롭다고 여겼다. 법이란 강한 자가 타인을 통제하기 위해 만드는 것이고, 그래서 그는 자신에게 맞는 규칙을 따를 뿐이라고 했다. 이제 내가 그의 공리를 적용할 때가 왔다. 그의 목적이 내 수단을 정당화해 줄 것이다.

그 폭로의 만찬 다음 날, 나는 마이애미행 비행기를 탔다. 홀리안이 돌아가기 전에 소라이다 아브레우를 만나기 위해서였다. 우리는 가끔이긴 하지만 꾸준히 연락을 하고 지냈고, 난 홀리안에 대한 그녀의 사랑이 식었다는 것을 알고 있었다. 이전처럼 리모델링을 끝내고 새 생명을 얻은 퐁텐블로 호텔 바에서 그녀를 기다렸다. 40대 초반의 소라이다는 여전히 도발적인 엉덩이, 댄싱 걸 같은 각선미, 과일처럼 풍성한 가슴을 가진 보리쿠아 럼의 여왕이었다. 그녀는 해변에 더 어울릴 만한 노란색

비치 원피스를 입고 도착했다. 우리는 공유된 환멸에서 비롯된 애정으로 서로를 포옹했다. 그녀도 훌리안이 자신에게 영감을 준다고 믿던 환상을 잃은 상태였다. 그녀가 색깔 안경을 벗자 얼굴에서 나이가 드러났다. 성형수술은 그녀의 고단한 표정은 지워주지 못하고 피부만 늘어지게 했다.

우리는 그간 서로의 삶에 대해 이야기를 나누었다. 그녀는 훌리안 브라보의 비서, 회계사, 가정부, 연인, 친구로서의 역할을 이전과 별로 다르지 않게 계속 해오고 있었다. 그는 나에게 그랬듯 자기 아이가 더는 이 세상에 태어나지 못하도록 확실히 하고 싶어서 소라이다로 하여금 나팔관을 묶어야 한다고 압박했고, 그녀는 굴복하고 말았다고 했다. 소라이다는 그 남자의 사랑을 위해 모성을 포기한 걸 늘 후회했다. 그녀가 그런 얘기를 할 때 나는 훌리안이 콘돔을 사용하지 않으려고 얼마나 많은 여성에게 똑같은 요구를 했을까 하는 생각이 들었다.

"나는 그의 모든 걸 시중드는 직원이죠." 소라이다가 씁쓸한 어조로 말했다.

"대가는 제대로 지불하겠지요……."

"돈이 학대를 보상하지는 않지요. 나는 훌리안에 비해 내 생활이 없어요. 그는 질투가 심하거든요. 내가 아이를 갖는 걸 허락하지도 않고 더 이상 나를 사랑하지도 않는 데다 나와 같이 자지도 않아요."

"그를 떠날 수도 있어요."

"절대로 내가 그냥 떠나도록 내버려두지 않을 거예요.

내가 절실히 필요하니까요."

"왜 아직도 그와 같이 있나요?" 나는 한 번 더 확인했다.

"그가 늙으면 자기를 돌봐줄 사람이 필요해서라도 나와 결혼하게 될 거예요."

"그가 두려워요?"

"예전에는 그가 무서웠지만 지금은 안 그래요. 이제는 그에게 벌을 주고 싶어요. 지쳤어요." 그녀가 말했다.

"그게 내가 여기 온 이유예요, 소라이다." 그리고 훌리안이 자기 인생에서 가장 비싼 여자라고 했던 아누쉬카에 대해 이야기해 주었다.

결과적으로 아누쉬카는 소라이다나 나보다 똑똑했다. 그녀는 자신이 불임이라고 확신을 준 뒤에 곧 임신을 함으로써 그를 놀라게 했다. 낙태하기에는 너무 늦은 시점에 그 사실을 알려주었다.

그래서 이제 자신의 모델 경력이 끝났다고 했지만, 실제로는 서른다섯 살이어서 더 이상 모델 일을 구하기도 쉽지 않았다. 훌리안은 결혼을 거부하고 함께 살지는 않았지만, 그녀와 딸아이에 대한 지원은 관대하게 해주었다. 소라이다는 여러 차례의 배신, 그리고 영광도 영속성도 없는 애정 관계를 견디고 살았지만, 그 몇 년 동안 애인과 딸이 있을 거라고는 상상도 하지 못했다. 그녀는 그가 딸아이의 엄마와도 결혼하지 않았다면 자신과 결혼할 일은 없으리라는 결론에 금방 도달했다. 소라이다는 훌리안이 어떻게 그렇게 오랫동안 숨길 수 있었는지, 어떻게 여자가 있으면서도 그의 회계적인 기록에한 번도 나타나지 않도록 할 수 있었는지 이해할 수 없었다. 지출 내역 어디에도 애인의 흔적은 없었다. 그녀는 공식 장부는 물론 자신 외에는 아무도 보지 못하는불법 거래의 비밀 장부도 직접 보관했다. 자기가 모르는사이에 단 한 푼이라도 훌리안의 손에 들어가는 일은없다고 자만했었다. 그러나 자기가 알지 못하는 제3의장부가 있다는 사실을 인정할 수밖에 없었다. 어쩌면 그것 말고도 다른 장부가 더 있을지도 모른다. 그가 충실하지 않았다는 사실보다 돈에 대해 속였다는 게 더 큰상처가 되었다. 그녀는 아누쉬카의 사진이 있느냐고 물었고, 나는 5년쯤 전에 패션 잡지에서 오려두었던 사진몇 장을 내밀었다.

소라이다는 곤충학자가 곤충을 관찰하듯 주의 깊게사진을 들여다보았다.

"이 여자는 거식증을 앓고 있군요." 그녀가 말했다.

헤어질 때 소라이다는 훌리안이 아누쉬카를 만난 날을 저주하게 될 거라고 장담했다.

소라이다 아브레우의 복수는 빠르고 과감했다. 그녀는 16년 동안 충성과 인내심을 다해 훌리안 브라보를도왔고, 모든 어려움에도 불구하고 열정적인 마음으로그를 사랑했다. 그녀를 끌어들이기 위해 마이애미에 가면서 내가 예상한 대로, 소라이다의 바로 그 열정이 훌리안을 무너뜨리는 데 사용되었다. 미의 여왕은 정말 똑똑했다. 그녀는 폭력배를 고용하거나 사고를 일으키거나 하지 않았다. 소설 속 이야기나 가끔 내가 상상했던 방법대로 훌리안을 독살하려는 충동에 굴복하지도 않았다. 마티니 석 잔을 마신 상태로 두 시간도 안 되는 사이에 짜낸 계획은 그 어느 방법보다 훨씬 정교했다.

정의를 실현했다는 만족감과 몰려드는 죄책감이 뒤엉킨 기분으로 내가 집으로 돌아오는 동안, 소라이다 아브레우는 첫사랑이었던 변호사에게 전화를 걸었다. 훌리안을 알게 된 시점에 결혼반지를 든 채로 거절당했던 남자였다. 그 남자는 결혼을 해서 세 아이가 있었지만 소라이다의 전화를 받자 망설이지 않고 뭐든지 말만 하라고 답했다. 그런 여자를 잊을 수 있는 남자는 없다. 두 사람은 함께 그녀와 내가 만들었던 전략을 다시 다듬어 고쳤다.

소라이다는 익명으로 남아 자신을 보호했고, 변호사가 그녀를 대리하여 국세청의 범죄 수사 담당 특수 요원을 찾아가 훌리안 브라보를 사기 및 탈세 모의로 고발했다. 그는 의뢰인의 신뢰성을 증명하고 그녀의 면책권을 얻기 위해 다른 식으로는 찾아내는 데 여러 해가 걸릴 만한 증거들을 확보했다. 비밀 회계 장부, 파나마와 버뮤다에 있는 페이퍼컴퍼니 리스트, 스위스와 여러 다른 나라들에 있는 은행 계좌 번호, 그리고 현금과 마약, 서류, 조직범죄 연락처 등이 들어 있는 금고 등이었다. 특수 요원이 연방 검사에게 설명한 대로 지난 5년간의 체납 세금만으로도 그 사건은 수백만 달러짜리였다.

소라이다는 훌리안 브라보의 비행기가 마약 밀매에 사용되었다는 정보도 제공했다. 그렇게 해서 훌리안은 구속되었고, 미국을 탈출하지 못하게 되었다. 보통의 경우라면 수사에 2년이나 3년이 걸릴 테지만 소라이다의 변호사가 제공한 증거 덕분에 겨우 11개월 만에 수사가 끝났다.

나는 세세한 법적인 내용은 모르지만 그건 나에게 별로 중요하지 않다. 그로부터 35년이 흘렀지만 여전히 그 달콤한 복수를 음미하고 있는 사람은 소라이다 아브레우뿐이라고 생각한다. 나는 여전히 그 사건을 회상하며 만족감을 느끼는 아름다운 중년 여성이 된 그녀가 어느 고급 호텔 바에서 마티니에 든 올리브를 씹는 모습이 보이는 듯하다. 그녀가 잘 살아왔기를 바란다.

훌리안은 벌금과 체납 세금과 가산금을 모두 납부하고, 범죄자를 변호하는 것으로 유명한 법률 회사에 의뢰했다. 그렇게 해서 화이트칼라 범죄자를 수용하는, 보안 수준이 낮은 연방 교도소 4년 구금형으로 형을 낮출 수 있었다. 훨씬 더 큰 처벌을 받아 마땅했지만, 그가 지은 중죄에 대해서는 재판을 받지 않았고 경미한 죄에 대해서만 재판을 받았다.

그 몇 년 동안 그는 과거 고객들의 신뢰를 잃었다. 그들이 절대로 원하지 않는 것은 법적인 문제가 생기는 일이었다. 내 생각에 CIA 요원들도 그를 버린 것 같다. 그러나 그는 돈을 많이 벌어 두었고 대부분은 안전한 곳에 숨긴 채였다. 그는 날씬하고 힘세고 건강한 모

습으로 감옥에서 나왔다. 체육관에서 시간을 보내며 수
감 생활의 지루함을 달랬기 때문이다. 그는 이전과 별로
다를 바 없이 부유했다. 어느 날 그는 마치 우리가 일주
일 전에 만났다는 듯이 나를 찾아왔다. 그때 나는 다른
동네로 이사를 한 뒤였지만 그는 어렵지 않게 찾아냈다.
그는 사업을 그만두고 아르헨티나 파타고니아에 농장을
사서 좋은 양과 말을 키우며 노년을 보내고 있다고 했
다. 그리고 좋은 사람들과 함께 그런 생활을 하고 싶다
고 말했다.

"우리 둘 다 나이가 많은 독신이야. 비올레타, 우린 결
혼해야 해."

나는 그가 마이애미에서 겪은 재난에 내가 개입했을
거라는 의심은 하지 않는다는 걸 알아차렸다.

"우리 결혼하자. 카밀로도 파타고니아를 좋아할 거
야." 그는 강력하게 요구했다.

나는 그의 제안을 거절하고 아누쉬카에 대해 다시 물
었다. 그는 몇 년 동안 부양하던 아이가 자기 딸이 아니
라는 아누쉬카의 고백을 받았다고 했다. 그녀는 그 고백
을 한 뒤 브라질 기업가와 결혼했다.

23장

빈민가 복서처럼 생긴 문제 해결사이자 너의 출생증
명서에 아버지로 기재되어 있는 로이 쿠퍼 이야기를 조
금 더 하겠다. 내가 정말 사랑한 남자였지. 너는 그를 본
적이 있단다. 우리 셋이 디즈니랜드에 같이 갔지만 네가
아주 어려서 기억나지 않을 수도 있다. 너는 그를 그때
딱 한 번 보았을 뿐이지만 나는 항상 그와 연락을 하고
지냈다. 우리는 1년에 한두 번 같이 휴가를 보냈다. 그
때는 너를 에텔비나와 함께 두거나 농장의 파쿤다에게
맡겨둘 수 있었다.

로이는 로스앤젤레스로 이사했고 그곳에서 계속 자기
일을 하고 있었다. 그에게는 늘 할 일이 있었다. 그 도시
는 온갖 종류의 죄인들, 크고 작은 죄를 지은 범죄자, 부
패한 경찰관, 호기심 넘치는 기자들 사이를 뱀장어처럼

유유히 돌아다니는 로이와 같은 사람에게 이상적인 곳
이었다. 나는 그가 그런 환경에 살면서 그렇게 침착함과
관대함을 유지할 수 있다는 사실이 정말 놀라웠다. 그는
자기와 같은 정도로 사랑해 달라는 요구는커녕 그 무엇
하나 나에게 부탁한 적이 없이 나를 사랑해 주었고, 니
에베스와 너를 위해서도 그런 일을 했던 사람이다.

　너는 내 손자이고 또 사제인데 내가 연인 이야기를
하는 건 좀 주책스럽기는 하지만, 로이는 예외였다. 훌
리안은 결혼은 하지 않았지만 내 아이들의 아버지이니
연인이라고 할 수는 없다. 로이는 거친 유머 감각과 길
거리 문화를 익힌 사람으로 말수가 적었고, 신문의 스포
츠면과 포켓북 범죄 소설만 읽었다. 담배 냄새와 달콤
한 샤워 콜론 향기를 풍겼고, 벽돌공의 거친 손을 가졌
다. 그의 식사 예절은 나를 놀라게 했고, 헌 옷을 사 입
은 듯 늘 옷이 몸에 안 맞고 유행에 많이 뒤떨어진 차림
이었다. 말하자면 그는 범죄자의 경호원 같은 분위기를
풍겼다.

　아무도 이 남자가 섬세한 감정의 소유자이고 나름대
로 신사적이라고는 상상하지 못했을 것이다. 그는 존경
심, 부드러운 애정, 욕망이 뒤섞인 태도로 나를 대했다.
그랬다, 카밀로. 그는 언제나 변함없는 태도로 나를 갈
망했고, 로이 옆에 있으면 지난 세월과 나쁜 기억들이
지워졌으며 나는 다시 한번 젊고 관능적인 여자가 되었
다. 나는 그 누구에게서도 내가 그토록 아름답고 축복받
은 여자라는 기분을 받지 못했다. 우리는 가벼운 마음으

로 웃으면서 사랑을 나눴고, 상상 없이도 사랑할 수 있었다. 그것은 곡예 경주를 하듯 내가 자주 짓눌리곤 하던, 훌리안 브라보와의 육체적 열정과는 정반대였다. 로이와는 늘 똑같은 루틴이 반복되었고, 우리 둘 다 즐겼다는 확신으로 평온해졌으며 그런 다음 편안하고 만족스럽게 서로의 팔에 안겨 쉬었다. 말은 거의 하지 않았다. 과거는 중요하지 않았으며 미래는 존재하지 않았다. 그는 훌리안 브라보에 대해 알고 있었고 내가 더 이상 그를 사랑하지 않는 이유를 의아해했지만 어떤 질문도 하지 않았다. 로이에게는 우리가 함께할 수 있는 시간만 중요했다. 나도 무언가 알아내려고 하지 않았다. 나는 그에게 가족이 있는지, 결혼한 적이 있는지, 그 이상한 직업을 갖기 전에 무얼 했는지 전혀 알지 못했다.

로이는 소박한 이동식 주택을 가지고 있었다. 그 안에서 우리는 2주나 3주 동안 전국 각지를 돌아다녔다. 특히 국립공원을 자주 여행했다. 최신 차량도 아니고 호화롭지도 않았지만, 그 차는 한 번도 실수 없이 제 역할을 했다. 다용도 테이블이 있는 작은 방, 기본적인 주방, 비누가 떨어지면 몸을 굽혀 줍지 못할 정도로 좁은 욕실이 있었다. 뒤쪽에는 침대가 하나 있었고, 앞쪽 공간과 침대를 미닫이문이 나누고 있었다. 지붕에는 물탱크가 있었고 캠핑장에서 플러그를 꽂을 수 있을 때는 전기도 들어왔다. 그리고 화학 처리를 하는 간이화장실도 있었다. 그 정도 공간이면 충분했다. 여러 날 동안 비가 와서 실내에 있어야 하는 경우는 예외였지만 그런 경우는 드물었다.

미국은 하나의 우주다. 그 영토 안에 여러 나라가 들어 있고 모든 풍경이 담겨 있다. 로이와 나는 정해진 일정 없이 차분하게 여행을 떠났고, 그때그때 직관이 이끄는 곳으로 찾아가곤 했다. 그래서 우리는 섭씨 52도의 폭염 속에 사막에서 죽은 자들의 유령이 떠돌아다니는 캘리포니아 데스밸리도 여행했고, 열두 마리의 개가 끄는 썰매를 타던 알래스카의 빙하도 찾아갔다. 가는 길 중간에 어디에서든 머물 수 있었다. 우리는 긴 산책도 하고 강과 호수에서 목욕도 하고 낚시도 하고 야외에서 요리도 했다.

우리가 트레일러에서 함께 자던 마지막 밤이 엊그제처럼 생각난다. 나는 예순네 살이었지만 서른이라고 느꼈다. 초가을에 요세미티 공원에서 멋진 한 주를 보냈다. 가을이 시작되면 관광객이 줄어들었다. 풍경이 마술처럼 바뀌고 나무는 빨강, 주황, 노랑의 생생한 색깔을 띠었다. 여느 오후와 마찬가지로 우리는 바비큐장에서 신선한 생선과 야채를 구우며 저녁 식사를 준비하고 있었다. 갑자기 곰 한 마리가 바로 앞에 나타났다. 거대하고 검은 동물이 우리를 향해 비틀비틀 걸어왔다. 너무 가까워서 그 숨소리까지 들려왔다. 숨 쉴 때마다 내뿜는 냄새까지 맡을 수 있었다고 맹세한다. 우리는 그런 비상 상황에 대한 지침을 알고 있었지만 그 공포의 순간에는 머릿속에서 다 지워지고 없었다. 비명을 지르지도 곰의 눈을 쳐다보지도 말고 가만히 있으라는 게 지침이었지만, 나는 공포에 질려 비명을 지르고 펄쩍 뛰기 시작했었다.

곰은 두 다리로 몸을 일으키고 두 팔을 하늘로 치켜들더니 목구멍에서 나는 엄청난 으르렁 소리로 대답했고, 그 소리가 긴 메아리처럼 울려 퍼졌다. 로이는 기다리지 않았다. 그는 내 재킷을 잡더니 트레일러 쪽으로 끌다시피 데려갔다. 간신히 안으로 들어간 우리는 곰의 코앞에서 문을 닫을 수 있었다. 분노에 찬 곰은 차에 몸을 부딪고 여러 차례 흔들어대더니 우리가 준비하고 있던 음식으로 주의를 돌렸다. 우리 저녁 식사와 쓰레기봉투의 찌꺼기로 허기를 채운 곰은 자리에 앉더니 불교도처럼 평화롭게 밤이 내리는 것을 바라보았다.

그날 밤 우리는 바깥에 나가지 않았고, 통조림 콩으로 저녁을 때웠다. 얼마나 지났을까, 곰이 떠났다. 아침이 되자 우리는 재빨리 짐을 싸 자리를 떴다. 그렇게 무서웠던 적이 별로 없었던 것 같다. 그 이후로 나는 곰을 관찰하기 위해 동물원에 여러 번 갔다. 멀리서 보는 곰은 아름답다.

그 휴가 때 로이가 입은 옷이 헐렁거려서 내 주의를 끌었다. 살이 빠진 모양이었지만 언제나처럼 에너지와 열정이 있었기 때문에 나는 별로 신경 쓰지 않았다. 다음날 우리는 로스앤젤레스 공항에서 작별 인사를 했다. 우리가 포옹할 때 그가 감정에 겨워 눈물을 흘리는 것을 알아차렸다. 이전에 한 번도 보지 못한 모습이었고,

그가 내보이는 강한 마초의 이미지와 어울리지 않았다.

"내 아들 카밀로에게 안부를 전해 줘요." 그는 손바닥으로 눈물을 훔치며 말했다.

그는 항상 너의 안부를 물었고, 너를 자기 아들로 등록한 일을 농담 삼아 떠올리곤 했다. 나는 그날 우리가 다시는 함께 잘 수 없을 거라는 의심조차 하지 못했다. 로이는 1년 후 암으로 죽었다. 그는 내가 건강하고 사랑스럽고 활기찬 모습으로 자신을 기억하기를 바랐기 때문에 병을 숨겼지만, 리타 리나레스가 나에게 연락을 해 주었다.

"그는 혼자예요, 비올레타. 아무도 그를 찾아와 보지 않았어요. 가족도 없는 것 같고, 내가 대신 친구들에게 전화를 거는 것도 허락하지 않았지요. 더 이상 통증을 참을 수 없게 되자 내가 옆에 있는 걸 받아들였어요. 우리는 학교 때부터 친구였지요. 내가 이 나라에 도착해서 영어도 거의 모르는 이민자 소녀였을 때부터 그는 내 인생에 존재했던 사람이에요. 내가 필요할 때면 항상 도와주었지요. 그는 내 오빠나 마찬가지예요." 리타는 울면서 말했다.

나는 그가 아직 리타의 집에 있기를 바라며 즉시 로스앤젤레스로 날아갔지만 이미 병원으로 이송된 후였다. 카밀로, 네가 태어난 병원이자 내가 니에베스를 마지막으로 본 병원이었다. 형광등, 리놀륨 바닥, 소독약 냄새, 스테인드글라스 천장의 기도실. 로이는 인공호흡기를 달고 있었지만 아직 의식은 있었다. 말은 할 수 없었지만 그가 나를 알아보았다는 것을 그의 눈에서 알수 있었다. 나는 내가 나타나서 그에게 위로가 되었다고 생각하고 싶다.

"사랑해, 로이, 너무너무 사랑해⋯⋯." 나는 그 말을천 번 되풀이했다.

다음날 그는 나와 리타의 손을 잡은 채 떠났다.

너는 너무 빨리 자랐다, 카밀로, 어느 날 밤 인사를하러 내 방에 왔는데 낯선 젊은 남자가 들어와 깜짝 놀랄 정도였다. 너는 금요일의 교복, 그러니까 일주일 내내 흘린 땀과 때가 밴 교복을 입고 머리는 빗자루가 되다시피 해서 흥분한 표정을 짓고 있었다. 자전거를 잃어버려서 통금 시간 전에 도착하기 위해 20여 블록을 뛰어왔다고 했다.

"어디를 돌아다니는 거니, 카밀로? 밤 10시가 다 됐는데."

"시위를 하고 있어요."

"무슨 시위인지 내가 알 수 있을까?"

"글쎄요, 군에 반대하는 거 아니면 뭐겠어요."

"너 미쳤구나! 그런 일은 금지야!"

"할머니가 그걸 금지할 도덕적 권한은 없는 것 같아요." 너는 나에게 말했다. 항상 나를 무장 해제시키던 앙큼한 말장난을 치고는 윙크를 보냈다.

사실 나는 시위대 속에 끼어들었다가 쇄골에 나사를박은 적이 있다. 운이 나빠 일어난 일이었다. 당시 나는 아직 모험을 감수하던 시절이 아니었고, 그냥 길을 지나가던 중이었다. 그런데 군중이 나를 덮쳐와 벗어날 수 없었다. 경찰은 몽둥이, 최루탄, 고압 분사기의 더러운 물 등으로 시위대를 공격했다. 나는 그 분사기 물에 맞았고 건물 벽으로 날아가 부딪혔다. 나는 강력한 진통제와 마리화나를 맞은 채 수술을 받았고 처음 사흘 동안은 통증과 싸워야 했다. 팔에는 한 달 동안 팔걸이 보호대를 하고 지냈다. 견디기가 어려웠다. 그날 밤 나는 독재 정권이 계속될 4년 동안 나의 수난이 어떠할지 처음으로 엿볼 수 있었다. 열네 살 나이에 싸우고 다니면 어른이 될 일이 없다. 군인들이 네가 어른이 될 때까지 내버려두지 않을 테니까. 너 때문에 고통받느라 내 머리가 하얗게 셌단다, 망할 꼬마야.

그즈음 우리는 일본 공원 앞의 오래된 아파트에 살지 않았다. 지금은 공원 이름이 '조국의 공원'으로 바뀌었다. 호세 안토니오와 미스 테일러가 죽은 후 그 아파트는 우리에게 너무 컸다. 그리고 내 새로운 마음 상태와도 어울리지 않았다. 에텔비나, 크리스펀, 너, 나 우리 넷은 지진으로 무너진 그 작은 집으로 옮겨갔다, 기억나니? 그곳은 대부분의 폭동이 일어나던 중심가와 육군 사관학교에서 멀리 떨어진 지역이었다. 그 집에서 이사를 나간 것이 이전에는 불가피한 일이라고 생각했으나 이제는 압도당하는 듯한 과한 인테리어를 제거하는 길에 한 걸음 더 다가간 것이다. 나는 거대한 가구, 페르시아 양탄자, 넘치는 장식들을 치우고 꼭 필요한 생활용품들만 남겼다. 에텔비나가 먼저 갖고 싶은 물건들을 골랐다. 그녀는 당분간은 임대를 내주고 월세를 받고 있던 자기 아파트에서 살게 될 때 쓰려고 그 물건들을 보관하기로 했다. 다음으로 나는 조카들에게 전화를 걸어 원하는 게 있으면 가져가라고 했다. 왕래가 거의 없던 조카들이었다. 이틀도 채 안 되어 대부분의 물건이 사라졌다. 우리는 최소한의 살림만 갖고 이사를 했고 에텔비나는 당혹스러워했다. 그녀는 부자처럼 살 수 있는데도 중류층 사람들처럼 살려는 내 변덕을 이해하지 못했다.

내가 젊었을 때처럼 노동으로 돈을 벌기는 어렵다. 고된 일일수록 급여는 더 적어진다. 아무것도 생산하지 않지만 돈을 이쪽에서 저쪽으로 옮기고 투기를 하고 주식 시장의 기회를 이용하고 다른 사람의 노력에 투자해서 부자가 되는 게 훨씬 쉽다. 그리고 매일의 노동으로 먹고살면 모든 것을 잃고 길에 나앉게 되기가 쉽다. 그러나 돈이 많으면 돈을 다 써버린다는 게 어렵다. 돈은 더 많은 돈을 끌어들이고, 은행의 계좌와 투자라는 신비한 영역을 통해 몇 배로 늘기 때문이다. 나는 돈을 어떻게 써야 할지 생각하기 전에 이미 많은 돈을 비축해 둘 수 있었다.

먼저 동굴의 유해를 확인하러 갔던 날 만난 여성들이 있었다. 디그나, 로사리오, 글라디스, 마리아, 말바, 디오니시아, 그 외 여러 사람. 특히 나바로 4형제의 어머니 소니아는 키가 작고 땅딸막하며 떡갈나무처럼 단단

한 여성이었다. 그날 그녀는 여러 해 동안 의심했던 대로 아이들이 살해되었다는 증거를 갖게 되었다. 그러나 주저앉아 애도를 하는 대신 다른 여성들을 이끌고 나가 유골을 넘겨줄 것과 죄지은 자들을 처벌할 것을 요구했다. 그들은 모두 나우엘 근방에서 온 농촌 여성이었다. 대다수가 파쿤다의 지인이었고, 각자 가족의 가장이었다. 소녀일 때부터 하루 종일 노동하며 살아왔고, 이후로도 평생 삶이 끝날 때까지 일하게 될 여성들이었다. 그들의 꿈은 자녀나 손자들이 학교를 졸업하고 장사를 차려 자기들보다 더 안락한 삶을 누리는 것이었다.

나는 그녀들을 한 사람씩 방문하기 시작했다. 거의 항상 파쿤다가 같이 가주었다. 그들은 사라진 가족 이야기를 들려주었다. 살아 있을 때 어떤 모습이었는지, 어떻게 끌려갔는지 이야기했고, 실종 가족을 찾으러 가면 겪게 되던 지난한 관료주의도 이야기했다. 그들은 병영을 찾아가 문을 두드리고 편지도 보내고 병영 앞에 앉아 실종자들에 대해 알려달라고 외치기도 했다. 그러나 쫓겨나고 묵살당하고 위협당하면서도 포기하지 않았고 계속 요청했다. 그들은 소리 없이 울고 가끔은 웃기도 했다. 허브를 진하게 끓인 차, 마테 등을 나에게 내주기도 했다. 그들은 커피는 마시지 않았다. 파쿤다는 나에게 선물을 갖고 가지 말라고 알려주었다. 갚을 수 없는 선물이라서 굴욕을 느낄 수 있다고. 나는 그들이 필요하다고 할 때 약을 가져갔다. 아이들이 신을 운동화를 가져가기도 했다. 그들은 그런 것들은 받아주었고 보답으로 달걀이나 닭을 주었다.

나는 그들의 기분이 상하지 않도록 신중하게 행동하며 점차 그 무리에 스며들었다. 나는 내가 다르다는 걸 굳이 숨기지 않기로 했다. 다른 척해도 별로 소용이 없었을 것이다. 나는 문제를 해결하거나 조언을 하려 드는 대신 경청하는 법을 배웠다. 파쿤다는 금요일마다 농장에서 모임을 하자는 아이디어를 내놓았다. 그녀는 뚱뚱하고 권위주의적인 조산사가 된 딸 나르시사와, 나중에 이야기하게 될 수사나라는 손녀와 함께 살았다. 파쿤다는 1년이 넘도록 화덕으로 파이 굽는 일을 하지 않았다. 몸이 따라주지 않는다고 했다. 그러나 금요일 모임을 위해 나르시사의 도움을 받으며 그 유명한 파쿤다 케익을 준비하느라 수고를 아끼지 않았다. 수도에서 가는 여정이 너무 길었기 때문에 나는 한 달에 한 번 정도 참석했다.

그 당시 나는 안톤 쿠사노비치와 다시 연락을 취했고 그의 딸 마일렌에 대해서도 알게 되었다. 마일렌은 깡말라서 팔꿈치와 무릎, 코밖에 보이지 않는 열두 살 소녀였지만 공증인처럼 진지한 말투로 자신을 페미니스트라고 소개했다. 나는 내가 아는 유일한 페미니스트, 테레사 리바스가 떠올랐다. 나는 마일렌에게 그게 무슨 뜻이냐고 물어보았고 그녀는 자기가 가부장제와 맞서 싸우고 있다고 대답했다.

"그녀의 말에 관심 두지 마세요, 비올레타. 지금은 페미니스트라고 하고 있지만 또 바뀔 거예요. 작년에는 채식주의자였거든요." 아이의 아버지는 설명했다.

그 아이의 목적이 얼마나 강렬했던지 나는 당시에 깊은 감명을 받았다. 그러나 곧 잊어버렸다. 그녀가 나와 카밀로 너에게 그렇게 중요한 사람이 될 줄은 상상도 못했었다.

그 시골 여성들은, 나에게 용기는 전염성이 있고 힘은 숫자에 있다는 것을 가르쳐주었다. 혼자서 안 되는 것은 여러 사람이 같이하면 이루어지고, 사람이 많으면 많을수록 좋다는 사실을 배웠다. 그들은 수백 명의 실종자 어머니와 아내로 구성된 전국적인 조직에 속해 있었다. 그 어머니와 아내들은 매우 용감한 여성들이어서 정부가 쉽게 해산시키지도 못할 정도였다. 공식 발표는 실종자들이 존재한다는 공산주의적 선전을 부정하고, 그녀들을 체제 전복적이고 반애국적인 미친 여자들이라고 묘사했다. 검열에 순응한 언론은 이 여성들에 대해 다루지 않았지만, 여러 해 동안 독재 정권을 규탄하는 운동을 지속해 온 인권 운동가와 망명자들 덕분에 해외에서는 잘 알려졌다.

파쿤다의 파이가 곁들여지는 금요일 회의에서 나는 수십 년 동안 다양한 목적으로 많은 여성 그룹이 존재해 왔고, 군사적 남성주의도 그들을 진압할 수 없었다는 사실을 알게 되었다. 독재 정권에서는 활동하기 더 어려웠지만 불가능하지는 않았다. 나는 이혼법을 제정하거나 임신 중절을 합법화하기 위해 투쟁하는 단체에 연락했다. 그들은 노동자, 중산층 여성, 전문가, 예술가, 지식인이었다. 그 모임에 내가 달리 기여할 게 아무것도 없었기 때문에, 나는 배우러 참석했다. 그러다가 결국 도움을 줄 방법을 찾게 되었다.

24장

1986년에 노르웨이 조류 관찰자 하랄드 피스케가 내 인생에 다시 등장했다는 이야기를 할 때가 왔구나. 몇 년 전 그가 부에노스아이레스에서 비행기를 타고 와서 후안 마르틴이 더러운 전쟁[1]에서 탈출하여 노르웨이로 피신 중이라고 알려주었을 때 만난 적이 있었다. 후안 마르틴을 보러 여러 번 노르웨이에 갔지만 하랄드는 외교관이라는 직업 때문에 이 나라에서 저 나라로 옮겨 다녀서 만날 수 없었다. 연말이면 그는 나에게 우편으로 크리스마스 인사를 보내곤 했다. 몇몇 외국인들이 국내 소식들, 성공한 가족사진들과 함께 지인들에게 보내는

---

1 더러운 전쟁(Guerra Sucia)은 정부가 군사조직이나 준군사조직, 혹은 폭력 단체의 정치 개입을 통해 시민사회를 탄압하는 경우를 지칭하는 용어. 아르헨티나, 멕시코, 콜롬비아 등의 사례가 대표적이다.

연하 회보의 하나였다. 이런 편지에는 성공, 여행, 출생, 결혼의 이야기만 담겨 있다. 파산, 수감, 암 등으로 고통받는 사람은 아무도 없고, 자살하거나 이혼한 사람 이야기도 나오지 않는다. 다행스럽게도 그 어리석은 전통은 우리 문화에는 존재하지 않는다. 하랄드 피스케의 연하 회보는 가족들의 환상이 담긴 연하장보다 훨씬 나빴다. 그것은 온통 새 이야기뿐이었다. 보르네오의 새, 과테말라의 새, 북극의 새. 북극에도 새가 있다니 정말 믿기 힘든 일이다.

이 남자가 우리나라를 사랑한다는 얘기는 이미 한 것 같구나. 그는 우리나라가 세계에서 가장 아름답다고 했다. 달의 사막, 가장 높은 산, 깨끗한 호수, 과수원 계곡과 포도원, 피오르드와 빙하 등 모든 풍경을 가지고 있다고 했다. 세상 물정을 잘 모르고 낭만적인 애정을 품고 있던 그의 눈에는 우리가 친절하고 환대하는 사람들처럼 보였다. 이유가 무엇이든 그는 이곳에서 생을 마감하기로 결심했다. 나는 그것을 이해하지 못했다, 카밀로. 노르웨이에서 합법적으로 살 수 있는데 이 재난의 나라에서 살겠다는 생각은 제정신으로는 할 수 없는 생각이기 때문이었다. 그는 은퇴가 몇 년 남지 않은 상태에서 우리나라 대사로 임명되었다. 가까운 미래에 은퇴하고 우리나라에서 노년을 보낼 계획이었다. 그것은 그가 항상 원했던 삶의 결말이었다. 산맥의 가장 높은 봉우리에서 콘도르를 촬영할 수 있는 새 렌즈를 구입한 그는 에텔비나가 그토록 조롱하는 루터교 스칸디나비아인의 단순하기 짝이 없는 아파트에 정착한 다음 나를 찾았다.

내 마지막 사랑인 로이 쿠퍼가 죽은 지 1년이 되었다. 로이가 떠날 때 내가 다시 사랑에 빠질 수 있을 거라고 기대하지 않았고, 그래서 나는 모든 낭만적인 환상과도 작별을 고했었다. 내겐 건강과 활력이 있었다. 여성 단체는 나에게 목표를 심어주었고 그래서 나는 배우고 참여하고 있었다. 내 삶에 매우 만족했고, 남자와의 친밀감을 질겁한다는 걸 제외하면 모든 면에서 나는 젊었다. 호르몬의 양이라는 게 있는데, 카밀로, 그 나이에 내 호르몬은 많이 감소해 있었다. 시대가 다르고 문화가 다른 곳이라면, 예를 들어 칼라브리아의 어떤 마을을 예로 들면 60대 여성은 검은 옷을 입은 노파일 것이다. 나는 섹스와 관련해서도 그렇게 느꼈다. 순간의 만족을 위해 얼마나 많은 노력을 했던가! 그러나 내 허영심은 여전했다. 옷에는 흥미를 잃었지만 머리를 염색하고 콘택트렌즈를 꼈다. 가끔 누군가 나를 할머니가 아니라 어머니뻘이라고 생각한다는 사실에 우쭐해졌다.

하랄드는 점차 내 일상에 적응했다. 처음에 그는 나와 함께 산타클라라 농장에 자주 갈 수 있도록 일정을 조율했다. 고속도로도 기차만큼 편리해서 우리는 그의 볼보를 타고 세계 최고의 생선과 조개류를 내놓는 해안 마을의 식당에 멈췄다. 하랄드는 "재료는 비슷한데 우리나라 요리는 맛이 없어요"라고 말했다. 또 비슷한 경외감으로 우리 와인에 대해서도 찬사를 보냈다. 나는 파쿤다와 단체의 여성들을 만나러 가고, 그는 이미 백 번 정도 본 그 새들을 찾아 나서기도 했다. 우리는 나우엘의 호텔에 주로 머물렀다. 나우엘은 더 이상 '엘 데스티에로' 시기의 작은 마을이 아니었다. 전에는 길이 하나였고 대부분 판잣집들이었지만 이제는 은행, 가게, 바, 미용실, 심지어 아시아 요정이 해주는 미심쩍은 마사지 살롱까지 있었다. 하랄드는 곧 나의 가장 친한 친구이자 동반자가 되었다. 우리는 심포니 콘서트에 가고 언덕을 산책했다. 아내가 없는 그는 지루한 대사관 만찬에 나를 초대하기도 했다. 나는 시위 현장에 그를 데려가는 것으로 보답했다. 갈수록 시위는 더 많아지고 대담해졌다.

우리는 아직 모르고 있었지만, 독재 정권의 시대는 끝을 향해 가고 있었다. 군대의 획일적인 권력은 내부에서 무너지는 중이었고, 사람들은 두려움에서 벗어나기 시작했다. 정당 활동은 금지되어 있었지만 비밀리에 부활해 민주화를 요구하는 시위가 벌어졌다. 하랄드는 반바지, 수많은 주머니가 달린 조끼, 부츠 복장에 카메라를 목에 건 탐험가 차림을 하고 거리 시위에 함께 나섰다. 그의 모습은 장관이었다. 키가 매우 크고 금발을 휘날리는 그는 현실과 동떨어져 보였고, 마치 축제에 참가한 어린아이 같은 열정을 보였다. "이렇게 재미있을 수가 있나요!" 그는 가까이에서 군인들의 사진을 찍으며 외쳤다. 그가 머리에 몽둥이를 맞거나 고압 물줄기에 쓰러지지 않은 것이 기적이었다. 그는 물안경과 식초에 적신 손수건으로 최루 가스를 막고 있었다. 나중에 그는 그 사진들을 유럽의 언론들에 보냈다.

그러는 동안 너는 학교를 빠져나가 죽음의 동굴을 연 알베르 브누아 신부가 살던 노동자 동네를 찾아가곤 했다. 그 프랑스 신부는 너의 영웅이었다. 신부는 불순분자라는 비난을 받은 노동자 그리스도라는 복음과 해방 교회라는 복음을 전파하고 있었다. 그는 주민들이 스러져 가는 것을 막기 위해 군인들의 장갑차와 기관단총 앞에 두 팔을 벌리고 섰다. 돌을 들고 군인들과 싸우려는 성난 군중을 막았고, 그들이 군인들에게 학살당하기 전에 겨우 진정시킬 수 있었다. 한 번은 총알 앞에 그대로 가슴을 내놓고 맞서기도 하고, 앞으로 점점 다가오는 군 트럭의 타이어 앞에 납작 엎드려 전진을 막기도 했다. 그리고 카밀로, 너는 신부의 뒤를 따랐고 마을에서 간 소년들과 뒤섞여 가난한 사람들과 하나가 되었다. 그러고는 브누아 신부처럼 두 팔을 벌려 제도화된 폭력과 맞섰다. 바로 거기 돌과 총알과 최루탄 사이에서 너의 소명의 씨앗이 발아한 것일까?

다른 사제들은 체포되거나 살해당했지만 하늘의 보호를 받는 브누아는 이 나라에서 추방되었을 뿐이다. 군사정권에 반대하는 목소리는 귀가 먹먹할 정도의 외침으로 높아져 갔다. 그리고 그 외침을 침묵시킬 야만적인 수단들이 고갈될 때까지 계속되었다.

농장의 어느 금요일, 나는 모임 여성들에게 하랄드를 소개했다. 그들은 금방 그가 천사를 염탐하기라도 하는 듯 쌍안경으로 하늘을 살피던 그 미친 이방인이라는 사실을 알아보았다. 그녀들 중에 여러 사람은 삼베 천에 이어붙인 다양한 천 조각을 수놓아 소박한 태피스트리를 만들었다. 삶의 가혹함, 감옥, 막사 앞의 줄, 평범한 냄비 등의 모양을 본뜬 것이었다. 하랄드는 그 태피스트리가 특별하다고 생각해서 유럽으로 보내기 시작했다. 태피스트리는 유럽에서 잘 팔렸고, 저항 예술 작품으로 갤러리와 박물관에 전시되기까지 했다. 그렇게 생긴 돈이 전적으로 만든 사람들에게 돌아갔다. 그러자 입소문이 퍼져 금방 온 나라에 삼베 자수를 하는 여성이 수백 명에 이르렀다. 당국이 아무리 많은 삼베 직물을 압수해도 계속해서 직물이 더 많이 생기곤 했다. 그러자 정부는 낙천주의가 넘치는 삼베 자수를 장려하는 프로그램을 만들었다. 농민 여성들이 꽃다발을 팔에 안고 아이들이 주위에서 놀고 있는 모습이었다. 그러나 그 태피스트리는 아무도 원하지 않았다.

그날 밤 나는 하랄드에게 그 모임과 다른 단체들에 대해 이야기를 했다. 나는 새로운 삶을 얻었고 내가 기여하는 것은 사막의 물 한 방울 정도라고 느껴진다는 이야기도 했다.

"할 일이 너무 많아요, 하랄드!"

"충분히 하고 있어요, 비올레타. 당신을 찾아오는 모든 사람을 다 도와줄 수는 없어요."

"여성들을 어떻게 보호할 수 있을까요? 열두 살 소녀가 자신의 궁극적인 목표가 가부장제를 타도하는 거라고 하더군요."

"그렇군요. 그러나 지금으로서는 좀 야심 찬 프로젝트지요. 이곳은 먼저 독재 정권을 무너뜨려야 해요."

"내가 해야 할 일은 개별 사례가 아니라 프로그램에 자금을 대는 재단을 만드는 거예요. 법이 바뀌어야 해요……."

나는 품위 있게 살며 손자를 보호하기에 충분한 돈을 남기고, 나머지 재산은 니에베스 재단에 넣었다. 내가 이 세상을 떠날 때 남기는 건 그 재단뿐일 것이다. 기부금은 잘 투자하면 이자도 받으면서 오랫동안 계속 제 일을 할 수 있다. 마일렌 쿠사노비치가 재단을 맡고 있다. 책임자는 카밀로 네가 되어야 할 테지. 너는 내 돈으로 많은 좋은 일을 할 수 있겠지만 재단을 운영해 갈 재능은 부족하고 덜렁대는 성격이기도 하잖니. 신이 다 준비해 주신다는 게 네 이론이지만, 신은 돈 문제에 있어서는 아무것도 준비해 주지 못한다. 네가 그렇게 가난을 택한 것은 매우 칭찬할 만하지만, 다른 사람을 돕고 싶다면 그걸 깨닫는 게 좋다. 헷갈리니까 이야기를 앞서 나가지는 않기로 하자. 그 시기의 마일렌은 아직 사춘기였고 우리 삶에 들어오려면 몇 년 더 남은 상태였다. 너보다 세 살 동생이지만 훨씬 더 똑똑하고 성숙한 아이였지.

너는 산이그나시오 학교의 기숙생이었다. 그곳에서 사제들이 너를 너 자신으로부터 안전하게 지켜줄 거라 생각했다. 어떻게 들키지 않고 그렇게 자주 몰래 빠져나갈 수 있었니? 너는 어릴 때부터 수없이 장난을 치며 내 인내심을 시험했지. 에텔비나가 항상 네 뒷배가 되어주고 보호해 주었다. 나는 너를 통제할 수 없어 기숙사에 들여보냈고. 네가 원망하는 것처럼 너를 떼어내 버리고 싶어서가 아니었다. 너는 네가 저지른 악행을 잊은 모양이다. 도를 넘는다고 생각하게 된 사건이 있었지. 네가 친구와 둘이서 비어 있다고 생각한 집을 털러 들어갔다가 산탄총을 든 여자가 다가와 머리를 쏠 뻔했던 일 말이다. 너는 내가 어떻게 하기를 바랐니? 물론 너를 가톨릭 학교에 기숙생으로 보낼 수밖에. 이제는 체벌도 허용되지 않았다. 애석한 일이었다. 손바닥으로 엉덩이를 몇 번 때려주었더라면 너한테 큰 도움이 되었을 텐데.

다시 하랄드 피스케 이야기로 돌아가 보자. 이 스칸디나비아 사람이 내 남편이 될 거라고 누가 생각이나 했겠니. 나는 젊은 시절에 파비안 슈미트-엥글러와 결혼했다는 사실을 잊었기 때문에 하랄드가 내 유일한 남편이라고 말할 때가 있다. 그 수의사는 나에게 흔적을 남기지 않았고 그와 잠을 잔 기억조차 없다. 전에는 짧고 은밀한 연애들을 기록했다. 이름, 날짜, 상황 등을 적고 1부터 10까지 점수를 매겼는데, 겨우 두 페이지에 불과한 애처로운 목록이라 어느 순간 메모를 그만두었다.

일주일에 여러 번 하랄드와 좋은 친구 사이로 만나 남쪽으로 같이 여행도 하고 거리 시위를 즐기기도 한 지 꽤 오래되었을 무렵, 에텔비나는 그가 나를 사랑한다는 생각을 내 머릿속에 불어넣었다.

"어떻게 그런 생각을 하니, 얘야. 그는 나보다 훨씬 어려. 한 번도 그런 암시를 한 적도 없단다."

"부끄러워서 그럴 수도 있지요." 그녀가 주장했다.

"그는 부끄러워하는 사람이 아니다, 에텔비나. 그는 노르웨이 사람이야. 그의 나라에서는 네가 보는 드라마에서처럼 열정이 폭발하는 경험을 하는 사람이 아무도 없어."

"왜 물어보지 않나요, 부인? 물어보면 의구심이 사라질 텐데요. 물어보면 확실해지잖아요."

"그런데 그게 너와 무슨 상관이니, 에텔비나?"

"저도 이 집에 살고 있으니까요, 안 그래요? 저도 부인의 계획을 알 권리가 있어요."

"나는 계획이 없어."

"하지만 하랄드 씨는 계획이 있을지도 모르지요……."

나는 의심을 지울 수 없었고, 그래서 감춰지지 않는 징후가 있는지 하랄드를 주의 깊게 관찰하기 시작했다. 찾는 사람 눈에는 보인다. 그는 나를 만지기 위해 어떤 구실을 만드는 것 같았고, 강아지 같은 표정으로 나를 바라보고 있는 듯도 했다. 결국 내 마음의 평화가 바닥났다. 내가 제안한 해변의 해산물 식당에서 구운 농어와 화이트와인 한 병을 나눠 먹고 나자 나는 더 이상 불확실성을 참을 수 없었다.

"말해 봐요, 하랄드, 당신이 나한테 가진 의도가 뭐죠?"

"왜요?" 그는 나에게 물었다.

"왜냐하면 나는 예순여섯이고 노년을 생각하고 있기 때문이지요. 게다가 에텔비나가 알고 싶어 해요."

"당신이 나에게 청혼해 주기를 기다리고 있다고 전해 주세요." 그는 윙크하며 대답했다.

"하랄드 피스케, 비올레타 델 바예를 부인으로 원하십니까?" 내가 제안했다.

"경우에 따라 다릅니다. 그 여자는 내가 죽을 때까지 나를 존중하고 순종하고 돌봐준다고 약속하나요?"

"글쎄요, 적예도 당신을 돌봐준다는 약속은 하겠네요."

우리는 우리 자신과 에텔비나를 위해 건배를 했다. 다양한 가능성을 향해 미래가 우리에게 열렸기 때문에 만족스러웠다. 차를 타고 돌아오는 길에 그는 내 손을 잡고 내내 노래를 흥얼거렸다. 한편 나는 그 남자 앞에서 옷을 벗어야 할 순간을 떠올려보며 겁이 났다. 나는 헬스장에 가본 적이 없었다. 팔에는 포동포동 살이 붙고 뱃살은 겹치고 가슴은 무릎을 향해 내려오고 있었다. 그러나 그 순간은 생각만큼 빨리 오지 않았다. 집에서 나쁜 소식이 나를 기다리고 있었기 때문이다.

우리는 산이그나시오 학교의 교장 신부가 에텔비나를 위로하고 있는 것을 발견했다. 그녀는 바로 눈앞에서 네가 붙잡혀 가자 울다 그치다를 반복하고 있었다. 교장 선생님이 네 장난질을 알려온 게 그때가 처음은 아니었다. 학교 마스코트인 거북이한테 똥을 쌌을 때도 너를 퇴학시키겠다고 나에게 위협을 했고, 중앙은행의 파

사드를 거미처럼 기어 올라가 깃대에 매달려 소방관들이 너를 구출해야 했을 때도 마찬가지였다. 그러나 이번에는 훨씬 더 심각한 일이었다.

"카밀로가 또 학교에서 빠져나가 독재에 반대하는 슬로건을 그리고 있다가 순찰대에 걸렸습니다. 다른 소년 둘이 같이 있었는데 그 아이들은 우리 학생이 아니었어요. 그 아이들은 도망갔는데 부인의 손자는 스프레이 페인트 통을 손에 든 채 붙잡혔습니다. 비올레타 부인, 우리는 그 애가 어디로 잡혀갔는지 알아내기 위해 사방으로 수소문하고 있어요. 곧 정보를 좀 구할 수 있을 겁니다." 교장 신부가 말했다.

나는 정신이 나갔다. 정신 나갔다는 사실을 인정하지 않을 수가 없다. 경찰의 수법은 잘 알려져 있었고, 내 손자가 미성년자여도 그게 감경의 이유가 되지 않을 터였다. 내 재단을 통해 들은 끔찍한 이야기들과 나우엘 동굴 희생자들의 기억이 순식간에 내 눈앞에 줄줄이 떠올랐다. 그들은 겨우 몇 시간 안에 너를 엉망으로 만들어놓을 수도 있었다.

네가 저지른 어리석음을 절대 용서하지 않겠다, 카밀로. 너는 멍청한 녀석이었고 나를 심장마비로 죽일 뻔했다. 아직도 생각하면 화가 나는구나. 전적으로 무책임한 행동이었다. 너는 탄압이 어떻게 일어나는지 알고 있었다. 그런데도 또 그런 못된 장난을 벌이고 대가를 치르지 않을 수 있다고 생각했던 것이다. 너는 '조국의 구원자 기념비'의 대리석 기단을 골라 검은색 페인트로 공격하기로 했다. 그 기념비는 가장 순수한 제3제국 스타일의 괴물 같은 동상으로, 수도의 하늘로 연기를 피워 올리는 영원한 횃불로 장식되어 있었다. 나는 그게 네 아이디어가 아니라 친구들 아이디어라고 생각하고 싶다. 너는 교장 선생님에게도 나에게도 그 누구에게도 그들의 이름을 고백하지 않았다. 알베르 브누아 신부의 마을 사람들이라고 비밀스럽게 말한 게 전부였다. 너는 경찰들에게 얼굴을 심하게 맞았지. "다른 사람들은 누구였지?" "어디서 만났어?" "그들 이름! 이름을 대, 이 애송이 자식아!"

그런 상황에서 나는 훌리안 브라보가 옆에 있었다면 목숨이라도 바쳤을 것이다. 네 할아버지는 무한한 자원과 인맥을 가진 사람이었다. 예전 같았으면 훌리안은 어떻게 해야 할지, 누구에게 도움을 청해야 할지, 누구에게 뇌물을 주어야 할지 알았을 것이다. 그러나 그는 권력을 잃고 파타고니아에 있는 대농장에서 세상과 떨어져 살고 있었다. 그가 내 전화에 응답하고 여전히 정부쪽에 조금의 접점이 있다 하더라도 제때 도착할 수는 없었을 것이다. 나는 사제관의 변호사에게 도움을 받을 수 있는지 알아보기 위해 교장 신부와 함께 성당으로 갔다. 초조함이 극에 달한 나는 교장 신부가 서식을 작성하는 동안 낭비되는 시간을 세느라 조바심으로 죽을 지경이었다.

"힘을 내세요, 부인, 시간이 좀 걸릴 수 있습니다……"

그는 무언가 설명하려고 했지만 나는 알아듣지 못했다. 절망적인 상태였다.

한편 그사이에 하랄드 피스케도 행동에 나섰다. 다른 여러 외교 본부들과 마찬가지로 노르웨이 대사관도 정부의 감시하에 있었다. 그 정권에서 도망친 사람들에게 여러 해 동안 피신처를 제공했기 때문이다. 노르웨이를 대표하는 하랄드는 별로 영향력이 없었지만, 그는 미국 대사를 친구로 두고 있었다. 그와 미국 대사는 같이 산악자전거를 타는 사이였다. 그 무렵 독재 정권은 쇠약해지고 세계정세도 변하고 있었기 때문에 정부는 더 이상 미국의 무조건적 지원을 받지 못했다. 평판이 나쁜 정권을 지원하는 것은 도움이 되지 않았다. 미국 대사는 우리나라의 민주주의 회복을 위한 기초를 마련하라는 비밀 임무를 받고 있었다. 물론 조건부 민주주의였다.

"그 아이는 내 연인의 아들입니다. 어리석은 짓을 했지만 테러리스트는 아닙니다." 하랄드가 미국 대사에게 말했다.

사실 너는 내 손자이고 내가 아직 그의 공식적인 연인도 아니었으며 너는 두 살 때부터 이미 테러리스트였지만, 그런 세부적인 것은 별로 중요하지 않았다. 미국 대사는 중재해 주겠다고 약속했다.

네가 경찰의 손아귀에 있었던 이틀이 아주 선명히 기억날 거라 생각한다. 나는 그 끔찍한 이틀의 1분도 잊히지 않는다. 네가 보안국으로 옮겨갔더라면 그 시간이 영원이 되었을 테니. 그 은혜로운 미국 대사도 보안국에서는 너를 빼내지 못했을 거다. 그들은 의식을 잃은 너를 구타했다. 만약 델 바예라는 성도 아니고 산이그나시오 학교 학생도 아니었다면 구타는 끝없이 이어졌을 거다. 경찰서 유치장에도 사회 계급이 작동하고 있었다, 카밀로. 네가 기념비에 페인트칠을 같이 하던 그 두 아이가 아니었음을 감사해라. 그 아이들이었다면 훨씬 더 무자비한 일을 겪었을 것이다.

너는 한이 될 정도로 참혹한 모습으로 풀려났다. 얼굴은 호박처럼 퉁퉁 붓고 눈은 검붉게 물들어 있었으며 셔츠는 피투성이가 되고 온몸에 멍이 든 상태였다. 에텔비나는 너에게 얼음찜질을 해주고, 사랑의 키스를 하면서도 어리석다고 볼을 꼬집어 주었다. 그러는 동안 교장 신부는 내 손자에게 문제가 너무 많다고 설명했다. 행동거지가 불량하고 숙제도 하기 싫어해서 성적이 좋지 않다고 했다.

"카밀로는 음악 선생님 가방에 쥐를 집어넣기도 하고, 병에 든 변비약을 선생님 밥에 들이부은 적도 있습니다. 화장실에서 마리화나를 피우고 초등학생들 사이에서 음란 사진을 추첨으로 뽑아 나눠주다 적발되기도 했어요. 요컨대, 손자를 사관학교에 보내는 게 좋겠습니다……."

"그건 당신들 잘못입니다!" 나는 큰 소리로 교장의 말을 끊었다. "그 아이가 마리화나와 변비약, 여자 누드 사진을 어떻게 구했겠어요? 그 기숙사에서는 누가 아이들을 지켜보나요?"

"거긴 감옥이 아니라 학교입니다, 부인. 학생이 비행 소년이 아니라는 전제에서 출발하지요."

"신부님, 카밀로를 쫓아내시면 안 돼요." 나는 태도를 바꾸며 애원했다.

"제가 우려하는 건, 부인⋯⋯."

"내 손자는 마르크스주의자에 무신론자가 되어가고 있어요⋯⋯."

"무슨 말씀이신가요?"

"들은 그대로입니다, 신부님. 마르크스주의자와 무신 론자요. 지금 어려운 나이니까 영적인 인도가 필요해요. 사관학교 교관은 그런 일을 해줄 수 없어요, 그렇지요?"

교장 신부는 나를 죽일 듯한 표정으로 쳐다보았다. 한참을 그러고 있더니 기분 좋게 웃음을 터뜨렸다. 그는 너를 퇴학시키지 않았다. 나는 그게 우리의 운명을 결정 한 갈림길이 아니었을까 종종 생각해 보고는 했다. 산 이그나시오 학교에서 쫓겨났으면 아마 성직자가 아니라 무신론자에 마르크스주의자가 되었을 테니 말이다. 그 랬다면 평범한 남자가 되었을 테고 내 마음에 꼭 드는 아가씨랑 결혼해서 증손자도 몇 명 안겨주었을 테지. 아 무튼 꿈 꾼다고 돈이 드는 건 아니잖니.

25장

　1980년대 말에는 세계도 우리나라도 우리의 삶도 많이 변화했다. 1989년 베를린 장벽이 무너졌고 우리는 텔레비전에서 28년 동안 독일을 갈라놓은 장벽을 하룻밤에 망치로 부수는 베를린 시민들의 행복감을 목격할 수 있었다. 얼마 지나지 않아 미국과 소비에트 사이의 냉전이 공식적으로 종식되었고, 어떤 나라는 평화를 희망하며 안도의 한숨을 내쉬기도 했지만 그 시간은 너무 짧았다. 항상 어딘가에는 전쟁이 존재한다. 몇 가지 슬픈 예외를 제외하고, 오래 고통을 겪어온 우리 대륙은 최근에 와서 과거의 족벌, 혁명, 게릴라, 군사쿠데타, 폭정, 암살, 고문, 대량 학살의 역병으로부터 치유되기 시작했다.

　이곳에서 폭력이나 소음 없이, 다함께 힘을 합쳐 아

래에서 위로 올려붙이자 독재는 자기 무게를 못 이기고 추락했다. 어느 날 우리는 새로운 민주주의와 함께 아침을 맞았다. 젊은이들은 경험한 적이 없고 우리 어른들은 잊고 있었던 그 민주주의였다. 우리는 기쁨에 넘쳐 거리로 나갔고, 너는 친구가 많은 그 마을로 며칠 동안 사라졌다. 마을 사람들은 알베르 브누아를 환영하기 위한 파티를 준비하고 있었다. 신부는 귀화한 땅으로 돌아올 순간을 기다리면서 프랑스에서 한 번도 짐 가방을 풀지 않았다. 신부가 탱크와 총알 앞에 두 팔을 벌리고 서서 지켜낸 바로 그 사람들이 그를 영웅으로 환영해 주었다. 너처럼 돌로 무장하고 신부와 함께 행진하던 그 수염도 나지 않은 어린 소년들이 이제 어른이 된 경우도 있었지만 브누아 신부는 한 사람 한 사람 모두 이름을 기억하고 있었다.

처음에는 과도기 정부가 있었다. 몇 년 동안 제한적이고 신중한 민주주의가 지속되어야 했다. 민주주의는 독재 정권의 선전 선동이 예언했던 식의 혼란을 가져오지 않았다. 추악한 방식으로 경제 시스템의 혜택을 입은 사람들은 여전히 힘을 갖고 있었다. 아무도 자기가 저지른 범죄에 대해 대가를 치르지 않았다. 어둠 속에서 살아남은 정당들이 등장했고 새로운 정당도 등장했다. 죽은 줄 알았던 제도와 기관이 되살아났고, 우리는 군을 자극하지 않도록 최대한 분란을 일으키지 않겠다는 암묵적 합의를 받아들였다. 독재자는 추종자들의 환호와 우파의 응원을 받으며 조용히 집으로 돌아갔다. 언론은 검열의 무게를 떨쳐버렸고 그러자 우리는 지난 몇 년의 가장 잔혹했던 사건들을 조금씩 알게 되었다. 과도 정부의 슬로건은 망각의 망토로 과거를 덮고 미래를 건설하자는 것이었다.

언론의 자유가 생기자 방송을 탄 비밀 중에는 콜로니아 에스페란사 이민촌의 이면이 있었다. 그곳이 수년 동안 군대의 보호를 받았다는 사실이 마침내 정부에 의해 공개되었다. 그곳은 정치범들을 대상으로 의학 실험을 하는 비밀 감옥이었고 많은 사람이 처형당했다. 대장은 무사히 탈출했고, 나는 그가 죽을 때까지 스위스에서 평화롭게 살았다고 생각한다. 내가 무슨 말을 하는지 알겠니, 카밀로? 나쁜 놈들은 운이 좋다. 사실 그것은 엄청난 추문이었다. 몇 년 전 독일에서 발표된 내용을 통해 이민자들, 심지어 어린이들도 테러 체제의 희생이 되었다는 사실이 드러났기 때문이다.

파비안 슈미트-엥글러를 포함하여 그 악명 높은 이민촌과 관련된 몇몇 사람들이 텔레비전에 나왔다. 그는 내 젊은 시절의 남편과 많이 달라져 있었다. 일흔여섯이 된 그는 살이 쪘고 머리카락이 거의 남지 않았다. 이름이 명시되지 않았다면 알아보지 못했을 것이다. 방송에서는 남부의 성공한 농장주이자 호텔 경영주라는 왕조를 세운 존경받고 명예로운 슈미트-엥글러 가문이라고 말했다. 파비안은 이민촌과 군의 보안 기관 사이의 연결 고리 역할을 했지만 이민촌 안에서 일어난 잔혹 행위를 알지 못했고, 그래서 특별히 중죄로 기소되지 않았다고 했다. 나는 훌리안 브라보와 그의 미심쩍은 비행에 대한 정보를 찾기 위해 사방으로 알아보았지만 그런 정보는 남아 있지 않았다. 텔레비전에서는 포로를 수송하는 군용 헬리콥터 얘기만 있었을 뿐 훌리안이 조종한 개인 비행기에 대해서는 아무런 언급이 없었다.

나는 더 이상 파비안의 소식을 듣지 못했고, 2000년 그가 세상을 떠나고 신문에서 부고를 읽게 되었다. 그는 아내와 두 딸, 여러 명의 손주를 남겼다. 신문에 따르면 두 번째 부인과도 자식이 없었기 때문에 두 딸을 입양했다. 그가 나와는 가질 수 없었던 가족을 이루고 살 수 있어서 다행이다.

후안 마르틴은 정치적 변화를 축하하기 위해 아내와 손주들을 데리고 찾아왔다. 그 무시무시했던 블랙리스트는 더 이상 존재하지 않았다. 그의 계획은 한 달 동안 머물면서 북쪽과 남쪽으로 옮겨가며 최고의 관광을 즐기는 것이었다. 그러나 두 주가 되기도 전에 자신이 더 이상 이곳에 속한 사람이 아니라는 것을 깨닫고는 노르웨이로 돌아갈 구실을 찾았다. 그 애는 노르웨이에서 여러 해 동안 이방인이라고 느끼고 살았었다. 그러나 두 주 만에 망명자의 향수병은 치유되었고, 조국이 자신을 버렸을 때 자신을 환영해 준 곳에 영원히 뿌리를 내리고 살겠다는 마음을 먹게 되었다. 그 이후에도 몇 번 우리를 보러 왔는데 항상 혼자 왔다. 아내와 아이들은 하랄드 피스케만큼 이 나라에 깊은 인상을 받지 못했던 것 같다.

그즈음에는 내 인생도 바뀌어 여정의 또 다른 시기로 접어들고 있었다. 안토니오 마차도[1]의 시구에 따르면 "길은 없다, 길은 걷는 것으로 만들어진다." 그러나 나의 경우 길을 걷는다기보다 오히려 좁고 구불구불 이어지다가 종종 덤불 속으로 사라지는 길을 따라 비틀거리며 가는 기분이었다. 도중에 아무것도 없었다. 나는 물질적 구속에서 벗어나 새로운 사랑을 안고 가벼운 마음으로 70대를 맞이했다.

하랄드 피스케는 그 단계의 이상적인 동반자였다. 나는 노년에도 젊었을 때와 같은 강렬함과 열정으로 사랑에 빠질 수 있다는 사실을 충분히 알게 되었다. 유일한 차이점은 절박함이 있다는 것이었다. 말도 안 되는 일에 시간을 낭비할 수 없었다. 질투, 싸움, 조바심, 편견, 그 외 관계를 오염시키는 방해 요소들을 버리고 하랄드를 사랑했다. 나에 대한 그의 사랑은 차분했고, 내가 훌리안 브라보와 나눈 끊임없는 드라마와는 매우 달랐다. 그가 외교관직에서 은퇴했을 때 우리는 사크라멘토에 살기로 선택했다. 사크라멘토에서는 평화로운 생활을 영위할 수 있고 시골 공기를 마시기 위해 농장도 자주 방문할 수 있었다. 파쿤다가 죽은 후 딸 나르시사가 농장

---

1 Antonio Machado(1875~1939). 20세기 초 스페인의 대표 시인. 1898년 미서전쟁에서 스페인이 패한 후 등장한 98세대의 한 사람으로, 「카스티야 벌판」이라는 작품을 통해 스페인의 대지에 대한 애정을 표현하고 스페인의 기상을 고무시키고자 했다.

을 관리했다. 나는 수도에 있는 집을 임대로 내주었다. 다시 그 집에 돌아가 살지 않았기 때문에 나중에 지진으로 집이 무너졌을 때도 별로 상심하지는 않았다. 지진이 일어났을 때 다행히 세입자는 휴가 중이었고 잔해에 깔린 사람은 없었다.

나는 사크라멘토에 오래된 집을 샀다. 하랄드는 그 집의 여러 가지 결함을 고치면서 즐겁게 시간을 보냈다. 그는 가족 목공소에서 아버지와 할아버지를 도우며 자랐다. 10대 때 그의 첫 직업은 조선소의 용접공이었고, 새 관찰하는 것 다음가는 그의 취미는 배관을 손보는 것이었다. 그는 식기 세척기 아래에서 몇 시간 동안 행복한 시간을 보냈다. 그는 전기는 거의 알지 못했지만 즉석에서 작업했으며 딱 한 번 감전사할 뻔했다. 그는 갈라진 손톱과 건조하고 붉은 피부의 못이 배긴 손, 즉 '노동자의 손', '정직한 손'을 자랑스럽게 생각했다.

민주주의의 회복과 함께 우리 재단의 지원을 받은 여성 단체 몇 곳은 군인 정신의 남성중심주의 무게를 떨쳐버리고 번성하여 오늘날까지 이어지고 있다. 그 단체들 덕분에 이제 이혼이 가능하며 중절에 관한 법률도 제정되었다. 우리가 전진하고 있는 것은 사실이지만, 앞으로 두 걸음 나아갔다가 뒤로 한 걸음 물러나는 식의 게걸음 같은 속도다.

재단은 마침내 사명을 찾았다. 나는 처음에는 별 전략 없이 돈을 나눠주곤 했는데, 나중에는 중점 목표를 정해 운영할 수 있었다. 내가 죽은 후에도 계속 이 목표대로 진행되기를 바란다. 그것은 가정 폭력 예방과 퇴치라는 목표다. 에텔비나의 여동생 수사나라는 젊은 여성에게서 영감을 받은 것이었다. 내가 누구 얘기를 하는지, 카밀로 너도 알 거다.

파쿤다의 딸인 나르시사는 젊었을 때 여러 남자와의 사이에 여러 자녀를 두었고, 또 다른 사랑을 찾아 떠나는 동안 어머니에게 양육을 맡겼다. 그녀는 그 남자들 중 하나와 있다가 군사쿠데타를 맞았고 그래서 두세 달 동안 보이지 않았다. 그녀는 이전에 여러 번 그랬던 것처럼 임신한 채 혼자 다시 나타났고, 때가 되자 수사나라는 딸을 낳았다. 나는 그 아이가 농장에서 할머니의 보호 아래서 언니 오빠들에게 둘러싸여 있는 것을 여러 번 보았다. 한 경찰관과 함께 나우엘에서 30킬로미터 떨어진 마을로 떠날 때 그 애는 이제 막 열여섯이었다. 그래서 나는 파쿤다를 통해서 소식을 들은 게 전부였다. 파쿤다는 그 경관이 카자크인처럼 술을 마셔대고 손찌검을 하기 때문에 손녀가 비참한 삶을 살았다고 말했다. 그녀는 열여덟 살쯤 되었고 이미 뺨을 많이 맞아서 치아도 몇 개 잃었다.

어느 날 한 여자가 아기, 그리고 기저귀를 차고 제대로 걷지도 못하는 어린 여자아이를 데리고 산타클라라를 찾아왔다. 여자는 파쿤다와 나르시사에게 아이들을 돌봐 달라고 부탁했다. 그 아이들은 당시 팔이 부러지고 갈비뼈도 여러 개 부러져 병원에 입원해 있던 수사나의 아이들이었다. 남편은 그녀를 맹렬하게 비난하더니 느닷없이 발길질을 했다. 수사나가 병원에 입원한 것은 그때가 처음이 아니었다. 그 주에 우연히 농장에 머무르고 있던 나는 그 여자를 통해 수사나의 이야기를 듣게 되었다. 그녀는 수사나의 비명이 들리자 다른 이웃들에게 전화를 걸었고, 프라이팬과 빗자루로 무장한 여성들이 무리를 지어 수사나를 구하러 들어갔다고 했다.

"우리는 모두 스스로를 지켜야 합니다. 항상 준비하고 있지만 가끔은 소리가 들리지 않아 늦을 때도 있어요." 그녀는 덧붙였다.

나는 파쿤다와 함께 수사나를 찾아갔다. 우리는 다인실에서 한쪽 팔에 깁스를 한 그녀가 머리에 충격을 입어 베개도 베지 못한 채 침대에 누워 있는 것을 발견했다. 의사는 자기 일 중에서 최악이 응급실에 연달아 들어오는 가정폭력 피해자를 치료하는 것이라고 했다.

"어느 날 문득 병원에 다시 오지 않기도 합니다. 수많은 여성이 남편, 애인, 때로는 아버지에게 살해되지요."

"경찰은요?"

"손 놓고 있어요."

"수사나를 때린 사람이 바로 경찰이에요."

"그런 경우는 죽인다 해도 남자는 별 탈 없어요. 정당방위였다고 하겠지요." 의사가 한숨을 쉬었다.

그때까지 나는 몇 년 동안 여성 단체에서 일해 왔던 터라, 초기에 그랬듯이 현실을 비난하는 대신 도움이 될 방법을 찾는 겸손함을 얻었다. 단체의 여성들은 경험이 있었고 해결책을 제시할 수 있었다. 내 역할은 그들이 요청하는 대로 모두 제공해 주는 것이었다. 그러나 파쿤다의 손녀이자 에텔비나의 동생인 수사나의 경우, 내 피는 평소보다 더 끓어올랐다. 나는 판사를 만나보러 사크라멘토로 갔다. 그는 호세 안토니오의 친구였다. 나이는 오빠보다 제법 어렸다.

"수색 영장 없이는 경찰의 집에 들어갈 수 없어요, 비올레타." 내가 무슨 일이 일어났는지 설명하자 그가 대답했다.

"누군가를 잔인하게 때려도요?"

"과장하지 말고요, 비올레타."

"우리가 세계적으로 가정폭력이 가장 많은 나라에 속한다는 사실을 알고 있나요?"

"대부분 그것은 가정 내의 사적인 문제이고 공적 질서와 관련이 없습니다."

"구타로 시작해서 살인으로 끝난다고요!"

"그럴 때는 법이 개입하지요."

"알겠어요. 접근 금지 명령을 내리려면 저 타락한 인간이 수사나를 죽일 때까지 기다려야 한다는 거지요. 지금 당신 말이 그렇잖아요?"

"진정해요. 내가 개인적으로 알아볼게요. 가해자가 강력한 문책을 받아 경찰에서 쫓겨날 수 있는지 말입니다."

"만일 당신 딸이나 손녀라면 그가 풀려나서 다시 그녀를 공격할 수 있다는 것을 알면서도 안심할 수 있어요?"

그 남자가 아이들을 만난다는 구실로 농장에 나타났을 때 수사나는 아직 병원에 있었다. 그는 아이들이 너무 보고 싶어서 왔다고 했다. 제복을 입고 벨트에 권총을 차고 있었다. 그는 수사나가 매우 굼뜨다 보니 사다리에서 떨어졌다고 둘러댔다. 파쿤다와 나르시사는 그가 아이들을 만나는 걸 허용하지 않았고 거친 말로 쫓아냈다. 그 남자는 다시 올 거라고, 자기가 어떤 사람인지 보여주겠다고 맹세하며 떠났다. 나는 판사의 약속은 순전히 나를 사무실에서 내보내려는 임시방편이었다는 걸 깨달았다.

"수사나는 지금 당장 그 남자를 떠나야 해요. 폭력은 항상 갈수록 심해지니까." 나는 파쿤다에게 말했다.

"모험하지 마, 비올레타. 그 남자는 내 딸과 아이들도 죽이겠다고 협박했어."

"숨겨두어야겠어요."

"어디에?"

"내 집에요, 파쿤다. 수사나가 퇴원할 때 내가 데리러 갈게요. 아이들을 채비해 줘요."

나는 깡마르고 깁스를 한 채 겁에 질린 수사나와 그녀의 두 아이를 에텔비나가 기다리고 있는 우리 집으로 데려갔다. 가는 길에 나는 나 자신의 역사를 반성하는 시간을 가졌다. 나는 훌리안 브라보의 학대를 '가정폭력'이라고 부르지 않았고 오히려 '사고'라는 핑곗거리를 찾아주었다. 그가 과음하는 바람에 손이 올라간 거라고, 내가 그를 자극했다고 생각했고, 그가 무슨 문제가 생겨서 나한테 화풀이를 했지만 이제 용서를 빌고 다짐을 하고 있으니 다시는 같은 일이 되풀이되지 않을 거라는 식으로 여겼다. 내가 그에게 매인 게 하나도 없고 그를 필요로 하지도 않았으며 자유로웠고 혼자인 채로 지냈지만, 그 학대를 끝장내는 데 몇 년이 걸렸다. 두려움 때문이었던가? 그렇다, 두려웠다. 그러나 불안, 정서적 의존, 타성, 침묵의 규율로 인해 나에게 일어나고 있는 일을 이야기할 수 없었다. 나는 나 자신을 고립시켰다.

에텔비나는 동생 수사나가 운 좋게도 우리 집에서 안전하게 지내고 있지만, 빠져나오지 못한 수백만 명의 여성이 있다는 걸 알려주었다. 니에베스 재단은 여기저기 흩어져 있는 학대 피해 여성을 위한 쉼터 몇 곳에 자금을 지원하고 있었다. 그러나 훨씬 더 많은 조치가 필요했다. 나는 보호소를 하나 운영하고 있고 그래서 돌보고 있는 피해자들의 상황을 잘 알고 있는 한 여성과 이야기를 나누었다. 그 결과 우리는 보호소를 몇 배로 늘려도 충분하지 않겠다는 결론에 도달했다. 그녀는 여성에 대한 폭력은 공공연한 비밀이어서 모두가 알도록 들춰낼 필요가 있다고 했다.

"비올레타, 고발하고 알리고 교육하고 보호하고 죄지은 자를 처벌하고 입법화하는 것이 우리가 해야 할 일이에요."

카밀로, 그렇게 해서 나는 재단에 구체적인 임무를

부과하게 되었다. 그래서 '제3의 인생'이라고 불리는 시기에도 나는 여전히 활동적이고 열정적일 수 있었다. 지금은 그 일이 정의에 불타는 10대 소녀였던 마일렌 쿠사노비치의 임무다. 그 소녀가 여가 시간을 페미니스트 활동에 바치는 동안 너는 침을 흘리며 슈퍼마켓 여직원의 꽁무니를 쫓아다니고 있었지. 네가 얼마나 나를 골치 아프게 했는지 모른다, 카밀로!

그 빌어먹을 경관에게서 며칠 동안 피해 있을 계획으로 우리 집에 온 수사나와 그녀의 아이들은 몇 년 동안 우리와 함께 지내게 되었다. 그 남자에게 붙잡힐 수 있으니 나우엘로 돌아가는 것은 위험했기 때문이다. 하랄드는 수사나의 새 치아 비용을 내주었다. 그녀가 더 이상 손으로 입을 가리지 않고 이를 훤히 드러내 웃을 수 있게 되었을 때 우리는 그녀가 할머니 파쿤다의 어린 시절과 매우 닮았다는 사실을 발견했다. 수사나는 또 할머니의 진지함과 체력도 물려받았다. 그녀는 트라우마에서 회복되고 딸을 유치원에 보낼 수 있게 되자마자 재단 보호소 중 한 곳에서 일하기 시작했다. 에텔비나는 카밀로 네가 어릴 때 쏟아주던 그 애정으로 아기를 돌보았다. 지금 그 소년은 서른 살이 되었고 생물학 교사다. 그 경찰이 어떻게 되었는지는 전혀 모른다. 그저 망각 속으로 사라졌다.

26장

너는 산이그나시오 학교를 반에서 꼴찌로 졸업했지만
최고의 동급생 상을 받았다. 교장 신부가 총애하는 학
생이 되었고, 신부님과 일대일로 마주 앉아 신과 인생에
대해 토론하기도 했다.

"비올레타, 당신 손자는 나를 미치게 만들 때도 있지
만 그를 높이 평가합니다. 나에게 도전할 줄도 알고 웃
게 해주기도 하거든요. 최근에 무슨 일이 있었는지 아십
니까? 그 아이 말이 신이 존재한다 하더라도 그건 사실
이 아니라 의견일 뿐이고, 그래서 자신은 마르크스주의
자가 될 거라고 하더군요. 내년에는 그 아이가 학교에
없다는 게 애석합니다." 교장 신부는 그렇게 말했다.

그 나이에 너는 신이나 인생에 대해 아무것도 몰랐
다. 오히려 여자에 대해 많이 알고 있었던 모양이다. 너

는 어릴 때부터 항상 멜로드라마에 나올 법한 강렬한 감정을 품고 있었다. 아홉 살 때 너는 열일곱 살 이웃 소녀에게 마음을 받아주지 않으면 죽어버리겠다고 협박을 하기도 했다. 네가 내 다이아몬드 반지를 훔쳐 선물로 갖다 주기 전까지 그 소녀는 네 존재조차 몰랐는데 말이다. 너도 그녀가 기억나겠지. 부끄러워 얼굴이 빨개진 가엾은 소녀는 나에게 반지를 돌려주러 찾아왔다.

"카밀로가 졸업하면 저랑 결혼하겠다고, 기다려달라고 부탁했어요." 그녀가 나에게 털어놓았다.

사랑에 대한 심각한 환멸 이후 너는 격주로 여자 친구를 바꿨다. 에텔비나는 그녀들을 모두 너한테서 쫓아버렸다. "이 집에 거리의 여자는 데려오지 마라, 카밀리토!" 양말을 챙겨 신은 교복 차림의 소녀들을 보고도 그녀는 그렇게 말했다.

산이그나시오 학교를 졸업하고 기계 공학을 공부하기 위해 대학에 들어갔을 때 너는 나이가 두 배나 많은 여자와 사랑에 빠졌다. 너는 연상의 여자를 좋아했지. 다행스럽게도 나는 이름이 기억나지 않는데 너도 기억나지 않았으면 좋겠구나. 너는 그녀와 결혼하려고 했었다. 에텔비나가 제대로 표현한 대로 아직 코도 혼자서 못 푸는 녀석이 말이다. 남편과 헤어지고 10대 자녀를 둔 슈퍼마켓 매니저였는데, 나는 솔직히 그녀가 너한테서 무얼 기대한 건지 모르겠다. 아마 누더기 같은 옷을 입고 머리를 기른 너 같은 꼬맹이에게 눈독을 들일 만큼 궁핍했을 것이다. 글쎄, 너는 지금도 마찬가지지만.

나는 그 문제에 개입해야만 했다. 니에베스와 약속한 대로 항상 너를 보호하는 게 내 의무였기 때문이다. 먼저 그 여성에게 이유를 들어볼 생각으로 슈퍼마켓으로 가보았다. 그녀는 육류 코너 뒤에 있는 쪽방에서 나를 맞았다. 꽤 평범한 사람이었다. 그러나 제발 내 손자를 만나지 말라고, 터무니없는 불량배이자 바람둥이에 알코올중독자, 도둑, 폭력적인 성격의 아이라고 경고했을 때 그녀는 정중하게 행동했다.

"알려주셔서 감사합니다, 델 바예 부인. 제가 고려해보겠습니다." 그녀는 그렇게 대답하며 나를 조심스럽게 문 쪽으로 안내했다.

슈퍼마켓 여자가 내 말을 듣지 않았기 때문에 나는 너를 방학 때 노르웨이에 보내기로 후안 마르틴과 정해두었다. 그곳에 가면 스칸디나비아 아가씨에게 정신이 팔리지 않을까 하는 생각에서였다. 여름에 그곳의 연어 사업장에서 너를 받아주기로 한 제안은 네 장점을 꿰뚫고 있는 하늘에서 뚝 떨어진 게 아니었다. 우리가 그렇게 둘러대니 너도 그대로 믿기는 했었다. 사실 그건 하랄드가 어렵게 구해준 일이었다. 네가 아무 데도 쓸모가 없는 말썽꾸러기라는 걸 스스로 돌아볼 만한 기회가 필요했기 때문이다. 내 계획은 가능한 한 오랫동안 너를 그곳에 붙들어두는 것이었다. 그리고 내 뜻대로 되었다. 그러나 네가 기계 공학에서 멀어지게 되는 계기가 될 줄은 생각하지 못했다. 너는 네 모계 혈통을 통해 기계를 좋아하는 성향을 물려받았다. 전에도 말했지만 필라르 이모는 기계의 천재였다. 기계가 고장 나면 고치기도 했고 직접 발명을 하기도 했다. 그녀는 병 건조 장치를 발명했는데, 그것은 선사시대 화석 모양의 거대한 공중 조각품이었다. 이모는 혈통의 복잡한 연결고리를 통해 너에게 자신의 재능을 물려주었다. 덕분에 너는 기도보다 더 선한 일을 많이 할 수 있었다. 네가 쓰레기장 같은 너의 공동체에서 많은 쓰임이 되었던 일 말이다.

이유는 정확히 기억나지 않지만 수천 명의 여성이 여러 도시의 거리로 나가 행진을 하게 되었다. 아마 계부의 아이를 임신한 열한 살 소녀가 중절 치료를 거부당해 출산하던 중에 사망한 사건 때문이었던 것 같다. 그즈음에는 거리 행진에 참가하는 게 별로 위험하지 않았다. 그날 나는 군중 속에서 마일렌 쿠사노비치를 만났다. 나는 그녀를 알아보지 못했다. 그 비쩍 마르고 못생긴 꼬맹이였던 아이가 그룹 선두에서 깃발을 흔들며 행진하는 아마존 여전사로 변해 있었다.

"비올레타! 저예요, 안톤의 딸!" 그녀는 나에게 큰 소리로 인사했다.

그녀는 한편으로는 나를 또래 친구인 듯 친근하게 대해주고 또 한편으로는 노쇠한 할머니가 시위에 참가했다는 듯이 격려의 말을 하기도 했다.

그날 이후로 나는 그녀를 눈여겨보았다, 카밀로. 네가 신부가 되기로 하기 전에 내 원래 생각은 너를 그녀와 결혼시키는 것이었다. 그러나 이제는 네가 사제복을 벗고 신에 대한 정절을 저버리지 않는 한 그녀가 너의 가장 친한 친구라는 걸로 만족해야겠지. 그런데 정절은 걸림돌이다. 전에는 존경심을 불러일으키는 것이었지만 지금은 의구심이 든다. 누구도 자기 아이를 사제와 둘만 있도록 놔두지 않는다. 이 나라에 3백 명의 소아성애 사제가 있다는 게 확인되었다. 나는 마일렌에게 차를 마시러 오라고 초대했다. 그녀를 너에게 소개하기 전에 확인해 보기 위해서였는데, 그 당시의 관행이었다. 하랄드가 친구 몇 명과 낚시하러 갔기 때문에 우리끼리만 얘기할 수 있었다. 그런데 나는 불행한 물고기를 잡아서 미늘을 뽑고 입에 상처가 난 그대로 다시 물에 던지는 그 잔인한 스포츠가 용납이 안 된다. 아무튼 이야기가 옆으로 샌 것 같은데, 다시 마일렌 이야기로 돌아가 보겠다.

나는 거리 행진에서 보았던, 고함을 지르고 땀에 젖어 있던 젊은 아가씨를 기다리고 있었다. 그런데 그녀는 나에게 좋은 인상을 주려고 애를 쓴 모양이었다. 막 감은 머리에 화장을 하고, 위쪽은 꽉 조이고 아래쪽은 헐렁한 디자인의 당시 유행하던 세일러팬츠를 입고, 흰색 플랫폼 부츠를 신고 있었다. 에텔비나는 머랭 케이크를 준비했고 손님은 칼로리에 신경 쓰지 않고 여러 조각을 계속 받아먹었다. 그런 모습을 보고 그녀가 내 손자와 어울리는 여자라고 확신하게 되었다. 나는 행복하게 살이 찌는 사람을 좋아한다.

나는 그녀가 심리학을 공부하고 있고 졸업이 3년 남았다는 것을 알게 되었다. 그녀는 나에게 심리 상담을 받은 적 있는지 물었다. 나는 그 질문이 무례하기보다 단지 전문가적인 호기심에서 나왔다고 생각했다. 그녀가 닥터 레비를 알고 있다는 사실을 알게 되었다. 학교의 전공 서적이 레비가 쓴 책이었던 것이다. 그녀는 내가 닥터 레비를 개인적으로 알고 있다는 사실에 매우 놀라워했다. 그는 그녀가 태어나기 전에 죽었다. 그 순간 그녀는 내 나이를 헤아려보고 내가 피라미드만큼 나이가 든 사람이라는 결론을 내렸다. 그러나 친구처럼 대하는 그녀의 말투는 변함이 없었다.

나는 기회를 보다가 그녀에게 내 손자 이야기를 했다. 좋은 감수성과 확고한 원칙을 지녔으며 잘생기고 근면하며 매우 똑똑하고 멋진 청년이라고 했다. 마일렌에게 케이크를 한 조각 더 잘라주던 에텔비나는 나이프를 공중에 든 채 대체 누구를 말하는 거냐고 물었다. 나는 마일렌에게 카밀로가 노르웨이에서 멋진 직장에 다닌다고 했다. 연어 내장을 제거하는 일이라는 구체적인 내용은 쏙 빼고 말이다. 노르웨이에 가기 전에 공학 공부를 시작했고 귀국하면 학위를 마칠 계획이며, 곧 나를 보러 사크라멘토로 올 거라고 덧붙였다.

"네가 그 아이를 만나봤으면 좋겠구나." 나는 심상한 어조로 말했다.

에텔비나는 비꼬는 듯 코웃음을 치며 주방으로 갔다.

안톤 쿠사노비치의 어머니는 순수한 원주민이었지만 그는 크로아티아인 아버지의 특성을 물려받았다. 그는 남미를 여행하던 캐나다 여성 관광객과 결혼했다. 이곳에 와서 사랑에 빠진 그녀는 다시 자기 나라로 돌아가지 않았다. 마일렌은 그게 첫눈에 반한 사랑이었다고 했다. 아이를 일곱이나 낳은 지금도 부모님은 첫날처럼 여전히 사랑에 빠져 있다고도 했다. 마일렌은 원주민 할머니의 특징을 약간 물려받은 유일한 자녀였다. 칠흑 같은 곧은 머리, 검은 눈, 튀어나온 광대뼈가 그랬다. 나머지 가족은 유럽인의 외모를 갖고 있었다. 인종의 혼합 덕에 그녀는 매우 매력적인 여성이 되었다.

내가 네 여자 친구를 찾고 있던 그 순간에 네가 신학교에 들어갈 계획을 세우고 있다는 건 상상도 하지 못했다.

그 당시 나는 하랄드와 완전히 사랑에 빠져 살고 있었고, 그는 열정으로 나의 젊음을 지켜주었다. 그가 나에게 부과한 모험 하나는 남극 대륙에 가는 것이었다. 우리는 그가 외교관으로 받은 특별 허가증으로 과학자 행세를 하며 해군 함선을 타고 여행했다. 그 하얗고 조용하고 고독한 세계는 변화를 추동했다. 사람을 영원히 바꿀 수 있는 곳이었다. 문득 그곳이 죽음의 영토라는 생각이 든다. 머지않아 내가 지나간 사랑들을 찾아 거닐게 될 그 죽음의 영토. 나는 그곳에서 니에베스와 먼저 떠난 다른 많은 사람을 만나게 될 거다. 지금은 관광 상품이 생겼으니 그 대륙이 녹아내리고 바다표범이 멸종하기 전에 가봐야 한다, 카밀로. 남편은 이전에 본 적이 없는 새들을 만났고, 카메라를 들고 수많은 펭귄 떼 사이를 걸을 수도 있었다. 펭귄에게선 물고기 냄새가 난다. 선박에서 즐긴 여가 중에는 푸른 얼음 잔해 사이를 가르며 바다로 뛰어드는 놀이도 있었다. 저체온증으로 죽기 전에 재빨리 물에서 꺼내주었다. 하랄드와 나는 우리 명예를 지키기 위해 젊은 선원들을 따라 지구상에서 가장 차가운 바다에 뛰어들 수밖에 없었다. 그 이후로 내 발은 얼어붙었다. 하랄드의 아이디어가 터무니없을 때도 있었지만, 그의 핏속에 야생의 세계에 대한 사랑이 있다는 걸 이해했기 때문에 나는 불평하지 않고 따랐다. 사실은 그와 함께 다니면서 나는 심하게 놀라기도 했고 뼈마디가 쑤시기도 했다.

하랄드는 그의 나라에서는 매우 대중적인 듯한 조류 관찰이라는 별난 취미 외에도 연장으로 작업하는 것을 좋아했다. 그는 처음부터 그런 취미를 너와 공유했다. 그가 목공의 기본 원칙을 가르쳐준 게 기억나니? 그는 도구와 육체노동이 인간의 공통 언어라고 했다. 의사소통의 장벽이 없기 때문이었다. 그의 조상들은 모두 울레포스라는 작은 마을의 목수거나 가구 장인이었다. 그곳에서 그는 1880년에 할아버지가 직접 지은 집에서 태어나고 자랐다. 내가 마지막으로 울레포스에 갔을 때 그 마을은 인구가 3천 명이 채 안 되는 곳이었다. 그러나 여전히 과거 몇 백 년 전과 마찬가지로 철, 목재, 무역이 그곳 사람들의 주된 직업이었다. 하랄드는 어릴 때 친구들과 함께 도시를 가로지르는 넓은 강에 떠다니는 통나무 위로 폴짝 뛰어오르곤 했다. 그것은 죽음의 놀이였

다. 한번 미끄러지면 통나무에 깔리거나 강에 빠져 죽을
수 있었기 때문이다.

　노르웨이의 여름에 완전한 밤이란 없다. 우리는 해마
다 여름이면 울레포스에서 세 시간 떨어진 숲속에 숨
겨진 오두막으로 갔다. 하랄드가 직접 지은 오두막이었
다. 그는 세세한 사항을 모두 메모해 두고 있었는데, 가
령 오두막의 너비는 약 60제곱 미터였다. 바깥에 따로
만든 작은 판잣집에 구멍을 뚫어 화장실로 썼다. 밤은
얼어붙을 정도로 추웠는데, 겨울에는 어떨지 생각도 하
기 싫다. 전기나 수도는 없었지만 하랄드가 발전기를 설
치해서 썼고, 물은 드럼통을 이용했다. 그는 찬물로 목
욕을 했고 나는 때때로 스펀지로 거품을 내 목욕을 했
다. 집에서 겨우 몇 미터 떨어진 작은 나무 방에서 사우
나를 했고, 그곳의 펄펄 끓는 돌의 증기로 요리를 하기
도 했다. 그런 다음 우리는 1~2분 동안 얼음물이 흐르
는 강으로 뛰어들곤 했다. 우리는 쇠로 만든 난로에 장
작을 피워 몸을 데웠다. 하랄드는 도끼로 통나무를 쪼개
고 성냥 한 개로 불을 피우는 데 능숙했다. 최고의 장작
은 자작나무로, 숲에 많이 자라는 수종이었다. 그는 낚
시도 하고 사냥도 했고, 나는 새로운 사업을 구상하고
계획을 세웠다. 우리는 국수, 감자, 송어를 먹었고, 그가
덫이나 산탄총으로 잡은 포유동물도 요리해 먹었다. 그
러고는 몇 시간 동안 아쿠아비트를 마시며 취하곤 했다.
아쿠아비트는 알코올 농도가 40도인 그 지역의 국민 음
료였다. 하랄드의 오두막에 비하면 로이 쿠퍼의 마차는

궁전이었지만, 나는 그 장엄한 숲에서 남편과 함께 보낸 기나긴 신혼여행이 실로 그립다.

가을이 시작되면 야생 기러기 떼가 이동했고, 아침이면 안개의 베일이 사방을 휘감았으며 거울처럼 땅에 서리가 내려 있었다. 밤은 매우 길고 낮은 짧고 회색빛을 띠었다. 그즈음이 되면 우리는 오두막과 작별을 했다. 하랄드는 누군가 길을 잃고 하루 이틀 머물 경우를 대비해 오두막 문을 잠그지 않았다. 그는 찾아들지도 모르는 손님을 위해 장작더미, 양초, 등유, 음식, 따뜻한 옷을 남겨두었다. 그것은 원래 전쟁 중에 노르웨이가 독일군에 점령당했을 때 도망자를 보호하기 위해 그의 아버지가 가르친 습관이었다.

한번은 하랄드에게 꼭 이루고 싶은 소원이 무엇인지 물었다. 그는 파편화된 노르웨이의 영토에 존재하는 5만 개의 작은 섬 어딘가에서 조용히 고독하게 노년을 보내는 게 항상 꿈이었는데, 나를 사랑한 이후로는 내 옆에서, 내 나라의 남쪽에서 죽기를 소망할 뿐이라고 했다. 아주 드물기는 했지만 어떤 때는 마치 음유시인처럼 말했다. 나는 그가 나를 매우 사랑했다고 확신하지만, 그는 말로 표현하는 걸 매우 힘들어했다. 그는 말수가 적고 독립적이었고—그는 나도 그러기를 바랐다—내 취향에 비해 너무 실용적인 사람이었다. 그가 꽃이나 향수를 선물하는 법은 절대 없었고, 선물의 대부분이 주머니칼, 전정 가위, 살충제, 나침반 등이었다. 그는 미덥지 않다고 여겨 낭만적이거나 감상적인 표현을 피했다. 진정으로 사랑한다면 선언을 해야 할 필요가 뭐 있는가? 그의 생각은 그랬다. 그는 음악을 매우 좋아했지만, 진부한 노래들이나 멜로드라마 스토리의 오페라는 몸서리를 칠 정도로 쑥스러워했다. 그는 이탈리아어로 된 노래와 오페라를 더 좋아했다. 그래서 가사를 알아듣지 못해도 파바로티의 노래를 즐길 줄 알았다. 그는 자기 이야기를 하는 것을 피했고, 얀테의 법칙¹이라는 북유럽적인 관념을 극단적으로 따르는 사람이었다. 그 법칙은 이런 뜻이었다. "네가 특별한 사람이라거나 다른 사람보다 낫다고 생각하지 말라. 가장 눈에 띄는 못이 망치에 맞는다는 걸 기억해라." 그는 자신이 발견한 새들에 대해서도 자랑하지 않았다.

여행할 때마다 우리는 오슬로에 있는 후안 마르틴과 그의 가족을 방문했지만 겨우 며칠뿐이었다. 아들은 멀리서 나를 사랑하는 게 더 편했던 것 같다. 그는 노르웨이에서 오랫동안 살다 보니 우리와는 매우 다른 문화에 적응해 있었다. 더러운 전쟁에서 탈출한 젊은 혁명가의 모습은 하나도 남아 있지 않다. 그는 보수주의자를 지지하는 배불뚝이 아저씨가 되었다. 물론 그곳은 보수주의자라 해도 이곳의 사회주의자들보다는 더 왼쪽에 있다.

---

1 평범함에서 벗어나려는 행동이나 개인적으로 야심을 품는 행동을 부적절하게 보는 노르딕 국가의 전반적인 행동지침을 말한다.

27장

　너를 슈퍼마켓 매니저의 발톱에서 뽑아내려고 노르웨이로 보냈던 그해에 하랄드와 나는 숲속 오두막으로 가기 전에 너를 만나러 갔다. 연어 산업은 이미 20년 이상 번창해 왔고, 노르웨이는 세계 최대 연어 수출국이었다. 노르웨이 사람들은 훌륭하다, 카밀로. 그들은 북쪽에서 석유를 발견해서 부를 손에 넣기 전에는 가난한 사람들이었다. 다른 많은 곳에서 일어났던 것과 달리 부를 낭비하는 대신에 국민 전체의 번영을 위해 그것을 사용했다. 그리고 유전油田에서 발휘하던 실용적인 재능, 과학에 대한 사랑, 훌륭한 정부 관리로 연어 양식장도 만들었다.

　네가 있는 피오르드에는 여름이 오기까지 시간이 걸렸기 때문에 너는 주황색 파카, 형광 초록색의 구명조끼, 모자, 목도리, 부츠, 고무장갑을 착용하고 있었다. 우리는 네가 연어 가두리 옆 좁은 원형 통로에서 작업하는 것을 멀리서 지켜보았다. 눈 덮인 산으로 둘러싸인 그 핑크빛 구름 하늘 아래에서 너는 마치 우주 비행사 같았다. 수정처럼 맑고 차디찬 잔잔한 바다에 흰 눈산이 비쳐 반사되고 있었다. 공기가 너무 맑아서 숨을 쉴 때마다 아릴 정도였다. 연어 양식장의 생활은 매우 고단했다. 나는 남자들과 같은 일을 하는 여자들이 많다는 사실이 마음에 들었다. 에텔비나 잘못으로 네가 혹시 남성 우월주의를 가지고 있더라도 거기서 지내면서 다 사라질 터였다. 내가 그런 습성을 심어준 적은 절대로 없었을 거다.

너는 이론상으로는 월급을 전부 저축할 수 있었지만 돈 다루는 방법을 전혀 알지 못했다. 네가 번 돈은 손가락 사이로 흐르는 모래처럼 술술 빠져나갔는데, 그 점에서도 너는 너의 엄마와 닮았다. 그곳에서 모든 동료에게 맥주와 아쿠아비트를 사주며 돈을 쓰고 있었다. 너는 인기가 많았다. 나는 네가 여자 친구 한두 명도 못 만들까 봐 걱정이었다. 그 여행의 목적은 네 정신을 분산시켜 슈퍼마켓의 그 애 엄마를 잊어버리게 만드는 것이었기 때문이다. 하랄드는 네 주의를 끌고 있는 게 여자가 아니라는 걸 나보다 더 먼저 알아차렸다.

연어를 가공하는 여성들은 하나같이 하늘색 앞치마를 입고 머리카락을 플라스틱 모자에 집어넣은 모습이었다. 그러나 아쿠아비트를 마시는 시간이 되면 네 또래의 예쁜 아가씨들이 여름 방학 아르바이트나 실습을 하러 왔다는 걸 알 수 있었다.

"카밀로가 아가씨들을 거들떠보지도 않는다는 거 눈치 챘어요?" 하랄드가 물었다.

"당신 말이 맞아요, 무슨 생각을 하고 있는 걸까요?"

"불의, 인류의 무한한 욕구, 그리고 그 욕구를 치유할 수 없음에 대한 고뇌를 우리에게 훈계하고 있네요. 이런 풍경을 보고 행복감에 취해야 하는데 안절부절못하고 우울해하고 있다니요." 하랄드가 말했다.

"그리고 여자들 얘기도 전혀 안 해요. 혹시 저 아이가 게이라고 생각해요?" 나는 그렇게 물었다.

"아니요. 다만 공산주의자일 수는 있어요. 아니면 신부가 될 생각일지도 모르지요." 그가 대답했고 우리는 함께 웃음을 터뜨렸다.

둘째 날 너는 우리에게 신을 믿느냐고 물었다. 그러자 전날의 농담이 더 이상 웃기지 않았다. 하랄드에게 종교는 그의 인생에서 최소한의 자리만 차지했다. 어릴 때는 부모님과 함께 루터교 예배에 다녔었지만 이제 종교를 멀리한 지 여러 해 되었다. 나에 대해 말하자면 나는 일종의 가톨릭 이교도의 분위기에서 자랐다. 계율, 묵주, 촛대, 미사 사이에서 하늘과 끊임없이 흥정하고 십자가와 성상을 숭배했다. 마법 같은 생각이었다. 파비안과 헤어지고 훌리안과 만났을 때 나는 간음죄로 교회에서 쫓겨났다. 가족과 지역 사회에서 따돌림을 받았기 때문에 벌이라고 느꼈지만 영적인 영향은 받지 않았다.

내게 교회는 필요 없었다.

그해 1993년 노르웨이로 너를 만나러 가기 전에, 나는 네가 조국의 구원자 기념비를 파손한 혐의로 체포되었을 때 후안 키로가 신부에게 맹세한 것을 실행하기로 했다. 1년을 미루고 있던 약속이었다. 나는 무릎을 꿇고 내 손자를 살려준다면 산티아고 데 콤포스텔라로 가는 성지 순례길의 상당한 거리를 걷겠다고 성인에게 약속했었다. 나 혼자 걸어야 했기 때문에 하랄드는 내가 스페인을 여행하는 동안 아마존에 갈 계획을 세웠다. 일흔셋의 나는 오비에도와 산티아고 사이의 순례에서 나이가 가장 많은 사람이었지만 지팡이와 배낭을 등에 메고 16일 동안 꿋꿋하게 걸었다. 그것은 피로와 행복감, 잊을 수 없는 풍경, 다른 순례자들과의 감동적인 만남, 영적 성찰의 날들이었다. 내 인생 전체를 돌아보고 마침내 산티아고 데 콤포스텔라 대성당에 도착했을 때 나는 죽음이 또 다른 존재로 가는 문턱일 뿐이라는 것을 확신했다. 영혼은 초월적이다.

그것은 내가 신앙에 대해 깨달은 수많은 성찰의 시작이었다, 카밀로.

너는 예정보다 일찍 노르웨이에서 돌아왔다. 대학으로 돌아갈 생각은 하지 않고, 사제 수련을 시작하기로 결심한 상태였다. 그것은 내 뜻을 거스르는 것이었다. 나도 그랬지만 너를 아는 그 누구도 네가 그 힘든 길을 선택하게 될 거라고 의심조차 못 했었다.

"그건 소명이 아니라 변덕이야!" 나는 네게 소리쳤다.

그 이후로 너는 백 번은 넘게 나에게 상기시키곤 했다. 나는 그 문제에 대한 내 생각을 전하기 위해 지방 교구장에게든 예수회를 책임지고 있는 사람 누구에게든 찾아가려고 했지만 하랄드와 에텔비나가 나를 막아섰다. 네가 곧 스물두 살이 될 텐데 할머니가 개입하는 것은 적절하지 않다고 설득했다.

"카밀리토에 대해 걱정하지 마세요, 부인. 그는 사제들과 오래가지 못할 거예요. 버릇없다는 이유로 쫓겨날 게 확실해요." 에텔비나가 나를 위로했다.

그러나 우리가 알고 있듯이 그렇게 되지 않았다. 14년간의 연구와 준비, 그리고 사제로서의 삶이 너를 기다리고 있었다.

카밀로, 너의 영적 변화를 이해할 수 있는 유일한 방법은 네가 이미 서품을 받고 몇 년 후 콩고로 가서 나에게 쓴 편지를 다시 읽는 것이다. 아마 너는 그 편지를 기억하지 못할 거다. 네가 같이 일하고 봉사하던 바로 그 사람들이 선교 단지를 공격하여 불을 지르고, 너와 함께 지내던 두 명의 훌륭한 수녀를 망치로 으스러뜨렸다. 너는 기적적으로 구원받았다. 마침 학교에서 아이들에게 필요한 물건들을 사러 나갔던 것 같다. 그 사건은 전 세계 언론에 보도되었고 나는 네 소식을 알 수 없어 괴로워 거의 미칠 뻔했다.

편지가 도착하는 데 한 달이 걸렸다. 너는 이렇게 썼다. "저에게 믿음은 전적인 헌신입니다. 제 헌신은 예수님이 말씀하신 모든 것에 해당합니다. 할머니, 복음서에 나오는 것은 사실입니다. 저는 중력의 힘을 본 적이 없지만 어떤 순간이든 그게 존재한다는 증거를 가지고 있어요. 이것이 제가 그리스도의 진리를 느끼는 방식입니다. 모든 것에서 나타나 제 삶에 의미를 부여하는 놀라운 힘입니다. 교회에 대한 제 의구심, 제 결점과 한계에도 불구하고 저는 매우 깊이 행복하다고 말씀드릴 수 있습니다. 저는 제가 걱정되지 않습니다. 그러니 할머니도 저를 걱정하지 마십시오."

너는 신학교에 갔고 큰 공허함을 남겼다. 에텔비나와 나는 네가 전쟁에 나간 것처럼 애도하곤 했다. 우리는 너 없이 살아 나가느라 많이 힘들었다.

1997년, 파쿤다는 여든일곱의 나이로 정말 강하고 건강한 상태에서 세상을 떠났다. 네 할아버지 홀리안이 너에게 사준 말에서 떨어진 것이다. 그 말은 산타클라라 농장의 행복한 존재이자 그녀의 교통수단이었던 아름다운 동물이었다. 사람들은 그녀가 떨어진 충격으로 죽은 게 아니라 말에 탄 상태에서 심장이 멈췄다고 했다. 어쨌든 내 좋은 친구는 마땅히 받아야 할 갑작스럽고 고통 없는 죽음을 맞이했다. 우리는 그녀가 대부분의 삶을 보낸 농장에서 그녀를 위해 밤샘 기도를 열었다. 이틀 동안 친구들, 나우엘과 인근 마을의 주민들, 그리고 대부분 그녀의 친척인 그 지역의 원주민들이 줄을 이어 찾아왔다. 사람이 너무 많아서 우리는 안뜰의 월계수 꽃과 가지의 향기로운 차일 아래에 관을 두고 조문을 받아야 했다. 네가 참석하지 못해서 정말 유감이다, 카밀로. 너는 사제 수련을 하고 있었다. 하랄드가 장례식에서 수백 장의 사진과 영상을 찍어두었으니 에텔비나에게 달라고 하렴.

나우엘 교구 사제가 미사를 끝내자 파쿤다에게 작별 인사를 하는 원주민 의식이 있었다. 작별 인사를 노래로 하기 때문에 원주민 조문객들은 예복과 악기를 가지고 왔다. 음식이 부족하면 안 되었기 때문에 우리는 여러 마리의 양을 꼬챙이에 끼워 구웠고 껍질째 찐 옥수수, 양파와 토마토 샐러드, 갓 구운 빵, 과자를 준비했으며, 많은 양의 브랜디와 와인도 내놓았다. 슬픔은 술로 더 잘 달래지기 때문이다. 밤샘 조문의 규칙은 희생된 동물을 완전히 다 먹어야 한다는 것이다. 음식을 버려서는 안 된다. 야이마의 자리를 이어받은 공동체의 원로가 그들의 언어로 영혼을 달래는 주문을 읊었다. 무슨 말인지 알아들을 수는 없었다. 원로가 한 말을 사람들이 나에게 설명해 주었다. 이제 존재를 멈추게 되었으니 자녀나 손자를 찾아 돌아오면 안 된다고, 이전에 먼저 떠난 사람들이 있는 '어머니 대지'의 꿈속으로 자신을 내맡겨야 한다고 그녀를 달랬다고 했다.

노인은 파쿤다의 영혼에 마지막 지시를 내려 닭을 통해 조상들의 세계로 가는 길을 도왔다. 닭에게 담배 연기를 내뿜고 술을 몇 방울 뿌린 다음 목을 비틀어 불 속에 던졌다. 닭은 재로 변했다. 아직 술에 취하지 않은 남자 몇 명이 관을 메고 나우엘의 공동묘지로 이동했다. 그녀가 원주민 공동묘지가 아니라 리바스 가족 옆에 묻히고 싶다고 자주 말했기 때문이다. 할 수 있는 사람들은 걸어서 행렬을 따라갔고, 또 어떤 사람들은 내가 장례를 위해 불러둔 두 대의 버스에 나눠 탔다. 거리는 매우 짧았지만 우리는 너무 많이 마셨다. 의식은 관을 묻기 위해 파놓은 구멍 주변에서 마무리되었다. 그곳에서 우리는 파쿤다의 시신에 마지막 작별 인사를 하고 그녀의 영혼이 좋은 여행을 하기를 기원했다.

나와 오랜 세월을 함께한 파쿤다 외에도 그해에 크리스핀을 잃었다. 열세 살이었던 크리스핀은 귀가 먹고 눈도 반쯤 보이지 않았고, 나이 든 노인들이 흔히 그러하듯이 제법 미쳐 있었다. 수의사는 동물도 치매에 걸린다는 걸 의심했지만 나는 내 오빠 호세 안토니오가 망각의 미로 속으로 점점 더 깊이 들어가는 것을 보았었다. 카밀로, 너한테만 하는 말이지만 크리스핀의 증상은 오빠와 똑같았다. 치아가 거의 남아 있지 않아 우리는 스테이크를 갈아 먹였다. 식사를 마친 크리스핀은 동물의 치매를 부정하던 바로 그 수의사가 자비로운 주사를 놔 준 덕분에 에텔비나의 품에 안겨 죽었다. 나는 집의 한쪽 구석에 틀어박혔다. 그 충성스러운 친구의 마지막을 차마 볼 수 없었다. 네가 그 순간에 함께하지 못한다는 사실을 알면 몹시 슬퍼할 테니 너에게 알리지 않았다. 네가 기숙학교로 간 이후에 자던 그 침대에 누워 부드럽게 숨을 멈추었다고 너에게 전해 주었을 따름이다.

네가 신학교에 들어가자 나는 멀리서 너를 사랑하는 법을 배워야 했다. 카밀로, 내가 편지에 익숙해지기 전까지는 그게 얼마나 어려웠는지 말도 못 할 정도다. 언젠가 너는 그 당시에 네가 쓴 편지들을 읽을 수 있을 테고, 그리스도를 동반자로 삼은 네 청춘의 생기를 되살릴 수 있을 것이다. 철학, 역사, 신학, 인간에 대한 이해를 향해 활짝 열린 그 창들을 열렬히 연구하던 그 시절을 되살릴 수 있을 것이다. 너는 운이 좋아 좋은 선생님들을 만났다. 그들은 배우는 법, 모르는 것을 알아가는 법, 질문하는 법을 너에게 가르쳐주었지. 몇 사람은 진정한 학자였다. 교회법을 가르치던 노교수 기억나니? 첫 수업에서 그는 법을 앞에서 한 번, 뒤에서 한 번 배우게 될 거라고 말했다. 그래서 너는 교회법 안에서 인간 존재를 자유롭게 할 틈새를 발견해 낼 수 있었지. 내 생각에는 그게 네가 늘 해온 일인 듯하다. 너는 그 수업에서 교훈을 얻었다.

너는 너 자신을 위해서도 틈새를 찾아낸다. 나는 최근에 네가 하얀 옷을 입고 행복해하는 동성애 여성 커플의 혼배미사를 열어주었다고 주교에게 불려가 질책을 들었다는 걸 알게 되었다. 주교는 페이스북에 올라온 결혼식 사진을 네 코앞에 들이댔다.

"첫 영성체 같은데요." 너는 비웃었다.

"당장 철회하고 사과해야 합니다!" 주교가 그렇게 명령했다.

너는 순종 서약의 허점을 이용했다.

"주교님께서 명령하신 바를 언론에 알리지 않고 일단 유보해 두겠습니다, 각하. 저는 철회할 수 없습니다. 그것은 제 양심에 어긋나는 일입니다. 모든 인간은 사랑할 권리가 있다고 믿기 때문입니다. 결과를 책임지겠습니다."

너는 전화로 그 일을 알렸고 나는 잊지 않기 위해 메모를 해두었다. 너는 어릴 때도 나쁜 짓을 하다 붙잡히면 항상 딱 그대로 대답을 했었다. "제 양심에 어긋나요, 할머니. 모든 인간은 새총으로 달걀을 던져 날릴 권리가 있지요. 그러나 할머니께 기쁨이 된다면 저를 혼내세요." 열 살 때 이미 너는 예수회 신부처럼 논쟁할 줄 알았다.

너는 네가 왜 아프리카로 가게 되었는지 나에게 말하고 싶어 하지 않았다. 그러나 네가 동료 사제들의 소아성애를 고발하려 하자 징계를 통해 네 입을 다물게 하려고 보냈다고 짐작한다. 아니면 모험에 대한 사랑으로 선교사로 가겠다고 네가 직접 청했을 수도 있겠지. 네가 열한 살 때 상어들 사이로 잠수하는 데 데려가 달라고 훌리안 할아버지를 설득했던 것도 모험을 좋아해서였다. 할아버지가 배에서 선장과 맥주를 마시고 있는 동안 그 육식동물이 들끓는 바다에서 네가 카메라가 달린 우리에 갇힌 것을 알았을 때 내 심장은 거의 멎을 뻔했다.

나는 처음에 콩고에서 기독교를 선교한다는 게 허황

된 프로젝트처럼, 영감이 넘치던 19세기 소설처럼 여겨졌다. 그런 소설 속에 등장하는 이상주의적인 젊은이들은 그들의 신앙을 전파하고 야만인의 생활을 개선하려고 한다. 영어를 겨우 배우고 도적 같은 억양으로 과목을 망친 네가 스와힐리어를 공부했다니 정말 감동이었다. 너는 미사를 보는 것보다 네 손을 사용하는 데 더 열성적이었다. 그러나 네 편지의 지나치게 낙관적인 어조는 나에게 경각심을 불러일으켰다. 너는 나에게 뭔가를 숨기고 있었다.

너는 대장간에서 네가 직접 만든 예비 부품으로 수리한 쓸모없는 차, 네가 직접 지은 학교 식당의 아이들, 마을에 우물을 설치하고 있는 장면을 찍은 사진들을 보내곤 했다. 불굴의 용기를 지닌 바스크인 수녀, 너를 웃게 만들던 아프리카 수녀, 그리고 알고 보니 암컷으로 밝혀진 수캉아지 사진도 보내주었지. 그러나 네가 처한 환경에 대해서는 언급을 피했다. 나는 아프리카에 대해 아무것도 몰랐다. 그곳의 다양성, 그들의 역사나 불행에 대해서 전혀 알지 못했고, 이 나라 저 나라를 서로 구별하지 못했으며, 그 대륙에는 온통 코끼리와 사자가 있다고 생각했다. 나는 한번 알아보기로 했고, 그 덕에 콩고가 거대하고 자원이 풍부한 나라지만 세계에서 가장 폭력적인 곳이고 그 어떤 전쟁 지역보다 위험하다는 사실을 알게 되었다.

나는 네 편지를 하나하나 읽어가며 진실을 찾아내고 있었다. 네가 한편으로 몇 년 전 자신이 헌신한 마을에서 생을 마친 선교사 알베르 브누아를 모방하고 있다는 것을 알게 되었다. 나는 네 이름으로 그의 장례식에 찾아갔다. 슬픔에 잠긴 군중이 그를 따라 묘지까지 행진하는 바람에 수도가 마비되었다. 너는 그 프랑스 사제처럼 가장 취약한 사람들의 운명을 함께 나누려 했다. 나는 부족 간의 싸움, 전쟁, 빈곤, 무장단체, 난민캠프에 대해 알게 되었다. 여성들이 잔인하게 학대당하며 가축보다 못한 대우를 받는다는 사실도 알게 되었다. 그리고 단지 운이 나쁘다는 것 외에 별다른 이유 없이 언제든지 목숨을 잃을 수 있는 곳이라는 것도 알게 되었다. 너는 여덟 살 때 강제 징집된 두 소년병이 어쩔 수 없이 어머니, 아버지, 형제를 살해하는 극악무도한 행위를 저지르게 되었다는 이야기를 했다. 손에 피를 묻힌 그 아이들은 결국 민병대에 들어갈 수밖에 없었고 가족과 부족으로부터 영원히 멀어졌다고 했다. 우물로 물을 길러 갔다가 강간당한 여자들과 죽을까 봐 여자들을 구하러 가지 않은 남자들 이야기도 했고, 부패, 탐욕, 권력 남용, 끔찍한 식민의 유산에 대해서도 너는 알려주었다.

여기 있을 때 너는 항상 화가 나 있었다. 너는 불의, 계급제도, 가난에 분노했다. 교회의 위계질서, 미신적 종교, 그리고 정치인과 기업가, 수많은 사제의 어리석고 편협한 잣대에 반발하기도 했다. 그보다 훨씬 더 심각한 문제가 있던 콩고에서 너는 행복해했다. 너는 목수이자 기계공이었고, 아이들을 가르치고 채소를 심고 돼지를 키웠다. 그곳은 너의 조국이 아니었고 애초에 조국이 바

뛸 거라 기대하지 않았지만, 그저 도울 수 있는 곳에 가서 돕고자 했을 뿐이었다. "제 일은 제 손으로 일을 하고 실질적인 문제를 해결하려고 애쓰는 거예요, 할머니. 저는 설교를 잘하지 못해요. 선교사로서는 실패자입니다." 너는 편지에 그렇게 써 보냈다. 카밀로, 너는 겸손해졌다. 그것은 콩고의 위대한 가르침이었다.

지금 너는 네가 도착하기 전에는 쓰레기장이나 마찬가지였던 그 공동체에서 살고 있다. 그곳을 알게 해주려고 네가 나를 데려갔을 때 나는 매우 감동했다. 그곳에는 너무도 깨끗하고 단정하지만 정말 수수한 집들, 학교, 다양한 일을 할 수 있는 작업장, 심지어 도서관도 있었다. 나는 특히 네가 입양한 개와 고양이와 함께 살고 있던, 바닥을 흙으로 다진 판잣집에 감동했다. 그거 아니, 카밀로? 나는 무척이나 부러웠다. 다시 젊어진 다음 재건하고, 불필요한 것은 모두 버리고 꼭 필요한 것만 남기고, 봉사하고 나누고 싶은 열망을 느꼈다. 나는 그 사람들 사이에서 네가 전적으로 행복하다는 것을 안다. 네가 한 나라를 바꾸지 못하고 세상은 말할 것도 없지만 누군가에게 도움이 될 수 있다는 사실을 받아들였다. 알베르 브누아 신부의 정신이 너와 함께한다. 네가 독재 시기에 아주 어렸다는 것과, 많이 경솔했음에도 불구하고 탄압의 타격을 피할 수 있었다는 것에 대해 내가 몇 번이나 하늘에 감사했는지 모를 게다. 지금은 주교가 네 귀를 잡아당기고 있고, 가난한 이들과 함께 일한다고 너를 공산주의자라고 비난하는 사람들도 있다. 그 시절이었다면 너는 바퀴벌레처럼 박멸되었을 것이다.

나는 오래전에 마일렌 쿠사노비치와 너를 연결하려
는 계획을 포기했음을 맹세한다. 물론 네가 사제복을 벗
게 될 때 그녀와 결혼하라고 농담을 하고는 있지. 나에
게 남은 생명의 숨결을 근거 없는 꿈에 낭비하지 않겠
다. 나는 네가 죽을 때까지 사제직을 계속할 것임을 안
다. 내 죽음이 아니라 너의 죽음 말이다. 네가 아프리카
에 있을 때 마일렌이 다시 지평선 위로 나타난 것은 우
연의 일치였다. 내가 그녀를 찾으러 간 게 아니었다. 생
긴 지 몇 년 되었고 좋은 평판을 얻고 있던 니에베스 재
단에 대해 알게 된 마일렌이 직접 찾아와 신청서를 제
출했다. 그녀는 더 이상 소녀가 아니었다. 30대 후반이
었을 것이다. 그러나 미혼이라는 사실을 알게 되는 데는
그리 오래 걸리지 않았다. 그 당시 재단의 모든 일은 내
손을 거쳐야 했고 나는 비서밖에 두고 있지 않았다. 마
일렌은 자선 활동과 아무런 관련이 없던 내가 책상 뒤
에 있는 것을 보고 깜짝 놀랐다. 나는 나대로 그녀가 열
두 살 때 선언한 페미니스트 프로젝트가 빗나가지 않은
것을 보고 놀랐다. 그녀는 피임과 성교육 프로그램을 위
해 재단의 지원이 필요해서 찾아온 것이었다.

우리 공화국은 첫 여성 대통령을 선출했다. 그녀는
여성 문제, 특히 그녀가 '나라의 수치'라고 부르던 가정
폭력, 그 고질병과의 싸움을 우선순위에 두었다. 나는
대통령으로 취임한 그녀와 여러 번의 미팅을 가졌다. 내

경험이 도움이 될 수 있기 때문이었다. 내 재단의 사명은 폭력을 규탄하고 알리고 교육하고 피해자를 보호하고 법을 바꾼다는 그녀의 목적과 정확히 일치했다. 그것은 니에베스 재단이 정부로부터 도움을 받기 시작하고 영향력이 더 커진다는 것, 그리고 더 많은 기부자를 끌어들인다는 것을 의미했다. 여러 해가 지난 지금도 그 기부자들은 여전히 재단의 자금 조달에 기여하고 있다.

"나는 새 여성부가 그런 프로그램을 학교에서 이미 실시하고 있다고 생각했는걸." 나는 마일렌에게 말했다.

마일렌은 항상 그렇듯이 외딴 시골 지역과 원주민 커뮤니티까지 지원하기에는 자금이 충분하지 않다고 알려 주었다. 자원봉사자도 있고 정부에서 제공하는 자재도 있지만, 이동용 밴이나 자원봉사자를 위한 유류비, 급여 등의 활동비가 없다고 설명했다. 그녀의 요구는 합리적이었다. 우리는 예산을 잡아보고 15분 만에 사인을 했다.

사무실에서 나간 우리는 소화하기는 힘들지만 맛있는 요리가 나오는 식당에서 저녁을 먹었다. 디저트가 나오기 전에 나는 마일렌에게 재단에 들어와 함께 일하자고 제안했다.

"몇 년 후면 나는 아흔이 된다. 은퇴는 하지 않겠지만 도움이 필요해." 나는 그렇게 말했다.

그렇게 해서 마일렌이 다시 내 삶에 들어왔고 이번에는 계속 같이하게 되었다.

그 이후로 그녀는 내 딸이 되었고 우리 작은 가족의

구성원이 되었다. 그녀는 6개월도 되지 않아 당연히 니에베스 재단을 운영하게 되었다. 나와 그녀를 연결한 것은 중매인의 계략이 아니었다, 카밀로. 그녀가 너의 가장 친한 친구이고 너를 오빠처럼 대하는 것으로 충분하다. 내가 떠나면 그녀가 너를 돌봐 줄 거다. 그녀는 너보다 훨씬 더 상식적이다. 그녀의 역할은 네가 심하게 말이 안 되는 일은 하지 않도록 막아주는 것이다.

내 삶의 마지막 10년에 접어들었지만 나는 건강했고, 하랄드가 있었기 때문에 죽음의 세상에 다가가고 있다는 느낌은 들지 않았다. 우리는 죽을 것이라는 반박할 수 없는 사실을 부정하며 살아갔고, 그건 아흔이 되어도 변하지 않았다. 나는 하랄드가 세상을 떠나기 전까지 시간이 많이 남았다고 여전히 믿고 있었다. 우리는 로맨틱한 노부부였다. 밤에 손을 잡고 잠자리에 들고 서로 끌어안은 채 잠이 깼다. 나는 일찍 일어나는 사람이라서 항상 하랄드보다 먼저 눈을 떴고, 우리 침실의 어둠과 고요함 속에서 잠이 반쯤 깬 채 축복의 30분을 보낼 수 있었다. 그것이 내가 기도하는 방식이었다.

그와 함께 사는 동안 내 허영심은 계속되었다. 그가 나를 예쁘다고 생각했기 때문이다. 내가 이전에 어땠는지 기억하니, 카밀로? 내가 네 나이일 때 네가 내 삶에 들어왔다. 그러나 나는 지금의 너보다 훨씬 더 괜찮아 보였다. 선한 사람은 금방 늙는다고 경고했잖니. 나쁜 놈들은 너 같은 성인들보다 더 재미있게 살고 더 좋은 상태로 나이가 든다. 지옥이 더 이상 존재하지 않고 천국이 미심쩍은 거라면, 선한 사람이 되기 위해 그렇게 노력하는 것은 별로 합리적이지 않은 것 같다.

하랄드가 너무 그립다. 보통의 경우라면 그가 내 마지막 때에 곁에서 내 손을 잡고 있어야 하는데. 그가 살았다면 여든일곱이었을 것이다. 내가 산 한 세기를 기준으로 보면 그 나이는 아무것도 아니다. 여든일곱의 나는 아직 어린 소녀였고, 헬스는 너무 지루해서 운동 삼아 룸바춤을 배우고 있었다. 그리고 파타고니아의 푸탈레우푸강의 터키색 푸른 물에서 하랄드와 함께 카누를 타기도 했다. 나중에 안 사실이지만 그곳은 세상에서 가장 거친 강이었다. 상상해 보렴, 카밀로. 구명조끼를 입고 헬멧을 쓴 채 노란색 고무보트를 타고 있는 여덟 명의 정신 나간 사람들을 말이다. 구명조끼는 시신이 떠오르라고 입는 것이고 헬멧은 머리가 바위에 부딪혔을 때 뇌가 쏟아지지 말라고 쓰는 것이었다.

나는 그 남편을 너무도 사랑했다! 나를 버리고 간 그를 용서할 수 없구나. 너무 건강했기 때문에 심장이 갑자기 터지리라고는 예상치 못했다. 그는 나보다 열세 살 어린데도 먼저 죽는 무례를 범했다. 그때 나는 아흔다섯이었다. 그는 내 생일 파티 도중에 샴페인 한 잔을 손에 든 채 죽었다. 하랄드는 노래, 술, 사랑에 빠졌기 때문에 잘 살았고 좋은 죽음을 맞았지만 나는 충격이 컸다. 가슴이 무너져 내리는 것 같았다.

28장

내가 예순넷일 때, 늙어간다는 기분에 굴복하기 직전이었던 시절이 기억난다. 그때 토리토의 십자가가 내 삶의 방향을 바꿔 또 다른 삶을 시작하게 만들어 주었다. 내가 도움을 줄 수 있을 만한 목적과 기회, 놀라운 영혼의 자유를 안겨 주었지. 카밀로, 너에게 뭔가 나쁜 일이 일어날지 모른다는 우려를 제외하면 이제 나는 물질적인 부담이라든지 다른 대부분의 근심은 떨쳐버린 상태다. 그로부터 35년을 젊을 때와 같이 기운차게 살았다. 거울은 나이가 듦에 따라 찾아오는 노화를 피할 수 없다는 걸 확인시켜 주지만 나는 나이를 실감하지 못했다. 노화 과정이 점진적이었기 때문에 나이를 이만큼이나 먹었다는 사실은 나를 놀라게 했다. 늙는다는 것과 나이가 많다는 것이 똑같은 건 아니다.

영속성의 본능은 존엄성을 넘어 나를 살아 있게 한다. 지난 3년 동안 무자비한 자연이 나에게서 에너지와 건강, 독립성을 앗아갔고 이제 나는 할머니가 되었다. 나는 늙었다는 기분을 느끼지 않고 아흔일곱 살이 되었다. 내 프로젝트에 집중했고 세상에 대한 호기심이 있었고, 매 맞는 여성의 삶에 여전히 분노할 수 있었기 때문이다. 삶에 대해 열정적이었기 때문에 죽음에 대해 생각하지 않았다. 나는 지난 2년을 나에게 가장 큰 행복을 준 사람인 하랄드 없이 살았지만, 너와 에텔비나, 마일렌, 그리고 니에베스 재단에서 함께 일하는 많은 여성들이 있었기 때문에 결코 혼자가 아니었다.

너도 알다시피 그즈음에 내가 계단에서 넘어졌잖니. 전혀 심각한 것이 아니었다. 많이들 하는 고관절 교체 수술과 몇 달간의 운동으로 다시 걸을 수 있었지. 그런데 더 이상 혼자서는 불가능했다. 지팡이, 에텔비나의 강한 팔, 보행기, 그리고 나중에는 휠체어가 필요했다. 휠체어에 앉는다는 것의 가장 나쁜 점은 내 코가 다른 사람들의 배꼽에 닿고 내 눈에 제일 먼저 들어오는 게 그들의 코털이라는 점이다. 이제 자동차, 2층에 있는 내 사무실, 극장과는 안녕이었지. 그리고 완전히 마일렌의 손에 맡기게 된 재단과도 작별해야 했다. 나는 타인의 보조가 필요하다는 사실을 받아들여야 했다. 겸손해지면 의존하는 나날의 굴욕감이 덜 아프다. 그러나 신체적인 장애는 예상치 못한 선물을 가져다주었다. 엄청난 마음의 자유를 나에게 안겨 주었단다. 이제는 해야 할 숙제도 없고 너에게 들려주는 이 이야기를 조금씩 글로 쓰면서 이곳을 떠날 마음의 준비를 할 수 있게 되었다.

수술을 받고 나서 나는 산타클라라 농장에 돌아오기로 결심했다. 내 마지막 시간이 될 것 같았고 남은 날들을 도시에서 보내는 게 아쉬웠기 때문이다. 에텔비나도 이곳에서 태어났으니 우리 둘 다 여기서 더 행복하다. 우리가 어머니, 이모들과 함께 이 목가적인 장소에 처음 도착했을 때 대문자를 써서 '엘 데스티에로'라는 별명을 붙였던 생각이 나는구나. 이곳은 결국 '유배지'가 아니라 '피난처'였던 셈이다. 지금 이 집은 1960년 지진으로 리바스 농장이 무너지고 불에 탔을 때 오빠와 내가 리바스 농장 자리에 다시 지은 바로 그 조립식 건물 그대로다. 그때부터 수십 년을 견뎌온 집이지. 4년마다 한 번씩 지붕의 코이론 풀만 갈아주었을 뿐이다. 겨울이면 추위와 습기가 스며들기 때문에 난방 설비를 하기는 했구나. 재스민과 수국으로 둘러싸여 있고 농장의 입구를 자주색 팬지꽃이 감싸고 있다. 나는 침대와 가구를 몇 가지 가져왔다. 침대는 매우 아늑하고, 나는 이 집 안에서 전에 이곳에 살았던 사람들의 존재를 느낀다. 내 어머니, 이모들, 리바스 가족, 파쿤다, 그리고 토리토.

여기서 나는 하랄드를 포함하여 내 사랑하는 사람들이 있는 나우엘 공동묘지 가까이에 머물고 있다. 하랄드가 이곳에 있고 싶어 했기 때문에 그의 자녀들도 받아들였지. 그들은 가족을 데리고 장례식에 왔는데, 하랄드만큼 키가 매우 크고 금발이었다. 그들은 도착하자마자

465

문명인들이 항상 그렇듯이 배탈이 났지. 내 어머니의 유골이 거기 도자기 납골함에 모셔져 있고, 토리토의 무덤도 거기 있다. 그들이 토리토의 유골을 제대로 준 것인지 다른 사람의 것을 준 것인지는 결코 알 수 없지만. 그리고 너는 라 파하레라에서 때를 기다리고 있는 생분해성 관에 나를 넣어주면 되는 거다.

나는 네가 에텔비나와 내가 대비책으로 숨겨둔 예금을 찾아내려고 내 서랍을 뒤지고 다닌다는 걸 알고 있다. 강도가 들 때를 대비해서 현금을 좀 집에 두고 사는 게 현명하다. 아무것도 찾아내지 못하면 그들이 우리 목을 그을 테니 말이다. 예전에 한 번 우리에게 그런 일이 일어나 식겁한 걸 떠올려보렴. 그 어리숙한 놈들은 창문으로 들어왔다가 내가 목이 터져라 비명을 지르자 총을 쏘아대며 도망갔지. 그러나 다음에는 행운이 우리와 같이 해주지 않을 수도 있고, 내가 고함을 지를 만큼 폐가 말을 들어주지 않을 수도 있다. 물론 그건 사크라멘토에서 있었던 일이다. 여기서는 그런 일은 정말 드물 테지.

크리스마스 리본으로 묶은 그 지폐는 숨겨둔 곳에 그대로 있으면 아무에게도 소용이 없다. 며칠 안에 곧 에텔비나가 너의 마법의 수첩에 사용하도록 건네줄 거다. 너는 나에게 말하지 않았지만 신문과 텔레비전에 나왔지. 억만장자들이 네 마법 수첩에 크게 기부를 하고 있다고 말이다. 그들은 교향악단에 돈을 내는 게 더 '섹시' 하다고 생각해서 가난한 사람들에게는 보통 아무것도 주지 않는데 말이다. 에텔비나는 억만장자가 기부를 하는 것은 연민보다 수치심 때문이라고 하더구나. 그녀가 나한테 설명해 준 바로는 네가 형편이 매우 어려운 가정에 공책을 하나씩 나눠주어 동네 마트에서 외상으로 물건을 사면서 공책에 적어두게 한 다음 월말에 그 대금을 갚아준다고 했다. 그렇게 해서 가난한 가족의 식탁에는 먹을 게 보장되고 그러면서도 자선을 받는 굴욕감을 피할 수 있으며, 어쩌면 문을 닫아야 할지도 모르는 가게들도 계속 운영할 수 있다고 말이다. 그건 좋은 생각이다. 가끔은 네게도 좋은 아이디어가 떠오르곤 하지.

사크라멘토 창고에 있는 건 모두 에텔비나의 아파트에 들어갈 물건이라는 걸 기억해라. 나에게서 자유로워지면 그녀는 아파트에 가서 살 거다. 그녀는 그제야 늦게 일어나 침대에서 아침을 먹고 이제 막 자기 소유가 된 이 농장에서 여름을 보낼 수 있게 될 테지. 그녀는 마땅히 받아야 할 평화를 누리며 살게 될 거다. 나는 네가 상속받게 되는 돈은 가난한 사람들을 위한 몫이 될 거라고 생각하고 있다. 그래서 에텔비나가 받을 금액과 후안 마르틴 몫의 금액, 그리고 재단에 남길 금액을 제외한 돈만 너에게 남긴다. 각각의 액수는 내 유언장에 명시되어 있다. 아마 너는 놀랄 것이다, 카밀로, 수백 권의 마법 수첩을 갖고도 남을 것이다.

너는 옷도 필요하고 밑창에 구멍 난 군화도 새로 사 신어야 하지만 너 자신을 위해 돈을 좀 쓰라고 부탁하는 건 소용이 없을 테지. 수녀들의 습관과 마찬가지로 사제복을 입고 사는 건 유행에서 벗어났다고 생각한다. 너는 빛바랜 청바지와 천년 전에 에텔비나가 너를 위해 짜준 그 조끼를 지금도 입고 있다. 마일렌이 이 문제에 어떻게 손을 쓰는지 두고 봐야겠구나. 너는 심각하게 가난하다. 사제직의 세 가지 서약 중 가난의 서약은 너에게는 하나도 힘든 일이 아니지.

내 열정과 사업에 얽매여 후안 마르틴과 니에베스의 어머니로서는 실패했을 수 있지만, 카밀로 너에게 나는 아주 좋은 어머니였다. 너는 내 인생에서 가장 강렬한 사랑이고, 그 사랑은 네가 니에베스의 뱃속에서 양수를 떠다니는 올챙이였을 때 시작되었다. 네 어머니는 네 삶의 첫 불꽃부터 너를 사랑했고, 네가 건강하게 태어날 수 있도록 보호하기 위해 자기 불행의 허리케인 속에서 지탱해 주던 마약도 버렸다. 그녀는 결코 너를 버리지 않았고 항상 너와 함께 있었다. 나처럼 너도 그녀가 함께하고 있음을 느낄 거라고 생각한다. 너에 대한 내 애정은 내가 너를 처음 품에 안았을 때 더 단단해졌고, 그 순간부터 계속 커지고 더욱 커졌을 뿐이다. 그렇게 되지 않을 수가 없었다. 너는 특별한 사람이다. 내가 노망이 나서 하는 말이 아니다. 이 나라 사람의 반은 내 말에 동의하고 있다. 나머지 절반은 하나도 중요하지 않다.

내 정서적 혈연관계는 너에게서 끝난다. 비록 내 피를 이어받은 다른 존재들이 있기는 하지만 말이다. 후안 마르틴이 보내온 사진들을 보면 눈과 얼음의 깨끗한 풍경 속 가족들은 치아를 너무 많이 드러내고 미심쩍을 정도의 과한 낙천주의로 미소를 짓고 있다. 너의 경우는 그렇지 않다. 너의 치아는 더 이상 무언가 바라지 않고, 오히려 고단한 삶을 드러내고 있다. 그래서 나는 너를 존경하고 사랑한다. 너는 나의 친구이자 속을 터놓을 수 있는 절친한 벗, 나의 영적 동반자, 내 긴 인생의 가장 깊은 사랑이다. 나는 네가 아이를 갖게 되고 그 아이들이 너와 닮았으면 좋겠지만, 원래 소원이란 전부 이루어지지는 않는 법이지.

살 때가 있고 죽을 때가 있다. 그 둘 사이에는 기억을 떠올려야 할 시간이 있다. 나는 이 며칠간 침묵 속에서 기억을 떠올릴 수 있었고, 그 시간 동안 물질적인 문제보다 감정에 관한 것이기도 한 이 유언을 완성하는 데 필요한 세세한 내용을 기록할 수 있었다. 나는 손으로 글을 쓰지 못하게 된 지 몇 년 되었다. 글씨도 알아보기 어려워지고 어릴 적 미스 테일러에게 배운 우아한 글씨체도 잃어버렸다. 그러나 관절염도 내가 컴퓨터를 사용하는 걸 막지는 못한다. 컴퓨터는 마비되다시피 한 내 몸에서 가장 유용한 수족이다. 카밀로 너는 나를 놀리고 있지. 내가 죽어가는 백 세 노인 중에 기도보다 컴퓨터에 더 많은 관심을 기울이는 단 한 사람일 거라고 말이다.

나는 1920년 인플루엔자가 대유행하던 시기에 태어났고 2020년 코로나바이러스가 대유행하는 시기에 죽게 되었다. 거참, 그런 사악한 벌레에게 붙인 이름치고 너무 우아하지 않니. 나는 백 년을 살았고 지금도 기억력이 좋다. 그뿐만 아니라 내가 세상을 통과해 왔음을 증명할 일흔 권 남짓한 일기와 수천 통의 편지도 가지고 있다. 나는 많은 사건을 목격했고 많은 경험을 쌓아 왔지만 방심하거나 너무 바쁘게 사느라 지혜는 별로 얻지 못했다. 환생이 사실이라면 나는 부족한 것을 채우기 위해 이 세계로 돌아와야 할 것이다. 생각만 해도 공포스럽구나.

세계는 마비되었고 인류는 격리되어 있다. 내가 팬데믹 시절에 태어나 또 다른 팬데믹 시절에 죽는다는 것은 기묘한 대칭이다. 나는 텔레비전에서 도시의 거리가 텅 비고 뉴욕의 고층 빌딩에 메아리가 울려 퍼지고 파리의 기념물 사이에 나비가 날아다니는 모습을 보았다. 나는 방문객을 받을 수 없고 그래서 서서히 그리고 평화롭게 작별 인사를 할 수 있다. 사방에 움직임이 중단되고 불안이 맴돌지만 여기 산타클라라는 아무것도 변한 게 없다. 동물과 초목은 바이러스를 알지 못하고 공기는 깨끗하며, 고요함이 너무 깊어 침대에 누운 채 저 멀리 석호에서 나오는 귀뚜라미 소리를 들을 수 있다.

너와 에텔비나는 나와 동행해 줄 수 있는 유일한 사람이다. 그 나머지는 영혼들이다. 나는 후안 마르틴에게 작별 인사를 하고 정말로 사랑한다고 말하고 싶다. 그가 보고 싶고 그의 아이들을 더 많이 알지 못한 게 후회된다. 그러나 그 애는 올 수 없었다. 여기까지 여행하는 것은 위험하다. 운 좋게도 너는 나와 함께 있다, 카밀로. 여기까지 와주어서 고맙다. 오래 기다리지 않아도 된다.

약속하마. 나는 네가 질병으로 엄청난 사망자가 생기는 바로 그곳을 찾아다니며 구호품을 나눠주는 게 걱정이다. 몸조심하거라. 너를 필요로 하는 사람들이 많다.

안녕, 카밀로

이제 끝이구나. 여기에서 나는 에텔비나, 내 고양이 프리다, 누구에게도 속하지 않고 때때로 찾아와 내 발치에 드러눕는 농장의 개, 나를 둘러싼 유령들과 함께 그를 기다리고 있다. 토리토가 가장 끈기를 갖고 찾아오는 존재다. 이곳은 그의 집이고 나는 그의 손님이기 때문이다. 그는 변하지 않았고 다른 죽은 사람들도 변한 게 없구나. 그는 후안 마르틴과 함께 산을 향해 멀어져 가던 그 다정한 남자의 모습 그대로다. 그는 구석에 있는 벤치에 앉아 조용히 나무로 동물들을 조각하고 있다. 나는 그에게 산에서 무슨 일이 있었는지, 어떻게 잡혔는지, 왜 죽었는지 물어보지만 그는 말로 답하는 대신 어깨만 으쓱할 뿐이다. 저세상은 어떠냐고 내가 물었더니 그는 시간을 두고 차차 알게 될 거라고 하더구나.

나는 며칠째 죽어가며 또 기억을 떠올리며 보내고 있다. 적어도 일주일은 되는 듯하다. 출혈은 예고 없이 갑자기 찾아왔다. 내가 텔레비전에서 바이러스 뉴스를 보고 있을 때였다. 제대로 준비를 하지 못했는데, 죽은 유령이 틀림없는 여인이 내 침대 발치에 앉아 따라오라고 손짓하고 있다. 이제 밤낮이 명확하게 구별되지 않는다. 그것은 별로 중요하지 않다. 고통과 기억은 시간으로 측정되는 게 아니기 때문이다. 모르핀은 나를 잠으로 이끌고, 꿈과 환영의 차원으로 데려다주었다. 에텔비나는 늘 내 침대 앞에 걸려 있던 중국 농민들의 그림을 떼어내야 했다. 평소에는 움직이지 않던 그 부부가 피크닉 바구니와 원뿔 모양 밀짚모자를 들고 액자에서 나와 샌들을 끌며 내 방을 돌아다녔기 때문이다. 모르핀의 영향이었다. 항상 그랬던 대로 지금도 나는 명석하니 짐작할 수 있다. 몸은 더 이상 가동하지 않지만 내 뇌는 온전하다. 돌아다니는 농부들은 동백나무가 있는 큰 집으로 향했다. 그곳에는 아버지가 서재에서 담배를 피우며 그들을 기다리고 있었다. 그들은 아버지에게 희망의 쌀을 가져다준다.

의사의 착오로 내가 죽지 않는다면 우리 세 사람은 망하는 거고, 그것은 엄청난 실망이 될 것이다. 그러나 그런 일은 일어나지 않을 것이다. 때때로 나는 연기 기둥처럼 위로 떠올라 이 침대에 누워 숨을 쉬려고 고군분투하는 나를 내려다본다. 아! 육신에서 멀어져 떠다니는 그 장엄한 경험이라니! 자유로움. 죽으려면 많은 노력이 필요하다, 카밀로. 오랫동안 죽은 상태로 지낼 테니 서두를 필요가 없다는 생각을 하지만 나는 이 기다림이 성가시다. 나를 슬프게 하는 유일한 것은 우리가 더 이상 함께하지 못한다는 것이다. 그러나 네가 나를 기억하는 한 나는 어떤 식으로든 너와 함께할 거다. 나를 그리워할 거냐고 묻자 너는 내가 언제나 네 마음속 흔들의자에 앉아 있을 거라 말했지. 때때로 너는 정말 유치하다, 카밀로. 나는 네가 절망적일 정도로 가난한 사람들과 매우 바쁘게 지내느라 나를 생각할 시간이 없을 테고 그러니 나를 그리워하리라 생각하지는 않는다. 그러나 네가 내 편지를 필요로 했으면 좋겠구나. 나의 부재가 너를 조금 슬프게 한다면 마일렌이 너를 위로할 거다. 그녀가 너를 사랑하고 있다는 생각이 든다. 나는 너희들이 친구로만 지내기로 맺은 그 합의가 오래가지 않을 거라고 확신한다. 나는 순결 서약이든 뭐든 말도 안 되는 것들을 믿기에는 너무 오래 살았다. 게다가 독신과 순결이 같은 말은 아니라고 네가 말한 적이 있지. 너는 예수회 사제가 되어야 했다.

에텔비나는 내가 자기 말을 듣지 못한다고 생각하면 눈물을 흘린다. 그녀는 내 가장 좋은 친구였고, 화장실에 가기 위해 도움이 필요할 때 나이 든 내 관절을 받쳐 주는 지지대이기도 했다. 나는 한 세기 동안 나를 그토록 잘 섬겨 주었지만 마침내 패배해 무방비 상태가 된 이 몸을 곧 떠날 것이다.

"나 죽어가고 있니, 에텔비나?"

"네, 부인. 두려운가요?"

"아니야. 나는 기쁘고 궁금해. 저세상에는 무엇이 있을까?"

"모르지요."

"카밀로에게 물어봐."

"이미 물어봤어요, 부인. 자기도 모른다고 하네요."

"카밀로가 모른다면 그곳에는 아무것도 없는 게 분명해."

"우리를 위로하러 와주세요, 부인. 죽는다는 게 어떤 건지도 알려주고요." 그녀는 특유의 장난기로 그렇게 부탁했다.

기쁘고 궁금한 것도 사실이지만 가끔은 두렵기도 하다. 저편에는 오로지 적막함이 존재할 수도 있다. 우주 공간에서 부르짖고 또 부르짖는 영원한 방황만이 존재할지도 모른다. 아니다. 그렇지 않을 것이다. 빛이 있을 것이다. 많은 빛이 있을 것이다. 불확실성의 순간은 아주 짧다. 나를 뒤에서 잡아당기는 삶이 있어 버리고 떠나기가 힘들구나.

에텔비나는 네가 여기 있을 때를 이용해 내가 고해성사를 하고 영성체를 받기를 원한다. 내가 지은 죄가 많아 단죄를 받지 않을까 두려운 것이다. 나는 고해가 습관이 되어서는 안 된다는 네 말에 동의한다. 살면서 몇 번 영혼의 죄책감을 덜어주어야 할 긴급한 필요가 있을 때 고해성사를 하는 것으로 충분할 것이다. 게다가 나는 지난 20년 동안 죄를 지을 기회가 없었고 이전의 잘못에 대해서는 이미 대가를 치렀다. 나는 간단한 행동 규칙을 따라 살았다. 내가 대접받고 싶은 대로 남을 대접하라는 규칙 말이다. 그러나 나는 몇몇 사람들에게 상처를 주었다. 파비안은 나쁜 의도가 아니라 어쩔 수 없어서 배신하고 떠났으니 예외다. 훌리안도 예외다. 그는 그런 상처를 받을 만한 사람이다. 나는 내가 그에게 한 일을 후회하지 않는다. 그것이 내가 생각할 수 있는 유일한 벌이었기 때문이다.

내 발이 그 어느 때보다 차갑게 느껴진다. 밤인지 낮인지 모르겠는데, 가끔은 밤이 너무 길어서 전날 밤과 다음 날 밤이 엉켜 있는 것 같다. 에텔비나에게 오늘이 무슨 요일인지 물으면 그녀는 항상 같은 대답을 한다. "부인이 원하는 바로 그 요일이에요. 이곳은 늘 같은 요일이거든요." 그녀는 지혜로워서 지금만이 존재한다는 걸 알고 있다. 카밀로 너는 어떠니? 죽음에 대해 어떻게 생각하니? 이 주제는 너를 미소 짓게 만들지. 보조개는 여전하고 웃으면 눈이 작아지지. 그런 모습도 너는 엄마를 닮았다. 너는 곧 쉰 살이 될 테고 평범한 인간들보다 더 많은 잔인함과 고통을 보았지만, 너는 여전히 아이 같은 천진난만한 분위기를 가지고 있다.

한 세기를 살다 보니 시간이 손가락 사이로 빠져나가는 느낌이 든다. 이 백 년은 어디로 갔을까?

너에게 고해성사를 할 수가 없구나, 카밀로. 너는 내

손자지만 네가 원한다면 내 죄를 사해 줄 수 있겠지. 그러면 에텔비나가 마음을 놓을 수 있을 거다. 죄 없는 영혼들은 우주 공간을 가볍게 떠다니며 별 가루로 변한다.

안녕, 카밀로, 니에베스가 나를 데리러 왔다. 하늘이 예쁘구나…….

감사의 말

이 이야기를 쓰는 데 여러 사람의 도움이 있었다. 자료 조사를 도우며 나에게 영감을 준 사람도 있고, 특정 인물들의 모델이 되어준 사람도 있다. 나의 편집자들과 역자들은 이 책이 존재할 수 있게 해주었다.

아래의 분들에게 특별한 감사를 드린다.

항상 자료 조사를 도와주고 초안을 읽어주는 내 동생 후안 아옌데,

원고를 편집한 뉴욕의 에이전트 요한나 카스티요,

40년 동안 나를 대리해 준 발셀스 에이전시의 루이스 미켈 팔로마레스와 마리벨 로케,

가장 충격적인 상황에 처한 여성의 힘에 대해 가르쳐

준 내 재단 운영자 로리 바라,

카밀로 델 바예의 캐릭터에 영감을 준 펠리페 베리오스 델 솔라르,

시골에서 보낸 어린 시절을 나와 공유해 준 베아트리스 만스,

마피아 일화를 들려주고 무조건적인 사랑을 준 로저 쿠크라스,

미국의 조세 범죄에 대해 가르쳐준 스콧 마이클,

소설가의 눈으로, 훌륭한 친구로 지원해 준 엘리사벳 수베르카소,

노르웨이와 노르웨이 사람들에 대한 정보를 제공해 준 미켈 알랜드,

비극적인 삶으로 니에베스의 캐릭터에 영감을 준 제니퍼 고든과 할레이 고든,

그리고 자료 정리 작업에 필수적인 사이트 구글과 위키피디아에도 고마움을 표한다.

역자의 말

한 세기를 가로지르는 비올레타의 이야기.

스페인 독감과 코로나바이러스 팬데믹 사이의 100년, 그 한 세기 동안에 칠레는, 중남미는, 세계는 어떤 일들이 있었는가, 그리고 그 속의 주인공 인물 비올레타에게는 어떻게 사랑과 열정, 연민과 증오, 고통과 슬픔, 위로와 화해의 삶이 펼쳐지는가.

2022년 1월, 세계를 휩쓸어 우리의 일상을 잔혹할 정도로 억압하던 코로나 팬데믹이 한창이던 시기에, 그 시절에 어울리는 이사벨 아옌데의 소설이 한 편 출간되었다.『비올레타』라는 심상한 제목에 한 여성의 얼굴이 표지를 장식하고 있는 작품이다. 그런데 소설은 1920년 스페인 독감이 발생하기 직전에 태어나 2020년 코로나 바이러스 감염이 한창일 때 생을 마감하게 되는 인물의 이야기라는 점에서 매우 궁금증을 불러일으킨다.

소설은 노년의 비올레타가 손자 카밀로에게 편지를 쓰는 형식이고 따라서 1인칭 시점으로 전개된다. 1인칭 시점으로 이야기를 풀어놓는 화자의 목소리 덕분에 소설은 수월하게 읽힌다. 이런 특성은 이사벨 아옌데 소설이 지속적으로 보여온 특징이고, 그런 특성 덕분에 그녀의 작품들은 독자들에게 더욱 쉽게 다가갈 수 있기도 했다.

소설의 공간적 배경은 칠레, 시간적 배경은 말 그대로 1920년 스페인 독감에서부터 2020년 코로나 팬데믹까지 꼭 100년에 걸쳐져 있다. 이야기는 칠레 수도 산티아고에서 시작한다. 바로 나 비올레타의 탄생이다. 그리고 소설의 가장 많은 부분의 배경이 되는 곳은 바로 칠레 남부의 파타고니아 지역이다.

작가는 인터뷰에서 소설 속 인물들이 어떻게 구상되었는지 밝히기도 했다. 소설의 주인공 비올레타는 작가의 어머니에게서, 비올레타의 손자 카밀로는 작가의 아들 니콜라스에게서 영감을 받았다. 그리고 비올레타의 딸 니에베스는 작가의 딸이었던 파울라와, 전 남편의 딸이었던 제니퍼가 모델이 되었다고 밝혔다.

작가가 직접 밝힌 대로 비올레타는 저자의 어머니에

게서 영감을 받았는데, "아름답고 똑똑하며 돈 버는 감각도 좋았던" 어머니를 모델로 삼되 작가 자신의 상상을 가미했다고 한다. 98세의 어머니가 2020년 코로나 팬데믹이 시작되기 직전 세상을 떠나자 아옌데가 슬픔에 잠겨 있을 때 친구들이 어머니의 이야기를 소설로 써볼 것을 제안했고, 그로부터 몇 개월 후 슬픔과 고통이 어느 정도 가라앉아 어머니의 삶을 거리를 두고 대할 수 있게 되었을 때 소설 집필을 시작했다고 밝혔다.

비올레타는 1920년 스페인 독감이 발생하기 직전, 칠레 상류층 가문에서 다섯 오빠를 둔 막내딸로 태어난다. 유년기에는 영국인 가정교사를 들여 가정교육과 학업을 지도받는데, 세계 대공황이 일어나면서 아버지의 사업이 실패하면서 거리에 나앉게 될 판이었다. 번창하던 사업들이 망한 상태에서 아버지는 스스로 생을 마감하고, 남은 가족은 알거지가 되다시피 한 상태로 멀고도 먼 남부 파타고니아의 시골 마을로 유배 아닌 유배, 망명 아닌 망명을 떠난다. 소설의 주된 이야기는 비올레타가 열 살 나이에 이주하게 된 이곳 파타고니아에서 일어난다. 소설은 '유배'라고 여겼던 파타고니아에서 오히려 안정과 평화와 만족을 누리며 자라난 소녀 비올레타가 백 살이 되기까지 겪는 길고 긴 인생 이야기다.

흥미롭게도 소설에서는 단 한 차례도 '칠레'나 '산티아고' 등 칠레의 지명은 나오지 않는다. 칠레는 '세상 구석지기 나라', '이 나라'로 표현되고, 산티아고는 '수도',

'그곳'으로 등장한다. 동시에 과거 실재한 칠레 대통령이나 정치인들의 이름도 명시되지 않는다. 이는 아르헨티나, 쿠바, 파나마 같은 이름이나 미국의 여러 도시, 그외 유럽과 아프리카의 나라나 도시들을 명료하게 쓰고 있는 것과 매우 대조적이다. 이는 비올레타가 경험하거나 소설의 배경으로 삼은 역사가 단지 칠레만이 아니라 중남미 어느 국가에서든 가능했고, 나아가 저개발국이었거나 저개발국인 세계 약소국이 경험했을 만한 역사임을 보여주려는 뜻이었을 수 있다.

한편 비올레타 가족이 이주한 곳이 칠레 파타고니아의 어느 지방인지도 분명하지 않다. 사크라멘토, 나우엘등의 이름으로 알려주고 있지만, 사실은 그런 이름의 고장은 칠레에 존재하지 않는다. 즉 저자가 의도적으로 실재하는 지명을 피하고 장소를 모호하게 설정하고 있다. 그럼에도 소설의 배경이 칠레라는 단서는 도시들과 장소들의 지리적인 설명, 대지진이나 역사적인 사건들, 산맥을 넘어 아르헨티나로 간다는 점 등 여러 요소를 통해 확인할 수 있게 된다.

역자는 칠레 파타고니아 지도를 열어 소설 속에 묘사된 자연 지형과 수도 산티아고와의 거리 등에 주목해 실제 고장이 어디일지 찾아보는 유희를 벌이기도 했다. 독자들도 소설을 읽으며 아옌데가 뿌려놓은 수수께끼를 맞춰보는 재미를 느낄 수 있을 듯하다. 그런 재미를 느낀다면 남미 여행에 대한 욕구가 생길 터이고, 남미 여행을 떠나기 전에 그곳의 도시들과 지방들이 머릿속에 자리 잡게 되지 않을까 싶다.

이사벨 아옌데의 첫 소설부터 특징이 되어온 여성주의나 사회 현실에 대한 관심은 이 소설에서도 지속된다. 그런데 이 소설에서는 주인공 비올레타의 여성주의적 인식이 일어나는 내적 과정이 더욱 자연스럽고 설득력 있게, 그리고 섬세하게 그려져 있다. 가족과 다를 바 없던 주위 인물에게서 여성주의 활동을 목격하지만 비올레타 스스로는 자녀들이 자라고 이른 손자를 얻게 된 중년까지도 명료한 의식을 보여주지 않는다. 사랑이었던 사람이 억압과 폭력의 존재로 변할 때도 그녀는 고전적인 여성상에 대한 반발을 내세우지도 않고 억압이 일어나는 기제를 구체적으로 인지하지도 않는다.

이 소설이 여성주의 소설의 연장이라고 할 때 그 장점은 여성주의라는 주제가 명분과 슬로건으로 작품에 등장하는 게 아니라 비올레타라는 인물이 자신의 삶에서 일어나는 내적, 감정적 불일치의 감지, 있는 그대로의 자기답게 살아지지 않는 딜레마 등을 점진적으로 인지해 가는 과정에서 자연스럽게 독자에게 읽힌다는 점이다. 그리고 비올레타가 자기 속의 고전적이고 보수적인 여성상과 고유의 인간 존재로서의 자기 발현 사이에 충돌이 일어나고 있다는 사실을 지각하고 그런 모순을 해소하려는 여성주의적 행동으로 나아가는 시점과, 칠레와 중남미에서 벌어지는 정치적, 사회적 억압에 대한 인식의 시점이 거의 동시적으로 나타나는데, 이 점 또한

『비올레타』의 커다란 강점이라고 할 수 있겠다.

이사벨 아옌데는 외교관이었던 아버지의 부임지 페루에서 태어났기 때문에 늘 '페루에서 태어난 칠레 소설가'라는 소개가 따른다. 성인이 되어 저널리스트 활동을 하던 작가는 군부 쿠데타와 독재 정부의 칠레를 떠나 미국으로 망명했고, 현재 캘리포니아에 거처를 두고 있다. 1942년생인 아옌데는 이제 여든 살이 되었다. 이 노령의 작가는 여전히 글쓰기 작업을 이어가며 넘치는 에너지와 의욕을 보여준다. 올해 여름에는 『바람이 내 이름을 알아*El viento conoce mi nombre*』라는 신작을 내놓기도 했고, 어머니에게 바친 이사벨 아옌데 재단을 꾸려가고 있기도 하다. 신작 소설은 폭력에 휩싸인 조국을 떠나 엄마와 함께 미국으로 망명하기 위해 북으로 이동하다 엄마와 헤어지게 된 일곱 살짜리 엘살바도르 소녀의 이야기다.

역자는 이사벨 아옌데의 소설 『세피아빛 초상』을 번역해 소개했고, 초판을 낸 지 20년 가까운 시간이 흐른 지난해에 그 개정판이자 세계문학전집본으로 아옌데 독자를 다시 찾아뵈었다. 이제 1년이 지나 더욱 다층적이고 복합적인 여성 인물 비올레타의 이야기로 독자들을 만나게 되었다. 『비올레타』를 통해 아옌데의 왕성한 집필활동과 그 문학세계의 풍부함을 국내 독자들에게 소개해 줄 수 있어 기쁘고 또 반갑다. 책이 나오기까지 함께 고생하신 빛소굴 출판사의 이재희 대표께도 감사의 말을 전하고 기쁨을 함께 나누고 싶다. 건강상의 이유로 일이 더뎌질 때 배려해 준 덕분에 이 책이 완성될 수 있었다.

끝으로, 아옌데의 가장 최근 번역된 소설이자 아직도 우리에게 현재로 남아 있는 팬데믹을 배경으로 전하는 비올레타의 긴 인생 이야기를 많은 독자들이 즐겨 주시기를 소망한다. 또 비올레타의 일생을 읽으면서 중남미의 역사와 문화, 특히 칠레와 아르헨티나, 쿠바 등의 사람들과 자연에 대해서도 관심을 가져주시기를 바란다. 그 과정에서 일찍부터 유럽의 변방처럼 여겨지고 저개발의 대명사로 홀대받아 온 지역, 내 아픈 손가락 같은 사랑하는 중남미 지역에 대한 역자의 애정이 우리 독자들에게도 퍼져나가기를 진심으로 소망한다. 경제 발전의 우열이라는 기준을 벗어나 이 지역의 고유성과 다양성을 애정의 눈으로 바라봐 준다면 역자로서 더할 나위 없는 기쁨이 될 듯하다.

2023년 가을
조영실